울프홀 1

세계문학전집
2 5 1

Hilary Mantel : Wolf Hall

울프홀 1

힐러리 맨틀 장편소설

강아름 옮김

문학동네

일러두기

1. 번역 대본으로는 *Wolf Hall*(Hilary Mantel, 4th Estate, 2009)을 사용했다.
2. 주석은 모두 옮긴이주다.
3. 본문 중 고딕체는 원서에서 이탤릭체로 강조한 부분이다.

둘도 없는 친구
메리 로버트슨에게

차례

▌등장인물

퍼트니, 1500년
월터 크롬웰 대장장이이자 양조업자.
토머스 월터의 아들.
벳 월터의 딸.
캣 월터의 딸.
모건 윌리엄스 캣의 남편.

오스틴프라이어스, 1527년 이후
토머스 크롬웰 법률가.
리즈 와이키스 토머스의 아내.
그레고리 토머스와 리즈의 아들.
앤 토머스와 리즈의 딸.
그레이스 토머스와 리즈의 딸.
헨리 와이키스 리즈의 아버지, 양모 상인.
머시 헨리의 아내.
조핸 윌리엄슨 리즈의 자매.
존 윌리엄슨 조핸의 남편.
조핸(조) 조핸과 존의 딸.
앨리스 웰리페드 토머스 크롬웰의 조카딸, 벳 크롬웰의 딸.
리처드 윌리엄스 후일 리처드 크롬웰로 불린다. 캣과 모건의 아들.
레이프 새들러 크롬웰의 서기장, 오스틴프라이어스에서 자랐다.
토머스 에이버리 가문 회계사.
헬렌 바르 크롬웰가에 의탁한 가난한 여인.
서스턴 요리사.
크리스토프 하인.
딕 퍼서 경비견 관리인.

웨스트민스터

토머스 울지 요크 대주교이자 추기경, 교황 특사, 대법관, 그리고 토머스 크롬웰의 은인.

조지 캐번디시 울지의 의전관으로 후일 그의 전기를 쓴다.

스티븐 가드너 트리니티홀의 학장이자 울지 추기경의 비서관, 후일 헨리 8세의 내무장관, 그리고 토머스 크롬웰의 최대 숙적.

토머스 라이어슬리 인장사무관, 외교관, 크롬웰과 가드너의 문하생.

리처드 리시 법률가, 후일 법무차관.

토머스 오들리 법률가, 평민원 의장, 토머스 모어 사직 뒤 후임 대법관.

첼시

토머스 모어 법률가이자 학자, 울지 실각 뒤 후임 대법관.

앨리스 모어의 아내.

존 모어 경 모어의 연로한 아버지.

마거릿 로퍼 모어의 큰딸, 윌 로퍼와 결혼했다.

앤 크레세이커 모어의 며느리.

헨리 패틴슨 하인.

런던

험프리 몬머스 상인, 성서를 잉글랜드어로 번역한 윌리엄 틴들을 숨긴 죄로 수감된다.

존 페티트 상인, 이단 혐의로 수감된다.

루시 존의 아내.

존 파넬 상인, 토머스 모어와 기나긴 법적 분쟁에 휘말린다.

리틀 빌니 이단 혐의로 화형당하는 학자.

존 프리스 이단 혐의로 화형당하는 학자.

안토니오 본비시 상인, 이탈리아 루카 출신.

스티븐 본 안트베르펜의 상인, 크롬웰의 친구.

궁정

헨리 8세

아라곤의 캐서린 헨리 8세의 첫 아내. 후일 웨일스 공의 미망인 공비가 된다.

메리 헨리 8세와 캐서린의 딸.

앤 불린 헨리 8세의 두번째 아내.

메리 앤의 언니, 윌리엄 케리의 미망인이자 헨리 8세의 전 정부.

토머스 불린 앤의 아버지, 후일 월트셔 백작이자 국새상서, '몽세뇨르'로 불리고
싶어한다.

조지 앤의 남동생, 후일 로치퍼드 경.

제인 로치퍼드 조지의 아내.

토머스 하워드 노퍽 공작, 앤의 외숙부.

메리 하워드 노퍽의 딸.

메리 셸턴 ┐
          ├ 귀족 출신 시녀.
제인 시모어 ┘

찰스 브랜던 서퍽 공작, 헨리왕의 오랜 친구, 왕의 여동생 메리와 결혼했다.

헨리 노리스 ┐
프랜시스 브라이언 │
프랜시스 웨스턴 ├ 왕을 수행하는 귀족 출신 왕실 시종.
윌리엄 브레러턴 │
니컬러스 커루 ┘

마크 스미턴 음악가.

헨리 와이엇 대신.

토머스 와이엇 헨리의 아들.

헨리 피츠로이 리치먼드 공작, 왕의 혼외자.

헨리 퍼시 노섬벌랜드 백작.

성직자

윌리엄 워럼 연로한 캔터베리 대주교.

캄페조 추기경 교황 특사.

존 피셔 로체스터 주교, 아라곤의 캐서린의 법적 자문.

토머스 크랜머 케임브리지의 학자, 개혁적 캔터베리 대주교, 워럼의 후임.

휴 래티머 개혁적 사제, 후일 우스터 주교.

롤런드 리 크롬웰의 친구, 후일 코번트리와 리치필드 주교.

칼레

버너스 경 총독, 학자이자 번역가.

라일 경 후임 총독.
오너 라일의 아내.
윌리엄 스태퍼드 수비대 소속.

햇필드
레이디 브라이언 프랜시스 브라이언의 모친, 어린 공주 엘리자베스를 담당한다.
레이디 앤 셸턴 앤 불린의 고모, 전 공주 메리를 담당한다.

대사들
외스타슈 샤퓌 사부아 출신의 외교관, 카를 5세의 런던 대사.
장 드 댕트빌 프랑수아 1세의 대사.

요크가 출신 왕위계승권자
헨리 코트니 엑서터 후작, 에드워드 4세의 딸의 후손.
거트루드 헨리의 아내.
마거릿 폴 솔즈베리 백작부인, 에드워드 4세의 조카딸.
몬터규 경 마거릿의 아들.
제프리 폴 마거릿의 아들.
레지널드 폴 마거릿의 아들.

울프홀의 시모어가
연로한 존 경 장남 에드워드의 아내와 불륜관계를 맺는다.
에드워드 시모어 존 경의 아들.
토머스 시모어 존 경의 아들.
제인 존 경의 딸. 궁정 시녀.
리지 존 경의 딸, 저지 총독과 결혼했다.

윌리엄 버츠 의사.
니콜라우스 크라처 천문학자.
한스 홀바인 화가.
섹스턴 울지의 광대.
엘리자베스 바턴 예언가.

튜더 왕조

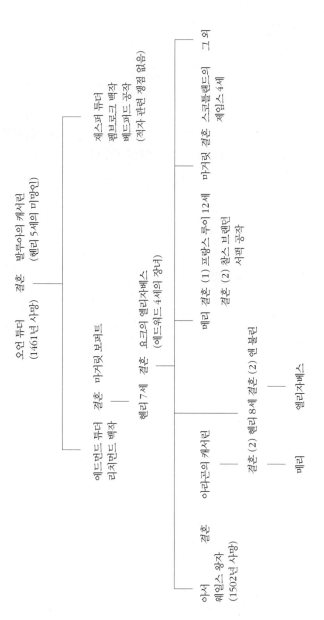

요크 왕위계승권자

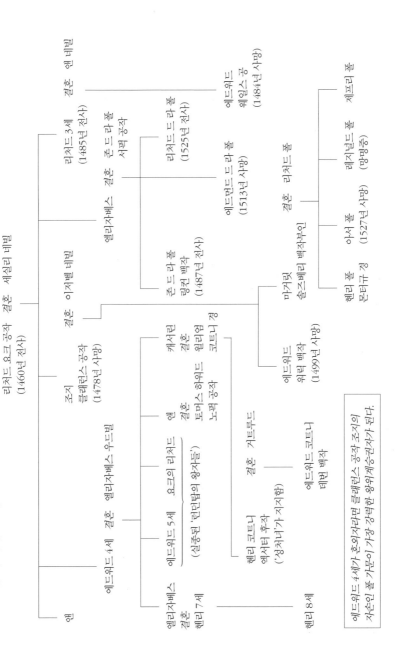

리처드 요크 공작 결혼 세실리 네빌
(1460년 전사)

앤

에드워드 4세 결혼 엘리자베스 우드빌

조지 클래런스 공작
(1478년 사망)
결혼 이저벨 네빌

리처드 3세
(1485년 전사)
결혼 앤 네빌

엘리자베스
결혼
헨리 7세

에드워드 5세

요크의 리처드
(실종된 '런던탑의 왕자들')

앤
결혼
토머스 하워드
노퍽 공작

캐서린
결혼
윌리엄 코트니 경

엘리자베스 결혼 존 드 라 폴 서픽 공작

존 드 라 폴
링컨 백작
(1487년 전사)

에드워드
워릭 백작
(1499년 사망)

리처드 드 라 폴
(1525년 전사)

에드먼드 드 라 폴
(1513년 사망)
결혼 리처드 폴

에드워드
웨일스 공
(1484년 사망)

헨리 코트니
엑서터 후작
('상속녀가 지지함')

헨리 8세

결혼 거트루드

에드워드 코트니
데번 백작

마거릿
솔즈베리 백작부인

헨리 폴
몬터규 경

레지널드 폴
(망명 중)

아서 폴
(1527년 사망)

제프리 폴

에드워드 4세가 후외자라면 클래런스 공작 조지의
자손인 폴 가문이 가장 강력한 왕위계승권자가 된다.

"장면에는 세 종류가 있다. 첫째는 비극, 둘째는 희극, 셋째는 사티로스극*이다. 이 각각은 무대장식이 다르고 구성도 다르다. 비극 장면은 기둥과 박공벽, 동상 등 왕에게 어울리는 소품으로 채워진다. 희극 장면은 사적인 주거지를 등장시키는데, 발코니와 줄줄이 늘어선 창문 등을 통해 일상적 생활공간의 분위기를 낸다. 사티로스극 장면은 나무와 동굴, 산 등 풍경화처럼 묘사된 전원풍 소품들로 장식된다."

비트루비우스, 「극장」, 『건축십서』, 기원전 27년경

등장인물의 이름은 다음과 같다:

행복	은밀한 결탁
자유	정중한 매도
척도	우매
장엄	역경
몽상	가난
가짜 얼굴	절망
교묘한 왜곡	악행

선한 희망
구제
신중
인내

존 스켈턴, 『장엄: 막간극』, 1520년경

---

* 고대 그리스에서 비극 삼부작에 이어 공연되던 짧은 희극.

1부

I
해협 건너로
1500년, 퍼트니

"이제 그만 일어나라."

바닥이다. 멍하다. 귀가 먹먹하다. 그는 쓰러진 것이다. 마당 돌바닥에 아무렇게나 널브러졌다. 고개가 모로 돌아갔다. 자신을 빼내줄 누군가가 들어설지도 모른다는 양 두 눈은 대문을 향해 있다. 이제 단 한방으로도, 제대로만 들어간다면, 그를 죽일 수 있다.

머리의 열상―그의 아버지가 가장 먼저 가격한 지점이었다―에서 흘러나온 피가 얼굴을 가로질러 흐른다. 거기다 왼눈이 보이지 않는다. 하지만 눈을 엇뜨면 오른눈으로 아버지가 신은 장화의 이음매가 풀리고 있는 것이 보인다. 뜯어진 노끈이 가죽 틈에서 덜렁거리고, 거기 달린 딱딱한 매듭이 그의 눈썹에 박히며 또다른 열상을 낸다.

"이제 그만 일어나래도!" 아버지 월터가 다음에 발길질할 자리를 가늠하며 불호령한다. 그는 고개를 손가락 한두 마디가량 쳐든다. 앞으로 기어가면서 손은 내보이지 않으려 애쓴다. 월터가 손을 짓이기기를 즐기므로. "네가 뭐 잡어냐?" 그의 아버지가 묻는다. 뒤로 물러나 발에 속도를 싣고 또다른 일격을 노린다.

그게 그의 마지막 숨을 앗아간다. 더는 남은 숨이 없는 것 같다. 그의 이마가 땅으로 돌아간다. 그는 엎드려 기다린다. 월터가 위에서 짓밟기를. 개가, 벨라가 저기 별채에 갇혀 짖어댄다. 내 개가 그리울 거야, 그는 생각한다. 마당에서 맥주 냄새와 피비린내가 난다. 누가 저 아래 강둑에서 소리를 지르고 있다. 몸에 아픈 구석이 없다. 아니, 어쩌면 온몸이 아픈 것일지도. 어디가 어떻게 아픈지 딱 짚이지 않는 걸로 봐서. 그러나 냉기만은 강렬하다. 딱 한 군데, 돌바닥에 닿은 광대뼈에서.

"이거 봐라, 이거 봐." 월터가 고함친다. 춤이라도 추는 양 한 발로 깡충거린다. "내가 뭔 짓을 했는지 봐라. 장화를 터트려먹었네, 네놈 머리를 걷어차다가."

조금씩 조금씩. 조금씩 조금씩 앞으로. 장어, 벌레, 뱀, 저 사람이 너를 무어라 부르든 마음 쓰지 마라. 고개를 숙이고, 저 사람을 자극하지 마라. 코피가 엉겨붙어 숨을 쉬려면 입을 벌려야 한다. 괜찮은 장화 한 짝을 버렸다는 사실에 아버지가 잠깐 한눈파는 틈을 타 그가 토한다. "옳지, 그래야지," 월터가 외친다. "토해라, 사방에." 토해라, 사방에, 내 귀한 집 돌바닥에. "야, 일어나봐. 어디 한번 일어나보라고. 부복扶伏하는 그리스도*의 젠장할 보혈로, 벌떡 일어나봐."

부복하는 그리스도? 그는 생각한다. 뭐라는 거지? 고개가 모로 돌아간다. 머리칼에 토사물이 묻는다. 벨라가 짖는다. 월터가 포효한다. 바다 건너에서 종이 요란스레 울린다. 그는 요동하는 듯한 감각을 느낀다. 지저분한 땅바닥이 템스강으로 둔갑이라도 한 걸까. 그의 몸 아래서 꺼지고 일렁인다. 그가 숨을 내뱉는다, 최후의 벅찬 숨. 이번에는 제대로 끝장을 봤군, 월터에게 말하는 목소리가 들린다. 그러나 그는 귀를 닫는다. 아니, 하느님이 대신 닫아주신다. 그는 하류로 끌려내려간다. 깊고 검은 조수에 실려.

다음으로 그가 분간하는 것은 거의 정오라는 것, 자신이 천마 페가수스 저택의 문에 몸을 기대고 서 있다는 사실이다. 부엌에서 누나 캣이 갓 구운 파이를 들고 나온다. 그를 보고는 손에 든 것을 떨어트릴 뻔한다. 기함해 입이 쩍 벌어진다. "이게 무슨 일이야!"

"캣, 소리지르지 마, 그럼 더 아파."

그녀는 수선을 떨며 남편을 찾는다. "모건 윌리엄스!" 제자리에서 뱅뱅 돈다. 휘둥그런 눈, 오븐의 열기로 발그레한 얼굴. "이 쟁반 좀 받아, 내가 못 살아, 다들 어디 간 거야?"

그는 머리부터 발끝까지 온몸을 바들거린다. 예전에 벨라가 조각배에서 떨어져 물에 빠졌을 때 딱 이런 꼴이었다.

여자아이 하나가 달려온다. "나리께서는 시내에 가셨는데요."

"나도 알아, 멍청아." 남동생의 모습에 기겁해 그 사실을 깜빡했다. 캣은 여자아이에게 쟁반을 넘긴다. "그걸 고양이가 채갈 곳에 뒀다가

---

* 로마가톨릭교의 가식적인 경건함을 비꼬는 멸칭이자 욕.

는 눈앞에 별이 보이도록 따귀를 맞을 거야." 그러고는 마침내 빈 두 손을 맞잡고 잠시 격한 기도를 올린다. "또 쌈질을 한 거야, 아니면 네 아버지 짓이야?"

맞아, 그가 고개를 세차게 끄덕이며 말한다. 그 바람에 왈칵 코피가 쏟아진다. 맞아, 그가 마치 이렇게 말하듯 자신을 가리킨다. 월터가 이랬어. 캣이 소리친다. 대야를, 물을, 물을 담은 대야를, 수건을 가져오라고. 악마여 일어나라고, 냉큼 일어나 네 하수인 월터를 거둬가라고. "앉아, 쓰러지기 전에." 그는 설명하려 한다. 방금 막 정신을 차렸다고. 집 마당을 빠져나왔는데. 그게 한 시간 전일 수 있고 아예 하루쯤 지났을 수도 있다고. 그러니까 잘은 모르겠으나 오늘이 어쩌면 내일일 수도 있다고. 물론 그가 마당에 하루를 누워 있었다면 분명 월터가 와서 숨통을 끊어놓았거나 ─ 거치적댄다는 이유로 ─ 아니면 몸의 상처가 그런대로 말라 굳었겠지만. 그리고 지금쯤 온몸 구석구석이 아프고 뻣뻣해져 거동이 불가능할 터다. 월터의 주먹질과 발길질을 심도 있게 경험해본 결과로 그는 익히 안다. 당일보다 다음날이 더 최악일 수 있다는 사실을. "앉아. 입은 다물고." 캣이 말한다.

대야가 오자 캣이 그에게 몸을 숙이고 바지런히 움직인다. 감긴 눈을 토닥이고, 작은 원을 그리듯 이마 선을 닦는다. 가쁜 숨을 몰아쉬며 나머지 손으로 그의 어깨를 짚는다. 숨죽여 욕하고, 이따금 울고, 그의 목덜미를 문지르며 속삭인다. "그래, 뚝, 그래." 마치 그가 울고 있기라도 하는 것처럼, 지금 우는 건 그가 아닌데. 두둥실 허공으로 떠오르는 기분이다. 그런 그를 캣이 땅에 붙들어 매는 것 같다. 그러니 두 팔로 누나를 보듬고 앞치마에 얼굴을 묻고 싶다. 심장소리를 들으며 쉬고 싶다. 하지만 그녀를 더럽히고 싶지 않다. 앞치마를 피범벅으로 만들고 싶지 않다.

모건 윌리엄스가 들어오는데, 근사한 타운코트 차림이다. 웨일스 출신에다 호전적으로 보인다. 그러니까 이 소식을 들은 게 분명하다. 모건은 캣의 곁에 우두커니 서서 내려다본다. 잠시 할말을 잃었다가 마침내 내뱉는다. "봐!" 주먹 쥔 손으로 허공을 세 번 찌른다. "저거야! 그 인간도 저 꼴이 될 거야. 월터. 그치도 저 꼴이 될 거라고. 내가 그리 만들 거야."

"저리 비켜서기나 해." 캣이 충고한다. "런던서 사온 재킷에 토머스의 피를 묻히고 싶진 않잖아."

그러고 싶을 리 없다. 모건이 물러선다. "상관없어. 하지만 네 꼴 좀 봐라, 얘야. 정정당당히 맞붙었으면 그 짐승은 불구가 됐을 텐데."

"절대로 정정당당히 맞붙는 법이 없지." 캣이 말한다. "뒤에서 덮치거든, 그렇지, 토머스? 손에 뭔가를 들고."

"유리병 같은데, 이번엔." 모건 윌리엄스가 말한다. "병이었더냐?"

그는 고개를 젓는다. 코피가 다시 흘러나온다.

"아서라, 동생아." 캣이 말한다. 손이 피범벅이다. 엉긴 피를 자기 몸에 문질러 닦는다. 참으로 엉망이다, 누나의 앞치마가. 그럴 바엔 그냥 거기에 고개를 묻을 걸 그랬다.

"혹시 봤을 수도 있잖아?" 모건이 말한다. "그 인간이 뭘 휘두르더냐. 정확히?"

"그게 뒤에서 접근할 때의 이점 아니겠어." 캣이 말한다. "당신 그래 가지고 픽도 치안판사석에 앉으시겠다. 이봐요, 모건. 내 아버지에 대해 말해줄까? 그 인간은 뭐든 손에 잡히는 대로 집어들어. 그게 유리병일 때도 있지, 맞아. 우리 어머니한테 그러는 걸 본 적이 있어. 심지어 우리 꼬맹이 벳한테도. 그애 머리를 후려치는 걸 봤지. 그 사람이 그러는 게 내 눈에 보이지 않을 때가 더 최악인데, 이제 곧 바닥에 널브러질 운명에 처한 게 나 자신이기 때문이지."

"내가 도대체 어떤 집안에 장가를 든 건지 모르겠군." 모건 윌리엄스가 말한다.

하지만 사실 이건 모건이 별 뜻 없이 던지는 말일 뿐이다. 습관적으로 코를 훌쩍이는 남자가 있고 매일같이 두통을 호소하는 여자가 있듯 모건은 이 의문을 입에 달고 산다. 그는 모건의 말을 귀담아듣지 않는다. 대신 생각한다. 아버지가 내 어머니, 이미 죽은 지 오래인 그분에게도 그런 짓을 했다면. 그럼 그 손으로 생명을 앗은 것일 수도 있나? 아니, 그랬다면 분명 재판에 부쳐졌을 테다. 퍼트니가 무법지대는 맞다. 하지만 살인죄를 모면할 방도는 없다. 캣은 그에게 어머니 대신이다. 그를 위해 울어주고 목덜미를 쓸어준다.

그는 왼눈과 오른눈의 균형을 맞추려고 눈을 질끈 감는다. 두 눈을 한꺼번에 뜨려 해본다. "캣," 그가 말한다. "그 아래 내 눈 그대로 붙어 있는 거 맞지, 그치? 아무것도 안 보여서 그래." 그럼, 그럼, 그럼, 그녀가 말한다. 그사이 모건 윌리엄스는 사실 조사를 계속한다. 단단하고 적당히 무겁고 날카로운 물건으로 좁혀지는군. 하지만 깨진 병은 아닐 거야. 그랬다면 그 삐죽삐죽한 절단면을 토머스도 봤을 테니까. 월터가 녀석의 눈썹을 찢어발기고 맹인으로 만들려 들기 전에. 그는 모건이 이 이론을 정립해가는 소리를 들으며 월터의 장화를, 매듭을, 뜯어진 끈의 매듭을 이야기해주고 싶지만 입을 놀리는 수고로움에 비해 보상이 신통치 않을 것 같다. 그도 모건의 결론에 대체로 동의한다. 어깨를 으쓱해 보이려 하지만 몹시 아프다. 으깨지고 어그러진 느낌이 어찌나 심한지 혹시 목이라도 부러졌나 싶다.

"이러나저러나," 캣이 말한다. "네가 뭘 어쨌기에 그 인간이 그리 발동이 걸렸니, 톰? 보통 날이 저물고 나서나 시작하잖아. 아무 이유도 없다면."

"그렇지." 모건 윌리엄스가 말한다. "무슨 이유가 있었던 거야?"

"어제. 내가 싸움을 했거든요."

"싸움을 했다고, 어제? 아니 도대체 누구랑 싸웠는데?"

"모르겠어요." 상대의 이름은 싸운 이유와 더불어 머릿속을 떠났다. 그런데 뭐랄까, 퇴장하면서 그의 두개골에서 삐죽한 뼛조각 하나를 없애버린 기분이다. 그는 두피를 만져본다, 조심조심. 유리병? 그럴지도.

"하아." 캣이 말한다. "늘 쌈질이지. 사내 녀석들은. 저 아래 강가에서."

"그러니까 내가 제대로 이해한 건지 보자고." 모건이 말한다. "어제 처남이 귀가하는데 옷이 찢기고 주먹이 까져 있었다. 영감이 말하기를, 꼴이 그게 뭐냐, 싸웠느냐? 그러고는 장장 하루를 기다렸다가 병으로 가격한다. 마당에 때려눕히고, 여기저기 발길질을 하고, 마구 두들겨패고, 손닿는 곳에 있던 널빤지로 힘껏 내리쳐서……"

"그 인간이 그랬대?"

"교구에 소문이 쫙 퍼졌어! 선창에 사람들이 줄지어 섰더라고. 내게 얘기해주려고. 뱃줄을 매기도 전에 외치더군. 모건 윌리엄스, 들어보시게. 자네 장인이 토머스를 두들겨팼어. 녀석이 산송장 꼴로 벌벌 기어 누이의 집으로 갔다네. 신부님까지 모셨다는군…… 당신, 신부님을 불렀어?"

"아, 윌리엄스家 사람들이란!" 캣이 말한다. "당신, 당신네 집안이 이 근방에서 그 정도로 거물이라고 생각하는 거야? 사람들이 소식을 전하려고 줄을 서다니. 근데 그건 왜겠어? 당신이 뭐든 덮어놓고 믿으니까 그렇지."

"하지만 맞잖아!" 모건이 외친다. "맞는 거나 다름없잖아! 어? 신부님 부분만 빼면. 토머스가 송장이 아니라는 것도, 아직은."

"당신은 분명 치안판사가 될 거야. 송장과 내 동생의 차이를 그리도 면밀히 연구했으니."

"내가 치안판사가 되는 날에는 당신 아버지한테 차꼬*를 채울 거야. 벌금형? 그 인간한테 벌금을 매겨봤자 부질없는 짓이야. 그런 사람한테 벌금을 매기면 뭐해? 길 가다 마주치는 아무 죄 없는 사람한테 강도질을 하든 사기를 치든 빼앗긴 만큼 다시 뜯어내면 그만인데?"

그가 끙끙거린다. 방해하지 않고 끙끙대려 해본다.

"보자, 보자, 보자." 캣이 속삭인다.

"지금쯤 치안판사들도 신물이 날걸." 모건이 말한다. "그 인간은 양조 맥주에 물을 타지 않을 때면 공유지에 불법으로 짐승을 풀어놓고, 공유지를 망가뜨리지 않을 때면 치안관리를 두들겨패고, 술을 마시지 않을 때면 아예 인사불성이니까. 그 인간이 비명횡사하지 않는다면 이

---

* 과거에 죄수를 매어두던 형구.

세상에 정의란 없는 거야."

"다 했어?" 캣이 묻고는 그에게로 고개를 돌린다. "톰, 당장은 우리
랑 지내는 게 좋겠어. 모건 윌리엄스, 어떻게 생각해? 힘쓰는 일을 시
키면 잘할 거야, 몸이 나은 다음에. 당신한테 필요한 계산 일을 맡겨도
되고. 애는 덧셈이랑…… 또 뭐더라? 알았어, 비웃지 마. 내가 셈을 배
울 시간이나 있었겠어? 저런 아버지랑 살면서? 그나마 내가 이름자라
도 쓸 수 있는 건 여기 있는 톰이 가르쳐준 덕분이라고."

"월터가 좋아하지 않을 거야." 그가 말한다. 지금 그가 내뱉을 수 있
는 건 겨우 이 정도다. 짧고, 단순하고, 객관적 진술만 담은 문장.

"좋아하지 않아? 도리어 부끄러워해야지." 모건이 말한다.

캣이 말한다. "하느님이 내 아버지를 빚을 때 부끄러움은 빠트리셨
거든."

그가 말한다. "왜냐면. 집에서 금방이니까. 아버지가 마음만 먹으면."

"처남을 쫓아올 거라고? 어디 그래보라고 해." 모건이 주먹을 다시
들어 보인다. 웨일스 사람의 조그맣고 초조한 주먹을.

캣이 상처를 마저 닦아주고 모건 윌리엄스의 호언장담과 폭행의 재
구성이 끝난 뒤, 그는 한두 시간 자리에 누워 몸을 추스른다. 이때 월
터가 지인 몇을 대동하고 문간에 나타났고, 호통과 함께 문을 걷어차
는 소리가 얼마간 이어졌는데, 그에게는 멀리서 웅웅거리는 소리로만
들렸기에 어쩌면 꿈일 수도 있겠다고 생각했다. 지금 그의 고민은 이
것이다. 이제 어찌할 것인가. 퍼트니에 머물 수는 없다. 부분적으로는
기억이 차츰 돌아오고 있기 때문이다. 그제 있었던 일과 싸움의 기억.

거기 어딘가에 칼이 개입되었을지도 모르겠다는 생각이 든다. 그리고 그 칼에 찔린 자가 누구든 그는 아니다. 그렇다면 그가 찌른 걸까? 이 모두가 불분명하다. 분명한 건 월터에 대한 생각이다. 나는 당할 만큼 당했다. 월터가 또다시 내 뒤를 노린다면 그때는 내가 그자를 죽이고 말 것이다. 만약 내가 월터를 죽이면 저들이 내 목을 매달 텐데, 어차피 목매달릴 거라면 그보다는 나은 이유에서였으면 한다.

아래층에서 그들의 목소리가 높아졌다 낮아졌다 한다. 모든 말을 다 알아듣지는 못한다. 모건은 처남이 돌아올 수 없는 강을 건넜다고 말한다. 캣은 처음에 했던 제안을, 사환과 잡일꾼과 문지기 자리를 제안한 걸 후회하고 있다. 왜냐하면, 모건이 이렇게 말해서다. "월터가 매일같이 이 주변을 얼쩡거릴 거야, 그러지 않겠어? 이렇게 떠들면서. '톰은 어디에 있느냐. 놈을 집으로 보내라. 그놈에게 읽기와 쓰기를 가르친다고 망할 놈의 신부에게 돈깨나 갖다 바친 장본인이 누군데, 바로 나다. 그런데 이제 그 젠장할 과실을 네놈들이 따먹는구나, 이 염치도 모르는 비열한 잡것들.'"

그가 아래층으로 내려간다. 모건이 명랑하게 내뱉는다. "괜찮아 보이는군, 그만하면."

모건 윌리엄스의 속사정은―그런들 저런들 매형을 향한 그의 호감을 조금도 반감시키지 않는 진실은―언젠가 장인을 치고 말겠다는 모건의 계획이 그저 머릿속 생각에 지나지 않는다는 점이다. 사실 모건은 월터를 두려워한다. 퍼트니의 선량한 주민 대다수가 그러듯이. 그리고 그 점에서는 모틀레이크와 윔블던 사람들도 다르지 않다.

그가 말한다. "그럼 이만 가볼게요."

캣이 말한다. "오늘밤은 여기 있어야 해. 너도 알잖아. 이튿날이 최악인 거."

"내가 없어지면 월터는 누구를 타작하려나?"

"우리가 알 바 아니지." 캣이 말한다. "벳도 결혼해서 벗어났으니까, 하느님 감사합니다."

모건 윌리엄스가 말한다. "월터가 내 아버지라면, 장담하는데 나는 그냥 떠돌이로 살 거야." 잠시 대답을 기다린다. "때마침 우리 수중에 돈이 좀 있구나."

잠깐의 정적.

"꼭 갚을게요."

모건이 웃음을 터트리면서 안도한 기색으로 말한다. "무슨 수로 갚으려고, 톰?"

그도 모른다. 호흡이 힘겹다. 하지만 별일은 아니다. 콧속에서 피가 엉긴 것뿐이다. 코뼈가 부러진 것 같지는 않다. 그는 대강이나마 확인하려는 듯 코를 만져본다. 그러자 캣이 말한다. 조심하렴, 앞치마 새로 갈아입었단 말이야. 그리고 고통에 찬 미소를 짓는다. 누나는 그가 떠나기를 원하지 않는다. 그렇지만 모건 윌리엄스의 뜻을 거스르지도 않을 것이다. 그렇지 않나? 윌리엄스 가문은 거물이다. 퍼트니에서, 윔블던에서. 모건은 캣을 지독히 아낀다. 그녀에게 늘 상기시킨다. 당신을 대신해 빵을 굽고 양조주를 관리할 여종들이 있다고. 진짜 귀부인처럼 위층에 앉아 바느질이나 하고, 타운코트를 빼입고 런던에 가는 남편의 일이나 좀 잘되게 기도나 하지 그러느냐고. 하루에 두 번 멋지게 차려입고 페가수스 저택을 휘젓고 다니며 탐탁지 않은 부분이나 바로잡으라고. 모건의 생각은 그렇다. 하지만 그녀가 어린 시절의 근면함을 지금껏 못 버리는 사람인 만큼 자리에 앉아 귀부인처럼 굴라는 모건의 간청에 내심 얼마나 기뻐할지도 그는 안다.

"꼭 갚을게요." 그가 말한다. "가서 군인이 될까 해요. 거기서 받는 돈을 좀 떼어 보낼 수 있고, 어쩌면 전리품을 얻을지도 모르죠."

모건이 말한다. "하지만 전쟁중인 곳이 없는데."

"어디든 한 군데는 있겠지." 캣이 거든다.

"아님 배에서 사환으로 일할 수도 있고요. 근데, 아시죠, 벨라―가서 그애를 챙겨도 될까요? 비명을 질러댔거든요. 월터가 가둬버려서."

"그래서 녀석은 그치의 발가락이라도 물어뜯을 생각은 없고?" 모건이 벨라를 두고 빈정댄다.

"벨라를 데려가고 싶어요."

"배에 고양이를 태운다는 말은 들어봤지. 개는 못 들어봤는데."

"벨라는 엄청 작아요."

"그렇다고 개를 고양이로 쳐주진 않지." 모건이 웃는다. "어쨌거나 배에서 사환으로 일하기에 너는 전반적으로 너무 커. 배의 사환은 삭구를 조그만 원숭이처럼 올라다녀야 하거든―원숭이 본 적 있냐, 톰? 너는 군인이 더 어울리겠다. 솔직한 말로 그 아비에 그 자식이라고― 하느님께서 주먹질 능력을 나눠주시면서 너를 꼴찌에 세우지는 않았을 테지."

"좋아." 캣이 말한다. "우리가 이 상황을 제대로 이해하고 있는지 볼까? 어느 날 내 동생 톰이 나가서 싸움을 한다. 그 벌로 아버지가 톰을 뒤에서 덮쳐 뭔지 모를, 하지만 무겁고 아마도 날카로운 물건으로 가격한다. 톰이 바닥에 쓰러지자 눈을 뽑다시피 하고, 온 힘을 실어 갈빗대를 걷어차고, 손에 잡히는 널빤지로 두들겨패고, 얼굴을 짓이겨놓는 통에 내가 친누나가 아니었으면 제대로 알아볼 수조차 없는 몰골이 됐다. 그리고 내 남편이 이 상황의 해답이랍시고 말하기를, 토머스, 군인이 되는 거야, 가서 너랑 일면식도 없는 누군가를 찾아 그자의 눈을 뽑고 갈빗대를 걷어차고 사실상 그자를 죽여, 그리고 그걸로 돈을 벌어라, 라는 거지."

"그편이 더 낫지." 모건이 말한다. "강가에서 쌈질이나 하는 것보다. 그건 누구한테도 득이 되지 않으니까. 저애를 봐―내 마음대로 할 수 있다면, 나는 처남을 고용하기 위해 전쟁이라도 일으키겠어."

모건이 쌈지를 꺼낸다. 동전을 내려놓는다. 땡그랑, 땡그랑, 땡그랑, 유혹하듯이 천천히.

그는 광대뼈를 만져본다. 멍은 들었으나 살이 찢기지는 않았다. 하지만 너무도 차갑다.

"들어봐." 캣이 말한다. "우리는 여기서 자랐어. 어쩌면 톰을 도와줄 이가 있을―"

모건이 그녀를 쳐다본다. 누가 봐도 이렇게 말하는 눈이다. 당신 지금 월터 크롬웰한테 밉보이고 싶은 사람이 있으리라고 말하는 거야? 그치가 자기 집 문짝을 박살내는 꼴을 보겠다는 사람이? 캣이 남편의 생각을 실제로 듣기라도 한 양 말한다. "아냐. 어쩌면. 어쩌면, 톰, 그 편이 최선일 거야, 그렇지 않을까?"

그가 자리에서 일어난다. 캣이 말한다. "모건, 얘 좀 봐. 갈 때 가더라도 오늘밤은 안 돼."

"가야 해. 한 시간 뒤면 그 사람이 술에 절어 나타날 거야. 내가 여기 있다고 생각하면 불을 지를 거고."

모건이 말한다. "여정에 필요한 것들은 챙겼나?"

그는 캣을 보며 이야기하고 싶다. 아니라고.

하지만 그녀는 고개를 돌린 채 울고 있다. 그를 위해 우는 건 아니다. 왜냐하면, 그는 생각한다. 아무도 그를 위해 울어주지 않을 테니까. 하느님은 그를 그런 사람으로 만들어주지 않았다. 캣은 삶이라는 게 원래 어때야 하는지에 대한 나름의 생각 때문에 우는 것이다. 예배를 마친 일요일, 자매와 시누이와 아내들이 볼키스 인사를 나누고 서로를 토닥인다. 각자의 자녀를 찰싹 때리는 동시에 애정어린 손길로 아이의 작고 동그란 머리를 쓰다듬는다. 여자들은 아기를 비교하고 바꿔 안아본다. 남자들은 한데 모여 사업, 양모, 방적사, 타래, 해운, 망할 플랑드르 인간, 어업권, 양조, 연간 매출, 시기적절하고 근사한 정보, 호의에 보답하는 호의, 약간의 뇌물, 약간의 의뢰비, 내 변호사가 그러던데…… 등등의 얘기를 나눈다. 무릇 삶이란 그런 모습이어야 했다, 모건 윌리엄스와 결혼한 삶. 윌리엄스 가문은 퍼트니의 거물이니까…… 하지만 어째선지 그렇지 못하다. 월터가 모든 걸 망쳤다.

그는 조심스럽고 뻣뻣하게 몸을 편다. 이제 온몸 구석구석이 다 아프다. 내일은 이보다 더하면 더했지 덜하지 않을 것이다. 사흘째는 멍이 올라오고, 어쩌다 그 지경이 되었는지 묻는 사람들의 질문에 대답을 시작해야 한다. 그때쯤 그는 멀리 떠나 있을 테다. 그리고 짐작건대 아무도 그에게 설명을 요구하지 않을 것이다. 그곳에선 누구도 그를 알거나 신경쓰지 않을 테니까. 구타당한 얼굴 또한 그에게는 일상이려니 생각할 테다.

그는 돈을 집어든다. 그리고 말한다. "후일, 모건 윌리엄스. 디올흐 암 어르 아리안."* 돈은 감사히 받겠습니다. "고발루흐 암 카세린. 고발루흐 암 에이흐 뷔스네스. 웰라 이 히 에토 흐리우브리드. 포블 룩."

누나를 잘 돌봐주세요. 매형의 사업도 잘 꾸리시고요. 언젠가 다시 뵙겠습니다.

모건 윌리엄스가 빤히 바라본다.

그는 어정쩡히 웃는다. 얼굴의 상처가 벌어질 일만 없었더라면 활짝 웃었을 것이다. 윌리엄스 저택 주변을 어슬렁거리며 보냈던 수많은 나날. 그들은 그가 그저 끼니나 때우러 온다고 생각했을까?

"포블 룩." 모건이 천천히 말한다. 행운을 비마.

그가 묻는다. "강을 따라 가는 게 가장 나을까요?"

"어디로 갈 생각인데?"

"바다요."

잠시간 모건 윌리엄스는 일이 이렇게 되어 안타까운 듯 보인다. 그리고 말한다. "괜찮을 거지, 톰? 내 약속하마. 벨라가 너를 찾으러 오면 배를 곯려 보내는 일은 없을 거다. 캣이 파이를 챙겨줄 거야."

그는 이 돈으로 버텨야 한다. 강을 따라 이동할 수는 있다. 그러나 누군가의 눈에 띄어 월터에게 붙잡힐까 두렵다. 월터가 동원할 연줄과 지인, 술 한잔에 무슨 짓이든 할 인간들이다. 지금 그의 계획은 우선

---

* 영국 웨일스 지방의 토착어.

틸버리의 바킹*에서 출항하는 밀수선에 숨어드는 것이다. 그러나 이내 이런 생각이 든다. 프랑스에 가면 전쟁이 있다. 그가 말을 건 몇몇 사람—그는 낯선 이들과도 아주 쉽게 말을 튼다—도 그리 믿는다. 그렇다면 도버로 가야 한다. 그는 육로를 선택한다.

달구지에 짐 싣는 일을 도우면 거기 태워준다, 대개가 그렇다. 그걸 보니 이런 생각을 하게 된다. 다들 짐 싣는 실력이 형편없구나. 널찍한 나무 궤짝을 싣고 그대로 비좁은 성문을 곧장 통과해보려는 남자들. 궤짝의 방향을 돌리는 간단한 해법으로 크나큰 문제가 여럿 풀린다. 말들도 그렇다. 그는 늘 말과 더불어 지냈고, 겁에 질린 녀석도 많이 봤다. 월터는 자신과 지인들을 위해 챙겨둔 독주의 기운이 잠으로도 가시지 않는 아침이면 부업, 그러니까 편자공과 대장장이 일로 눈을 돌렸다. 그러면 그자의 시큼한 구취 때문인지, 우렁찬 목소리 때문인지, 아님 몸에 밴 장광설 때문인지 평소에는 편자를 박아도 얌전하던 녀석들조차 고개를 저으며 편자의 열기로부터 뒷걸음치곤 했다. 녀석들은 월터의 손에 발굽을 붙들린 채 부들부들 떨었다. 그들의 고개를 안고 말을 걸어주고, 양쪽 귀 사이의 벨벳 같은 부위를 문질러주고, 네 어미는 너를 사랑하고 지금까지도 네 이야기를 하며 월터의 이 짓도 곧 끝나리라고 말해주는 일은 다 그의 몫이었다.

그는 하루가 넘도록 음식을 입에 대지 못한다. 통증이 너무도 심하다. 그러나 도버에 도착할 때쯤에는 두개골에 크게 벌어졌던 상처도

---

* 잉글랜드 남동부.

아물고 몸속의 연한 부위들도 절로 나았다. 신장도 폐도 심장도. 그는 그렇게 믿는다.

그에게 향하는 눈초리를 통해 알 수 있다. 얼굴의 멍은 여전하다. 그가 길을 나서기 전에 모건 윌리엄스가 그를 구석구석 살폈었다. 치아는 (기적적으로) 아직 두개골에 붙어 있구먼. 그리고 두 눈, 기적적으로 멀쩡해. 팔이 둘에 다리가 둘. 그거면 된 거 아니냐?

그는 선창을 돌아다니며 사람들에게 묻는다. 지금 전쟁중인 데가 어딘지 아세요?

그가 묻는 남자들마다 엉망인 그의 얼굴을 물끄러미 보다 뒤로 물러나며 말한다. "그건 네가 더 잘 알 것 같은데!"

남자들은 몹시 즐거워한다. 자기가 말해놓고 어쩌나 웃어대는지. 그는 계속 묻고 다닌다. 그저 사람들을 즐겁게 해주려고.

놀랍게도 그는 도착했을 때보다 풍족한 상태로 도버를 떠나리란 걸 알게 된다. 스리카드 트릭*을 하는 남자를 눈여겨보고, 방법을 익힌 뒤 직접 판을 벌인다. 그가 소년인 고로 사람들은 발길을 멈추고 도전해본다. 그들이 잃는다.

그는 수입과 지출을 셈한다. 매춘부와 잠시 뒹굴 시간을 위해 소액을 떼어둔다. 퍼트니에서는 꿈도 못 꿀 일이다. 윔블던 혹은 모틀레이크에서도. 윌리엄스 가문 사람들의 귀에 들어가 그들이 웨일스어로 입방아를 찧어대는 상황을 모면할 방도는 없다.

그는 나이 지긋한 로랜드** 사람 셋이 짐보따리 때문에 애먹는 모습

---

* 카드 세 장을 엎어놓고 퀸을 알아맞히는 도박.
** 스코틀랜드 남부.

을 보고 냉큼 달려가 돕는다. 짐은 보드랍고 부피가 크다. 모직물 견본이다. 항만 관리가 이 로랜드 상인들의 증빙서류를 걸고넘어지며 얼굴에 대고 빽빽거린다. 그는 로랜드 출신의 반편이인 척 굴며 어영부영 관리의 등뒤로 가서 온당하다고 생각하는 뇌물의 액수를 상인들에게 손가락으로 표시해 보인다. "부탁합니다." 상인 하나가 부자연스러운 잉글랜드어로 관리에게 말한다. "소인 대신 이 잉글랜드 동전을 좀 처리해주시겠어요? 계산과 맞지 않는 돈이라서요." 별안간 관리가 만면에 웃음을 띤다. 상인들도 만면에 웃음을 띤다. 원래대로라면 그보다 더 뜯겼을 터다. 삼인방이 배에 오르며 말한다. "이 아이는 우리 일행이요."

출항을 기다리면서 삼인방이 그의 나이를 묻는다. 그는 열여덟 살이라고 답한다. 하지만 삼인방은 웃음을 터트린다. 꼬마야, 그럴 리 없다. 그는 열다섯 살을 제시한다. 삼인방은 상의 끝에 열다섯이면 그럴 듯하다고 결론짓는다. 실은 그보다 더 어리다고 생각하지만, 그에게 무안을 주고 싶지 않다. 얼굴은 어쩌된 노릇이냐고 묻는다. 둘러댈 말이 몇 가지 있기는 하지만 그는 진실을 택한다. 일을 그르친 강도 정도로 치부되고 싶지 않다. 삼인방은 그의 이야기를 두고 자기네끼리 갑론을박을 벌인다. 통역이 가능한 남자가 그를 본다. "지금 우리는 이런 얘기를 하고 있다. 잉글랜드 사람은 자식한테 모질다고. 냉정하다고. 아버지가 방에 들어오면 아이는 무조건 자리에서 일어나야 한다고. 늘 아주 예의바르게 말해야 한다고. '네, 아버님' '그렇습니다, 어머님' 하고."

그는 놀란다. 세상에 자식한테 모질지 않은 사람이 있다는 말인가?

마음이 처음으로 조금 가벼워진다. 이런 생각이 든다. 다른 세상이 있을 수 있다, 더 나은 세상이. 그는 자기 이야기를 한다. 벨라에 대해 털어놓자 상인들은 안타까워하는 눈치다. 다른 개를 구할 수 있으리라는 따위의 멍청한 소리는 하지 않는다. 그는 페가수스 저택과 아버지의 양조장, 거기서 만드는 저질 맥주 때문에 일 년에 최소 두 번은 받는 벌금형을 이야기한다. 아버지 월터가 목재를 훔치고, 다른 사람들의 나무를 멋대로 베어내 벌금을 물고, 공유지에 많아도 너무 많은 양떼를 풀어놓는다는 얘기도. 삼인방은 그 이야기에 흥미를 보인다. 모직물 견본을 보여주고 무게와 짜임에 대해 자기들끼리 의논을 하다가 이따금 그를 챙겨 대화에 끼워주고 설명해준다. 자기들은 잉글랜드식으로 마감한 직물을 대개는 높이 사지 않지만, 이 견본 덕분에 생각이 바뀔 수도 있겠다는 둥…… 삼인방이 프랑스 칼레로 가는 이유와 거기 있다는 여러 지인에 대해 설명하려 할 때쯤 그는 대화의 맥을 놓친다.

그는 아버지의 대장간 사업에 대해 이야기한다. 잉글랜드 말을 할 줄 아는 상인이 흥미로워하며 묻는다. 너도 편자를 만들 줄 아느냐? 그는 그 작업이 어떤 느낌인지, 뜨거운 금속과 성질 더러운 아버지와 비좁은 공간에 함께 있는 게 어떤 기분인지 몸짓으로 보여준다. 삼인방이 웃음을 터트린다. 그들은 그가 이야기하는 모습을 보는 게 좋다. 말재간이 좋군, 삼인방 중 한 명이 말한다. 선창에 닿기 전, 그들 중 가장 과묵한 사람이 자리에서 일어나 이상스레 격식을 차린 연설을 한다. 다른 한 명이 고개를 끄덕이고, 나머지 한 명이 통역해준다. "우리는 삼형제다. 여기는 우리 구역이다. 네가 우리 마을을 방문할 일이 있다면 너를 위한 잠자리와 난로와 음식이 있을 거다."

안녕히, 그는 삼인방에게 말한다. 안녕히, 당신들의 삶에 행운이 함께하기를. 후일, 직물 상인들이여. 고발루흐 에이흐 뷔스네스. 그는 마침내 전쟁과 맞닥트릴 때까지 멈추지 않을 것이다.

날은 차지만 바다는 잔잔하다. 캣은 그에게 성스러운 메달을 건넸었다. 그는 그것을 줄에 끼워 목에 두르고 있었다. 살갗에 닿은 메달이 싸늘하다. 그는 줄을 푼다. 메달에 입술을 댄다, 행운을 빌며. 그리고 손을 놓는다. 메달이 소곤거리며 물속으로 가라앉는다. 그는 생전 처음 본 망망대해의 모습을 기억할 것이다. 잿빛의 주름투성이 광활함을, 꿈의 잔여물 같은.

II
부성父性
1527년

자. 스티븐 가드너로 시작해보자. 가드너가 밖으로 나가는데 그가
들어선다. 궂은 날씨에 4월의 밤인데도 때아니게 따뜻하다. 그러나 가
드너는 털옷을 걸쳤다. 기름지고 풍성하고 거무죽죽한 깃털로 지은 옷
같다. 자리에 서서 옷깃을 여미는 장신의 꼿꼿한 풍채를 감싸고 깃털
을 일렁이는 털옷이 꼭 검은 천사의 날개처럼 보인다.

"늦었군요." 마스터 스티븐이 불퉁하게 말한다.

그는 건조하다. "나 말입니까, 당신 말입니까?"

"당신요." 스티븐이 대답을 기다린다.

"강에 모인 취객들 때문에요. 사공이 말하기를 그네들의 수호성인
중 하나의 축일전야랍니다."

"성인에게 기도는 올렸는지?"

"나는 누구에게나 기도할 겁니다, 스티븐. 육지에 당도할 때까지는."

"당신이 몸소 노를 잡지 않았다니 놀랍군요. 틀림없이 강에서 일한 적이 있을 터인데, 어렸을 때 말입니다."

스티븐은 늘 똑같은 타령이다. 당신의 타락한 아버지. 당신의 천한 태생. 스티븐은 사생아로 태어난, 특정할 수 없는 부류의 반쪽짜리 귀족으로 추정된다. 어느 조그만 동네의 조심스러운 사람들이 대가를 받고 조심스럽게 자식으로 삼아 길렀다. 양모 교역을 하는 그들을 마스터 스티븐은 원망하는 동시에 잊고 싶어한다. 크롬웰이 양모 교역을 하는 모든 사람과 알고 지내는 이상 자신의 과거에 대해서도 너무 많이 알 게 뻔하다는 사실이 불편하다. 불쌍한 고아 같으니!

마스터 스티븐은 자기 처지가 하나같이 원망스럽다. 자신이 국왕의 공인되지 않은 사촌인 게 원망스럽다. 그간 자기 손으로 교회를 잘 건사해왔건만, 저자가 교회 일을 보고 다니는 게 원망스럽다. 추기경의 심복 비서는 자신인데도, 다른 누군가가 추기경과 야밤의 회동을 갖는 게 원망스럽다. 자신이 그런 장신의 남자들, 허우대만 멀쩡할 뿐 뒤를 봐줄 존재라고는 별로 없는 자들 중 하나라는 게 원망스럽다. 그들 두 사람이 컴컴한 밤에 마주치기라도 하면 손을 털고 씨익 웃으며 먼저 걸어가는 쪽은 마스터 토머스 크롬웰일 것임을 자기도 안다는 게 원망스럽다.

"하느님의 은총이 있기를." 가드너가 말하며 때아니게 따뜻한 밤 속으로 들어간다.

크롬웰이 말한다. "고맙습니다."

추기경은 글을 쓰느라 고개도 들지 않는다. "토머스. 아직 비가 오는 가? 더 일찍 도착하리라 예상했네만."

사공. 강. 성인. 그는 추기경의 사업 건으로 꼬박 두 주 동안 이른아 침부터 안장에 앉아 이동했고, 요크셔에서 차근차근 길을 되짚어 내려 오는 여정―역시 쉽지는 않았다―을 이어간 터다. 중간에 그레이스 인 법학원의 자기 사무원들에게 들러 갈아입을 리넨 속옷을 빌렸다. 런던 동부로 가서 입항한 선박에 대해 듣고, 개인적으로 기다리는 비 공식 탁송물의 행방을 확인했다. 그러나 지금껏 끼니도 때우지 못하고 아직 집에 돌아가지도 못했다.

추기경이 몸을 일으킨다. 문을 열고 밖에서 서성이는 하인들에게 말 한다. "체리를! 뭐, 체리가 없어? 4월이라고 했느냐? 이제 겨우 4월이 라고? 그렇다면 손님의 마음을 달래긴 힘들겠구나." 추기경이 한숨을 쉰다. "뭐든 있는 대로 가져오너라. 하지만 그걸로는 절대 부족할 거 다, 알지 않느냐. 어찌 나를 이리도 푸대접하는고?"

이윽고 온 실내가 부산해진다. 음식, 와인, 벽난로의 불이 준비된다. 남자 하나가 염려의 말을 웅얼거리며 그의 축축한 겉옷을 받아든다. 추기경의 살림을 책임지는 하인 모두가 이런 식이다. 대하기 편하고, 사뿐히 걷고, 사과의 말을 입에 달고 살고, 귀찮도록 따라다니며 시중 을 든다. 추기경을 방문하는 누구나 같은 대접을 받는다. 십 년을 하루 같이 밤마다 찾아와 걸리적거리고 매번 부루퉁하니 우거지상으로 앉 아 있는 사람일지라도 추기경은 여전히 귀빈으로 대접할 것이다.

하인들은 자기 존재를 깨끗이 지우고 문 쪽으로 스르륵 이동한다. "더 바라는 게 있는가?" 추기경이 묻는다.

"해가 나는 것요?"

"이렇게 늦게? 내 힘을 바닥낼 심산이군."

"새벽녘 정도도 괜찮습니다."

추기경은 하인들에게 고개를 까닥한다. "이 요구는 내가 친히 살펴 야겠군." 추기경이 진지하게 말한다. 하인들이 진지하게 웅얼거리고 물러간다.

추기경은 두 손을 모은다. 크고 깊고 웃음기어린 한숨을 내쉬는데, 꼭 따뜻한 장소에 자리잡은 표범 같다. 추기경이 자신의 대리인을 바라본다. 대리인이 그의 추기경을 바라본다. 추기경의 외모는 쉰다섯 살 나이에도 한창때와 다를 바 없이 준수하다. 오늘밤은 늘 입는 진홍색 성직복 대신 거무스름한 자주색 바탕에 정교한 흰색 레이스가 달린 옷을 입었다. 한낱 주교에 지나지 않는 자처럼. 추기경은 인상적일 만큼 장신이다. 몸을 움직일 일이 더 적은 자에게나 어울릴 법한 복부는 오히려 존재에 웅장함을 더하고, 추기경은 그 위에 크고 희고 반지 낀 손을 남몰래 얹어두곤 한다. 큰 머리―교황관을 지탱하도록 하느님이 그렇게 고안한 것이 분명한―를 널찍한 어깨가 근사하게 떠받친다. 그 어깨에 (지금 이 순간은 아니지만) 잉글랜드 대법관*의 거대한 목걸이가 걸린다. 그 위의 고개가 까닥인다. 추기경이 이곳부터 빈까지 명성이 자자한 그 달콤한 말투로 말한다. "그럼 이제 요크셔는 어땠는지 말해보게나."

"불결합니다." 그가 자리에 앉는다. "날씨. 주민. 예의범절. 도덕성

---

* 재상에 해당하는 최고 관직.

전부 다."

"뭐, 불평을 하기에는 이만한 장소도 없지. 물론 내가 날씨 문제로 하느님께 이미 한소리 하던 중이지만."

"아, 그리고 음식도요. 내륙으로 8킬로미터 들어가 있어, 싱싱한 생선이라곤 없습니다."

"레몬 하나도 바라기 힘들겠군. 그들은 뭘 먹던가?"

"런던 사람이요, 잡을 수만 있으면. 전하께서도 그런 야만인은 본 적이 없을 겁니다. 취한 듯 날뛰는 머리 나쁜 족속들이죠. 굴속에 사는 주제에 근방에서는 젠트리*로 통합니다." 직접 가서 두 눈으로 봐야 하는데, 추기경 자신이 말이다. 추기경은 요크의 대주교이지만 시찰을 나가본 적이 한 번도 없다. "전하의 사업과 관련해서는—"

"듣고 있네." 추기경이 말한다. "실은 그 이상이네. 넋을 잃을 지경이야."

그의 보고를 듣는 추기경의 얼굴에 특유의 상냥하고 한없이 자상한 주름이 잡힌다. 추기경은 이따금 그가 제시하는 수치를 받아적는다. 아주 질 좋은 와인을 홀짝이다 마침내 입을 연다. "토머스…… 도대체 무슨 짓을 한 건가, 이런 무시무시한 인간 같으니. 수녀원장한테 애가 있다고? 그런 사람이 두셋이나 돼? 게다가 어디 보세…… 휫비**에 불을 질렀어, 충동적으로?"

자신의 충복 크롬웰을 두고 추기경은 두 가지 농담을 즐겨 하는데, 때로는 그 둘을 하나로 합치기도 한다. 하나는 그가 태연히 걸어들어

* 영국에서 자영농과 귀족 사이에 존재하는 중산계급의 상층부를 일컫는 말.
** 요크셔주 북동부의 항구도시로 수도원이 있다.

와 4월에 체리를, 12월에 상추를 요구한다는 것이다. 다른 하나는 그가 시골 지역을 돌아다니며 포학한 짓을 저지르고는 추기경의 이름을 판다는 것이다. 추기경은 때때로 자신의 필요에 따라 다른 농담도 수시로 꺼내든다.

이제 열시가 다 되었다. 양초의 불꽃이 추기경에게 공손히 절하고 다시 곧추선다. 빗방울—작년 9월부터 비가 계속되고 있다—이 유리창을 후드득 때린다. "요크셔에선," 그가 말한다. "전하의 계획을 반기지 않습니다."

추기경의 계획. 교황의 재가까지 받은 이 계획은 운영이 부실한 소규모의 수도원 재단 서른여 곳을 더 규모가 큰 재단과 통합하고, 기존 재단—쇠락했으나 무척 유서 깊은 곳이 많다—의 수입을 추기경이 현재 건립중인 두 대학의 자금으로 유용하는 것이다. 하나는 옥스퍼드의 카디널 칼리지고, 다른 하나는 추기경의 고향인 입스위치에 있는 대학이다. 고향에서 추기경은 부유하고 독실한 일등 푸주한에다 길드 조합원이며 규모가 크고 관리 상태가 훌륭해 최고의 여행자들이 드나드는 부류의 여관을 소유한 남자의 학자 아들로 잘 알려져 있다. 여기에는 한 가지 문제…… 아니, 사실 몇 가지 문제가 있다. 열다섯 살에 문학사를, 이십대 중반에 신학학사를 취득한 추기경은 법학에 정통하면서도 법의 지지부진함은 좋아하지 않는다. 제병을 예수의 몸으로 바꿀 때처럼 빠르고 쉽게 부동산을 현금으로 바꿀 수 없다는 걸 쉬이 용납하지 못한다. 한번은 그가 추기경에게 시험삼아 관련 토지법의 사소한 내용 하나를 짚어 설명한 적이 있는데—음, 괘념치 마라, 사소한 내용이었으니—추기경은 진땀을 흘리며 말했다. 토머스, 내가 자네에게 뭘 주면 되겠는가, 자네가 이런 이야기를 다시는 거론하지 않게 하려면? 방법을 찾게. 그냥 해버려. 장애물이 나타나면 추기경은 이렇게 말할 터였다. 웬 대단찮은 자들이 자신의 원대한 설계를 방해한다는 소리를 들으면 이렇게 말할 터였다. 토머스, 그자들한테 돈이나 몇 푼 쥐여주고 쫓아버리게나.

그가 이처럼 여유롭게 딴생각을 하는 건 추기경이 책상을, 반쯤 쓴 서신을 물끄러미 내려다보고 있어서다. "톰……" 추기경이 고개를 든다. "아니, 아니네. 지금 자네가 그리 오만상을 쓰고 있는 이유나 말해주게."

"북부 사람들이 저를 죽이겠답니다."

"정말인가?" 그러나 추기경의 얼굴은 이렇게 말하고 있다. 나는 경악했고 낙담했다. "그들이 자네를 죽일까? 자네 생각은 어떤가?"

추기경 뒤쪽에 벽 높이와 같은 길이의 태피스트리 한 점이 걸려 있다. 솔로몬왕이 어둠 속으로 두 손을 뻗고 시바의 여왕을 맞이하는 중이다.

"제 생각은, 전하께서 누굴 죽이실 작정이라면 그냥 죽이십시오. 그러겠노라는 서신은 보내지 마시고요. 엄포를 놓거나 위협해서 상대가 경계를 강화하게 만들지 마세요."

"자네의 경계가 풀리는 날이 있거든 그거나 좀 알려주게. 꼭 한번 보고 싶구먼. 혹 아는가, 누가…… 어쨌든 서신을 보내도 저들은 서명하지 않겠군. 나는 내 계획을 포기하지 않을 걸세. 통합할 재단은 내 손으로 친히 신중하게 골랐고, 교황 성하께서도 기밀로 재가하셨어. 반대하는 자들은 내 의도를 오해하고 있네. 늙은 수도사들을 길바닥으로 내몰겠다는 뜻이 결코 아니야."

맞는 말이다. 전출이 가능하다. 생활 보조금이, 보상금이 지급될 수 있다. 쌍방의 협조하에 협상을 진행할 수도 있다. 불가피한 일이니 받아들이시오, 그는 권고한다. 추기경 전하를 존중하시오. 그분의 사려 깊고 자애로운 마음씀씀이를 보시오. 그분의 간절한 눈은 오직 교회의 궁극적 이익만 좇음을 믿으시오. 이는 협상에 동원되는 문구다. 가난, 절개, 복종, 이는 작은 수도원의 노망난 원장들에게 앞으로 어찌해야 할지 강조할 때 쓰는 말이다. "저들은 오해한 게 아닙니다." 그가 말한다. "그저 수익을 마음대로 할 수 있길 바랄 뿐이죠."

"자네 다음번 북부에 갈 때는 무장 호위병을 대동해야겠군."

그리스도교도의 생애 마지막까지 미리 궁리하는 추기경은 피렌체 출신 조각가를 시켜 자신의 무덤을 이미 설계해두었다. 추기경의 시신은 반암으로 만든 석관에, 활짝 편 천사의 날개 아래 뉠 것이다. 혈관 같은 줄무늬를 품은 돌을 기념비로 세우는 사이, 추기경 자신의 혈관은 방부 처리를 위해 비워질 테고. 그의 사지가 대리석처럼 놓일 때, 망자의 미덕을 아로새긴 명문은 금으로 장식될 것이다. 이와 달리 두 대학은 추기경의 살아 숨쉬는 기념비가 되어 그 자신이 세상을 떠난 뒤에도 오랫동안 기능하고 살아남을 것이다. 가난한 소년들, 가난한 학자들이 추기경의 기지를, 경이로움과 아름다움을 아는 감각을, 예의와 기쁨에 대한 본능을, 수완을 세상에 널리 퍼트리리라. 그는 당연히 고개를 가로젓는다. 법률가에게 무장 호위병을 붙이는 일은 좀처럼 없죠. 추기경은 무력행사를 질색한다. 너무 뻔한 짓이라고 생각한다. 이따금 자기 사람—가령 스티븐 가드너—이 찾아와 도시 내 이교도의 소굴을 고발한다. 그러면 추기경은 진심으로 이렇게 말한다. 가련하고 몽매한 영혼들. 그들을 위해 기도하게, 스티븐. 나 역시 그들을 위해 기도하겠네. 그럼 우리 선에서 그자들의 정신 상태를 바로잡을 수 있는지 알게 되겠지. 그리고 그들에게 말하게. 행실을 똑바로 하라고. 그러지 않으면 토머스 모어에게 붙들려 그자의 지하실에 갇히는 신세가 될 거라고. 그때부터 우리 귀에는 오직 비명소리만 들릴 거라고.

"자, 토머스." 추기경이 고개를 든다. "에스파냐어를 좀 하는가?"

"조금요. 군대에서 배웠죠, 아시다시피. 잘은 못합니다."

"자네가 에스파냐 군대에서 복무한 줄 알았는데."

"프랑스군입니다."

"아. 그렇군. 친분이 있는 자는 없고?"

"다 옛날이야기죠. 카스티아어*로 상대를 열받게 할 줄은 압니다."

"그 점은 명심해둬야겠군. 그 능력이 필요할 날도 있겠지. 지금으로서는…… 왕비 쪽에 친구를 늘리면 좋겠다고 생각하던 차였네."

첩자, 그 뜻이다. 그 소식에 왕비가 어찌 반응하는지 알아내려는 것이다. 사적인 공간에서 느슨히 풀어진 채, 외교적 격식을 위한 라틴어라는 올가미를 벗어버린 카타리나** 왕비가 뭐라고 하는지 확인하려는 것이다. 그녀에게는 파국이나 다름없을 테니까, 국왕이―자신과 근스무 해를 함께한 뒤에―다른 여자와 결혼하려 한다는 소식은. 어떤 여자든 상관없다. 가문 좋은 공주로 국왕이 생각하기에 아들을 안겨줄

---

* 에스파냐의 수도 마드리드가 있는 카스티야 지역의 언어라는 뜻으로 현재 에스파냐어를 가리킨다.

** 캐서린 왕비의 세례명.

수 있을 여자라면.

추기경이 턱을 괴고 엄지와 다른 한 손가락으로 눈을 문지른다. "오늘 아침에 폐하께서 부르셨네. 이례적으로 일찍."

"무슨 용무로요?"

"애석한 용무지. 게다가 그토록 이른 시각이라니. 폐하와 함께 새벽 미사에 참석했어. 그 시간 내내 폐하는 말씀을 계속하셨네. 나는 폐하를 사랑하네. 그 사랑이 얼마나 깊은지는 하느님께서 아시지. 하지만 내 달래는 능력에도 한계는 있다네." 추기경이 와인잔을 들고 가장자리를 유심히 살핀다. "머릿속에 그려보게, 톰. 이렇게 한번 상상해봐. 자네는 서른다섯 살쯤 된 남자야. 건강하고 식욕도 왕성해. 매일같이 장을 비우고, 관절은 유연하지. 몸을 지탱하는 골격도 멀쩡하고, 게다가 잉글랜드의 국왕이야. 그런데." 추기경이 고개를 절레절레 젓는다. "그런데! 그런 사람이 좀 쉬운 걸 원하면 오죽 좋겠나. 현자의 돌.* 영원한 젊음의 영약. 온갖 이야기에 등장하는 그런 궤짝 같은 것 말일세. 금화가 가득한."

"금화를 얼마쯤 꺼내도 저절로 다시 차오르고요?"

"그렇지. 차라리 그런 금화 궤짝이라면 내게도 희망이 있겠어. 젊음의 영약이나 뭐 그런 거라면. 하지만 자기 뒤를 이어 나라를 다스릴 아들은 대체 어디서부터 찾기 시작해야 한단 말인가?"

추기경의 뒤로 부는 찬 바람에 태피스트리가 슬쩍 흔들리면서 솔로몬왕이 인사를 하는데, 얼굴이 가려져 잘 보이지 않는다. 미소를 머금

---

* 중세 연금술사들이 금속을 황금으로 만들고 영생을 가져다준다고 믿은 상상의 물질.

고 사뿐사뿐 움직이는 시바의 여왕을 보고 있으니 그가 안트베르펜에 머물던 당시 하숙했던 집의 젊은 과부가 떠오른다. 침상을 공유하는 사이였으니 그는 그녀와 결혼해야 했을까? 도의상은 그렇다. 하지만 그가 안셀마와 결혼했다면 리즈와 결혼하지 못했겠지. 그의 자식들도 지금의 아이들이 아닐 테고.

"전하께서 아들을 찾아줄 수 없다면." 그가 말한다. "마땅한 성경 구절이라도 찾아줘야 할 겁니다. 폐하가 안심하실 수 있게."

추기경은 마땅한 성경 구절을 찾는 듯 보인다, 자기 책상에서. "그렇다면 신명기로 하지. 고인이 된 형제의 아내를 취하라고 긍정적으로 권하니. 폐하께서 하셨던 대로." 추기경은 한숨을 내쉰다. "하지만 폐하는 신명기를 싫어하신다네."

왜 싫어하시냐고 물어봐야 소용없다. 신명기는 형제의 미망인과 결혼하라 명하는데 레위기는 그래선 안 된다고, 그러면 자손을 보지 못하리라 말하니 그 모순을 감수하셔야 한다고, 그리고 이십 년 전 교황의 직인이 찍힌 관면*이 발행되던 당시 둘 중 무엇이 우선하는지 문제를 로마의 고위성직자들이 두둑한 수수료를 받고 철저히 검토했다는 사실을 인정하셔야 한다고 말해봐야 소용없다.

"폐하가 레위기에 마음을 쓰는 이유를 모르겠습니다. 생존해 있는 따님도 계신데요."

"하지만 대체로 성서에서 '후손'은 '아들'을 의미한다고 이해되지."

추기경은 구약성서를 예로 들어 근거를 설명한다. 목소리는 온화하

---

* 가톨릭교회에서 신자의 교회법 준수 의무를 면제해주는 것.

고 달래는 듯하다. 추기경은 가르치기를 무척 즐긴다. 가르침을 받으려는 의지가 있는 곳이라면 어디서든. 두 사람은 여러 해 동안 서로 알고 지냈고, 추기경이 굉장히 위엄 있는 인물이기는 하나 둘 사이에 격식은 예전에 사라졌다. "내게 아들이 하나 있네." 추기경이 말한다. "자네도 알지, 물론. 하느님, 용서하소서. 육신의 나약함을."

추기경의 아들—토머스 윈터라 불린다—은 학자로서 조용한 삶을 추구하는 듯하다. 물론 아버지의 뜻은 다를 수도 있겠지만. 추기경에게는 딸도 하나 있다. 그 젊은 여인은 누구의 눈에도 띈 적 없다. 다소 신랄하다 싶게 추기경은 그녀를 도로테아, 즉 신의 선물이라 부른다. 그녀는 이미 수녀원에 의탁했다. 거기서 부모를 위해 기도할 것이다.

"자네도 아들이 있지. 아니, 자네의 성을 물려받은 외아들이 있다고 말해야 하나. 하지만 자네가 모르는 아들들도 있지 싶은데, 지금쯤 템스강 강둑을 뛰어다니고 있을?"

"아니기를 바랍니다. 도망칠 당시에 저는 열다섯 살도 채 되지 않았어요."

울지 추기경은 이 이야기를, 그가 자기 나이를 모른다는 사실을 재미있어한다. 사회계층을 들여다볼 수 있어서다. 푸주한 집안에서 쇠고기를 먹으며 자란 본인의 출신 계층보다 한참 밑까지. 자신의 수하가 언제인지도 모를 날에 지독히도 무명인 신세로 태어난 그곳까지. 그가 태어난 날 아버지는 두말할 것도 없이 만취해 있었다. 어머니는 당연하게도 정신이 없었다. 그의 출생일을 정해준 건 누나 캣이었다. 그는 그 사실에 감사한다.

"열다섯 살이라……" 추기경이 말한다. "열다섯 살이면 충분히 가능했을 것 같은데? 나는 확실히 가능했거든. 지금 내게는 아들이 있고, 저 강의 뱃사공에게도 아들이 있고, 저 길의 걸인에게도 아들이 있고, 자네를 암살할 요크셔 사람들에게도 대를 이어 자네 뒤를 쫓겠다고 맹세할 아들이 틀림없이 있을 테고, 자네 또한 방금 우리가 동의한 대로 강기슭 싸움꾼을 무더기로 낳았는데—그런데 폐하만, 오로지 그분만 아들이 없으니. 그건 누구 잘못일까?"

"하느님의 잘못?"

"하느님보다는 가까운?"

"왕비?"

"왕비보다 모든 것에 더 책임이 있는?"

그는 함박웃음을 참지 못한다. "전하시네요, 추기경 전하."

"본인이지, 나 추기경 본인. 내가 이 노릇을 어찌할 셈일까? 어쩔 셈인지 이야기해주지. 나는 마스터 스티븐을 로마로 보내 교황청의 의중을 떠볼 생각이네. 하지만 그러자니 여기서도 그자가 필요한 상황이라……"

추기경이 그의 표정을 보고 웃음을 터트린다. 저들끼리 옥신각신하는 수하들이라니! 추기경도 꽤 잘 알고 있다. 자신의 혈통이 못마땅해 추기경의 총아가 되고자 싸우고들 있는 것이다. "자네가 마스터 스티븐을 어찌 생각하든 간에, 그자는 교회법에 정통하고 구변이 뛰어난 인물이야. 물론 그 구변이 자네한테는 안 통하지만. 사실은 말이네……" 추기경이 말을 멈춘다. 몸을 앞으로 숙이고는 사자처럼 거대한 머리를 두 손으로 받친다. 정녕 교황관을 썼을 법한 머리다. 지난 선거에서 적합한 돈이 적합한 사람들에게 건네지기만 했더라면. "그분께 통사정을 했네." 추기경이 말한다. "토머스, 나는 무릎을 꿇고 겸허한 자세로 그분을 설득하려 애썼어. 폐하, 내가 말했지. 제 말씀을 따르십시오. 폐하가 아내와 헤어지려 해봤자 어마어마한 문제와 손해만 야기될 뿐입니다."

"그분은 뭐라고……"

"손가락 하나를 들어 보이셨지. 경고의 의미로. '절대로,' 폐하가 말씀하셨네. '그 경애하는 숙녀분을 내 아내라 일컫지 마시오. 만에 하나 그러고자 한다면 그분이 내 아내인 이유와 그런 일이 어찌 가능한지부터 입증해야 할 것이오. 그때까지는 그분을 내 누이, 내 경애하는 누이라 칭하시오. 그분은 아주 명백하게 내 형님의 아내이니. 나와 일종의 혼인관계가 성립되기에 앞서서 말이오.'"

울지 추기경에게서는 국왕에게 불충하는 그 어떤 말도 끌어낼 수 없을 것이다. "그 말은 곧," 추기경이 말한다. "그건……" 추기경이 그 단어를 놓고 망설인다. "그건, 내 생각에는…… 터무니없는 소리지. 물론 내 생각이 이 방 밖으로 나갈 일은 당연히 없겠지만. 오, 너무 뻔한 얘기인데, 관면이 선언되던 당시 눈살을 찌푸리던 자들이 있었어. 해가 거듭되면서 폐하의 귀에 속닥거리는 자들도 생겨났지. 폐하께서는 귀를 기울이지 않는 것 같았으나, 이제 보니 다 듣고 계셨다고 할밖에. 하지만 자네도 알다시피 폐하는 최고의 애처가였어. 그 사실 앞에서는 어떤 의심도 묵살되었지." 추기경이 한 손을 부드럽고도 단호하게 책상에 내려놓는다. "의심들은 묵살되고 묵살되었어."

그러나 이제 헨리왕이 원하는 바에는 의심의 여지가 없다. 혼인 무효 선언이다. 국왕의 혼인이 애초부터 없던 일이라는 선언. "장장 열여덟 해야." 추기경이 말한다. "폐하의 실수가 이어져온 세월이. 그분은 고해신부에게 이렇게 말씀하셨다네. 십팔 년짜리 죄를 속죄하겠다고."

추기경은 흐뭇함을 안겨줄 소소한 반응을 기다린다. 그러나 수하는 추기경을 바라볼 뿐이다. 추기경이 자기 편할 대로 고해성사의 비밀 엄수 원칙을 위반했는데, 그걸 대수롭지 않게 여기고 있는 것이다.

"그렇다고 전하께서 마스터 스티븐을 로마로 보내시면," 그가 말한다. "폐하의 변심이, 감히 말해도—"

추기경이 고개를 끄덕인다. 감히 말해보게.

"—국제적으로 공론화될 텐데요?"

"마스터 스티븐은 은밀히 움직일 걸세. 이를테면, 교황 성하의 축복을 개인적으로 받는다는지 하는 핑계로."

"전하께서는 로마를 모르십니다."

울지 추기경은 그 말을 부정하지 못한다. 금빛으로 물든 티베르강을 벗어나 거대하게 펼쳐진 그림자 속으로 들어갈 때면 자꾸만 어깨 너머를 힐끔거리게 만드는 등골 서늘함을 추기경은 느껴본 적 없다. 무너진 기둥 주변에서, 소박한 유적 근처에서 도둑질에 진심인 자들이 기다린다. 웬 주교의 앞잡이가, 누구의 사촌의 사촌이라는 자가, 구취를 풍기며 돈으로 유혹하는 사람이. 이따금 그는 온전한 정신으로 그 도시를 빠져나온 게 다행스럽다.

"간단히 얘기하면," 그가 말한다. "교황의 첩자가 스티븐의 용건을 알아낼 겁니다. 그자가 여장을 다 꾸리기도 전에요. 그럼 그곳 추기경과 비서관은 가격을 정할 시간을 벌겠죠. 스티븐을 꼭 보내야겠다면 현금을 아주 많이 들려 보내십시오. 거기 추기경들은 약속을 반기지 않습니다. 진심으로 반기는 건 자기 물주를 달랠 황금꾸러미예요. 그들 대부분은 자금 상황이 엉망이거든요." 그가 어깨를 으쓱한다. "제가 아는 바로는요."

"로마에는 자네를 보내야겠군." 추기경이 쾌활하게 말한다. "자네는 클레멘스 교황에게 대출도 권할 위인이야."

못할 건 또 뭔가? 그는 금융시장에 능통하다. 대출 주선도 가능할 터다. 그가 클레멘스 교황이라면 올해 융자를 잔뜩 받아 병사를 떼로 모집한 뒤 온 영지를 겹겹이 둘러쌀 것이다. 이미 늦었을 수도 있다. 여름철 전쟁에 대비하려면 성촉절*쯤에는 병사 모집이 한창이어야 한다. 그가 말한다. "전하의 관내에서 폐하의 소송을 시작할 마음은 없으십니까? 일단 첫걸음을 떼게 해보시죠. 그럼 폐하도 자신이 소원한다고 말하는 바와 정말 소원하는 바가 일치하는지 돌아보게 될 겁니다."

"내 말이 그 말일세. 나는 여기 런던에 소법정을 열 생각이네. 폐하에게 충격 요법을 써볼 작정이야. 해리** 국왕, 그렇다면 귀하는 그간의 세월 내내 불법을 자행해온 셈입니다, 자신의 아내가 아닌 여자와 말이죠, 뭐 이런 식으로. 폐하는 자기가—불충을 용서하소서—잘못한 것처럼 보이는 걸 싫어하시네. 우리는 정확히 이 지점으로 폐하를 몰아야 할 거야, 그것도 아주 단호히. 그럼 폐하는 지금 호소하고 계시는 양심의 가책을 유발한 장본인이 실은 자기 자신이라는 걸 잊어버리실 거야. 우리한테 호통치고, 홧김에 냉큼 캐서린 왕비에게 돌아갈지도 몰라. 그리되지 않는다면, 그때는 내가 여기서든 로마에서든 예의

---

* 성모마리아의 순결을 기념하는 축제일로, 2월 2일이다.
** 헨리의 애칭.

그 관면이 무효가 되게 만드는 수밖에 없네. 그리고 폐하와 캐서린 왕비가 성공적으로 헤어진다면 나는 얼른 손을 써서 폐하를 프랑스 공주와 결혼시킬 걸세."

추기경이 마음에 둔 공주가 있는지는 굳이 물어볼 필요도 없다. 한 명이 아니라 둘 혹은 셋 정도 될 것이다. 추기경은 절대로 하나의 현실에서만 살지 않는다. 변화무쌍한 그림자가 망처럼 얽힌 외교적 가능성들 속에서 산다. 국왕과 캐서린 왕비, 그리고 그녀의 에스파냐 왕가 사이의 혼인관계를 유지하려 최선을 다하는 와중에도, 국왕에게 양심의 가책일랑 제발 좀 잊어버리시라고 애걸하는 와중에도 추기경은 만약의 세계, 그러니까 국왕이 느끼는 양심의 가책을 해소해줄 수밖에 없고 캐서린 왕비와의 혼인이 무효로 선언되고 마는 상황에 대비한 계획 또한 마련해둘 터다. 일단 혼인이 무효가 되면—그리고 지난 십팔 년간의 죄와 괴로움이 아예 없던 일이 되고 나면—추기경은 유럽의 균형을 바로잡을 것이다. 잉글랜드와 프랑스의 동맹을 추진하고 대국들의 연합을 만들어 젊은 카를황제, 캐서린 왕비의 조카와 대적하는 것이다. 모든 결과는 뜻대로 도출될 것이고, 어떤 결과든 감당할 수 있으며, 보다 바람직한 방향으로 손쓸 수 있다. 기도와 압박, 압박과 기도로. 무슨 일이 벌어지든 하느님이 설계하신 일로 통할 터다. 그리고 그 설계는 추기경이라는 유능한 교열자의 재구상과 재구성을 거친 것이고. 추기경은 이렇게 말하곤 했다. "폐하께서 이러이러한 일을 하실 걸세." 그러더니 이렇게 말하기 시작했다. "우리는 이러이러한 일을 할 거야." 이제 추기경은 말한다. "나는 이리할 생각이지."

"그럼 왕비는 어찌됩니까?" 그가 묻는다. "폐하가 내치면 왕비는 어디로 가나요?"

"수녀원이 편하겠지."

"에스파냐의 본가로 돌아갈 수도 있죠."

"아니, 아닐 것이네. 에스파냐는 이제 완전히 다른 나라가 됐어. 왕
비가 잉글랜드로 온 게─얼마나 됐을까?─이십칠 년 전일세." 추기
경이 한숨을 쉰다. "지금도 기억나네. 캐서린 왕비를 맞이하던 당시가.
자네도 알다시피 그녀가 탄 배가 날씨 때문에 제때 도착하지 못했지.
해협에서 곤란을 겪었어. 그러자 선왕께서 그녀를 만나야겠다며 말을
타고 시골로 향했다네. 그때 캐서린은 도그머스필드 배스의 주교궁에
머물고 있었고, 런던을 향해 느릿느릿 전진하는 중이었지. 11월이었
고, 맞아, 비가 왔어. 선왕이 도착하자 캐서린 쪽 사람들은 에스파냐식
예법을 따라야 한다고 고집했어. 공주가 얼굴에 쓴 베일을 절대로 벗
어서는 안 된다는 얘기였지. 결혼식 당일에 남편이 보기 전까지는. 하
지만 자네도 선왕의 성정을 알잖나!"

그는 당연히 모른다. 그가 태어나던 날 혹은 그즈음 선왕은 자신을
평생 따라다닌 배교자이자 망명자라는 신분으로 자기 것이 될 법하지
않은 왕좌를 향한 투쟁을 벌이고 있었다. 울지 추기경은 그 모두를 목
격한 양, 두 눈으로 직접 보기라도 한 양 말한다. 가까운 과거의 일 전
부가 추기경의 탁월한 정신이 인정할 수 있는 범위, 눈으로 보기에 합
당한 범위를 벗어난 적이 없기에 먼 과거 또한 직접 본 일처럼 이야기
할 수 있는 것이리라. 그는 미소 짓는다. "선왕께서는 말년에 온갖 사
소한 문제에도 의심을 품었지. 말고삐를 당기고 수행원과 의논하는 척
연기하다 안장에서 훌쩍 뛰어내렸네. 그때도 군살 없는 몸매를 유지하

56

셨거든. 그리고 에스파냐 사람들의 면전에 대고서 말씀하셨어. 공주의 얼굴을 보여라, 아니면 경을 치겠다. 내 영토고 내 법이다, 그리 말씀하셨지. 베일이라니 가당치도 않다. 내가 공주를 못 볼 이유가 뭔가, 내가 속고 있는 건가, 공주가 불구라도 되나. 내 아들 아서를 무슨 괴물과 혼인시키려는 속셈인가?"

그는 생각한다. 선왕이 공연히 웨일스 사람처럼 굴었군.

"그 난리통에 시녀들은 그 조그만 공주를 침상에 데려다눴지. 아니면 말만 그리한 것이든가. 침상에 있으면 선왕도 어쩌지 못하리라 생각했거든. 어림없었지. 선왕은 성큼성큼 방들을 뒤지고 다녔는데, 이부자리를 다 찢어발기기라도 할 작정인 듯했어. 시녀들이 캐서린을 둘러싸고 되는대로 예를 차렸지. 선왕이 방에 들이닥쳤네. 그리고 그녀의 모습에 라틴어를 잊고 말았어. 말을 더듬으면서 수줍음에 말문이 막힌 소년처럼 물러났지." 추기경이 킥킥거린다. "그리고 캐서린이 궁정에서 처음 춤추던 날―우리의 가여운 아서 왕자는 미소 띤 얼굴로 단상에 앉아 있었지만―이 어린 소녀는 자리에 가만히 붙어 있기가 힘들었지. 에스파냐 춤을 아는 자가 없었던 탓에 그녀는 자기 시녀와 함께 춤을 췄어. 나는 영영 못 잊을 거네. 그 고갯짓을, 아름다운 붉은빛 머리칼이 한쪽 어깨에서 치렁대던 순간을…… 그 모습을 본 남자치고 상상하지 않은 이가 없었다네―사실 그 춤은 무척이나 점잖았는데도…… 그것참. 그때 그녀는 열여섯 살이었어."

추기경이 허공을 응시하자 크롬웰이 말한다. "하느님 용서하소서?"

"하느님 우리 모두를 용서하소서. 선왕은 고해성사에서 자신의 욕망을 거듭 말했네. 아서 왕자가 죽고, 얼마 지나지 않아 왕비까지 죽었을 때, 홀아비 신세가 된 선왕은 캐서린과 결혼하면 되겠다고 생각했어. 하지만……" 추기경이 웅장한 어깨를 으쓱한다. "지참금 문제가 합의되지 않았지, 자네도 알다시피. 그 늙은 여우, 페르디난드, 캐서린의 아버지 말일세. 그자는 무슨 여우짓을 해서든 돈 떼먹을 생각부터 하는 위인이었거든. 하지만 지금 우리의 폐하는 형님의 결혼식에서 춤추던 당시 열 살 소년이었고, 확신하건대 그날 그 자리에서 신부에게 연정을 품었네."

둘은 잠시 생각에 잠긴다. 안타까운 일이다, 안타까운 일이라는 걸 두 사람 모두 안다. 선왕은 캐서린을 궁에서 내보냈지만 잉글랜드를 떠나지도, 궁핍한 생활에서 벗어나지도 못하게 했다. 아직도 다 못 받았다는 지참금을 포기할 생각도, 그녀에게 미망인 상속분을 주고 놓아줄 생각도 없었다. 그럼에도 그 세월 동안 어린 소녀가 방대한 외교적 인맥을 쌓고 이해관계가 충돌하는 자들을 대적시켜 득을 보는 기술을 익혔다는 점은 또한 흥미롭다. 그녀와 혼인하던 당시 열여덟 살이었던 헨리왕은 속임수라곤 몰랐다. 선왕이 사망하자마자 캐서린을 자신의 아내로 선언했다. 그녀는 헨리보다 연상이었는데, 불안에 떨며 보낸 세월 탓에 냉정해지고 외모 또한 무언가 빠진 듯했다. 하지만 헨리에게는 실제 이 여인보다 머릿속 캐서린이 훨씬 생생했다. 그는 한때 형의 아내였던 존재에게 탐욕을 부렸다. 캐서린의 손에서 그 미세한 떨림을 다시 느꼈다. 열 살 소년이던 자신의 팔에 그녀가 손을 얹었던 그때처럼. 마치 당신을 믿어왔다고—왕이 측근들에게 말했다—자신은 아서의 아내가 될 운명이 아니었음을, 그건 명목에 지나지 않음을 알았다고 말하는 것 같았다. 당신을 위해 자기 몸을 지켜왔다고. 그 아름다운 청회색 눈동자와 순종적인 미소가 향했던 둘째 왕자를 위해. 그녀가 내내 사랑했던 건 나였소. 국왕은 말했다. 칠 년여의 외교, 그걸 그리 불러도 되는지 모르겠지만, 그 때문에 그녀에게 다가가지 못했소. 그러나 이제 나는 누구도 두려워할 필요가 없소. 로마가 관면을 선언했소. 서류는 정리되었소. 동맹도 문제없소. 나는 처녀와 결혼한 거요, 내 가여운 형님은 그녀를 안지 않았으니까. 나는 동맹과 결혼한 것이오, 캐서린의 에스파냐 친족과 말이오. 하지만 다른 무엇보다도 나는 사랑을 좇아 결혼했소.

그리고 지금은? 끝장났다. 끝장난 것이나 다름없다. 반평생이 삭제되기를, 기록에서 지워지기를 기다린다.

"별수없지." 추기경이 말한다. "결과가 어찌되겠는가? 폐하께서야 자기 바람대로 되기를 기대하시지만 그녀는, 그녀는 움직이기가 쉽지 않을 거야."

캐서린에 얽힌 또다른 이야기, 그녀의 다른 면모를 보여주는 일화가 있다. 헨리왕이 소규모 전투를 치르러 프랑스에 갔을 때인데, 캐서린은 뒤에 남아 섭정을 맡았다. 그때 스코틀랜드인들이 밀고 내려왔다. 그러나 대패했고, 스코틀랜드 국왕은 플로든에서 목이 잘렸다. 그 머리를 자루에 담아 첫 배에 실어 보내자고, 그러면 진지에 있는 남편의 사기가 오를 거라고 제안한 사람이 바로 캐서린, 일명 분홍과 흰색의 천사였다. 주변에서는 그녀를 말렸다. 잉글랜드인답지 못한 행동이라고 설득했다. 그 대신에 그녀는 서신을 보냈다. 그리고 거기에 스코틀랜드 국왕이 죽을 때 입었던 겉옷을 동봉했다. 벌컥벌컥 쏟아진 피로 뻣뻣이 굳어 거무스름해지고 바작거리는 소리를 내는 겉옷을.

난롯불이 사그라지며 재로 변한 장작이 내려앉는다. 자신의 꿈에 열중한 추기경이 의자에서 일어나 장작을 몸소 발로 찬다. 그대로 서서 내려다보며 생각에 잠긴 채 손가락의 반지를 이리저리 돌린다. 고개를 가로젓고는 말한다. "긴 하루였네. 집에 가게. 요크셔 사람들 꿈은 꾸지 말고."

토머스 크롬웰은 마흔 살을 갓 넘겼다. 체구는 건장하나 키는 크지 않다. 다양한 표정이 깃들 수 있는 얼굴이고 그중 즐거움을 억누르는 표정만은 확실히 읽힌다. 머리칼은 검고 풍성하고 곱슬거린다. 시력이 아주 좋은 조그만 눈은 대화를 할 때면 빛이 난다고, 머지않아 에스파냐 대사가 우리에게 설명해줄 것이다. 사람들 말로는 신약성서 전체를 라틴어로 줄줄 외운다니 추기경의 수하로 제격이다—수도원장이 떠듬대면 곧장 원문을 들이밀 수 있으니까. 그는 낮은 목소리로 빠르게 말하며 태도에서는 자신감이 넘친다. 그에게는 법정이나 부둣가도, 주교궁이나 여관 안뜰도 제집처럼 편안하다. 그는 계약서 초안을 작성하고, 매를 훈련하고, 지도를 그리고, 길거리 싸움을 말리고, 집에 가구를 비치하고, 배심원을 매수할 줄 안다. 플라톤에서 플라우투스로, 플라우투스에서 다시 플라톤으로, 옛 작가들의 명문을 인용해 말한다. 새로 발표된 시를 알고, 이탈리아어로 옮겨 말할 줄 안다. 온종일 일하고, 가장 먼저 기상해 가장 늦게 잠자리에 든다. 돈을 벌고 번 돈을 쓴다. 어떤 내기에든 응한다.

그가 자리에서 일어나며 말한다. "전하께서 하느님과 대화를 나눠서 해가 난다면 폐하가 시종들과 외출을 할 수 있을 테고, 그처럼 안달이 난 채로 갇혀 있지 않아도 된다면 기운이 날 테고, 그러면 레위기 생각을 떨쳐버릴지도 모르니 전하의 삶도 더 쉬워지겠죠."

"자네는 폐하의 일부밖에 몰라. 폐하는 신학도 즐기신다네, 외출을 즐기시는 것만큼이나."

그는 문가에 선다. 울지 추기경이 말한다. "그나저나 궁에서 도는 말이…… 노퍽 공작 저하가 불평을 하고 다닌다는군. 내가 악령을 깨워 자기 뒤를 졸졸 따라다니게 시켰다나. 혹 자네에게 그런 말을 하는 자가 있거든…… 아니라고만 하게."

그는 문가에 선 채 빙긋이 웃는다. 추기경도 웃는다, 이렇게 말하듯. 이 맛있는 와인은 마지막을 위해 남겨뒀지. 자네를 행복하게 만드는 법은 내가 잘 알지 않나? 이윽고 추기경은 문서로 고개를 숙인다. 잉글랜드의 이 일꾼은 좀처럼 잠이 필요 없다. 네 시간 만에 원기를 충전하고, 웨스트민스터의 종소리가 축축하고 매캐하고 우중충한 4월의 또 하루를 열 때쯤에는 이미 깨어나 있을 터다. "좋은 밤 되시게." 추기경이 말한다. "하느님의 가호가 있기를, 톰."

밖에서 그의 수하들이 그를 집으로 모셔가기 위해 불을 들고 기다리고 있다. 스테프니에도 집이 있지만 오늘밤은 타운하우스로 갈 생각이다. 손 하나가 그의 팔을 잡는다. 레이프 새들러, 옅은 색 눈동자의 가냘픈 청년이다. "요크셔는 어떠셨습니까?"

레이프의 미소가 불꽃에 깜빡이고, 바람결에 일렁이는 횃불이 빗속에 잔상을 남긴다.

"그 얘기는 할 거 없어. 그 때문에 우리가 악몽이라도 꿀까봐 전하께서 걱정하신다."

레이프는 얼굴을 찡그린다. 스물한 해를 사는 동안 단 한 번도 악몽을 꿔본 적이 없는 아이다. 일곱 살 때부터 지금껏 크롬웰가의 지붕 밑에서 안전히 잠들고 있다. 처음에는 펜처치 스트리트, 지금은 오스틴 프라이어스에 있는 집에서. 레이프는 명석한 정신의 소유자로 성장했고, 밤중의 걱정이라고 해봐야 모두 이성적인 것뿐이다. 도둑, 떠돌이 개, 도로에 도사린 구멍 같은.

"노퍽 공작이……" 그가 말한다. "아니다, 신경쓰지 마라. 내가 없는 동안 나를 찾았던 사람은?"

축축한 거리는 황량하다. 강에서 엷은 안개가 슬금슬금 기어올라온다. 별들이 습기와 구름에 질식당한다. 아직 기억 저편에 남은 어제의 죄악이 내뿜는 달콤하고도 부패한 악취가 도시를 뒤덮고 있다. 침대 곁에 무릎을 꿇고 앉은 노퍽 공작의 이가 달달 떨린다. 야심한 시각 추기경의 펜촉이 사각사각한다. 공작의 매트리스 아래에 도사린 한 마리 쥐처럼. 옆에 선 레이프가 사무소의 근황을 간단히 전하는 동안 그는 관계자에게 전할 반박 의견을 정리해본다. "전하께서는 노퍽 공작을 섬기도록 악령을 보냈다는 비방 일체를 전적으로 부인하십니다. 동원 가능한 가장 강력한 언어로 부정하십니다. 목이 잘린 송아지든, 혀를 빼문 개의 형상을 한 타락천사든, 혼자 기어다니는 수의든, 나사로든, 살아 있는 시체든, 전하는 저하께 보내신 적이 없습니다. 그런 괴롭힘을 예정한 바도 없습니다."

누군가가 비명을 지른다. 저 아래 부둣가 근처다. 사공들이 노래한다. 멀리서 희미하게 첨벙거리는 소리가 들린다. 누군가를 물에 빠트리는 중인지도 모른다. "추기경 전하의 이 진술은 본인의 현명한 판단에 따라 선택한 유령을 수단으로 삼아 노퍽 공작 저하를 괴롭히고 박해할 향후의 권리까지 부정하는 것은 아닙니다. 해당 행위 일체는 미래의 불특정한 시점에 사전 고지 없이 행해질 수 있으며, 관련 사안에 대한 추기경 전하의 견해에만 종속됨을 밝힙니다."

이런 날씨에는 오래된 흉터들이 쑤신다. 그러나 그는 한낮이라도 되는 양 집으로 걸어들어간다. 미소를 띤 채, 발발 떠는 공작을 상상하며. 새벽 한시다. 그의 머릿속에서 노픽 공작은 아직도 무릎을 꿇고 있다. 얼굴이 새까만 새끼 악마가 삼지창으로 공작의 굳은살 박인 뒤꿈치를 쿡쿡 찌른다.

III
오스틴프라이어스
1527년

리즈는 아직 깨어 있다. 하인들이 그를 맞이하는 소리에 그녀가 밖으로 나온다. 옆구리에 낀 조그만 개가 반항하며 낑낑거린다.

"집이 어딘지 잊어버리기라도 했어?"

그가 한숨을 쉰다.

"요크셔는 어땠어?"

그가 어깨를 으쓱한다.

"전하는?"

그가 고개를 끄덕인다.

"식사는?"

"했어."

"피곤해?"

"아니, 별로."

"술 한잔 줄까?"

"응."

"라인산 화이트와인 어때?"

"좋지."

그사이 벽널을 새로 칠했다. 은은한 녹색과 금색의 빛 속으로 그가 걸어들어간다. "그레고리가—"

"편지 보냈느냐고?"

"뭐 그런 거."

그녀는 그에게 편지와 개를 건네고 와인을 가져온다. 자리에 앉아 잔을 집어든다.

"그레고리가 안부를 전하는군. 우리 둘 중 한 사람밖에 없는 것처럼. 라틴어가 엉망이야."

"별수없지." 그녀가 말한다.

"음, 들어봐. 당신이 무탈하기 바란대. 나도 무탈하기 바라고. 사랑스러운 여동생 앤과 꼬마 그레이스도 무탈하기 바라고. 그레고리 자신은 무탈히 지내고 있고. 그러고는 뭐라고 하느냐면, 시간이 없어 이만 줄입니다. 당신의 충실한 아들, 그레고리 크롬웰 올림."

"충실한?" 그녀가 말한다. "그게 다야?"

"거기서 그렇게 가르치니까."

강아지 벨라가 그의 손끝을 잘근잘근 씹는다. 녀석의 동그랗고 천진한 눈이 이국의 달처럼 그를 향해 반짝인다. 리즈는 좋아 보인다. 기나긴 하루에 지친 듯하지만. 그녀 뒤로 당당히 곧추선 양초들이 보인다.

그녀는 그가 새해에 선물한 진주와 석류석 목걸이를 하고 있다.

"감미롭게 마주보기에는 당신이 전하보다 낫군." 그가 말한다.

"여자한테 하는 칭찬치고 그보다 더 인색할 수도 없겠는걸."

"요크셔에서 돌아오는 내내 생각한 건데." 그가 고개를 가로젓는다. "별수없지!" 그러고는 벨라를 허공으로 번쩍 들어올린다. 녀석은 신이 나서 다리를 버둥거린다. "일은 어때?"

리즈는 조그맣게 실크 사업을 한다. 문서 봉인에 쓰는 꼬리표, 궁정 여인들이 쓰는 고운 머리망 따위를 취급한다. 그녀에게는 입주 견습생으로 일하는 여자애 둘과 유행에 민감한 안목이 있다. 하지만 언제나처럼 중간상인과 견사 가격을 두고 투덜거린다. "당신이랑 제노바에 한번 가야겠어." 그가 말한다. "공급업자의 눈을 똑바로 보는 법을 가르쳐주지."

"그럼 좋지. 하지만 당신은 추기경한테서 절대 못 벗어날걸."

"오늘밤에는 나를 설득하려 하시더군. 왕비 쪽 사람들과 친분을 다지라고. 에스파냐어를 쓰는 사람들 말이야."

"아?"

"그래서 내 에스파냐어 실력이 별로라고 했어."

"별로라고?" 그녀가 웃는다. "이런 족제비 같으니."

"내가 아는 걸 전하께서 다 아실 필요는 없지."

"그사이에 치프사이드에 들렀거든." 리즈가 말하며 오랜 친구의 이름을 댄다. 보석 장인의 아내다. "거기서 알게 된 소식 하나 들어볼래? 커다란 에메랄드를 구해서 세공해달라는 주문이 있었대. 반지에 쓸 거라고, 여성용 반지 말이야." 그녀가 엄지를 들어 손톱만한 에메랄드의 크기를 보여준다. "초조한 몇 주가 흐른 뒤 보석이 도착했지. 안트베르펜에서 세공했는데," 그녀가 손가락들을 모았다 단번에 편다. "박살이 나버렸어!"

"손실은 누가 부담하는데?"

"세공업자는 사기를 당했다고 말해. 에메랄드 밑면에 보이지 않는 금이 가 있었다고. 수입업자는 보이지 않는 결함을 자기가 무슨 수로 아느냐고 해. 세공업자는 그럼 그 공급업자한테 손해배상을 받으라고 하고……"

"소송이 몇 년은 가겠군. 대체할 물건을 구할 순 있고?"

"노력중이래. 국왕이 틀림없어, 우리 생각은 그래. 런던 시장에서 그 정도 크기의 보석을 찾을 사람이 또 누가 있겠어. 그래서 말인데, 누구한테 주려는 걸까? 왕비한테 줄 건 아니잖아."

조그만 벨라는 그의 팔에 벌러덩 드러누워 있다. 녀석이 눈을 깜빡이며 꼬리를 부드럽게 흔든다. 그는 생각한다. 정말로 그 에메랄드 반지가 등장할지, 그럼 그게 언제일지 나도 궁금한걸. 전하께서 알려주시겠지. 추기경은 이렇게 말하곤 한다. 폐하의 애를 태워 선물을 낚는 장사가 아주 그럴듯해 보이긴 해. 하지만 올여름이면 여자는 폐하의 침상에 들어가 있을 거야, 뻔한 얘기지. 그리고 가을쯤에 폐하는 그녀에게 싫증이 나서 생활비나 쥐여주고 쫓아버릴 거야. 폐하가 하지 않으면 내가 해야지. 울지 추기경이 가임기의 프랑스 공주를 들일 생각이라면, 내쫓긴 애첩들이 독기가 바짝 올라 있는 장면들로 공주의 첫 몇 주를 망치게 하고 싶지는 않을 것이다. 울지 추기경은 이렇게 생각한다. 헨리왕은 자기 여자들에게 더 무정할 필요가 있다.

리즈는 잠시 기다리다 그 어떤 단서도 얻지 못하리라는 걸 깨닫는다. "그런데 그레고리 말이야." 그녀가 말한다. "여름이 오고 있는데 여기로 데려올 거야, 아님 멀리 보낼 거야?"

그레고리는 열세 살이 된다. 아이는 지금 개인교사와 함께 케임브리지에 있다. 크롬웰은 자기 조카, 그러니까 누나 벳의 아들들도 함께 진학시켰다. 그런 일이라면 가족을 위해 얼마든지 할 수 있다. 아이들에게 여름은 휴양의 계절이다. 이 도시에서 무엇을 한단 말인가? 그레고리는 학과 공부에 별 관심이 없다. 이야기를 듣는 건 좋아하지만. 용 이야기, 숲에 사는 녹색인간 이야기 같은 것. 녀석이 꽥꽥거리며 라틴어 구절을 읽도록 꼬드기고 싶으면 다음 장에 큰바다뱀이나 유령이 나온다고 믿게 만들면 된다. 그레고리는 숲과 들판에 있기를 좋아하고 사냥을 좋아한다. 아직도 한참 더 커야 하고, 부부는 아이가 홀쩍 자랐으면 한다. 헨리왕의 외조부는, 나이 지긋한 사람들은 다들 그리 말할 텐데, 키가 194센티미터였다. (그러나 국왕의 아버지는 모건 윌리엄스와 키가 비슷했다.) 헨리왕은 188센티미터고, 추기경은 헨리왕의 눈을 마주볼 수 있을 정도로 크다. 헨리왕은 매제인 서퍽 공작 찰스 브랜던처럼 자기와 비슷하게 인상적인 키와 인상적인 체격, 떡 벌어진 어깨를 가진 남자들을 거느리길 좋아한다. 뒷골목에서는 키를 따지지 않는다. 그리고 목격한 바에 따르면 요크셔에서도.

그는 빙긋 웃는다. 그레고리를 두고 이렇게 말하곤 한다. 그래도 그 애는 나 같지 않잖아. 그 나이 때의 나 말이야. 그러면 사람들이 묻는다. 자네는 어땠기에? 그는 대답한다. 아, 나는 사람들을 칼로 쑤시고 다녔지. 그레고리는 그럴 리 만무하다. 그래서 그는 딱히 마음 쓰지 않는다―아니 남들이 생각하는 것만큼은 마음 쓰지 않는다―그레고리가 어형변화와 동사활용을 제대로 이해하든 말든. 녀석이 또 뭔가에 실패했다는 소식을 들으면 그는 말한다. "지금 그애는 자라느라 정신 없다네." 그는 수면의 필요성을 이해한다. 그 자신은 잠다운 잠을 자본 적이 없었다. 아버지 월터가 언제나 쿵쾅거리며 다녔으니. 집을 나온 뒤에는 늘 배를 타고 있거나 거리에 있었다. 그러다 정신을 차려보니 군대였다. 군대에 대해 사람들이 잘 모르는 한 가지는 작전 외 시간을 쓸데없이 낭비하는 경우가 끝도 없이 많다는 것이다. 식량을 찾아 사방을 뒤지고 다녀야 하고, 정신 나간 사령관이 명했다는 이유로 시시각각 수위가 높아지는 장소에 진지를 구축해야 한다. 방어가 어려운 지점으로 한밤중에 느닷없이 옮겨가기 일쑤라 잠이라는 걸 제대로 자지 못한다. 장비는 결함투성이에 포병은 자꾸만 실수로 뭔가를 펑펑 터트려댄다. 석궁수는 취했거나 기도하거나 둘 중 하나고, 화살은 주문을 넣었으나 아직 입고되지 않았다. 정신은 일이 잘못되리라는 속 끓는 불안에 온통 사로잡힌다. 『군주론』혹은 뭐든 오늘날을 지배하는 그 별 볼 일 없이 고매한 사상이 사고라는 기본적인 행위에는 별로 능하지 못해서다. 그는 몇 해 지나지 않아 전투병을 그만두고 보급일로 돌아섰다. 이탈리아에서는 여름철에 얼마든지 싸울 수 있었다. 그러고 싶은 마음만 있다면. 전장에 나가고 싶다면.

"자?" 리즈가 묻는다.

"아니. 근데 비몽사몽이네."

"카스티야 비누가 도착했어. 독일에서 당신 책도 왔고. 책이 아닌 것처럼 포장했던데. 배달 온 아이를 돌려보낼 뻔했어."

요크셔에서, 양가죽 옷을 입고 분노로 땀을 흘리면서도 씻지 않는 사내들의 냄새가 진동하는 그곳에서, 그는 카스티야 비누를 꿈꿨다.

나중에 리즈가 묻는다. "그래서 그 여자는 누군데?"

익숙하나 여전히 사랑스러운 그녀의 왼쪽 가슴에 얹은 손을 당황해 치운다. "뭐?" 내가 요크셔에서 다른 여자와 어울렸다고 생각하나? 그는 털썩 등을 대고 누우며 사실이 아니라고 설득할 방도를 궁리한다. 필요하다면 직접 데려갈 것이다. 그럼 아내도 알게 되겠지.

"그 에메랄드의 주인 말이야." 그녀가 말한다. "국왕이 정말 이상한 일을 벌일 참이라는 말이 돌아서 물어보는 거야. 나는 도저히 믿기지가 않아서. 근데 지금 온 런던이 다 그 얘기거든."

정말인가? 그가 북부 야만인들의 틈바구니에서 보낸 두 주 사이에 소문이 더 무성해졌다.

"국왕이 진짜로 그리한다면," 리즈가 말한다. "이 세상 사람 절반과 척지게 될 거야."

그의 생각이 짧았다. 울지도 생각이 짧았다. 신성로마제국 황제나 에스파냐와 척지는 상황만 생각했었다. 황제만 염두에 두었다. 그는 어둠 속에서 미소를 지으며 양손을 머리 뒤에 받친다. 그 절반이 누구냐고 묻지는 않는다. 리즈가 말하길 기다린다. "모든 여자 말이야. 잉글랜드 전역의 여자. 딸만 있고 아들은 없는 여자. 아이를 잃어본 여자. 아이를 가질 희망을 잃은 여자. 나이 사십 줄에 접어든 여자."

그녀는 그의 어깨에 머리를 기댄다. 말을 잇지 못할 정도로 피곤한 두 사람은 고급 리넨 침대보에 나란히 누워 튀르크산 노란색 새틴 이

불을 덮고 있다. 그들의 몸에서는 그날의 일과에서 덤으로 얻어온 태양과 약초의 희미한 향이 난다. 그 말이 떠오른다, 카스티야어로 상대를 열받게 할 줄은 안다는.

"이제 자?"

"아니. 생각중이야."

"토머스." 깜짝 놀란 목소리로 리즈가 말한다. "새벽 세시야."

그리고 어느새 여섯시. 그는 잉글랜드의 여자들이 몽땅 침대에 누워서 자신을 그 밖으로 밀치고 밀어내는 꿈을 꾼다. 그래서 그냥 자리에서 일어난다. 독일에서 온 책을 읽을 생각이다. 리즈가 따로 손을 쓰기 전에.

그녀가 딱히 뭐라 하는 건 아니다. 다만 약이 오를 때면 이렇게 말할 뿐이다. "나는 내 기도서를 읽는 게 좋거든." 실제로도 그녀는 자기 기도서를 읽는다. 일과 중에 무심코 기도서를 들고—하지만 하던 일을 완전히 멈추지는 않는다—집안일을 지시하는 사이사이 웅얼웅얼 호칭기도*를 읊는다. 이 성무일도서**는 결혼 선물이었다. 리즈의 첫 남편이 준 것이고, 결혼하면서 그녀가 갖게 된 새 이름인 엘리자베스 윌리엄스가 적혀 있다. 이따금 질투가 날 때면 그는 거기에 딴소리를 써넣어 어깃장을 놓고 싶어진다. 그러니까 리즈의 첫 남편을 아는 것과 좋아하는 건 별개의 문제다. 그는 말하곤 했다, 리즈, 틴들의 번역본이, 그 친구의 신약성서가 저기 잠긴 궤짝에 있어. 그걸 읽어봐. 열쇠는 여기 있어. 그럼 리즈가 말한다. 그토록 간절하면 당신이 읽어주든가. 그

---

* 성모마리아, 천사, 순교자 등 여러 성인의 이름을 부르며 하는 기도.
** 정해진 시간에 성모마리아에게 예배를 올리며 드리는 기도문이 실린 책.

가 대답한다. 잉글랜드어로 쓰여 있으니 당신이 직접 읽어. 그게 핵심이야, 리즈. 직접 읽다보면 거기 없는 내용이 뭔지 깨닫고 놀라게 될걸.

그는 이 귀띔에 그녀가 혹하리라 생각했다. 그러지 않는 눈치다. 그렇다고 식솔들에게 직접 읽어주는 자신은 상상할 수 없다. 그는 토머스 모어처럼 실패한 성직자도 좌절한 설교자도 아니다. 모어—엄숙한 목례로 알은체하는 이 또다른 창공의 별—를 볼 때마다 그는 묻고 싶다. 당신은 뭐가 문제야? 아니면 내가 문제인가? 어떻게 더 알고 배울수록 당신의 기존 믿음은 더욱 확고해질 수 있는 거지? 반면 나는 자라며 믿어온 것, 믿는다 생각한 것들이 자꾸만 조금씩 깎여나간다. 깎인 파편이 다시 조각나고, 또 조각난다. 한 달 두 달 시간이 흐를수록 이 세상에 대한 확신은 모서리가 깎여나가고, 저세상도 마찬가지다. 성서 어디에 '연옥'이라는 말이 있는지 보여달라. 성물, 수도사, 수녀를 말하는 부분을 보여달라. '교황'이라는 말이 어디 있는지 보여달라.

그는 독일 책으로 돌아간다. 헨리왕은 토머스 모어의 도움을 받아 마르틴 루터를 반박하는 책을 썼고, 교황으로부터 '신앙의 옹호자'라는 칭호를 하사받았다. 그, 크롬웰이 루터 신부를 딱히 마음에 들어하는 건 아니다. 그와 울지 추기경은 루터가 아예 태어나지 않았거나, 지금보다는 더 영리한 자로 태어났으면 좋았으리라는 데 생각을 같이한다. 그럼에도 그는 어떤 책이 나오는지, 수상쩍은 화물을 실은 조각배가 정박했다가 달빛을 이용해 다시 바다로 나갈 수 있는 갯고랑인 동부 앵글리아의 조그만 만과 해협의 항구를 통해 어떤 책이 밀반입되는지 꾸준히 파악한다. 이를 추기경에게 지속적으로 보고한다. 모어와 성직자 동료들이 들이닥쳐 입에서 지옥불을 뿜어가며 최신 이단 행위를 들먹일 때 울지 추기경이 진정하라는 몸짓을 하며 이렇게 말할 수 있게. "여러분, 본인도 이미 들어 알고 있습니다." 추기경은 책을 불태우면 불태웠지 사람을 불태우지는 않을 터다. 실제로 책은 불사른 적이 있다. 지난 10월에 한 번, 성 바오로 대성당의 십자가 앞에서. 잉글랜드 언어의 대학살이었고, 리넨이 듬뿍 섞인 종이와 인쇄용 검정 잉크가 몹시도 많이 희생되었다.

그가 궤짝에 보관하는 성서는 안트베르펜에서 들여온 해적판이다. 독일의 정식 인쇄본보다 구하기 쉽다. 그는 윌리엄 틴들과 안면이 있다. 런던의 박해가 매우 심해지기 전 틴들이 포목 장인 험프리 몬머스와 함께 반년 동안 기거하던 시절 알게 되었다. 틴들은 원칙주의자에 무자비한 사람이고, 토머스 모어에게 '그 짐승'으로 불린다. 그러니까 평생 웃어본 적 없는 남자처럼 보인다는 이야기인데, 그도 그럴 것이 고국에서 내몰린 자가 웃을 일이 어디 있겠는가? 틴들의 성서는 8절판의 형편없는 싸구려 종이에 인쇄했다. 속표지, 그러니까 인쇄업자의 이름과 주소가 있어야 할 곳에 '유토피아에서 인쇄'*라고 적혀 있다. 그는 토머스 모어가 이걸 봤기를 바란다. 자신이 직접 보여주고픈 유혹을 느낀다. 그냥 그 순간의 표정이 보고 싶어서.

그는 새 책을 덮는다. 하루의 업무를 시작할 시간이다. 이 책을 은밀히 유통할 수 있게 몸소 라틴어로 옮길 짬이 그에게는 없다. 열정 때문이든 돈 때문이든 그 일을 대신 해줄 사람을 찾아야 한다. 요즘 독일 책을 읽는 이들 중에 열정파가 얼마나 많은지 놀라울 정도다.

---

* 토머스 모어의 동명 저서를 비꼰 것.

일곱시, 그는 면도와 아침식사를 끝내고, 이번에는 빌린 게 아닌 깨끗한 리넨 속옷과 검은색 고급 양모로 아름답게 차려입는다. 이 시간이면 가끔 리즈의 아버지가 그립다. 그 선량했던 노인. 늘 아침 일찍 일어나 기다리고 있다가 한 손을 평평하게 펴서 그의 머리에 올리고 말했다. 즐거운 하루 보내게, 토머스, 내 몫까지.

그는 와이키스 영감이 좋았다. 처음에 영감은 법적인 문제로 그를 찾아왔다. 당시 그는—음, 스물여섯, 스물일곱 살쯤이었나?—외국에서 돌아온 지 얼마 안 된 터라 이 나라 말로 시작한 문장을 다른 나라 말로 끝맺기 일쑤였다. 와이키스는 상황 판단이 빨랐고 양모 교역으로 상당한 재산을 모았다. 퍼트니 출신이었으나 그래서 그를 고용한 건 아니었다. 추천을 받은데다 수임료도 싸서였다. 첫 협의 자리에서 서류를 펼쳐놓으며 와이키스는 말했다. "자네, 월터의 아들 녀석이지, 아닌가? 그래, 그간 무슨 일이 있었던 건가? 그러니까, 하느님께 맹세코, 어릴 적에 자네보다 더 거친 아이는 없었거든."

어떤 식으로 설명해야 와이키스가 이해할지 미리 알았더라면 이렇게 말했을 터다. 쌈질은 그만뒀습니다. 피렌체에 살던 시절 매일같이 프레스코 벽화를 봤거든요. 그때 그는 말했다. "더 쉽게 사는 법을 찾은 거죠."

나중에 와이키스는 점차 지쳐갔고, 사업이 내리막길을 걷는데도 내버려두었다. 그때까지도 독일 북부 시장에 브로드클로스를 내다팔고 있었는데—그즈음에는 길이가 아주 긴 모섬유가 생산되고 훌륭한 브로드클로스는 직조가 힘드니—차라리 커지 모직물이나 그처럼 더 가벼운 직물로 노선을 바꾸고 안트베르펜을 통해 이탈리아로 수출하는 게 옳아 보였다. 그러나 그는 노인의 푸념을 귀기울여 듣고―그는 남의 말을 잘 들어주는 사람이었다―말했다. "상황이 변하고 있습니다. 올해 직물 박람회에 저와 함께 가시죠."

와이키스는 안트베르펜과 베르헌옵좀의 박람회에 얼굴을 비쳐야 한다는 걸 모르지 않았지만, 바다를 건너는 게 싫었다. "어르신은 제가 잘 모시겠습니다." 그는 와이키스 부인에게 말했다. "거처를 제공해줄 훌륭한 가족을 압니다."

"자, 토머스 크롬웰." 그녀가 말했다. "새겨듣도록 해요. 이상한 네덜란드 술 금지. 여자 금지. 지하의 와인저장고에서 이단 설교 청취 금지. 당신들이 뭘 하는지 나는 다 아는 수가 있어."

"와인저장고를 멀리하는 건 장담 못하겠는데요."

"그럼 우리 타협하죠. 설교에는 데려가도 돼요, 매음굴에 데려가지만 않는다면."

그는 머시 와이키스가 존 위클리프*의 글을 아끼고 인용하는 집안 출신이리라 생각한다. 잉글랜드어로 옮겨진 성서를 품고 사는 이들은 단편적인 글월을 몰래 비축하고 금지된 구절을 머릿속에 유폐한다. 이런 것은 대대로 전해진다. 눈과 코의 모양이 전해지듯, 온화함 또는 열정을 발휘할 수 있는 능력이 전해지듯, 근력 또는 위험을 무릅쓰고픈 욕구가 전해지듯. 위험을 무릅쓸 수밖에 없는 상황이라면 이 시절에는 매춘부보다 설교자가 나았다. 므슈 뎅기열이 문제였다. 피렌체에서는 나폴리 열병으로, 나폴리에서는 아니나다를까 피렌체 부패증으로 알

---

* 영국의 선구적 종교개혁자로 라틴어 성경을 영어로 옮겼다.

려진 병이다. 탁월한 분별력은 금욕을 강요한다―유럽 전역에서 그렇다, 이 섬나라도 예외는 아니고. 우리 삶은 이런 식으로, 선조들에게는 없었던 방식으로 제한된다.

배에서 그는 승객들의 흔한 불평에 귀를 기울였다. 이 망할 놈의 조타수들에, 표시도 제대로 해놓지 않은 항로에, 잉글랜드의 독점까지. 한자동맹*의 상인이라면 차라리 자기 사람들을 시켜 배를 그레이브젠드**까지 가져가는 게 낫겠다는 둥, 독일인은 순 도둑놈들이지만 배를 상류까지 끌고 가는 법은 잘 안다는 둥. 와이키스 영감은 출항하자마자 속이 뒤집어졌다. 그, 크롬웰은 갑판에 머물며 도움이 될 만한 일을 했다. 배에서 사환으로 일한 적이 있으시군요, 나리, 선원 하나가 말했다. 안트베르펜에 내린 그들은 일단 '성령'이라 적힌 표지판을 찾아 이동했다. 문을 연 하인이 소리쳤다. "토머스가 돌아왔습니다." 그가 죽은 자들 사이에서 살아 돌아오기라도 한 것처럼. 세 노인, 그 옛날 배 위의 삼형제가 나와 혀를 끌끌 찼다. "토머스, 우리의 가여운 업둥이, 꼬마 도망자, 멍투성이 어린 친구여. 환영하네, 들어와 몸 좀 녹이게!"

오직 여기서만 그는 아직도 꼬마 도망자, 여전히 조그만 멍투성이 소년이다.

삼형제의 아내와 딸과 개가 그에게 뽀뽀 세례를 퍼부었다. 와이키스 영감은 난롯가에 있었다―나이든 남자들의 언어가 얼마나 만국공통인지 놀라울 정도다. 그들은 진통 연고의 비법을 나누고, 사소한 괴로

---

* 13~15세기에 독일 북부 연안과 발트해 연안의 여러 도시가 상호교역의 이익을 지키기 위해 창설한 연맹.
** 영국 켄트주 서북부의 템스강에 면한 항구도시.

움에 동정을 표하고, 아내들의 변덕과 요구에 대해 이야기했다. 삼형제 중 막내가 여느 때처럼 통역을 맡았다. 신체 부위를 일컫는 말들이 오갈 때조차 표정 관리에 철저했다.

그는 삼형제의 세 아들과 술을 마시러 나갔다. "왓 우이흘 제?"* 그들이 놀려댔다. "노인의 사업? 노인이 죽고 나면 그 아내?"

"아니." 그는 말하며 스스로에게 놀랐다. "나는 그분의 딸을 원하는 것 같아."

"젊은가?"

"과부야. 꽤 젊고."

런던으로 돌아온 그는 와이키스 영감의 사업을 호전시킬 수 있겠다고 확신했다. 그럼에도 당장 필요한 건 일상적인 조치였다. "가지고 계신 재고는 확인했습니다." 그는 와이키스에게 말했다. "회계 상황도 파악했고요. 이제 일꾼들을 보여주시죠."

그게 열쇠였다, 당연히. 이윤을 창출할 길을 열어젖힐 열쇠. 언제나 사람이 열쇠다. 그리고 상대의 얼굴을 똑바로 보면 정직함과 업무를 감당할 능력이 있는 자인지 꽤 정확히 판단할 수 있다. 그는 미심쩍은 서기장을 내치고―이렇게 말했다, 떠나시오. 싫으면 법정에서 봅시다―그 자리에 말을 더듬는 하급 직원을 앉혔다. 멍청하다는 얘기를 들은 소년이었다. 소심하다, 그 말로 모든 게 설명되는 아이였다. 그는 소년의 업무 내용을 매일 밤 살펴보며 오류와 누락사항을 일일이 부드럽고 과묵하게 지적했다. 사 주 만에 소년은 능력과 열정을 모두 갖추

---

* '무슨 속셈이야'라는 뜻의 웨일스어.

고 그의 뒤를 강아지처럼 졸졸 따라다니게 되었다. 그렇게 사 주를 투자하고 며칠간 부두에 나가 뇌물을 챙기는 자를 확인하고 나자 그해 말 와이키스의 사업은 흑자로 돌아섰다.

그가 액수를 보여주자 와이키스는 허둥지둥 자리에서 일어났다. "리즈?" 영감이 소리쳤다. "리즈. 좀 내려오렴."

그녀가 내려왔다.

"너 남편이 새로 필요하지. 이 사람 어떠냐?"

그녀는 자리에 서서 그를 아래위로 훑어보았다. "글쎄요, 아버지. 외모로 고른 건 아니군요." 그를 향해 눈썹을 치켜올리며 말했다. "아내를 원하는 거 확실해요?"

"둘이 이야기하게 자리를 비켜줄까?" 와이키스 영감이 말했다. 적잖이 당황한 눈치였다. 당장이라도 자리를 잡고 앉아 계약서라도 써야 하나 생각하는 듯했다.

사실 거의 그랬다. 리즈는 아이를 원했다. 그는 도시의 인맥과 경제적 배경을 가진 아내를 원했다. 둘은 몇 주 만에 결혼했다. 일 년도 되지 않아 그레고리가 태어났다. 태어난 지 한 시간밖에 안 된 튼튼한 아기가 시끄럽게 울어대며 요람에서 들려나왔다. 그는 솜털이 보송한 아기의 머리에 입맞추며 말했다. 나는 내 아버지와 달리 너를 아낄 거다. 대를 거듭하며 전보다 나아지지 않는다면 아이를 낳아 기르는 게 무슨 의미가 있겠니?

그래서 오늘 아침 그는—일찍 잠에서 깨어 지난밤 리즈가 했던 말을 곱씹으며—궁금해한다. 왜 아내는 아들이 없는 여자를 걱정할까?

여자들은 원래 그런지도 모른다. 서로 입장을 바꿔 생각하며 시간을 보내는 사람들인지도 모른다.

배울 점이긴 하군, 그는 생각한다.

여덟시다. 리즈가 내려온다. 리넨 두건 속에 머리칼을 죄다 밀어넣고 소매를 걷어올렸다. "오, 리즈." 그가 그녀를 보고 웃으며 말한다. "당신 꼭 빵집 안주인 같아."

"예의 좀 지키시죠." 그녀가 말한다. "잡일꾼 씨."

레이프가 들어온다. "먼저 전하께 가시나요?" 달리 어딜 가겠나, 그가 말한다. 오늘 필요한 서류를 챙긴다. 아내를 토닥이고 개한테 뽀뽀한다. 집을 나선다. 이슬비가 내리는 아침이지만 점점 환해지고 있다. 그들이 요크궁에 도착하기 전에 날이 개었으니 추기경은 어젯밤의 약속을 지킨 셈이다. 강에 드리운 한줄기 햇빛이 레몬 속살처럼 창백하다.

2부

I
방문
1529년

　저들이 추기경의 집을 흐너뜨린다. 헨리왕의 사람들이 이 방 저 방으로 돌아다니며 요크궁에서 그 주인의 흔적을 걷어낸다. 양피지와 두루마리 문서, 미사 전서와 비망록, 추기경의 개인 기록물을 한데 모아 묶는다. 그것도 모자라 잉크와 깃펜까지 챙긴다. 추기경의 문장紋章이 그려진 벽널을 억지로 비틀어 벽에서 뗀다.

　그들, 복수심에 불타는 고위 귀족 두 명은 일요일에 들이닥쳤다. 눈을 반짝이는 매 같은 노퍽 공작, 그에 못지않게 열심인 서퍽 공작. 그들은 추기경이 대법관직에서 해임되었다면서 잉글랜드 국새를 넘기라고 요구했다. 그, 크롬웰이 추기경의 팔을 슬쩍 건드렸다. 그리고 이어진 황급한 논의. 추기경이 두 공작을 돌아보았다. 품위 있게. 폐하의 서면 요청서가 필요할 것 같은데. 가지고 오셨는지? 이런, 참으로 부주의하군. 침착함을 유지하려면 얼굴이 두꺼워야 한다. 그런 면에서 추기경의 얼굴은 두껍기 그지없고.

"지금 우리더러 윈저에 다시 다녀오란 말이오?" 찰스 브랜던은 믿을 수 없다는 투다. "고작 종이 한 장 때문에? 상황이 이처럼 명백한데?"

참으로 서푼답다. 법적 문서를 무슨 군더더기쯤으로 생각하는 것이. 그가 추기경에게 다시 속삭이자 추기경이 말한다. "아니, 차라리 귀띔을 해주는 게 낫겠어, 토머스…… 일을 고의로 지연시키지는 마세나…… 공작 저하, 여기 내 법률대리인이 말하기를 서면 요청서와 무관하게 국새는 내드릴 수 없답니다. 원칙상 나는 오직 기록보관관에게만 국새를 건넬 수 있다는군요. 그러니 그자를 대동하는 게 좋겠습니다만."

그가 태평스레 말한다. "우리가 알려드린 걸 다행으로 여기십시오, 공작 저하. 안 그랬으면 세 번이나 걸음하게 되셨을 테니까요, 아닙니까?"

노퍽 공작이 씨익 웃는다. 공작은 다툼을 즐긴다. "고맙네, 마스터."

무리가 떠나자 울지 추기경이 몸을 돌려 그를 껴안는다. 고소하다는 표정이다. 이것이 두 사람의 마지막 승리라는 사실을 둘 또한 모르지 않으나, 그래도 지략을 보이는 게 중요하다. 헨리왕의 변덕이 이처럼 들끓을 때는 스물네 시간이라도 벌어둘 가치가 있다. 게다가 두 사람은 그 상황을 즐겼다. "기록보관관이라니." 울지 추기경이 말한다. "알고 한 말인가, 아님 꾸며낸 건가?"

월요일 아침 두 공작이 돌아온다. 요크궁의 거주자를 오늘 당장 내보내라고 지시한다. 국왕이 자신의 건축업자와 가구상을 보내 요크궁을 재단장한 뒤 런던에 처소가 필요한 레이디 앤에게 하사할 작정이다.

그는 맞서 항변할 준비를 해놓은 터다. 혹 내가 놓친 이야기라도 있는 겁니까? 이 궁은 요크 대주교의 관저입니다. 도대체 언제 레이디 앤이 대주교가 되었답니까?

그러나 뱃사공의 계단* 옆에서 남자들의 무리가 홍수처럼 밀려들어 그들을 덮친다. 두 공작은 좀처럼 모습을 드러내지 않고, 따라서 붙잡고 항변할 사람도 없다. 참으로 처참한 광경이군, 혹자는 말한다. 싸울 기회를 빼앗긴 마스터 크롬웰이라니. 그리고 이제 추기경은 떠날 준비가 되었으나, 어디로 간단 말인가? 추기경은 진홍색 성직복 위에 다른 이의 여행용 망토를 입었다. 저들이 의복마저 빼놓지 않고 전부 압수하는 터라 잡히는 대로 걸쳐야 했다. 아직 가을이고 신체 건장한 남자이건만 추기경은 한기를 느낀다.

저들이 궤짝을 뒤집어 탈탈 턴다. 내용물이 바닥에 엉망으로 쏟아진다. 교황의 서신과 유럽 학자들의 서신이다. 위트레흐트와 파리와 산티아고데콤포스텔라에서 온. 에르푸르트와 스트라스부르와 로마에서 온. 저들은 국왕의 도서관으로 가져가려고 추기경의 복음서를 챙긴다. 두 팔로 옮기기에 복음서는 너무 육중하고 숨이라도 붙어 있는 양 거북살스럽다. 그도 그럴 것이 낱장은 사산된 송아지의 여물지 못한 가죽으로 만들어졌고, 채식사가 군청색과 황록색으로 더한 장식들이 꼭

---

* 템스강에서 저택 부지로 곧장 올라올 수 있게 설계한 계단.

되살아난 핏줄 같다.

저들이 태피스트리를 끌어내리자 헐벗고 휑한 벽만 남는다. 양모로 만든 두 군주, 솔로몬왕과 시바의 여왕을 둘둘 만다. 둘은 서리서리 감기다 가까워지고 두 눈 가득 서로를 담는다. 복부와 허벅지를 이루는 섬유 속에서 그들의 조그만 폐가 숨쉰다. 추기경의 사냥 장면, 그 세속적 즐거움을 담은 장면들도 내려진다. 연못에서 장난스레 첨벙거리는 소작농, 궁지에 몰린 수사슴, 컹컹 짖어대는 사냥개, 실크 목줄에 묶인 스패니얼과 뾰족한 징이 박힌 목걸이를 찬 마스티프. 장식용 징이 박힌 허리띠와 칼을 찬 사냥꾼. 비스듬히 기울인 모자로 멋을 내고 말 위에 앉은 숙녀, 골풀에 둘러싸인 연못, 목초지의 유순한 양떼. 그리고 푸르스름한 깃털을 단 나무 꼭대기들이 저멀리까지 내달리며 사방을 채우다 백악질 절벽과 흰 조각구름이 항해하는 하늘의 풍경이 된다.

추기경은 본연의 업무에 열심인 약탈자들을 바라본다. "우리 손님들한테 낼 다과가 있던가?"

회랑에 접한 큰 방 두 곳에 저들이 가대식 탁자들을 설치해두었다. 6미터 길이의 가대가 추가로 계속 들어온다. 황금의 방에서는 추기경의 금식기류와 보석, 귀석을 줄줄이 늘어놓고 소장품을 감별하거나 금식기의 무게를 외친다. 대회의장에선 은제품과 부분 도금한 식기를 차곡차곡 쌓는다. 부엌의 오그라진 냄비 하나까지 모든 게 일단 기록되어야 하기 때문에 저들은 탁자 밑에 바구니를 놓고 국왕의 시선을 끌 공산이 낮은 물건은 무엇이든 던져넣는다. 추기경의 회계담당관 윌리엄 개스코인 경은 몹시 몰입한 채로 계속해서 이 방 저 방 돌아다니며 정신없이 말을 늘어놓고 행정관들이 어느 구석이나 보관장이나 궤짝도 간과하지 않도록 주의를 준다.

개스코인 경의 뒤에서 추기경의 의전관인 조지 캐번디시가 종종거리며 다닌다. 벌건 얼굴에 당황한 기색이 역력하다. 저들이 추기경의 제의를, 사제복을 끌어낸다. 자수로 뻣뻣하고 진주에 뒤덮이고 원석을 두른 탓에 옷들이 혼자 힘으로 서 있는 모양새다. 침입자들이 의복을 하나씩 구부러트린다, 토머스 베켓*을 쓰러트리듯. 예복의 목록을 작성하고 무릎께를 접고 척추를 부러트려 운반용 궤짝에 던져넣는다. 캐번디시가 움찔거린다. "왜들 이럽니까, 여러분, 궤짝에 케임브릭 천을 이중으로 두르란 말입니다. 수녀님들이 평생을 바친 예술품을 도륙할 셈입니까?" 그러고는 몸을 돌린다. "마스터 크롬웰, 날이 저물기 전에는 이자들을 내보낼 수 있으려나요?"

"우리가 돕는다면요. 어차피 해야 할 일이라면, 똑바로 하게 해야죠."

망측한 장관이다, 잉글랜드를 호령하던 자의 몰락은. 저들이 가지고 나온 결 고운 삼베, 벨벳과 그로그랭, 사스넛과 태피터 여러 필이 뜰에서 주황색으로 빛난다. 저 주황색 실크 덕에 추기경이 런던의 여름 열기 속으로 과감히 행차하고, 저 진홍색 브로케이드 덕에 웨스트민스터에 눈이 내리고 템스강 위로 진눈깨비가 휘몰아칠 때도 혈온을 따뜻이 지킬 수 있었건만. 군중 앞에서 추기경은 붉은색, 오직 붉은색 옷만 입지만 각각의 무게와 직조 방식, 안료와 염색 정도는 다양하다. 그러나 무엇이 됐든 동종 최고의 직물이며, 돈으로 구할 수 있는 최고의 붉은색이다. 그런 날들도 있었다, 추기경이 으스대며 밖으로 나오면서 이

---

* 헨리 2세와 대립하다 살해당한 성직자이자 정치가.

렇게 말하던 날들이. "좋아, 마스터 크롬웰, 내 값을 제대로 한번 매겨보게나!"

그는 말할 터였다. "어디 보죠." 그러고는 추기경 주위를 천천히 돈다. "실례 좀 하겠습니다." 전문가의 기운을 풍기는 검지와 엄지로 옷소매를 살짝 잡는다. 뒤로 물러나 유심히 보며 추기경의 허리둘레를 가늠한 다음—추기경은 해마다 몸이 붙는다—액수를 제시한다. 추기경은 손뼉을 치며 즐거워한다. "시기하는 자들에게 우리를 보여주세! 어서, 어서, 어서." 추기경의 행렬이, 은빛 십자가가, 도금한 도끼를 든 호위관들이 정렬한다. 추기경은 군중 앞에 나설 때면 어디서든 행렬을 대동했으니까.

그래서 그는 요청에 따라 추기경을 즐겁게 해주기 위해 날마다 자기 주군의 가치를 매겼다. 이제는 헨리왕의 수족이 떼로 몰려와 그 일을 대신 하고 있다. 하지만 그는 저들의 깃펜을 힘으로 빼앗아 압수품 목록 위로 가로질러 쓰고 싶다. 토머스 울지는 값을 따질 수 없는 인물이다.

"자, 토머스." 추기경이 그를 토닥이며 말한다. "내가 가진 모든 건 폐하께 받은 것이네. 폐하가 내게 준 거고, 요크궁을 다시 단장하는 게 그분을 기쁘게 한다면 우리한테는 다른 거처가 있다네. 몸을 피할 다른 지붕이 있어. 여기는 퍼트니가 아닐세, 알잖나." 추기경이 그를 꼭 붙든다. "그러니 누구에게든 주먹질은 하면 안 되네." 그의 팔을 옆구리에 꼭 붙여 누르는 시늉을 하며 미소로 제지한다. 그러는 손가락이 떨리고 있다.

회계담당관 개스코인이 들어와 말한다. "전하께서는 곧장 런던탑*으로 가신다면서요."

"그래요?" 그가 말한다. "어디서 들었습니까?"

"윌리엄 개스코인 경," 추기경이 이름을 한 자씩 끊어 부른다. "내가 뭘 어쨌기에 폐하가 나를 런던탑으로 보내려는 것 같나?"

"당신답군요." 그가 개스코인에게 말한다. "주워듣는 족족 퍼트리는 게. 당신이 할 수 있는 위로는 이게 다입니까ー여기에 사악한 소문이나 퍼 나르는 거 말곤 없어요? 탑에는 아무도 안 갑니다. 우리는"ー그가 할말을 급조하는 동안 식솔들이 숨을 죽이고 기다린다ー"이셔로 갑니다. 그리고 당신의 임무는," 그는 참지 못하고 개스코인의 가슴팍을 가볍게 밀친다. "이 외부인들 하나하나를 감시하고 여기서 들고나간 모든 게 제 갈 곳으로 정확히 가는지, 중간에 사라지는 것은 없는지 확인하는 겁니다. 만에 하나 그런 일이 생기면 당신이야말로 런던탑의 정문을 두드리며 들여보내달라고 애원하는 신세가 될 거요. 내게서 도망치려고."

갖가지 소리. 주로 방 뒤쪽에서 들리는 일종의 숨죽인 환호다. 이것이 연극이고 추기경은 등장인물이라는 느낌을 벗어버리기 힘들다. 연극의 제목은 '추기경과 수행원들'. 그리고 이 연극은 비극이다.

캐번디시가 안절부절못하고 땀을 뻘뻘 흘리면서 그를 잡아당긴다. "하지만 마스터 크롬웰, 이셔의 집은 비어 있습니다. 지금 우리한테는 냄비 하나 없어요: 칼 한 자루, 쇠꼬챙이 하나 없다고요. 우리 전하께서 어디서 주무시려고요. 볕에 말려둔 침대 하나 변변히 없을 테고, 리넨도 장작도 없는데…… 게다가 이셔까지는 또 어찌 갑니까?"

---

* 왕족 등의 처형장으로 활용되었다.

"윌리엄 경," 추기경이 개스코인에게 말한다. "마스터 크롬웰의 말에 너무 기분 나빠하지 말게. 이런 상황에선 너무 직설적이라 탈인 자니까. 하지만 지금 이 말은 새겨듣게. 내가 가진 모든 건 원래 폐하의 것이니 하나도 빠짐없이 무탈하게 전달되어야 할 거야." 돌아서는 추기경의 입술이 씰룩인다. 어제 공작들을 농락할 때를 제외하면 근 한 달은 웃지 않은 터다. "톰, 그런 식으로 말하지 말라고 수년을 가르치지 않았나."

캐번디시가 그에게 말한다. "저들이 전하의 바지선은 아직 압수하지 않았습니다. 말들도요."

"그래요?" 그가 캐번디시의 어깨에 손을 올린다. "우리는 강 상류로 갑니다. 배에 사람들을 태울 수 있는 만큼 태우세요. 말들은 중간에서—퍼트니, 거기서—우릴 기다리면 돼요. 그러고 나서…… 필요한 걸 빌려봅시다. 어서요, 조지 캐번디시. 실력 발휘 좀 해봐요. 우리가요 몇 년간 해온 것에 비하면 식솔을 이셔로 데려가는 건 일도 아니잖아요."

정말 그런가? 그는 지금껏 캐번디시를 눈여겨본 적이 없었다. 테이블 냅킨을 두고 이러쿵저러쿵하는 예민한 부류의 남자라는 것 정도만 안다. 그러나 지금 그는 캐번디시에게 군인다운 기개를 불어넣을 방도를 고민하고 있다. 최선은 그들 두 사람이 옛 작전을 함께 치러낸 전우라는 암시를 주는 것이고.

"그렇죠, 그렇죠." 캐번디시가 말한다. "바지선을 준비시키겠습니다."

좋아요, 그가 대답하자 추기경이 말한다. 퍼트니라고? 그리고 애써 웃는다. 이런, 토머스. 개스코인한테 본때를 보였군, 잘했어. 그자는 도무지 정이 안 가는 구석이 있단 말이야. 그가 묻는다. 그럼 왜 곁에 두셨습니까? 추기경이 답한다. 아, 글쎄, 그냥 어쩌다가. 그리고 다시 말한다. 퍼트니라고, 응?

그가 말한다. "여정의 끝에서 무엇과 마주하든, 구 년 전 어땠는지 잊어선 안 됩니다. 두 국왕의 회담을 위해 추기경 전하께서는 피카르디의 칙칙하고 축축한 들판에 황금의 도시를 세우셨습니다.* 그로부터 지금까지 날로 깊이를 더해가는 전하의 지혜에 폐하는 그저 찬탄을 거듭하셨을 뿐입니다."

모두 들으라고 하는 말이다. 그리고 그는 생각한다. 그때의 목표는 표면적으로나마 평화였으나, 이번 목표는 뭐가 뭔지 모르겠다. 오늘은 길 수도 짧을 수도 있는 군사작전의 첫날이다. 참호를 파고 우리의 보급선이 버텨주기를 바라는 게 더 나을 것이다. "불쏘시개든 수프 냄비든, 우리한테 없어서는 안 된다고 조지 캐번디시가 생각하는 무엇이든 결국에는 구하게 될 겁니다. 전하께서는 프랑스와의 전쟁에 나섰던 국왕의 대군에 식량을 보급하신 적도 있잖습니까."

"그렇지." 추기경이 말한다. "우리의 군사작전에 대한 자네 생각이 어땠는지는 우리 모두가 알지, 토머스."

캐번디시가 묻는다. "네?" 추기경이 되묻는다. "조지, 기억 안 나는가? 내 사람 크롬웰이 평민원**에서 뭐라 했는지, 오 년 전쯤이었나, 새로운 전쟁을 위한 특별세가 필요했던 때가?"

---

* 헨리 8세와 프랑수아 1세가 황금 천막과 군장 등으로 세력을 과시했던 '황금천 들판의 회담'을 말한다.

** 오늘날의 하원으로, 상원에 해당하는 귀족원과 함께 의회를 구성한다.

"하지만 저자는 전하께 반대하는 발언을 했는데요!"

개스코인―별스럽게 이 대화를 악착같이 물고늘어지는―이 말한다. "그날 당신은 망신을 자초하던데요, 마스터. 폐하와 우리 전하께 반대하면서. 내가 그때 당신의 연설을 전부 기억하거든요. 다른 이들도 분명 그럴 테고. 그래놓고 결국 누구의 마음도 얻지 못했지요, 크롬웰."

그가 어깨를 으쓱한다. "누구의 마음을 얻으려 한 일이 아닙니다. 우리 모두가 당신 같지는 않아요, 개스코인. 나는 평민원이 과거로부터 교훈을 얻길 바랐습니다. 그때를 상기시키고 싶었어요."

"우리가 패할 거라고 했잖아요."

"파산할 거라고 했죠. 분명히 말해두지만, 추기경 전하의 지원이 없었다면 우리가 치른 전쟁들은 하나같이 훨씬 더 끔찍한 결말을 맞았을 겁니다."

"1523년에는―"

"이 싸움을 지금 꼭 다시 해야겠나?" 추기경이 말한다.

"―서퍽 공작이 딱 80킬로미터만 더 가면 파리였는데요."

"네," 그가 말한다. "그런데 당신은 그 80킬로미터가 어떤 의미인지 압니까? 겨울철에 굶어죽기 직전인 보병들에게? 축축한 땅바닥에서 잠들고 추위에 잠을 깨는 이들에게? 차축이 진흙에 푹푹 빠지는 상황에서 수레를 끌어야 하는 수송대한테는 어떤 의미인지 압니까? 게다가 1513년의 영광은―하느님이 우리를 보우하셨죠."

"투르네! 테루안!" 개스코인이 소리친다. "그때 어떤 일이 있었는지 모른단 말이에요? 프랑스 도시를 두 곳이나 점령했어요! 폐하는 전장에서 몹시 용맹하셨습니다!"

지금 여기가 그 전장이라면, 그는 생각한다, 당신 발에 침을 뱉어줬을 거다. "국왕이 그리도 좋거든 가서 국왕을 위해 일해요. 아니, 벌써 그러고 계시나?"

추기경이 가볍게 헛기침한다. "우리 모두 그렇죠." 캐번디시가 말하자 추기경이 덧붙인다. "토머스, 우리 모두가 폐하의 작품이네."

바지선이 준비된 곳으로 나오니 추기경을 상징하는 깃발들이 휘날리고 있다. 튜더 로즈*, 콘월 까마귀. 캐번디시가 눈을 휘둥그레 뜨고 말한다. "저 조각배들 좀 보세요, 물위를 부표하고 있네요." 순간적으로 추기경은 런던 사람들이 자신의 안녕을 기원하러 나왔다고 생각한다. 그러나 추기경이 배에 오르자 조각배 사이에서 비웃음과 야유가 쏟아진다. 구경꾼이 강둑을 가득 메웠는데, 추기경의 수하에게 가로막혀 있지만 그들의 의도는 명백하다. 노가 배를 상류로 저어가기 시작하자, 그러니까 런던탑으로 가는 하류를 등지자 탄식과 위협의 외침이 터져나온다.

다음 순간 추기경이 무너진다. 쓰러지듯 자리에 주저앉아 말을 시작하더니 퍼트니로 가는 내내 말하고, 말하고, 말한다. "사람들이 나를 저리도 미워하고 있었나? 내가 한 일이라고는 저들의 생업을 돌보고 선의를 베푼 것밖에 없는데? 내가 지금껏 증오를 심어왔나? 아니, 나는 아무도 박해하지 않았어. 해마다 밀이 부족할 때면 해결책을 찾았네. 도제들이 폭동을 일으켰을 때도 폐하 앞에 무릎을 꿇고 눈물로 애

---

* 다섯 꽃잎의 붉은 장미와 흰 장미를 짜맞춘 무늬.

원했어. 저 범죄자들을 살려달라고. 그들이 교수대에서 올가미를 목에 걸고 서 있는 동안에도 말일세."

"사람들은," 캐번디시가 말한다. "늘 변화를 갈구하죠. 위대한 인물의 탄생은 못 알아봐도 끌어내리는 건 절대로 잊지 않습니다―새로움을 위해서요."

"대법관으로 십오 년. 폐하를 모신 게 이십 년. 그전엔 선왕의 신하였지. 몸을 아끼지 않고 일했어…… 일찍 일어나고 늦게까지 깨어 있고……"

"그야, 아시잖습니까." 캐번디시가 말한다. "군주를 모신다는 게 어떤 건지! 그들의 들끓는 변덕에 주의를 게을리해선 안 되는 법이죠."

"군주가 한결같아야 할 의무는 없어요." 그가 말한다. 그리고 생각한다. 차라리 정신을 놓고 몸을 숙여 캐번디시 당신을 강물에 처박아버리는 게 나을지도 모르겠군.

추기경은 정신을 놓지 않는다, 결코 그런 사람이 아니다. 그 대신 되돌아보는 중이다. 어린 왕이 즉위하던 이십 년 전을. "국왕에게 일을 시키십시오, 혹자는 말했지. 하지만 내가 그랬네. 아니, 폐하는 청년이오. 사냥을 하고 마상 시합을 하고 매를 날리게 그냥 두시오……"

"연주도 하고요." 캐번디시가 말한다. "늘 이런저런 악기들의 줄을 퉁기셨죠. 노래도 하고."

"그리 들으니 폐하가 네로라도 되는 듯하군."

"네로요?" 캐번디시가 펄쩍 뛴다. "저는 그리 말한 적 없습니다."

"폐하는 그리스도교 세계를 통틀어 가장 온화하고 현명한 왕자셨네." 추기경이 말한다. "그 누구에게서든 폐하를 거스르는 말은 단 한

마디도 듣지 않겠네."

"전하를 거스르는 말 또한 듣지 마시고요." 그가 말한다.

"하지만 나는 폐하를 위해 어쩔 작정이었나! 길바닥의 오줌 줄기 넘 듯 가뿐히 해협을 건널 거였어." 추기경은 고개를 젓는다. "자나깨나, 말 등에 앉았을 때나 묵주를 굴릴 때나…… 이십 년 세월을……"

"잉글랜드 사람이 문제인 걸까요?" 캐번디시가 진지하게 묻는다. 출발 당시의 소란을 여태껏 생각하고 있는 것이다. 아닌 게 아니라, 지 금도 강둑을 따라 달리며 불경한 몸짓을 하고 휘파람을 부는 자들이 있다. "말해봐요, 마스터 크롬웰. 당신은 다른 나라에도 가보았잖습니 까. 잉글랜드가 유독 은혜를 모르는 나라인 겁니까? 내가 보기에 저들 은 변화를 위한 변화를 즐기는 듯해요."

"딱히 잉글랜드인이라 그런 것 같지는 않습니다. 인간이 원래 그렇 지 싶어요. 사람들은 늘 뭔가 더 나은 게 있기를 바라죠."

"하지만 그런 변화로 그들이 얻는 게 뭡니까?" 캐번디시는 집요하 다. "고기로 실컷 배를 채운 개가 뼈다귀까지 뜯을 만큼 굶주린 개로 바뀌는 것뿐인데. 명예로 살을 찌운 자가 나가고 배곯고 깡마른 자가 들어오는 셈인데."

그는 눈을 감는다. 인간의 운에 관한 우화에 나오는 흐릿한 인물 같 은 그들 아래서 템스강이 요동한다. 실각한 고관이 가운데에 앉았다. 오른편의 캐번디시는 '덕망 있는 자문관' 역을 연기하듯 몸을 숙인 채 쓸데없고 때늦은 조언을 중얼거린다. 그 말에 딱한 고관이 살짝 고개 를 끄덕인다. 크롬웰은 '유혹자'처럼 왼편에 앉았다. 그리고 추기경의 강대한 손이, 손가락 마디마디 석류석과 전기석 반지를 낀 손이 그의 손을 고통스레 쥐고 있다. 조지 캐번디시는 강물에 처박혀 마땅하다. 저자의 말이 상투적일지언정 암울하고 타당한 이치를 담고 있긴 하지만. 어떤 면에서? 스티븐 가드너, 그는 생각한다. 추기경을 살찐 개라 일컫는 건 부적절할지 몰라도, 가드너는 확실히 배곯고 깡마른 자가 맞고 헨리왕의 지명을 받아 내무장관으로 발탁되었다. 추기경의 참모가 이런 식으로 자리를 옮기는 게 드문 일은 아니다. 일명 올지파의 수완과 근면이 몸에 밴 자들이니까. 그렇다고 해도 지금의 이 지위라면 스티븐 가드너는—자기 소임을 적절히 해낸다는 전제하에—국왕과 가장 가까운 인물이 될 가능성이 있다. 헨리왕의 요강 수발을 들고 뒤처리용 천을 건네는 왕실 시종을 제외하면. 가드너가 요강 보좌나 맡게 된다면, 그는 생각한다, 내가 그리 크게 마음 쓰지 않아도 될 텐데.

추기경이 눈을 감는다. 눈꺼풀 아래 눈물이 고인다. "어쩔 수 없는 진리이지요." 캐번디시가 말한다. "운은 대중없고 변덕스럽고 변화무쌍한……"

추기경이 눈을 감고 있는 동안 그는 두 번 생각할 것도 없이 재빨리 목을 조르는 동작을 해 보인다. 캐번디시가 자기 목에 한 손을 갖다대며 그의 뜻을 이해한다. 두 사람이 겸연쩍은 듯 서로를 바라본다. 둘 중 하나는 말이 너무 많았다. 나머지 하나는 감상이 너무 많았다. 어디서 균형을 맞춰야 할지 알기란 쉽지 않다. 그의 눈이 템스 강둑을 훑는다. 그사이 추기경은 흐느끼며 그의 손을 그러쥔다.

상류로 어느 정도 올라가자 연안에서 더는 소란이 일지 않는다. 퍼트니의 잉글랜드인들이 덜 변덕스러워서가 아니다. 아직 소식을 전해 듣지 못했을 뿐이다.

말들이 대기하고 있다. 추기경은 늘 성직자 신분에 걸맞게 크고 힘 센 노새를 탄다. 스무 해 동안 국왕들과 사냥을 다닌 터라 귀족 누구나 부러워하는 마구간을 갖고 있기는 하지만. 여기, 그 노새가 서 있다. 언제나처럼 진홍색 마구로 치장하고 기다란 귀를 쫑긋거린다. 그 곁에 추기경의 광대 마스터 섹스턴이 서 있다.

"저자는 또 여기 왜 있는 겁니까?" 그가 캐번디시에게 묻는다.

섹스턴이 앞으로 다가와 추기경의 귀에 대고 뭐라고 말한다. 추기경 이 웃음을 터트린다. "아주 좋군, 패치.* 자, 노새에 오르는 것 좀 도와 주게. 착하기도 하지."

그러나 패치—마스터 섹스턴—는 임무를 완수해내지 못한다. 추기 경의 기력이 쇠한 모양이다. 뼈에 붙어 덜렁거리는 살덩이의 무게마저 고스란히 느끼는 듯하다. 그, 크롬웰이 안장에서 내려와 몸집이 더 큰 하인 셋에게 고갯짓한다. "마스터 패치, 크리스토퍼의 고개 좀 잡아주 게." 노새의 이름이 크리스토퍼라는 걸 모르는 척 광대가 자기 곁에 선 남자의 고개를 옆구리에 끼고 옥죄려 들자 그가 말한다. 아 제발, 섹스 턴, 저리 비키게, 자루에 넣어 강에 던져버리기 전에.

고개가 거의 빠질 뻔한 남자가 서서 목을 문지르며 말한다. 감사합 니다, 마스터 크롬웰. 그러고는 다리를 절뚝이며 앞으로 가서 크리스 토퍼의 굴레를 붙든다. 그, 크롬웰과 다른 남자 둘이 추기경을 간신히 안장에 앉힌다. 추기경은 창피한 눈치다. "고맙네, 톰." 불안하게 웃는

---

* 궁정이나 귀족의 어릿광대를 일컫는 표현.

다. "이리하라는 소리였잖나, 패치."

말을 달릴 준비가 끝났다. 캐번디시가 하늘을 본다. "성자여, 부디 우리를 보우하소서!" 전속력으로 말을 몰아 언덕을 내려오는 남자를 발견한 것이다. "체포조다!"

"한 명뿐인데?"

"선발대인가보죠." 캐번디시가 말한다. 그가 대꾸한다. 퍼트니가 험한 곳이긴 해도 정찰대까지 파견할 필요는 없어요. 이윽고 누군가 외친다. "해리 노리스다." 해리가 말에서 황급히 내린다. 무슨 일로 왔는지 몰라도 초조한 기색이 역력하다. 해리 노리스는 헨리왕의 최측근이다. 엄밀히 말해 요강 보좌관, 왕에게 뒤처리용 천을 건네는 남자다.

울지 추기경은 즉시 알아챈다. 국왕이 자신을 구금할 생각이라면 노리스를 보냈을 리 없다. "자, 헨리 경. 숨 좀 고르게. 뭐가 그리 급한가?"

노리스가 말한다. 용서하십시오, 전하, 추기경 전하. 깃털 달린 모자를 벗어들고 소매로 얼굴을 닦은 뒤 자신이 지을 수 있는 가장 매력적인 미소를 짓는다. 그러고는 정중한 투로 고한다. 국왕이 말을 잡아타고 추기경을 뒤쫓아가 위로의 말과 함께 이 반지를 전하라 명했다고. 추기경도 잘 아는 물건이라면서—노리스가 장갑 낀 손을 펼쳐 보이자 반지가 놓여 있다.

추기경이 노새에서 황급히 내리려다 바닥에 떨어진다. 반지를 가져가 입술에 대고 누른다. 기도하고 있다. 기도하고, 노리스에게 감사하고, 국왕의 축복을 빈다. "나는 폐하께 드릴 게 아무것도 없구나. 왕에게 드릴 값진 물건이 아무것도 없어." 그러면서 주위를 둘러본다. 드릴 만한 뭔가가 우연찮게 눈에 들어올지도 모른다는 양. 그래 봐야 뭐, 나무? 노리스는 추기경을 일으켜세우려 애쓰다 결국 그 곁에 무릎을 꿇는다. 무릎을 꿇는다—이 말쑥하고 매력적인 남자가—퍼트니의 진흙탕에. 노리스의 전언은 이런 내용인 듯하다. 국왕은 노여운 척하고 있을 뿐 정말로 노여운 건 아니다. 추기경에게 적이 있다는 걸 국왕 또한 알고 있다. 국왕 자신, 헨리쿠스 렉스*는 추기경의 적이 아니다. 이 같은 실력 행사는 그 적들을 만족시키기 위한 눈가림일 뿐이다. 국왕은 추기경에게서 앗은 것을 곱절로 보상해줄 수 있다.

추기경이 울기 시작한다. 이제 막 떨어지기 시작한 빗방울이 바람에 날리며 그들의 얼굴을 가로지른다. 추기경은 노리스에게 낮은 목소리로 서둘러 말을 뱉고는 자기 목걸이 하나를 풀어 노리스의 목에 걸어주려 한다. 하필 그게 노리스가 입은 승마 망토의 고리에 걸려 엉키고, 몇몇 사람이 얼른 나서서 푸는 걸 도우려다 실패한다. 노리스는 자리에서 일어나 한 손으로 목걸이 줄을 잡고 다른 손으로 옷을 털기 시작한다. "걸고 있게." 추기경이 간청하듯 말한다. "그걸 볼 때마다 내 생각을 해주게. 폐하께도 안부 전해주고."

캐번디시가 소스라쳐서는 말과 말의 무릎이 서로 닿도록 가까이 다가온다. "전하의 성물이 아닙니까!" 속상해하고 경악스러워한다. "그걸 이리 내주시다니요! 진짜 십자가 조각이란 말입니다!"

"다른 걸 구해드리면 돼요. 피사에서 그런 걸 만드는 남자를 압니다. 5플로린**에 열 개, 선불로 지불하면 열두 개도 만들어주죠. 성 베드로

---

* 국가의 대표자로서 헨리왕을 칭하는 말.
** 2실링짜리 영국 동전으로 지금의 10펜스에 해당한다.

의 지장이 찍힌 증서도 줍니다. 진품이라고 증명하는."

"무슨 그런 해괴한 소릴!" 캐번디시가 말하며 말고삐를 홱 돌린다.

이제 노리스도 물러간다, 왕의 뜻을 전했으니. 일행은 추기경을 노
새에 다시 태우려 한다. 이번에는 건장한 남자 넷이 나선다, 마치 늘
그래왔다는 것처럼. 연극은 이제 저속하고 우스운 막간극으로 바뀌었
다. 그는 생각한다. 이러려고 패치가 온 거군. 그는 말을 탄 채로 다가
가 안장에서 내려다보며 말한다. "노리스, 이 전언 일체를 문서로 남겨
도 되겠습니까?"

노리스가 미소를 짓는다. "안 될 듯합니다, 마스터 크롬웰. 이 전언
은 추기경 전하께 기밀로 전달된 것입니다. 제 주군의 말씀은 전하께
서만 알고 계셔야 합니다."

"그럼 당신이 언급한 보상 문제는 어떻게 되는 겁니까?"

노리스가 웃음을 터트리며—늘 이런 식으로 상대의 적개심을 무력
화한다—속삭인다. "그건 비유적 표현일 수도 있겠지요."

"나 역시 비유적 표현이리라 생각합니다." 추기경의 가치를 곱절로
셈한다? 헨리왕의 수입으로는 어림없는 일이다. "그저 가져간 만큼만
돌려주시죠. 곱절은 바라지도 않아요."

노리스의 손이 이제 자신의 목에 느슨히 걸린 목걸이로 향한다. "하
지만 그 모두가 애초에 폐하의 하사품입니다. 그걸 강탈이라고 할 순
없어요."

"강탈이라고 한 적 없습니다."

노리스가 궁리하듯 고개를 끄덕인다. "하긴 그렇군요."

"전하의 제의만큼은 압수하지 말았어야 합니다. 그건 성직자인 전

하의 소관입니다. 다음번에는 뭘 가져갈 겁니까? 전하의 성직록[*]?"

"이셔—지금 거기로 가는 것이지요, 아닙니까?—는 추기경 전하께서 윈체스터 주교 자격으로 보유하시는 관저입니다."

"그런데요?"

"그 영지와 직책은 당분간 유지될 겁니다. 하지만…… 뭐랄까요…… 그것도 폐하가 얼마나 배려하느냐에 달린 문제겠지요? 아시다시피 추기경 전하께서는 교황존신죄[**]로 기소되었습니다. 국내에서 국외의 사법권을 주장한 혐의로요."

"내게 법을 가르치려 들지 마십시오."

노리스가 고개를 숙인다.

그는 생각한다. 지난봄, 상황이 꼬이기 시작했을 때부터 전하를 설득해 내가 수입을 관리하고, 그 일부를 저들의 손이 닿지 않는 국외로 옮겼어야 했다. 하지만 당시 전하는 일이 잘못되고 있음을 절대로 인정하지 않았다. 나는 왜 전하가 마냥 낙관하며 안주하도록 내버려두었을까?

노리스의 손이 말굴레를 붙잡고 있다. "나는 당신의 주군을 존경했던 사람입니다. 전하께서 역경에 처했더라도 그 점을 기억해주시면 좋겠습니다."

"전하께서는 역경에 처한 게 아닐 텐데요? 경의 말에 따르면."

그 얼마나 간단하겠는가, 팔을 내리뻗어 노리스의 먹살을 쥐고 흔들어서 솔직한 대답을 얻어낼 수만 있다면. 하지만 그리 간단치 않다. 이

---

[*] 성직자의 생활 유지를 위한 교회 재산 또는 수입.
[**] 교황이 국왕보다 우월하다고 보는 죄.

것이야말로 세상과 추기경이 작당해 그에게 가르치고 있는 바다. 맙소사, 그는 생각한다. 이 나이쯤 되면 마땅히 알아야 한다. 남달라서 성공하는 게 아니다. 영특해서 성공하는 것도 아니다. 강해서 성공하는 것도 아니다. 교활한 사기꾼으로 거듭남으로써 성공하는 것이다. 어째선지 그는 노리스가 꼭 그런 자인 것만 같고, 비이성적 반감이 뿌리내리는 걸 느끼곤 애써 떨쳐버린다. 그 자신은 이성적인 반감을 더 선호하기에. 그렇다 해도 이런 상황은 지나치게 과하다. 진흙탕의 추기경, 추기경을 다시 안장에 앉히려는 굴욕적인 소동, 주절거림, 바지선에서의 주절거림, 그보다 더 최악으로 느껴지는 주절거림, 무릎을 꿇고 하는 주절거림. 울지가 실타래처럼 풀리는 것만 같다. 하염없이 풀리는 그 거대한 주황색 실을 따라가면 심장부에 죽어가는 괴물이 있는 주황색 미로로 되돌아가게 될지도 모른다.

"마스터 크롬웰?" 노리스가 말한다.

그는 머릿속 생각을 입 밖에 낼 수 없다. 그래서 노리스를 내려다보기만 한다. 한결 누그러진 표정으로 그가 말한다. "이토록 마음을 써줘서 고맙습니다."

"자, 비를 피할 곳으로 전하를 모셔요. 나는 전하를 만난 얘기를 폐하께 전하겠습니다."

"전하와 함께 진흙탕에 무릎 꿇은 얘기도 전해드리시죠. 즐거워하실 겁니다."

"그러죠." 노리스는 슬퍼 보인다. "무엇이 폐하를 즐겁게 할지는 아무도 모르지만."

이때 패치가 비명을 지르기 시작한다. 보아하니 추기경이—선물을 궁리하다―광대를 왕에게 바친 모양이다. 추기경은 종종 말했다. 패치는 1천 파운드의 가치는 족히 가진 녀석일세. 패치는 노리스와 함께 간다. 지금이 절호의 때다. 이를 알게 된 광대를 진정시키는 데 추기경의 수하 넷이 더 동원된다. 광대는 저항한다. 물어뜯는다. 주먹질과 발길질을 해댄다. 그러다 결국 짐을 내린 노새 등에 억지로 태워진다. 광대는 끝내 울기 시작하더니 딸꾹거리며 갈빗대를 들썩인다. 아둔한 발을 바둥거린다. 외투는 찢기고, 모자의 깃털은 부러져 꽁다리만 남은 채로.

"그러나 패치," 추기경이 말한다. "내 소중한 친구여. 폐하와 내가 서로를 다시 이해하고 나면 나를 자주 볼 수 있을 걸세. 내 소중한 패치여, 자네에게 편지를 쓰겠네, 자네 앞으로 보내는 편지를. 오늘밤 당장 쓰도록 하지." 추기경이 약속한다. "그리고 커다란 내 인장을 찍어줌세. 폐하께서 자네를 아껴주실 거야. 그리스도교 세계를 통틀어 가장 친절한 분이시거든."

패치는 튀르크인에게 붙잡혀 말뚝에 꿰인 사람처럼 단일하고 가냘픈 음을 내며 흐느낀다.

보세요, 그가 캐번디시에게 말한다. 저자는 광대짓에다 바보짓까지 한 거예요. 관심을 끌지 말았어야 했는데, 그러고 말았어.

이셔. 옛 웨인플리트 주교의 성채가 그림자를 드리운 곳에서 추기경이 내린다. 성채 위에는 팔각 탑이 늘어서 있고 성문이 나 있는 방어벽 상부에 통로가 있다. 첫인상은 꽤 근엄하지만, 성채 전체가 화려하고 아름다운 상감무늬를 새긴 벽돌로 지어졌다. "요새화하긴 어렵겠군요." 그가 말한다. 캐번디시는 대꾸하지 않는다. "조지, 이렇게 대답해야죠. '요새화할 필요 자체가 없을걸요.'"

추기경은 햄프턴코트궁을 지은 후로 이곳을 쓰지 않았다. 미리 전갈을 보내두었으나, 뭐라도 하나 제대로 준비된 것이 있으려나? 전하를 편히 모셔요, 그는 말하고 곧장 부엌으로 내려간다. 햄프턴코트궁 부엌은 물이 나왔다. 여기서 나오는 건 요리사들의 콧물뿐이다. 캐번디시가 옳았다. 여기는 사실 그가 생각한 것보다 더 열악하다. 식품저장고는 궁색하고, 그나마 있는 물품이라고 해봐야 관리 부실과 횡령 의혹만 입증할 뿐이다. 밀가루에는 바구미가 끓는다. 페이스트리 반죽을 밀어 펼 공간은 쥐똥 천지다. 성 마르티노 축일이 임박했는데 쇠고기를 소금에 절여놓을 생각조차 하지 않았다. 조리 도구는 모욕적인 수준이고 육수 냄비에는 흰곰팡이가 피었다. 난롯가에 어린 소년 몇이 앉아 있다. 돈을 주면 부엌을 박박 닦고 광을 내도록 구슬릴 수 있을 터다. 아이들은 색다른 일에 마음이 동하기 마련이고 청소라는 발상은 녀석들에게 색다른 것인 듯하니까.

그가 말한다. 전하께 당장 식사와 음료를 올려야 하네. 그리고 앞으로 얼마 동안 식사와 음료가 필요할지…… 우리도 몰라. 다가올 겨울에 대비해 이 부엌을 손봐야 해. 그는 글을 쓸 줄 아는 사람을 찾아 지시사항을 받아적게 한다. 부엌 서기에게서 시선을 떼지 않으면서 왼손으로는 첫째, 둘째, 셋째, 번호를 매긴다. 이걸 하고, 다음엔 이거, 세번째로는 이걸 하게. 오른손으론 양푼에 달걀을 깬다. 단호하고 전문가다운 솜씨로 달걀을 톡톡 두들길 때마다 노른자에서 분리된 흰자가 손가락 사이로 끈적끈적하고 느릿느릿하게 뚝뚝 떨어진다. "이 달걀은 얼마나 오래된 건가? 납품업자를 바꾸게. 육두구가 필요한데. 육두구 없나? 사프란은?" 일꾼들은 그가 그리스어라도 하는 양 쳐다본다. 패치의 가냘픈 비명이 여전히 그의 귀를 괴롭힌다. 쿵쾅거리며 다시 홀을 향해 가는 그를 천장의 먼지투성이 천사들이 내려다본다.

밤이 깊은 뒤에야 그들은 침대라는 이름이 무색하지 않을 정도의 공간에 추기경을 눕힌다. 전하의 집사장은 어디에 있나? 감사관은? 이쯤되자 그 자신과 캐번디시가 정말로 어느 군사작전에서 생존한 전우라도 되는 양 느껴진다. 그는 캐번디시와 밤을 지새우며─자고 싶어도 누울 침대가 없다─추기경이 나름의 안락한 생활을 유지하는 데 필요한 것들을 따져본다. 접시가 필요하다, 전하가 찌그러진 백랍 접시로 식사할 순 없으니까. 침대보와 리넨 식탁보와 장작이 필요하다. "내가 사람을 좀 보내겠습니다." 그가 말한다. "부엌 문제를 해결해야겠어요. 이탈리아인으로요. 처음에는 좀 사납다 싶겠지만, 그렇게 삼 주쯤 지나면 자리가 잡힐 거예요."

삼 주라? 그는 부엌의 소년들을 시켜 구리에 광도 좀 내고 싶다. "레몬을 구할 수 있을까요?" 그가 묻는 동시에 캐번디시가 말한다. "그래서 새 대법관은 누구랍니까?"

설마, 그는 생각한다. 저 아래 쥐떼가 있나? 캐번디시가 말한다. "캔터베리 각하를 복귀시킬까요?"

캔터베리 대주교의 복귀라─추기경의 성화에 못 이겨 그 직을 버린 지가 어언 십오 년인데? "아니. 그러기에 워럼은 너무 늙었어요." 게다가 국왕의 바람을 들어주기에는 몹시 완고하고 반항적이지. "서퍽 공작도 아니겠죠." 그가 보기에 찰스 브랜던은 아둔하기가 딱 노새 크리스토퍼 수준이다. 물론 싸움질과 차림새, 늘 달고 다니는 허세는 특출나지만. "서퍽은 아니에요. 노퍽 공작이 그리되게 둘 리 없으니까."

"그 반대도 마찬가지겠죠." 캐번디시가 고개를 끄덕인다. "그럼 턴스털 주교?"

"아뇨. 토머스 모어."

"하지만, 한낱 평신도에 평민을요? 게다가 폐하의 혼인 무효 소송을 그토록 강하게 반대하는데?"

그는 고개를 끄덕인다. 그래, 그래, 모어가 될 것이다. 헨리왕은 더 높은 가격을 부르는 자에게 양심을 내놓기로 유명하다. 그런 자신으로부터의 구원을 바라고 있을지도.

"폐하가 그 자리를 제안한다 해도—뭐 요식 행위로 그럴 수는 있겠지요—토머스 모어가 수락하지 않을 게 뻔하잖아요?"

"수락할 겁니다."

"내기할까요?" 캐번디시가 말한다.

둘은 내기 조건에 동의하고 악수로 확정한다. 그 덕분에 머릿속에 가득했던 쥐떼니 추위니 하는 긴급한 문제들을 내려놓는다. 웨스트민스터의 하인 수백 명을 이서의 훨씬 협소한 공간에 어떻게 쑤셔넣을지 하는 문제도. 추기경의 수족은 여러 관저의 하인을 모두 포함해 셈하면 위로는 신부와 법률사무원부터 아래로는 바닥청소부와 세탁부까지 얼추 육백 명에 달한다. 그들을 즉시 뒤따를 인원만 삼백은 될 것이다. "지금 상황으로 봐서는 식솔을 해산해야 할 거예요." 캐번디시가 말한다. "그런데 품삯을 줄 돈이 없어요."

"저들을 빈손으로 내보낸다면 지옥행을 면치 못하겠죠." 그가 말하자 캐번디시가 받아친다. "당신은 이러나저러나 지옥행일걸요. 아까 성물을 보고 한 말이 있으니."

그가 캐번디시와 눈을 마주친다. 둘은 웃기 시작한다. 적어도 그들이 마실 만한 건 있다. 와인저장고는 가득차 있습니다, 그나마 다행이죠, 캐번디시가 말한다. 앞으로 몇 주간 우리에게는 술이 간절할 테니까요. "노리스가 했던 말은 무슨 뜻일까요?" 캐번디시가 묻는다. "폐하는 어찌 그리 우유부단할까요? 폐하가 쫓아낼 마음이 없다면 어찌 전하가 쫓겨나겠습니까? 폐하가 어찌 전하의 적에게 굴복할 수 있습니까? 국왕은 주군이 아닙니까, 모든 적 위에 군림하는?"

"당신은 그리 생각하겠지요."

"아니면 그 여자의 소행일까요? 틀림없어요. 폐하가 그 여자를 두려워하잖습니까. 그 여자는 마녀예요."

그가 말한다. 애 같은 소리 하지 마요. 캐번디시가 대꾸한다. 그 여자는 정말로 마녀라니까요. 노퍽 공작이 그리 말하고 다녀요. 공작은 그 여자의 외숙부니 제대로 알겠죠.

새벽 두시, 그리고 세시가 된다. 잠자리가 없으니 잘 필요도 없다고 생각하면 때로 마음이 편해진다. 그는 집으로 돌아갈 생각을 할 필요가 없다. 돌아갈 집도, 남은 가족도 없으니. 가족과 그간 잃어버린 것을 생각하느니 여기, 이셔의 대형 침실 한구석에 캐번디시와 옹송그리고 앉아 추위와 피로와 미래에 대한 두려움 속에서 술이나 마시는 게 차라리 낫다. "내일," 그가 말한다. "런던에서 내 사무원들을 불러올 겁니다. 아직 전하의 자산으로 되어 있는 것을 찾아볼 거예요. 쉽지는 않을 겁니다. 저들이 서류를 죄다 챙겨갔으니. 지금 이 상황을 채권자들이 알게 되면 돈을 내놓으려 하지 않을 거예요. 하지만 프랑스 국왕이 전하께 지급하기로 한 연금이 있고, 내 기억이 맞다면 그 돈은 늘 체불 상태니까…… 전하가 폐하의 총애를 되찾길 기다리는 동안 금한 자루 정도는 기꺼이 보내줄 수도 있죠. 그리고 당신은—살림살이 약탈에 나서보시고요."

동이 트자마자 그는 밤새 기운을 차린 말에 얼굴도 눈도 퀭하디퀭한 캐번디시를 떠밀어 태운다. "호의의 대가를 회수해와요. 이 나라에서 무엇이 됐든 전하께 신세 지지 않은 젠틀맨은 없을 테니까."

10월 말이다. 태양은 지평선에 닿을 듯 말 듯 던져진 동전 같다. "전하의 기운을 계속 북돋아주세요." 캐번디시가 말한다. "계속 말씀하시게 해요. 해리 노리스가 한 말에 대해 계속 말씀하시게……"

"어서 가기나 해요. 성 라우렌시오*를 태웠던 석탄이라도 찾아와요. 여기서는 그마저도 요긴할 테니."

"아, 그만 좀 하세요." 캐번디시가 애원한다. 그는 어제부로 퍽 많이 달라졌고 신성한 순교자로 농담도 할 수 있게 되었으나 지난밤 과음한 나머지 웃으려니 몸이 부대낀다. 하지만 웃지 않으려 해도 힘들기는 마찬가지다. 조지 캐번디시가 고개를 떨어트린다. 그가 탄 말이 꿈틀댄다. 캐번디시의 눈에 당혹감이 가득하다. "어쩌다 이 지경이 되었을까요? 우리 전하께서 진흙탕에 무릎을 꿇다니. 어찌 그런 일이 있을 수 있습니까? 세상에 어찌 그럴 수가 있나요?"

---

* 석탄에 달궈진 석쇠 위에서 순교한 것으로 알려진 성인.

그가 말한다. "사프란. 건포도. 사과. 그리고 고양이, 고양이를 구해 와요, 크고 굶주린 놈들로. 나도 모르겠어요, 조지, 고양이는 어디서 구하는 거지? 오, 잠깐! 자고새를 구할 수 있을까요?"

자고새를 구할 수 있다면 가슴살을 저며 식탁에서 삶을 수 있다. 그런 식으로 조치할 수 있는 무엇이든 할 것이다. 그러면, 우리가 감당해 낼 수만 있으면, 전하께서 독살당할 일은 없겠지.

II
브리튼의 신묘한 역사
1521년~1529년

옛날, 아득히 먼 옛날 서른세 명의 딸을 둔 그리스 왕이 있었다. 이
딸들이 제각각 반란을 일으키고 남편을 죽였다. 자신이 어쩌다 이런
폭도들을 낳았는지 당황했으나 혈육을 죽이고 싶지는 않았던 왕이자
아버지는 딸들을 추방하고 방향타가 없는 배에 태워 표류하게 했다.

배에는 반년 치 식량이 실려 있었다. 이 기간이 다 되어가던 무렵 그
들은 바람과 조류에 실려 세상의 끝자락에 도달했다. 안개의 장막에
가려진 섬에 내려섰다. 그 섬에는 이름이 없었기에 살인자들의 맏언니
가 자기 이름을 붙였다. 앨비나*라고.

상륙하던 당시 그들은 굶주려 있었고 남자의 육체가 간절했다. 하지

---

* 브리튼의 옛 이름.

만 아무리 둘러봐도 남자는 없었다. 그 섬에는 오직 악마만이 둥지를 틀고 있었다.

서른세 명의 왕녀는 악마와 교접해 거인 종족을 낳았다. 거인들은 다시 그 어머니와 교접해 동족을 더 생산했다. 이 거인들이 브리튼의 광활한 땅덩이 전체로 퍼져나갔다. 그때는 성직자도 교회도 법률도 없었다. 시간을 나타내는 방법 또한 없었다.

여덟 세기에 걸친 지배 끝에 거인족은 트로이 사람 브루투스에게 거꾸러진다.

브루투스는 아이네이아스의 증손자로 이탈리아에서 태어났다. 어머니는 그를 낳다 죽었고, 아버지는, 사고로, 그가 쏜 화살에 맞아 죽었다. 도망치듯 고향을 떠난 브루투스는 트로이에서 노예로 살았던 자들의 우두머리가 되었다. 그들은 함께 북쪽으로 항해했고, 변덕스러운 바람과 조류에 떠밀려 앨비나의 해안에 닿았다. 저 옛날 왕녀들이 그랬듯. 뭍에 내린 그들은 어쩔 수 없이 고그마고그가 이끄는 거인족과 전투를 치러야 했다. 거인들이 패했고 그들의 장수는 바다에 던져졌다.

어느 모로 보나 모든 것은 살육으로 시작한다. 트로이 사람 브루투스와 그 후손은 로마인이 당도하기 전까지 이 땅을 다스렸다. 런던은 러즈타운이라 불리기 전에 뉴트로이라 불렸다. 그리고 우리는 트로이 사람이었다.

튜더왕조는 유혈이 낭자하고 포악한 이 역사를 초월했다고 말하는 자들이 있다. 브루투스를 계승하되 콘스탄티누스황제의 혈통이라는 얘기인데, 황제의 어머니인 성 헬레나가 바로 브리튼 출신이었다. 그리고 브리튼의 왕 중의 왕 아서가 콘스탄티누스의 손자다. 아서왕은 무려 세 명의 여자와 결혼했고, 여자의 이름은 모두 기네비어였다. 아서왕의 무덤은 글래스턴베리에 있으나 여기서 반드시 마음에 새겨야 할 건 아서왕이 진짜로 죽은 게 아니라는 사실이다. 자신의 시대가 다시 오기를 기다리고 있을 뿐.

아서왕의 복된 후손인 잉글랜드의 아서 왕자는 1486년 태어났다. 튜더 가문이 배출한 첫번째 왕인 헨리 7세의 장남이었다. 이 아서 왕자는 아라곤의 캐서린 공주와 결혼했고, 열다섯 살에 사망해 우스터대성당에 묻혔다. 지금까지 살아 있었다면 아서 왕자가 잉글랜드의 국왕이 되었을 것이다. 그랬다면 왕자의 동생 헨리는 높은 확률로 캔터베리 대주교가 되었을 테고, 울지 추기경의 귀에 좋은 소리라고는 도통 들리는 법이 없는 여자를 탐하지도 않았을 터다(적어도 우리의 간절한 바람은 그렇다). 그 여자가 어떤 여자냐, 두 공작이 걸어들어와 약탈하기 수년 전에 추기경이 눈여겨봤어야 했을 여자, 파멸에 발목 잡히기 전에 추기경이 그녀 나름의 역사를 파악했어야 했을 여자다.

모든 역사의 이면에는 또다른 역사가 있다.

그 여자가 궁정에 나타난 건 1521년 크리스마스로, 노란색 드레스를 입고 춤을 췄다. 나이는—글쎄?—스무 살쯤이었다. 외교관 토머스 불린의 딸로 메헬렌과 브뤼셀*의 부르고뉴 궁정에서 어린 시절을 보냈고, 보다 최근에는 파리에서 클로드 왕비의 시녀 일행에 끼어 루아르의 아름다운 고성들을 드나들었다. 이제 그녀는 미세하고 어딘가 묘한

* 둘 다 벨기에의 도시다.

억양이 섞인 잉글랜드어로 말하고, 그나마도 표현이 떠오르지 않는 척하며 문장 곳곳에 프랑스어를 흩뿌린다. 속죄절*에는 궁정 가면극에서 춤춘다. 궁중의 여인들이 각 미덕에 맞는 의상을 차려입는데, 그녀는 인내 역할을 맡았다. 우아하지만 거침없이 춤춘다. 흥에 겨운 표정으로 도도하고 무정하게 '나를 건드리지 마세요'라고 말하는 듯한 미소를 짓는다. 이내 그녀의 뒤를 좇는 변변찮은 젠틀맨들의 약소한 무리가 생겨난다. 개중에는 딱히 변변찮다고 할 수 없는 남자도 있다. 그녀가 노섬벌랜드 백작의 후계자인 해리 퍼시와 결혼할 거라는 소문이 퍼진다.

추기경은 그녀의 아버지를 불러들인다. "토머스 불린 경, 딸에게 말하시오, 아니면 내가 하겠소. 우리가 그애를 프랑스에서 데려온 건 아일랜드 쪽과, 버틀러 가문의 후계자와 결혼시키기 위해서였소. 그런데 그애는 어찌 이리도 늑장을 부리는 거요?"

"버틀러 가문은……" 토머스 경이 입을 열자 추기경이 계속 말한다. "오, 왜요? 버틀러 가문이 뭐요? 경의 마음에 걸리는 게 있다면 내가 버틀러가를 손봐주겠소. 지금 궁금한 건 이거요. 경이 부추겼소? 어디 으슥한 곳에서 그 얼빠진 젊은이랑 공모라도 했소? 왜냐면, 토머스 경, 내 분명히 말해두지요. 나는 인정 못합니다. 폐하도 인정 못합니다. 당장 그만두시오."

"저는 요 몇 달 동안 잉글랜드에 얼마 머물지도 않았습니다. 제가 그 일에 연루되었다고 생각하시면 안 됩니다, 전하."

---

* 오순주일부터 사순절의 첫날인 재의 수요일까지 사흘의 기간.

"안 돼요? 내가 무슨 생각까지 하는지 알면 경도 놀랄 거요. 고작 이 정도 변명이 최선이오? 자기 자식조차 어찌할 수 없다는 게?"

토머스 경이 씁쓸한 표정으로 두 손을 내보인다. 이렇게 말하려는 참이다. 요즘 젊은이들이 원체…… 하지만 추기경이 저지한다. 추기경은 의심하고 있다―그리고 그 의심을 지금껏 숨기지 않았다―킬케니*성과 그곳의 소박한 시설에서 맞이할 미래에도, 특별한 날이면 더블린으로 이어지는 열악한 흙길을 내달려야만 가능할 사교생활에도 이 젊은 여인은 마음이 없다고.

"저 사람은 누굽니까?" 불린이 말한다. "저기 구석에?"

추기경이 한 손을 내젓는다. "내 법률대리인 중 하나일 뿐이오."

"여기서 내보내시죠."

추기경이 한숨을 쉰다.

"지금 저자가 이 대화를 기록하는 겁니까?"

"그런가, 토머스?" 추기경이 외친다. "혹 그렇다면 당장 멈추게."

세상 사람 절반이 토머스라는 이름으로 불린다. 나중에라도 불린은 이자가 그였다고 확신하지 못할 터다.

"보십시오, 전하." 불린이 말한다. 목소리가 오르락내리락 외교관 특유의 음계를 연주한다. 솔직한 남자다, 세상 물정에 밝은 자고. 그의 미소가 말한다. 이봐요 울지, 이보세요 울지, 당신도 세상 물정에 훤한 사람이잖습니까. "젊은이들이에요." 불린이 솔직한 척 보이려는 의도적인 몸짓을 한다. "딸아이가 그 청년의 시선을 사로잡았습니다. 자연

---

* 아일랜드 동부 지역으로 더블린의 서남쪽에 위치한다.

114

스러운 일이죠. 그럼에도 저는 그애가 속상해할 소식을 계속 전해야만
했어요. 그애도 더이상의 진전은 불가능하다는 걸 압니다. 자기 위치
를 알고 있습니다."

"그래야지." 추기경이 말한다. "그 위치란 게 퍼시의 밑이니까. 내
말은," 추기경이 덧붙인다. "그러니까 왕국 서열의 측면에서 밑이란
거요. 뜨뜻한 밤 건춧더미에서 벌이는 짓에서 밑이란 게 아니라."

"도대체 받아들이지를 않습니다, 그 청년이 말입니다. 저들은 청년
에게 메리 탤벗과 결혼하라고 밀어붙이지만 그게……" 불린이 좀 조
심성 없이 웃는다. "청년은 메리 탤벗과 결혼할 마음이 없어요. 자기
아내는 자기 마음대로 골라야 한다고 믿거든요."

"마음대로 골라―!" 추기경은 말문이 막힌다. "내 그런 이야기는 들
어본 적도 없소. 그 청년이 무슨 평범한 시골 농꾼도 아니잖소. 머지않
아 나라의 북부를 건사할 자인데. 그런 사람이 세상에서 제 위치를 인
지 못한다면 깨우치든가 박탈당하든가 해야지. 슈루즈베리 백작의 딸
은 그 청년에게 완벽한 혼처요. 내가 중매했고 폐하가 동의했소. 그리
고 내 장담하오만, 슈루즈베리 백작은 딸과 결혼을 약속한 청년이 사랑
놀음에 미쳐 벌이는 이 광대짓을 호의적으로 받아들이지 않을 거요."

"여기서 문제는……" 불린이 외교관답게 잠시 신중하게 뜸을 들인
다. "제 생각입니다만, 해리 퍼시와 제 딸이 그 문제에 관한 한은 좀 멀
리 가버린 게 아닌가 합니다."

"뭐요? 그럼 지금 우리가 진짜 건춧더미와 뜨뜻한 밤에 대해 얘기하
고 있다는 거요?"

그는 그림자 속에서 지켜보며 생각한다. 불린이야말로 그가 봐온 인

간 중 가장 냉철하고 능청스러운 자다.

"둘의 말에 따르면 증인 앞에서 서약까지 했답니다. 그렇다면 그걸 어찌 무마한단 말입니까?"

추기경이 주먹으로 책상을 내리친다. "어찌 무마할지 내가 말해주지. 나는 그 청년의 아버지를 국경에서 불러들일 거요. 그 탕아가 자기 아버지를 거역한다면 후계자 자리에서 내쳐져 헤픈 코빼기를 바닥에 처박는 신세가 되겠지. 백작에게는 다른 아들들이 있소, 더 훌륭한 자식들로. 버틀러 가문과의 혼사를 물리고 싶지 않다면, 경의 조신한 딸이 서식스에서 혼기를 놓치고 쪼글쪼글 늙어가며 남은 인생의 숙식비를 경에게 지우는 상황을 원치 않는다면, 서약이니 증인이니 하는 말은 그냥 잊으시오. 그리고 증인이라니—도대체 누구요, 그 증인들이? 나는 그런 유의 증인들을 잘 알아요. 내가 데려오라고 사람을 보내도 절대 얼굴을 보이지 않는 자들이지. 그러니 내 귀에 그런 소리가 다시는 들리지 않게 하시오. 서약이니 증인이니 약혼이니. 맙소사, 주여!"

불린은 미소를 잃지 않는다. 균형 잡힌 체격에 호리호리한 남자다. 섬세하게 조율한 근육 하나하나를 모두 써가며 만면의 미소를 겨우 붙들고 있다.

"나는 지금," 울지 추기경이 사정없이 몰아친다. "이 문제에 대해 경이 노퍽 공작 가문의 인척에게 조언을 구한 적이 있는지 묻는 게 아니오. 그쪽 가문의 동의를 얻어 이런 계략을 벌인 거라고 생각하기는 나도 정말 싫거든. 노퍽 공작이 이 사실을 통보받아 이미 알고 있었다는 얘기를 들으면 유감일 거요. 오, 정말 몹시 유감일 거야. 그러니 그런 소리가 내 귀에 들리지 않게 하시오, 알겠소? 가서 경의 친지에게 뭐든 제대로 된 조언을 구하시오. 그애를 아일랜드로 보내 결혼시키시오. 당신 딸이 하자 있는 여자라는 소문이 버틀러 가문 사람들의 귀에 들어가기 전에. 내가 나서서 알리겠다는 건 아니오. 하지만 궁정에도 입은 있으니까."

토머스 경의 양쪽 광대뼈에 벌겋게 노기가 서린다. "말씀 끝나셨습니까, 추기경 전하?"

"그렇소. 가보시오."

불린이 검은색 실크 옷자락을 펄럭이며 돌아선다. 눈가의 저것은 분노의 눈물인가? 불빛이 희미하지만 그, 크롬웰은 시력이 아주 좋다. "아, 잠깐, 토머스 경……" 추기경이 말한다. 목소리가 방을 가로질러 올가미처럼 희생자를 잡아끈다. "자, 토머스 경. 경의 혈통을 잊지 마시오. 퍼시 가문은, 아닌 게 아니라, 잉글랜드에서 가장 지체 높은 집안이오. 반면 노퍽 공작 일가와 혼인으로 엮였다는 그 놀라운 행운에도 불구하고 불린가는 한때 장사를 하지 않았소? 경과 성이 같은 자가 런던 시장이었고, 아닌가? 혹 내가 더 기품 있는 불린가와 경의 집안을 헷갈린 거요?"

토머스 경의 얼굴에서 핏기가 싹 가신다. 광대뼈의 진홍색 점도 자취를 감췄고, 경은 이제 분노로 까무러칠 지경이다. 방을 나서며 토머스 경이 속삭인다. "백정놈의 자식." 그리고 사무원—우람한 손이 책상에 헛되이 놓여 있다—을 지나치며 코웃음친다. "백정놈의 개."

쿵 소리와 함께 문이 닫힌다. 추기경이 말한다. "이만 나오거라, 개야." 책상에 팔꿈치를 대고 두 손에 고개를 파묻은 채 웃음을 터트린다. "잘 보고 배우게." 추기경이 말한다. "타고난 혈통을 어찌할 순 없어―그리고 하느님께서도 아시듯 톰, 자네는 나보다 더한 불명예의 땅에서 태어나지 않았나―그러니 비결은 저들이 자기 기준에 맞추려고 늘 아웅다웅하게 만드는 거야. 저들 손으로 만든 규칙이지. 그 규칙을 지키라고 내가 더없이 엄격하게 강요해도 저들은 불평할 수 없어. 퍼시 가문은 불린 집안보다 위야. 저자는 자기가 뭐라고 생각하는 거지?"

"상대를 열받게 만드는 게 좋은 방책입니까?"

"오, 아니지. 하지만 재미있거든. 삶이 고되다보니 재밋거리를 원하게 된다네." 추기경이 그에게 다정한 시선을 던진다. 그는 생각한다. 내가 오늘 저녁의 다음 놀잇감이 될지도 모르겠군. 불린이 오렌지 껍질처럼 갈기갈기 찢겨 내동댕이쳐졌으니. "받들어 모셔야 할 이들이 누구지? 퍼시가, 스태퍼드가, 하워드가, 탤벗가. 그렇지. 기다란 막대기로 그들을 휘저어놓는 거야, 그래야만 한다면. 불린의 경우는―글쎄, 폐하가 아끼는데다 수완가이기도 하니까. 그래서 내가 그자의 서신을 모조리 열어보는 걸세, 그것도 수년 동안."

"그러니까 전하께서도 들으신―아뇨, 용서하십시오. 전하 앞에서 입에 올릴 얘기가 아닙니다."

"무엇이?" 추기경이 말한다.

"뜬소문일 뿐입니다. 전하를 현혹해서는 안 될 일이죠."

"운을 떼놓고 입을 다무는 것도 안 될 일이지. 냉큼 털어놓게."

"그저 여자들끼리 하는 말일 뿐입니다. 실크 짜는 여자들이요. 포목상 안주인들도 그렇고." 그가 미소를 머금고 뜸을 들인다. "전하께서

관심을 가지실 만한 이야기가 아닙니다. 분명히."

추기경이 웃음을 터트리며 의자를 뒤로 민다. 그림자도 함께 자리에서 일어난다. 불빛을 받고 풀쩍 뛰어오른다. 한 팔이 뻗어나간다. 저멀리까지 닿는다. 그 손이 꼭 하느님의 손 같다.

그러나 하느님이 손을 오므리도록 백성은 방 건너에, 벽에 등을 붙인 채 있다.

추기경이 손을 거둔다. 그림자가 요동한다. 요동하다 멈춘다. 추기경은 꼼짝하지 않는다. 들숨과 날숨이 벽에 적힌다. 추기경이 고개를 숙인다. 후광 속에서 정지한 듯 보인다. 한 손 가득 쥔 허무를 살피는 듯 보인다. 손가락을 벌린다. 불빛에 비친 손도 함께 커진다. 손이 책상을 짚는다. 추기경의 다마스크직 옷소매 속으로 서서히 사라진다. 추기경은 다시 자리에 앉는다. 고개를 숙인다. 얼굴 절반이 어둠에 잠긴다.

그, 토머스는, 또한 토모스이자 토마소이자 토매스 크롬웰은 그 옛자아들을 현재의 육신에 다시 집어넣고 좀전의 자리로 조금씩 움직인다. 그의 그림자가 홀로 벽에서 미끄러진다. 그의 환대를 확신하지 못하는 방문객처럼. 이 토머스들 중 누가 기습을 감지했던 걸까? 기억이 당신을 압도하는 순간이 있다. 당신은 주춤하고, 피하고, 도망친다. 안 그러면 과거가 당신의 주먹을 붙들고 의지와 무관하게 마구 휘두른다. 그때 당신의 손아귀에 칼이라도 들려 있다면? 그렇게 살인을 저지르게 되는 것이다.

그가 뭐라 얘기하고, 추기경이 뭐라 답한다. 돌연 말이 끊긴다. 두 문장은 어디로도 가지 못한다. 추기경이 의자를 다시 당긴다. 앞에 선

그가 머뭇거린다. 결국 자리에 앉는다. 추기경이 말한다. "런던의 풍문이 정말로 듣고 싶었어. 그러나 자네한테서 억지로 끌어낼 생각은 아니었네."

추기경이 고개를 숙이고 책상에 놓인 종잇장을 노려본다. 이 난감한 순간이 지나가도록 틈을 뒀다가 다시 입을 열 때는 말투가 차분하고 편안하다. 저녁식사를 마치고 이런저런 일화를 꺼내놓는 사람처럼. "내가 어렸을 때 아버지한테 친구가 한 분 있었네—고객이었지, 엄밀히 말하면—낯빛이 발그레한 사람이었어." 추기경이 본보기로 자기 소매를 만진다. "이것처럼…… 진홍색이었지. 이름이 리벨이었어. 마일스 리벨." 추기경의 손이 다시 스르르 움직인다. 손바닥을 아래로 한 채 거무죽죽한 다마스크 천에 자리잡는다. "어째선지 나는 믿었어…… 지금이야 그가 정직한 시민이고 라인산 화이트와인이나 한 잔씩 즐기는 사람이었다고 말할 수 있지만…… 그때는 그자가 피를 마신다고 믿었네. 나도 모르겠어…… 유모나 다른 철없는 아이한테서 주워들은 무슨 이야기 때문인 듯은 하네만…… 그러다 아버지의 도제들이 그 사실을 알게 되었고—어리석게도 내가 징징거리며 우는 꼴을 보인 탓이었지—늘 이렇게 외쳤어. '리벨이 피를 마시러 온다, 도망쳐, 토머스 울지……' 나는 악마에게 쫓기는 사람처럼 달아났어. 장터 반대편으로 줄행랑쳤지. 우마차에 깔리지 않은 게 신기할 정도야. 앞도 보지 않고 내달렸거든. 심지어 지금도"—추기경이 책상에서 밀랍 인장을 집어들어 반대로 뒤집고, 다시 반대로 뒤집어 내려놓는다—"지금도 낯빛이 발그레한 금발 남자를 보면—어디 보자, 서퍽 공작쯤 될까—울음을 터트리고 싶어진다네." 추기경이 말을 멈춘다. 시선이 한 곳에 머문다. "그런데 토머스…… 상대가 자기 피를 노린다는 생각이 들지 않는 한 성직자는 대항하면 안 되는 건가?" 추기경은 인장을 다시 집어든다. 손가락 사이에 끼고 돌린다. 그의 시선을 피한다. 말장난을 시작한다. "자네는 주교 때문에 죽겠나? 서기가 섬뜩한가? 부제가 불쾌한가?"

그가 말한다. "그걸 뭐라고 합니까? 잉글랜드어로는 모르겠는데…… 에스톡이라고……"

그 물건에 붙은 잉글랜드식 이름은 없을 터다. 날이 짧은 칼로, 근접전에서 상대의 갈빗대 밑에 찔러넣는 용도다. 추기경이 말한다. "사연인즉슨……?"

사연인즉슨 약 이십 년 전의 일이다. 한 수 배우고 제대로 깨우쳤다. 밤, 얼음, 유럽의 고요한 심장부. 숲, 겨울 별자리 아래 은빛 호수. 실내, 난로의 불빛, 벽에 미끄러지는 형체. 그는 자신의 암살자를 보지 못했으나, 움직이는 암살자의 그림자는 보았다.

"어쨌거나……" 추기경이 말한다. "내가 마스터 리벨을 본 지도 어언 사십 년이야. 이미 죽은 지 오래겠지, 아마도. 그럼 자네의 그자는?" 추기경이 머뭇거린다. "그자도 죽은 지 오래인가?"

사람을 죽인 적이 있는지 묻기 위한 더할 나위 없이 우아한 전략이다.

"지옥에 있습니다, 그리 생각해야지요. 전하께서 허락하신다면."

그 말에 울지 추기경이 미소를 짓는다. 지옥을 언급했기 때문이 아니다. 자신의 광대한 관할권에 머리를 조아렸기 때문이다. "그러니까 젊은 크롬웰을 공격했다가는 곧장 불구덩이행이었다?"

"전하께서 그자를 직접 보셨어야 합니다. 연옥도 과분하리만치 비열한 자였습니다. 그리스도의 보혈로 죄를 씻는다고들 말하지만, 그자까지 깨끗이 씻을 수 있었을지는 의문입니다."

"오점 없는 세상이야 나도 대찬성이지." 울지 추기경은 슬퍼 보인다. "고해성사는 제대로 했는가?"

"아주 오래전 일입니다."

"고해성사는 제대로 했느냐니까?"

"추기경 전하, 저는 군인이었습니다."

"군인은 천국에 갈 가망이 있지."

그는 눈을 들어 추기경의 얼굴을 들여다본다. 그가 무엇을 믿는지 전혀 모르는 눈치다. "가망은 우리 모두에게 있지요." 군인이든, 거지든, 선원이든, 국왕이든.

"그러니까 자네는 소싯적에 악한이었군." 추기경이 말한다. "사 느 페 리앵."* 이야기를 곱씹는다. "자네를 공격했다는 그 비열한 친구 말일세…… 그가 사실은 성직에 있었던 건 아니지?"

그가 미소를 짓는다. "물어보지 않았습니다."

"기억은 교묘하지……" 추기경이 말한다. "토머스, 앞으로는 움직이기 전에 자네한테 반드시 귀띔부터 하겠네. 그렇게만 하면 우리 둘은 아주 잘 지낼 수 있을 거야."

그러면서도 추기경은 그를 살핀다. 여전히 수수께끼 같은 자다. 그들의 관계는 이제 막 시작되었고, 앞으로 추기경이 창조할 그라는 인물은 지금 단계에선 아직 미완성인 상태다. 어쩌면 사실상 이 저녁이

---

* Ça ne fait rien. '상관없다'는 뜻의 프랑스어.

창조의 기점이 된 건 아닐까? 앞으로 다가올 세월 내내 추기경은 말할 터다. "나는 종종 의심스럽다네. 금욕적인 이상이 말일세—특히 그걸 젊은이들에게 적용할 때는 더더욱. 나의 심복 크롬웰만 봐도 그래— 젊은 시절에 그는 은둔하면서 거의 모든 시간을 단식과 기도, 교부학 연구에 쏟았지. 그가 요즘 제멋대로 날뛰는 게 다 그 때문이야."

그러면 사람들이 묻는다. 그자가요?—기억을 최대한 되살려 유별나게 신중하던 남자를 떠올린다. 정말입니까? 전하의 수족 크롬웰이요? 그들이 물으면 추기경은 고개를 절레절레 저으며 말할 터다. 물론 사고는 내가 어떻게든 수습하지. 그가 창문이라도 깨면 유리장이를 불러서 현금을 치른다네. 피해를 입은 젊은 여인이 줄줄이 나타나면……가여운 것들, 돈을 쥐여주고……

하지만 오늘밤 추기경은 일 이야기로 돌아온다. 지나간 저녁시간을 부여잡으려는 듯 깍지 낀 두 손을 책상에 올려놓고 있다. "자 어서, 토머스, 자네가 들은 뜬소문 얘기를 하던 차였네."

"실크 상인에게 들어간 주문으로 여자들이 판단하건대 폐하에게 새로운—" 그가 잠시 말을 끊는다. "전하, 매춘부인데 기사의 딸이면 뭐라고 부릅니까?"

"아," 추기경이 말하며 문제에 개입한다. "여자의 면전에서는 '레이디'라고 해야지. 등뒤에서는—음, 그 여자 이름이 뭔가? 그 기사는 또 누구고?"

그가 고갯짓으로 십 분 전 불린이 섰던 자리를 가리킨다.

추기경은 놀란 표정이다. "아까 왜 나서서 말하지 않았나?"

"제가 그 이야기를 어찌 꺼낼 수 있었겠습니까?"

추기경도 그 난감함을 인정한다.

"그런데 궁정에 새로 왔다는 그 불린가 여자가 아닙니다. 해리 퍼시의 여자가 아니에요. 그녀의 언니죠."

"그렇군." 추기경이 의자 등받이에 기대앉는다. "왜 아니겠어."

메리 불린은 상냥하고 조그만 금발 여인으로 프랑스 궁정을 고루 거친 뒤 고향땅의 잉글랜드 궁으로 돌아와 여기저기 호의를 흩뿌리고 다닌다고 한다. 부루퉁한 여동생은 항상 그녀의 뒤를 종종걸음으로 따라다니고.

"왜 아니겠나. 나도 폐하의 시선이 향하는 곳을 따라가본 적이 있거든." 추기경이 말하며 혼자 고개를 끄덕인다. "이제 두 사람이 가까운 사이인가? 왕비도 알고 있나? 아님 자네도 모르나?"

그가 고개를 끄덕인다. 추기경이 한숨을 쉰다. "캐서린은 성녀나 다름없어. 그럼에도 내가 성녀라면, 그리고 왕비라면, 메리 불린 때문에 몹쓸 꼴을 볼 리는 없으리라 생각할 걸세. 선물이라고, 어? 무슨 종류의? 휘황찬란한 건 아니라 했나? 메리 불린에겐 안 된 일이군. 아직 기회가 있을 때 잇속을 챙겨야 하는 법인데. 우리 폐하께서 불장난을 그리 자주 하시는 건 아니네, 물론 항간에는…… 항간에 떠돌기로는 폐하가 어렸을 때, 그러니까 아직 왕자이던 시절에 동정을 버리게 해준 사람이 불린의 아내라고들 하지."

"엘리자베스 불린이요?" 그가 놀라는 일은 흔치 않다. "그 문제 여성의 어머니?"

"그렇지. 폐하가 어쩌면 그쪽 방면으로는 창의력이 없는지도 몰라. 내가 그 소문을 꼭 믿어서가 아니라…… 자네도 알다시피 우리가 만약 저 건너편에 있었다면." 추기경이 도버해협 방향을 몸짓으로 가리킨다. "그런 여자들을 일일이 파악하려는 노력조차 안 했을 걸세. 내 친구 프랑수아왕만 해도—사람들 말이 한번은 왕이 전날 밤을 함께한 여인에게 천천히 다가가 격식을 차려 손등에 입을 맞추고 이름을 물었다지. 그러고는 처음 보는데 앞으로 한번 잘 지내보자고 했다는군." 추기경은 자신이 정확한 사례를 들었다는 사실에 만족해하며 고개를 주억거린다. "하지만 메리가 문제를 일으키지는 않을 거야. 편하고 푼더분한 여자니까. 폐하의 선택이 그만하길 다행이네."

"하지만 여자의 가문에서 뭐든 얻어내려 할 텐데요. 전에는 뭘 얻었습니까?"

"유용해질 기회." 울지 추기경이 말을 끊고 메모한다. 내용은 짐작이 가능하다. 불린이 공손히 청한다는 전제하에, 내줄 수 있는 것은? 추기경이 고개를 든다. "그러면 아까 토머스 경과 면담할 때 내가 더—뭐라고 해야 하나—나긋하게 굴었어야 했나?"

"우리 전하께서야 더할 나위 없이 상냥하셨죠. 방을 나서던 그자의 표정이 어땠게요. 감화의 기쁨을 제대로 경험한 눈치였습니다."

"토머스, 앞으로는 런던의 어떤 뜬소문이든," 추기경이 다마스크 천을 만진다. "내게 곧장 알리게. 그 출처는 걱정 말고. 그런 걱정은 내가 하겠네. 그리고 약속함세. 내가 자네를 해코지하는 일은 절대로 없을 거야. 진심이네."

"그런 약속은 결국 잊히죠."

"아닐 걸세. 이십 년 전 교훈을 지금껏 품고 사는 사람을 상대로는 못 그러지." 추기경이 뒤로 기대앉더니 곰곰이 생각한다. "적어도 그 여자, 결혼은 했군." 메리 불린 말이다. "그러니 그 여자가 새끼를 낳는대도 왕손으로 인정할지 말지는 폐하 마음이야. 존 블런트의 딸이 낳은 남자애도 있으니 폐하는 왕손이 너무 많은 걸 원치 않을 테지."

국왕의 입장에서 왕궁 육아실이 너무 커지는 것은 부담일 수 있다. 역사와 타국의 사례에 따르면 어미들끼리 지위 쟁탈전을 벌이면서 제 새끼를 어떻게든 왕위 계승 서열에 올리려 애쓴다. 헨리왕이 인정한 아들은 헨리 피츠로이라고 알려져 있다. 이 잘생긴 금발 아이는 국왕을 쏙 빼닮았다. 헨리왕은 아이에게 서머싯 공작과 리치먼드 공작 작위를 내렸다. 아직 열 살도 안 된 나이에 소년은 잉글랜드의 상급 귀족이 된 것이다.

출산한 아들이 모두 사망한 캐서린 왕비는 그 사실을 묵묵히 받아들인다. 다시 말해, 고통받고 있다.

추기경의 방을 나서는 그는 참담하리만치 화가 난다. 옛 시절의 자신—퍼트니의 돌바닥에 산송장처럼 널브러진 소년—을 되돌아본대도 그는 딱히 애처롭지 않다. 그저 약간 짜증이 날 뿐, 왜 냉큼 일어나지 않는지. 보다 나중의 자아—여전히 싸움에 쉽게 휘말리거나 싸움이 붙기 십상인 장소에 있는 자신—를 생각할 때는 경멸 비슷한 감정과 함께 밀려오는 메스꺼운 불안을 느낀다. 그 시절의 세상은 그런 식이었다. 어둠 속의 칼, 시야 끝에 언뜻 스치는 움직임, 몸이 먼저 느끼는 연이은 경고. 그는 추기경에게 충격을 줬고, 그건 그의 일이 아니다. 이즈음 그가 정의하고 있었던 그의 일은 추기경에게 정보를 공급하고 화를 달래고 심중을 헤아리고 농담을 세련하는 것이다. 이게 다 자꾸만 꼬이던 타이밍 때문이다. 추기경이 그처럼 폭주하지 않았더라면, 불린을 정도껏 닦달하라는 신호를 어찌 보내야 할지 몰라 그의 신경이 그처럼 곤두서지 않았더라면. 잉글랜드의 문제는, 그는 생각한다. 몸짓언어가 너무도 빈약하다는 것이다. 이 말을 대신할 수신호를 만들어야 한다. "적당히 하세요. 우리 군주가 이 남자의 딸과 몸을 섞는 사이란 말입니다." 이탈리아인이 이런 수신호를 아직껏 만들지 않았다니, 그는 놀라울 따름이다. 아니, 이미 있는지도 모른다. 그 자신이 못 알아봤을 뿐.

추기경이 막 실각한 1529년, 크롬웰은 그날 저녁을 되돌아보게 될 것이다.

그는 이셔에 있다. 빛도 불도 없는 밤, 위대한 인물이 (아마도 눅눅한) 잠자리에 들고 나자 그의 기운을 북돋울 자는 조지 캐번디시밖에 없다. 그래서 어찌됐습니까, 그가 캐번디시에게 묻는다. 해리 퍼시와 앤 불린은?

그는 이 이야기를 추기경의 냉랭하고 시큰둥한 재연으로만 접했을 뿐이다. 그러나 캐번디시는 말한다. "어땠는지 내가 얘기해주죠. 자, 일어서요, 마스터 크롬웰." 그는 명대로 한다. "조금 왼쪽으로. 자, 둘 중 누구로 하겠습니까? 추기경 전하, 아님 젊은 후계자?"

"오, 그러니까, 연극을 하자는 거죠? 당신이 전하를 맡으세요. 나는 그 역을 감당할 깜냥이 안 되는 듯하니."

캐번디시가 그의 위치를 잡아주며 창가에서 아주 살짝 돌려세운다. 창밖의 밤과 헐벗은 나무가 관객이 되어준다. 캐번디시의 시선이 허공에 머문다, 과거를 보고 있는 사람처럼. 이 빛 없는 방에 어둑한 육신들이 돌아다니고 있는 양. "곤혹스러운 표정을 지어볼래요?" 캐번디시가 청한다. "머릿속엔 온통 대들고 싶은 생각뿐인데 그걸 감히 입 밖으로 내지 못하는 사람처럼? 아니, 아니, 그렇게 말고요. 당신은 젊어요, 호리호리하고. 고개를 떨어뜨리고 있어요. 얼굴을 붉힌 채로." 캐번디시가 한숨을 쉰다. "살면서 얼굴을 붉힌 적이 한 번도 없었나봅니다, 마스터 크롬웰. 그럼," 캐번디시가 두 손으로 부드럽게 그의 위팔을 잡는다. "역할을 바꿔보죠. 여기 앉아요. 당신이 추기경 전하예요."

그의 눈앞에서 캐번디시가 단번에 둔갑한다. 몸을 움찔거리고, 말을 더듬고, 흐느끼기 직전이다. 달달 떠는 해리 퍼시, 사랑에 빠진 청년 그 자체다. "제가 왜 그녀와 결혼하면 안 됩니까? 물론 그녀는 일개 시녀에 불과하고—"

"일개?" 그가 말한다. "시녀?"

캐번디시가 눈을 부라린다. "전하는 그렇게 말씀하신 적이 없어요!"

"그때는 그랬나보군요, 인정합니다."

"자, 나는 다시 해리 퍼시예요. '물론 그녀는 일개 시녀에 불과하고 부친은 한낱 기사일 뿐이지만, 그래도 그녀의 혈통은 좋습……'"

"국왕의 사촌뻘 된다죠, 아닙니까?"

"사촌뻘?" 캐번디시가 다시 자기 역할에서 벗어나 분개한다. "전하께서는 문장관들이 완성한 그 집안 가계도를 청년 앞에 펼쳐 보일 작정입니다만."

"그럼 나는 어찌하면 됩니까?"

"그냥 있어요! 자. 그녀의 조상이 그렇게까지 하찮지는 않다고 퍼시가 주장해요. 하지만 이 청년이 목소리를 높일수록 전하는 더 화가 치밀죠. 청년이 말합니다. 우리는 혼인서약을 했습니다. 실제 혼인에 준하는……"

"그래요? 내 말은, 그자가 그랬다고요?"

"네, 그런 뜻이었어요. 실제 혼인에 준한다."

"그때 전하는 뭐라 하셨고요?"

"이러셨죠. 맙소사, 이보게, 지금 그게 무슨 소린가? 혹시라도 자네가 그런 기만적인 행위에 가담했다면 폐하께서도 분명 알고 계실 것이네. 사람을 보내 자네 부친을 데려와야겠어. 자네의 이 우매한 짓을 무효화할 방법을 함께 강구하겠네."

"해리 퍼시는 뭐라고 했습니까?"

"별소리 안 했어요. 고개만 처박았죠."

"이런 남자를 그 여자가 존경이나 했을지 의문이군요."

"전혀요. 그자의 작위를 좋아했을 뿐이죠."

"그렇군요."

"그리하여 청년의 부친이 북부에서 내려와서는―당신이 백작을 하겠습니까, 아님 청년을 할래요?"

"청년을 하죠. 어떻게 하는 건지 이제 알겠습니다."

그는 자리에서 벌떡 일어나 뉘우치는 시늉을 한다. 둘은, 백작과 추기경은 기다란 회랑에서 긴 대화를 나눈 모양이다. 그런 다음 와인을 한 잔씩 했다. 뭔가 강한 걸로, 틀림없었다. 백작은 회랑 끝까지 쿵쿵거리며 걸어와 자리에 앉았다. 캐번디시의 말에 따르면 시중 드는 소년이 다음 명령을 기다리며 대기하는 기다란 의자였다. 백작은 자기 후계자를 불러다 세워놓고 하인들 앞에서 닦아세웠다.

"'경은,'" 캐번디시가 말한다. "'늘 오만하고, 건방지고, 거만하고, 헤프디헤픈 날건달이었지.' 시작부터 꽤 세죠, 아닙니까?"

"그처럼 정확하게 단어를 기억하다니 대단합니다. 그 자리에서 받아적기라도 한 겁니까? 아님 무슨 기술이라도 쓰는 거예요?"

캐번디시가 음흉한 표정을 짓는다. "당신의 기억력을 능가할 사람이 있으려고요. 전하께서 이런저런 셈을 요구하실 때마다 온갖 수치를 줄줄 읊지 않습니까."

"그냥 지어낸 것일 수도 있죠."

"오, 그럴 리 없어요." 캐번디시가 깜짝 놀란다. "지어내는 것도 하루이틀이지."

"기억하는 방법이 따로 있어요. 이탈리아에서 배웠습니다."

"우리 식솔 중에도, 다른 집에도, 당신이 이탈리아에서 배운 것 전부를 알 수만 있다면 뭐든 내놓을 사람이 여럿 있죠."

그가 고개를 끄덕인다. 당연히 그럴 것이다. "그건 그렇고, 아까 어디까지 했죠? 해리 퍼시, 레이디 앤 불린과 혼인관계에 준하는, 그랬다고 칩시다, 청년이 자기 아버지 앞에 섰고, 아버지는 말하기를……?"

"네가 작위를 물려받는다면 고귀한 우리 가문은 종말을 맞을 것이다―너를 마지막으로 노섬벌랜드 백작은 사라지고 말 거야. 그러고는 '하느님께 찬미를,' 이러는 겁니다. '너 말고도 아들들은 더 있으니……' 그러더니 쿵쿵거리며 가버렸죠. 청년은 울며 서 있었습니다. 레이디 앤에게 완전히 마음을 준 상태였거든요. 그런 사람을 전하가 메리 탤벗과 혼인시켰으니, 지금 그들은 재의 수요일 새벽만큼이나 불행하죠. 그리고 레이디 앤이 그랬어요—뭐, 그때야 우리 모두 비웃었지만—우리 전하의 비위를 건드리는 일이라면 뭐든 하겠다고. 우리가 얼마나 웃었는지 상상이 됩니까? 웬 누르께하고 건방진 계집이, 말이 거칠어 미안합니다. 고작 기사의 딸 따위가 전하를 위협하다니요! 그깟 백작을 갖지 못했다고 열이 받아서는! 하지만 우리가 어찌 알았겠습니까, 그 여자가 흥하고 또 흥하리라는 걸."

그가 미소를 짓는다.

"어디 한번 말해봐요." 캐번디시가 말한다. "우리가 뭘 잘못했을까요? 내가 말해보지요. 지금껏 내내 우리는 속고 있었던 겁니다. 전하도, 해리 퍼시도, 그 청년의 아버지도, 당신도, 나도—왜냐면 폐하가 말씀하셨을 때, 그러니까 미스트리스 앤이 노섬벌랜드로 시집가는 일은 없다고 말씀했을 때 이미 폐하는, 내가 보기에는, 내 생각에는, 그 여자한테 눈독을 들이고 있었던 거예요. 그토록 한참 전부터요."

"폐하가 메리와 가까이 지내는 와중에도 여동생인 앤을 마음에 뒀다는 말입니까?"

"그렇죠, 그렇죠!"

"내가 궁금한 건, 이 모든 사람이 자기는 폐하의 기쁨을 안다고 자부하는데, 막상 폐하는 사사건건 장애에 부딪히니 어찌 그럴 수 있느냐는 겁니다." 사사건건 훼방을 받는다. 분노하고 당혹스러워한다. 레이디 앤, 지금 부인을 내치고 새 부인을 들이기까지 즐겨보려고 선택한 여자가 국왕을 섬기기를 완강히 거부한다. 그게 어떻게 가능하냐고? 누가 알겠는가.

연극이 이어지지 않자 캐번디시는 풀죽은 표정이다. "피곤한 모양이군요." 그에게 말한다.

"아뇨, 생각을 좀 했어요. 전하께서는 어쩌다……" 득이 될 기회를 날려버렸을까요, 그는 말하고 싶다. 그러나 추기경에게 그런 말은 실례다. 그는 고개를 든다. "계속해요. 그래서 어찌되었습니까?"

1527년 5월, 궁지에 몰려 심기가 불편한 추기경은 요크궁에서 특별조사위원회를 열고 국왕의 혼인 유효 여부를 검토한다. 이는 비밀회의다. 왕비는 출석 의무가 없다. 변호인의 대리 참석조차 필요 없다. 위원회 개최 사실 자체도 그녀는 모르는 것으로 되어 있으나, 온 유럽이 알고 있다. 출석 명령을 받은 건 헨리왕이며, 미망인이 된 형수와의 결혼을 허락했던 관면장의 제출을 요구받는다. 왕은 명령에 따르면서 조사위원회가 관면장의 결함을 어떻게든 찾아내리라 자신한다. 울지 추기경은 이 혼인에 의심의 여지가 있다고 말할 각오가 되어 있다. 하지만 자신도 잘 모르겠다고, 왕에게 말한다. 교황 특사의 특별 법원이 이런 예비 단계를 마련하는 것 외에 폐하를 위해 무엇을 더 할 수 있을지 의문이라고. 캐서린 왕비가 로마에 항소할 것이 분명한 상황에서.

캐서린 왕비와 헨리왕이 후계자 탄생의 희망을 품은 건 여섯 번(세상에 알려지기로는)이었다. "그 겨울 아이가 생각나는군." 울지 추기경은 말한다. "내 생각엔 토머스, 자네가 잉글랜드로 돌아오기 전이었을 걸세. 왕비가 느닷없이 진통을 시작하더니 왕자를 조산했네. 딱 해가 바뀔 무렵이었어. 나는 태어난 지 한 시간도 안 된 왕자를 품에 안았지. 창밖에는 진눈깨비가 흩날리고, 방에는 벽난로 불빛이 가득하고, 세시쯤부터 어둠이 내리기 시작했어. 그날 밤은 새와 짐승의 자취가 눈에 덮이고, 낡은 세상의 흔적이 모두 닦이고, 우리의 모든 고통도 사라졌다네. 우리는 아기를 새해의 왕자라고 불렀지. 가장 부유하고 가장 아름답고 가장 독실한 자가 되리라고 말했어. 런던 전역이 불을 환히 밝히고 축하했는데…… 왕자는 오십이 일을 살았고, 나는 하루도 거르지 않고 날짜를 셌네. 내 생각은 그래. 만일 왕자가 살아 있었다면 우리 폐하는 어쩌면―더 나은 왕이라고는 하지 않겠네, 그런 왕은 거의 없으니까―지금보다는 더 자족하는 그리스도교도가 되었을지도 모르지."

둘째도 사내아이였으나 태어난 지 한 시간도 못 되어 죽었다. 1516년에는 딸이 태어났다. 메리 공주, 자그마했지만 건강했다. 이듬해 왕비는 남아를 유산했다. 다음으로 낳은 조그만 공주는 겨우 며칠을 살았다. 아이의 이름은 국왕 어머니의 이름을 따서 엘리자베스가 되었을 터였다.

이따금 폐하는, 추기경이 말한다. 본인의 어머니 엘리자베스 플랜태저넷 이야기를 해. 그럴 때면 눈가에 눈물이 고이지. 그녀는, 뭐랄까, 빼어나게 아름답고 차분한 여인이었는데 하느님이 내리신 불행에 순순히 따랐어. 그녀와 선왕은 다산의 축복을 누렸고, 왕손 일부는 세상을 떠났네. 하지만 폐하는 이렇게 말하지. 내 형 아서는 어머니와 아버지가 혼인한 첫해에 태어났고, 오래지 않아 또 한 명의 준수한 아들이 뒤를 이었는데 그게 바로 나다. 그런 내가 어찌 스무 해 동안 얻은 자식이라고는 바람 한 번만 잘못 불어도 쓰러질 듯 허약한 딸아이 하나뿐이란 말인가?

이제 왕과 왕비는, 오랜 세월 부부로 살아온 이들은 당혹스러운 죄

의식에 풀이 죽었다. 누군가는 이렇게도 이야기한다. 어쩌면 이들 부부를 자유롭게 해주는 게 차라리 자비가 아닐는지? "캐서린 왕비의 생각도 같을지는 의문이군." 추기경은 말한다. "왕비는 양심에 걸리는 죄가 있다면, 내 장담하는데 그냥 고해하고 사죄받을 사람이네. 그러기까지 스무 해가 더 걸린다 해도."

내가 뭘 어쨌기에? 국왕은 추기경을 추궁한다. 내가 뭘 어쨌기에, 왕비가 뭘 어쨌기에, 우리가 함께 뭘 어쨌기에? 추기경이 할 수 있는 대답은 없다. 자신에게 더없이 큰 자비를 베풀어준 이 군주가 죽도록 가엾다 한들 추기경이 할 수 있는 대답은 없으며, 또한 국왕의 저 물음에 어딘가 진실하지 않은 구석이 있음을 간파한다. 추기경은 생각한다. 물론 협소한 방에 자신의 대리인과 단둘이 있는 때가 아니고서야 이 생각을 입 밖에 내지는 않을 테지만. 그 생각은 이렇다. 이성적인 사람치고 그처럼 앙갚음밖에 모르는 신을 덮어놓고 섬길 자는 없다. 그리고 헨리왕은 이성적인 사람이고. "가까운 사례를 보자고." 추기경이 말한다. "콜릿 학장, 위대한 학자지. 학장은 스물두 명의 자식 중 유일하게 살아서 유아기를 넘겼네. 누군가는 그리 말하겠지. 하늘로부터 그 같은 처분을 받다니 헨리 콜릿 경과 그 부인은 그리스도교 세계에서 죄 많기로 악명이 자자한 괴물이었을 거라고. 하지만 사실 헨리 경은 런던 시장이었고—"

"두 번이나요."

"—어마어마한 부를 축적하기도 했지. 그러니 전능하신 분께 괄시받았을 리 절대 없다고, 나는 그리 말하겠네. 아니, 오히려 주의 은총을 참 여러모로 받았다고 봐야 할 거야."

우리 아이들을 죽이는 건 하느님의 손이 아니다. 질병과 기아와 전쟁, 쥐물림병과 오염된 공기와 역병 사망자를 묻은 구덩이에서 뿜어져 나오는 독기다. 지난해와 올해 같은 흉작이다. 부주의한 유모다. 그가 울지 추기경에게 묻는다. "왕비는 지금 몇 살입니까?"

"이제 마흔두 살이 되지 싶군."

"그런데 폐하는 왕비가 더는 아이를 갖지 못하리라 말한다고요? 제가 태어났을 때 어머니는 쉰두 살이었습니다."

추기경이 그를 빤히 본다. "확실한가?" 그러고는 웃음을 터트린다. 호탕하고 편안한 웃음이 이런 생각을 부른다. 교회의 왕자*가 된다는 건 좋은 일이구나.

"뭐, 그 정도 나이였죠. 어쨌든 쉰 살은 넘었습니다." 크롬웰 집안은 이런 면에 어두웠다.

"그 나이에 그런 시련을 이겨낸 건가? 그런 거야? 자네와 모친 모두 경하하네. 하지만 밖에 나가서는 말하지 말게, 알겠는가?"

왕비가 겪었던 산통의 살아 있는 결과물이 바로 조그만 메리다— 너무 작아서 공주 한 명이 아니라 삼분의 이 명쯤으로 봐야 한다. 그는 추기경과 함께 궁정에 갔을 때 공주를 보고 두세 살 어린 자기 딸 앤과 덩치가 비슷하다고 생각했다.

앤 크롬웰은 다부진 꼬마다. 공주 하나쯤은 아침식사로 거뜬히 먹어 치울 터다. 성 바오로의 믿음 속 하느님처럼 앤은 사람을 차별하지 않는다. 자신을 거스르는 사람을 보면 아버지처럼 조그맣고 차분한 눈

---

* 추기경을 달리 부르는 말.

을 냉랭하게 내리뜬다. 집안사람들은 앤을 두고 이런 농담을 즐겨 한다. 우리 앤이 시장이 되어 다스리는 런던은 어떤 모습일까. 메리 튜더는 창백하고 영특하며 머리칼이 여우털 색깔인 여자아이로, 여느 주교 못지않게 엄숙히 말한다. 웨일스 여공 자격으로 자기 궁정을 꾸리라는 아버지의 명에 따라 러들로로 보내진 당시 공주는 고작 열 살이었다. 러들로는 캐서린 왕비가 결혼생활을 시작한 곳이고, 남편 아서가 죽은 곳이며, 같은 해에 유행한 역병으로 그녀 또한 죽을 뻔했던 곳이다. 또한 힘을 잃고 잊힌 존재로 희망 없이 지내던 그녀를 선왕의 아내가 사재를 털어 런던으로 데려오기 전까지 난장판 속에서 고통스러운 하루하루를 보낸 곳이다. 캐서린은 그곳으로 딸을 떠나보내는 비통함을—너무 많은 걸 숨기는 그녀답게—내보이지 않았다. 캐서린 자신부터가 여왕의 딸이다. 메리가 잉글랜드를 다스리지 못할 이유가 어디 있는가? 캐서린은 메리를 러들로로 보낸 일을 국왕도 이에 동의한다는 뜻으로 받아들였다.

그게 아니라는 걸 이제 그녀도 안다.

비공개심리가 열리자마자 캐서린의 응어리가 쏟아져나온다. 그녀의 주장에 따르면 이 모든 게 추기경 탓이다. "내가 얘기하지 않았나." 울지 추기경이 말한다. "그리되리라 얘기하지 않았어. 이번 일에 폐하가 연루되었는지 의심한다? 폐하의 의지가 개입되었는지 살핀다? 아니, 왕비는 그렇게 못해. 그녀의 눈에 폐하는 티끌 한 점 없이 완벽하거든."

캐서린은 울지 추기경이 헨리왕 곁의 요직을 차지한 이후 자신이 국왕의 막역한 동지이자 조언자로서 왕비의 정당한 역할을 더는 못하도록 손썼다고 주장한다. 동원 가능한 모든 수를 써서 나를 폐하 곁에서 몰아냈다, 그녀는 말한다. 그래야 내가 폐하의 어떤 계획도 알지 못하고, 그래야 추기경 자신이 그 모든 계획을 지휘할 수 있으니까. 추기경은 내가 에스파냐 대사와 만나지 못하도록 막았다. 내 사람들 사이에 첩자를 심었다—내 시녀 전부가 그자의 첩자다.

추기경은 지친다는 듯 말한다. 나는 프랑수아왕의 편도, 카를황제의 편도 든 적이 없어. 언제나 평화의 편일 뿐이네. 왕비와 에스파냐 대사의 회동을 막은 적도 없어. 다만 그자와 단둘이 만나지는 말라고 꽤 합리적인 요청을 했을 뿐이야. 대사가 왕비에게 고하는 말에 숨은 의도나 거짓이 섞여 있는지 내가 확인을 좀 해볼 수 있게 말일세. 지금 왕비가 데리고 있는 시녀들은 잉글랜드의 지체 높은 가문 출신이고, 그들에게는 자기 왕비를 섬길 권리가 있어. 왕비가 잉글랜드에서 산 세월이 삼십 년인데, 아직도 에스파냐 출신 시녀만 고집하겠다는 건가? 또 왕비를 폐하 곁에서 몰아냈다고 주장하는데, 내가 어찌 그럴 수 있겠는가? 오랜 세월 폐하는 입버릇처럼 말했어. "왕비도 이걸 봐야 하는데" "캐서린도 이 소식을 듣고 싶어할 테니 당장 만나러 갑시다." 캐서린은 남편의 요구를 다른 누구보다 잘 아는 왕비였네.

왕비는 남편의 요구를 안다. 그리고 처음으로, 그 요구에 응하지 않을 작정이다.

여자는 아내답게 무턱대고 순종해야 하는가? 그 순종이 아내 자격의 박탈로 이어질 상황에서도? 그, 크롬웰은 캐서린 왕비를 높이 산다. 자신의 높은 신분만큼이나 너른 왕궁을 이곳저곳 다니는 그녀를 보는 게 좋다. 그녀의 몸에 맞춘 드레스에는 보석이 어찌나 빼곡히 박혔는지 아름다움보다 검의 공격을 막아낼 목적으로 지은 듯하다. 빛바래고 희끗희끗한 적갈색 머리칼은 도시 참새의 수수한 날개처럼 게이블후드* 속에 단정히 밀어넣는다. 왕비는 드레스 아래에 프란체스코회 수녀복을 입는다. 유심히 보게, 울지 추기경은 말한다. 사람들이 옷 속에 뭘 입는지 말이야. 삶을 잘 몰랐던 시절 이런 말을 들었다면 그는 놀랐을 것이다. 그때는 사람들의 옷 속엔 살갗뿐이라고 생각했으니까.

선례는 많지, 추기경은 말한다. 지금 폐하의 관심사에 도움이 될 사례는 많아. 루이 12세는 허가를 받아 첫 아내와 갈라섰네. 더 가깝게는, 스코틀랜드 왕과 처음 결혼했던 폐하의 누나인 마거릿도 두번째 남편과 이혼하고 재혼했어. 폐하의 가장 절친한 친구이자 지금은 막내 매제인 서퍽 공작도 차마 묻지 못할 지경에 처해 기존의 관계를 정리했고.
그건 그렇지만 교회는 기본적으로 기존의 혼인관계를 깨트리거나 아이를 사생아로 만드는 짓은 하지 않네. 혹 관면장에 기술적인 결함이, 아니 다른 어떤 쪽으로든 결함이 있다면 수정하면 될 일이 아닌가? 클레멘스 교황은 아마도 그리 생각하겠지, 울지 추기경이 말한다.
이를 국왕에게 고하자 불호령이 떨어진다. 대수롭지 않게 넘길 수 있다, 그런 호통쯤은. 그런 데는 익숙해지기 마련이다. 그는 머리 위로 폭풍우가 휘몰아칠 때 추기경이 어찌 처신하는지 지켜본다. 어중간한

---

* 앞이마를 드러내는 형태의 두건으로 튜더왕조를 상징한다.

미소를 지으며 공손하게, 하지만 애석하다는 듯 폭풍우가 진정되길 기다린다. 그러나 추기경은 불린의 딸—편하고 푼더분한 쪽 말고 그 동생, 가슴이 빈약한 쪽—이 그 내숭 떠는 수작을 그만두고 국왕을 만족시키기를 기다리면서 조급함을 감추지 못한다. 그녀가 그리만 해준다면 국왕은 삶을 좀더 긍정적으로 바라보고 자기 양심을 들먹이는 일도 줄어들 것이다. 무엇보다, 부정한 상대와 정을 통한 사람이 차마 양심을 논할 수는 없지 않겠는가? 그러나 혹자는 그녀가 지금 국왕과 흥정하는 중이라고 의심한다. 왕의 새 아내가 되려고. 웃기는 소리지, 울지 추기경은 말한다. 하지만 어쨌든 폐하는 마음을 빼앗긴 상황이니 그녀에게 반대하지는 않을 거야, 대놓고는 안 하겠지. 그는 레이디 앤이 끼고 있는 에메랄드 반지를 추기경이 눈여겨보도록 하고, 그 출처와 가격을 보고한 바 있다. 추기경은 충격을 받은 듯했다.

해리 퍼시 참사 이후 추기경이 히버의 본가로 내려보냈지만, 앤은 무슨 조화를 부렸는지 왕비의 시녀들 틈에 끼어 궁정으로 슬그머니 되돌아왔다. 그리고 이제 추기경은 그녀가 어디 있는지 전혀 모른다. 그녀의 뒤를 쫓아 전국을 쏘다니는 헨리왕이 자신의 손아귀에서 빠져나가는지 어쩌는지도 더는 모른다. 그녀의 아버지 토머스 불린 경을 불러들여 다시 야단을 칠까 생각하지만—헨리왕과 레이디 불린의 해묵은 소문까지는 군이 끄집어내지 않더라도—큰딸이 왕의 창녀였듯 작은딸도 그래야 한단 말을 그 아비에게 어찌 할 수 있겠는가? 당신이 일종의 가업 삼아 딸들을 끌어들인 것 아니냐는 뜻을 넌지시 풍기면서?

"불린은 부자가 아닙니다." 그가 말한다. "제가 데려오겠습니다. 비용을 계산해서 보여주죠. 이득과 손실을 따져가며."

"아, 그래." 추기경이 말한다. "자네는 현실적 해법의 대가지. 하지만 성직자로서 나는 조심해야 해. 내 군주가 세심히 계산된 간통을 벌이도록 적극적으로 권해선 안 된다네." 추기경은 책상 위의 깃펜을 여기저기로 옮기고 몇몇 서류를 정리한다. "토머스, 혹 자네가 앞으로…… 이걸 어찌 말해야 할까?"

그는 추기경의 다음 말이 짐작되지 않는다.

"혹 자네가 폐하의 측근이 되면, 그리해야 한다면, 아마도 내가 떠난 뒤에 말일세……" 부재不在를 말하기란 쉽지 않다, 자기 못자리를 이미 봐둔 사람일지라도. 울지는 울지가 없는 세상을 상상할 수 없는 것이다. "아 뭐. 자네도 알다시피 나는 자네가 폐하를 보필하게 되면 좋겠고 자네를 막지도 않겠지만, 문제는……"

퍼트니, 그 얘기다. 출신 성분은 냉엄한 현실이다. 그리고 그는 성직자가 아니기에 그 냉엄한 현실을 완화할 교회의 직함도 없다. 입스위치 출신이라는 냉엄한 현실을 그런 직함으로 완화한 추기경과 달리.

"궁금하군." 울지 추기경이 말한다. "자네는 우리 군주를 참아낼 수 있을까? 한밤중까지 술을 마시며 서푼 공작과 낄낄거리거나 노래를 하고, 그날 올린 서류에 아직 서명도 하지 않았고, 자네가 독촉이라도 할라치면 이렇게 말하는 군주를. 나는 이제 자야겠소. 내일 사냥을 나갈 거라…… 언젠가 보필할 기회가 오거든 그분을 있는 그대로, 향락을 사랑하는 군주로 받아들여야 할 걸세. 그리고 폐하도 자네를 있는 그대로 받아들여야겠지. 미천한 인생들이 줄에 매달아 끌고 다니는 저 네모난 몸집의 투견에 가까운 사람이란 걸 말이야. 그렇다고 자네가 불쑥불쑥 발산하는 매력이 없다는 말은 아닐세, 톰."

그 또는 다른 누군가가 등장해 국왕 곁에서 울지 추기경의 자리를 차지할 수도 있다는 건 앤 크롬웰이 런던 시장이 되는 것 정도의 가능성을 가진 발상이다. 하지만 그는 그 발상을 아예 배제하지는 않는다. 다들 잔 다르크의 사연을 들어봤다. 그리고 그 끝이 반드시 화염 속일 필요도 없다.

그는 집으로 돌아가 리즈에게 투견 이야기를 들려준다. 그녀 역시 기막히게 적절한 비유라고 생각한다. 그는 불쑥불쑥 발산하는 매력 이야기는 하지 않는다. 그것은 오직 추기경의 눈에만 보이는 것일 수 있으니.

특별조사위원회가 뚜렷한 결론 없이 해산되려는 찰나 로마에서 소식이 전해진다. 카를황제의 에스파냐와 독일 군대가 수개월 동안 급여를 받지 못한 끝에 성도聖都에서 제멋대로 날뛰며 자체 수금을 하고, 금은보화를 약탈하고, 예술품에 돌팔매질을 하고 있다는 것이다. 비꼬기라도 하듯 약탈한 제의를 차려입은 이들은 로마의 유부녀와 처녀를 겁탈했다. 동상과 수녀를 바닥에 패대기치고 머리를 보도에 짓이겼다. 어떤 병사는 그리스도의 옆구리를 찔렀던 긴 창의 촉을 훔쳐 제 흉기의 손잡이에 달고 다녔다. 그자의 전우들은 오래된 무덤을 파헤치고 흙으로 돌아간 인간을 쏟아내 바람에 날렸다. 티베르강은 막 죽은 시신으로 넘치고, 칼에 찔리고 목을 졸린 시체가 강기슭에 깐닥깐닥 부딪힌다. 가장 통탄할 소식은 교황이 포로로 잡혔다는 것이다. 젊은 황제 카를이 명목상으로는 이들 군대의 책임자고, 짐작건대 자기 권위를 앞세워 상황을 유리한 쪽으로 몰고 갈 테니 헨리왕의 혼인 무효 소송에 차질이 생길 수밖에 없다. 카를황제는 캐서린 왕비의 조카이고, 그런 황제의 손아귀에 있는 클레멘스 교황이 잉글랜드의 교황 특사가 보내온 어떤 요청이든 호의적으로 검토할 가능성은 낮다.

토머스 모어는 황제의 군대가 재미삼아 아기를 산 채로 쇠꼬챙이에 꽂아 굽는다고 떠든다. 오, 그러시겠지! 토머스 크롬웰은 말한다. 봐요, 병사들은 그런 짓을 하지 않아요. 돈 될 만한 건 뭐든 있는 대로 쓸어담느라 정신이 없거든.

모어가 옷 속에 무엇을 입는지는 잘 알려져 있다. 모어는 말총으로 만든 조끼를 입는다. 일부 수도회에서 사용하는 종류의 조그만 회초리로 자기 몸을 때린다. 그, 토머스 크롬웰의 뇌리를 떠나지 않는 생각은 이런 일상적 고문 도구를 만드는 누군가가 있다는 것이다. 누군가 말총을 부러 거칠게 만들어 매듭으로 묶고 뭉툭한 말단을 잘라내는 것이다. 이것이 살갗을 파고들어 고통을 주며 진물이 줄줄 나는 상처를 내리라는 걸 뻔히 알면서. 수도사들인가, 이런 물건을 만드는 자는? 의로운 분노로 묶고 자른 이 물건이 미지의 누군가에게 야기할 고통에 낄낄거리면서? 순박한 촌사람들에게 도급이라도 주는 건가—어떻게, 열두 개 단위로?—밀랍을 입힌 매듭으로 도리깨를 만들라고? 그 덕분에 농장 인부들은 한가한 겨울철 몇 달을 분주히 보내게 될까? 정직한 노동의 대가를 손에 쥐면서 자기가 만든 물건을 집어들 손 또한 떠올릴까?

우리가 고통을 일부러 청할 필요는 없다, 그는 생각한다, 고통이 우리를 기다리고 있으니까. 그것도 바로 코앞에서. 못 믿겠거든 로마의 처녀들에게 물어보라.

그는 또한 생각한다. 그리되면 저들도 더 나은 소일거리를 찾아야 할 거라고.

자, 이 시점에서 추기경이 말한다, 우리 한발 물러서도록 하지. 추기경은 진정한 공포에 시달리고 있다. 유럽의 안정을 지키는 비결은 교황이 독립을 유지하며 프랑스도 신성로마제국도 아닌 세력권 내에 있는 것이라고 늘 확신해왔기 때문이다. 그러나 추기경의 기민한 사고는 벌써 헨리왕의 이익을 도모할 방향으로 껑충껑충 앞서간다.

추기경은 말한다. 생각해보게—이런 비상 상황에서 클레멘스 교황이 그리스도교 세계의 통합을 위해 의지할 사람은 나일 테니까—내가 해협을 건넌다고 생각해봐. 칼레에 잠시 들러 거기 있는 우리 사람들을 안심시키고 하등 쓸모없는 풍문을 잠재우는 거야. 그런 다음 프랑스로 가서 프랑수아왕과 면담하고 아비뇽으로 넘어가는 거지. 아비뇽은 교황 법정을 여는 방법을 알고, 푸주한과 제빵사, 촛대 장인과 하숙집 주인에 심지어 매춘부까지 이 오랜 세월 동안 희망을 잃지 않고 살아온 곳이지. 거기서 추기경들을 초청해 회동하고 평의회를 결성하는 거야. 교황 성하께서 황제의 반갑잖은 환대에 고초를 겪는 동안 교회의 정무가 계속 돌아갈 수 있도록 말이지. 이 평의회에 상정되는 정무에 헨리왕의 사적인 문제를 끼워넣는다면, 무척이나 신심 깊은 군주를 이탈리아의 무력 사태가 해결될 때까지 마냥 기다리게 한다는 게 문제가 되지 않겠나? 그냥 우리가 판결할 수도 있지 않겠어? 클레멘스 교황이 감금되어 있다 한들 그분께 전갈을 보내는 것이 사람이나 천사의 기지로 절대 못할 일은 아니지. 그 동일한 사람이나 천사가 전갈을 받아오는 것도 마찬가지로 가능하고—회신은 분명 우리의 판결을 지지

하는 내용일 거야, 우리가 모든 사실을 종합해 내린 결정일 테니. 그리고 물론 때가 되어―그날을 우리 모두가 얼마나 간절히 기다리는지―교황 성하가 완벽한 자유의 몸이 되면 자신이 부재할 때 이토록 훌륭하게 질서를 유지한 것이 너무도 고마워 서명이니 인장이니 하는 사소한 문제는 한낱 형식상의 일로 눈감고 말 거야. 그렇게―잉글랜드 국왕은 미혼자가 되는 거지.

이 계획이 가능하려면 먼저 국왕이 캐서린과 대화해야 한다. 왕비가 사저의 저녁 식탁에 남편의 자리를 마련해놓고 집념으로 인내하며 기다리고 있는데 다른 어딘가에서 사냥만 하고 있을 수는 없는 노릇이다. 1527년 6월, 훤칠한 국왕은 곱슬머리를 멋들어지게 손질하고 보는 각도에 따라 여전히 늘씬한 몸에 흰색 실크 옷을 걸친 채 아내의 사저로 향한다. 가는 곳마다 장미 진액의 향기를 구름처럼 달고 다닌다. 세상 모든 장미가, 모든 여름밤이 자기 것이라는 양.

왕의 목소리는 낮고, 점잖고, 설득력 있고, 안타까움으로 가득하다. 내가 자유의 몸이라면, 내게 아무 걸림돌이 없다면, 다른 누구도 아닌 당신을 내 아내로 선택할 거요. 아들이 없다는 건 문제가 안 되오. 그것도 다 하느님의 뜻일 테니. 당신과 다시 결혼하는 것보다 나은 일은 없을 거요, 물론 이번에는 적법하게. 하지만 엄연한 현실이 있잖소. 그건 어찌할 수 없어. 당신은 내 형수였소. 우리의 결합은 신성한 계율을 거스르는 것이었어.

캐서린의 대답은 당신에게도 들린다. 레이스와 코르셋으로 지탱하는 망가진 육신에 저멀리 칼레까지 들릴 목소리가 담겨 있다. 그 소리는 여기서 파리로, 여기서 마드리드로, 로마로 울려퍼진다. 왕비는 자신의 지위를 주장한다, 자신의 권리를 주장한다. 창문들이 덜컹거린다, 여기서 콘스탄티노플까지.

참 대단한 여자야, 토머스 크롬웰이 에스파냐어로 말한다. 딱히 듣는 이는 없이.

7월 중순, 추기경은 해협을 항해할 준비가 한창이다. 따뜻한 날씨가 런던에 발한병을 몰고 온 탓에 도시는 비어가고 있다. 적잖은 수가 이미 쓰러졌고, 그보다 많은 수가 그 병에 걸렸다고 생각하며 두통과 몸살을 호소한다. 상점에서의 수다는 죄다 환제와 약차에 관한 것이고, 거리의 수사들은 성스러운 메달로 수지맞는 장사를 한다. 이 역병이 우리를 찾아온 건 1485년의 일로, 잉글랜드에 헨리 튜더 왕조를 세워준 군대와 함께였다. 이제 이 병은 몇 년 단위로 묘지를 채운다. 생명을 앗기까지 딱 하루면 된다. 사람들은 말한다. 흥겨운 아침식사, 정오엔 시체.

상황이 이렇다보니 추기경은 런던을 뜨게 되어 안심이다. 교회의 왕자에게 걸맞은 수행단이 꾸려져야 출발할 수 있겠지만. 이번에 프랑수아왕을 반드시 설득해야 한다. 이탈리아에서 군사력을 동원해 클레멘스 교황을 구출해야 한다고. 프랑수아왕에게 잉글랜드 국왕의 우의와 지지에 대한 확신을 주어야 한다. 물론 병력이나 자금 지원은 따로 없겠지만. 만약 하느님께서 순풍을 보내주신다면 혼인 무효뿐 아니라 잉글랜드와 프랑스의 상호협력조약까지 챙겨 돌아올 것이고, 그러면 신성로마제국의 젊은 황제는 그 커다란 턱을 부르르 떨며 합스부르크 혈통 특유의 가느다란 눈에서 눈물을 떨굴 것이다.

그런데도 왜, 요크궁의 사실私室을 큰 걸음으로 서성이는 추기경의 기분은 생각만큼 좋지 않은가? "나는 뭘 얻게 될까, 크롬웰, 내가 청하는 모든 걸 얻어낸다 한들? 나를 좋아하지 않는 왕비는 내쳐질 테지만, 폐하가 어리석은 뜻을 굽히지 않아 불린 가문의 여자가 들어온다 해도 나를 좋아하지 않기는 마찬가지일 텐데. 그애는 내게 앙심을 품었어. 그 아비는 내가 수년 동안 우롱했던 자고. 외숙부인 노픽 공작은 내가 처참히 죽어 나자빠지는 꼴을 봐야 직성이 풀릴 거야. 자네 생각에 내가 돌아올 때쯤엔 이 역병이 끝날 것 같은가? 이 천벌은 하느님이 내리시는 것이라 다들 말하지만, 나는 그분의 의중이 뭔지 아는 척도 못하겠네. 내가 없는 동안 자네도 런던을 떠나 있어야 할 거야."

그는 한숨을 쉰다. 추기경이 없으면 그가 할 일도 없나? 아니다. 추기경은 가장 지속적으로 챙겨야 할 은인일 뿐이다. 사업은 번창하고 있다. 런던에서든 다른 어디에서든 추기경의 업무를 볼 때 그는 자신의 비용과 추기경의 일로 파견하는 직원들의 경비를 모두 부담한다. 추기경은 말한다, 그 돈은 알아서 변제하게. 그리고 그가 합당한 비율의 웃돈을 취하리라 믿는다. 그는 불평하지 않는다. 토머스 크롬웰에게 이익인 게 토머스 울지에게도 이익이니까—그리고 그 반대도 마찬가지다. 그의 법률 사업은 성업중이다. 그는 돈을 빌려주고 이자를 받고, 국제시장에서 보다 큰 규모의 대출을 알선해 중계수수료를 챙길 수 있다. 시장은 변덕스럽지만—이탈리아에서 오는 희소식이 이틀을 가는 법이 없다—잡을 소와 키울 소를 가리는 안목을 가진 남자들처럼 그는 위험을 가늠하는 안목을 가졌다. 상당수의 귀족이 그에게 신

세를 진다. 대출 알선뿐 아니라 사유지의 수익성을 올리는 문제에서
도. 중요한 건 소작농에게서 징수할 금액을 책정하는 게 아니다. 그보
다 먼저 토지의 가치와 작물 수확량, 급수 시설, 설비 자산 등을 정확
히 조사해 지주에게 제공하고, 이 모든 것의 잠재력을 평가해야 한다.
그런 다음 명석한 자를 부지 관리인으로 들이고, 그들과 함께 회계 체
계를 만들어 매해 상황을 파악하고 감사를 진행해야 한다. 런던의 상
인들은 국외 교역 상대와 관련해 그의 조언을 얻고 싶어한다. 그는 부
업으로 중재 업무, 주로 상업상 분쟁의 중재를 맡는다. 사실관계를 평
가해 신속하고 공정한 판단을 내리는 그의 능력이 런던과 칼레, 안트
베르펜에서 신뢰를 얻고 있기 때문이다. 당신과 당신의 분쟁 상대가
다른 건 몰라도 법정 심리에 드는 비용과 시간을 아낄 필요성에 동의
한다면 크롬웰과 함께하면 된다, 물론 유료로. 그리고 그는 상당히 자
주 양측 모두를 만족시켜 돌려보내는 기분좋은 재주를 가졌다.

　그에게는 좋은 시절이다. 매일매일 그가 이길 수 있는 싸움이 있다.
"그래, 아직도 유대인의 신을 섬기는구려." 토머스 모어 경이 말한다.
"그러니까 당신의 우상, 돈놀이 말이오." 하지만 온 유럽의 추앙을 받
는 학자인 모어가 라틴어로 올릴 아침기도를 생각하며 첼시에서 눈뜰
때, 그는 시장의 격한 은어를 쓰는 장사의 신을 만날 생각에 눈을 뜬
다. 모어가 자리를 잡고 앉아 스스로를 매질할 때, 그와 레이프는 롬바
드 스트리트로 질주해 그날의 환율을 확인한다. 그가 질주하는 건 아
니다. 오래전에 다친 상처가 훼방을 놓고 피곤할 때면 한쪽 발이 안으
로 돌아간다. 안짱다리로 걷는 사람처럼. 그게 체사레 보르자*와 함께
했던 여름의 잔재라는 소문이 돈다. 그는 남들이 자기를 두고 하는 그

런 이야기가 마음에 든다. 하지만 체사레는 지금 어디에 있나? 이미 죽었다.

"토머스 크롬웰?" 다들 말한다. "무척 영리한 위인이지. 그자가 신약성서를 통째로 줄줄 외운다는 사실을 아나?" 하느님에 대한 논쟁이 벌어지면 그만한 사람이 없다더라. 자네의 소작인에게 지금 부담하는 소작료가 합당한 이유를 열두 개는 말해줄 자라더라. 삼대째 얽히고설켜 가문을 옭죄는 법적인 매듭을 잘라줄, 혹은 자네의 질질 짜는 어린 딸과 대화해 죽어도 못하겠다던 결혼을 하게 만들 사람이라더라. 동물과 여자, 유순한 소송인은 온화하고 너그럽게 대하지만 빚쟁이는 눈물을 쏟게 만든다더라. 카이사르를 주제로 대화하거나 베네치아산 유리그릇을 무척 합리적인 가격에 구해줄 수 있다더라. 그가 입씨름을 하기로 작성하면 말로는 당해낼 자가 없다더라. 시세가 떨어져 사람들이 길바닥에 서서 흐느끼며 신용장을 찢을 때도 그보다 더 냉정을 유지할 자가 없다더라. "리즈," 어느 밤 그가 말한다. "이러다 우리 한두 해 내로 부자가 되겠어."

리즈는 그레고리에게 입힐 셔츠에 검은색 실로 수를 놓고 있다. 캐서린 왕비가 쓰는 것과 같은 도안이다. 왕비는 국왕의 셔츠를 직접 짓는다.

"내가 캐서린이면 바늘을 안 빼고 둘 텐데." 그가 말한다.

리즈가 빙그레 웃는다. "당신이라면 그러겠지."

헨리왕이 캐서린 왕비와 만나 어떤 이야기를 했는지 전해듣던 리즈

---

* 이탈리아의 냉혹한 전제군주이자 교황군 총사령관.

는 말이 줄고 표정이 굳었다. 국왕은 왕비에게 혼인 무효 소송의 판결이 날 때까지 서로 떨어져 있어야 한다고 말했다. 혹 왕궁을 나갈 생각이오? 캐서린 왕비는 아니라고 답했다. 그럴 수는 없을 것 같다고. 교회법 법률가들에게 조언을 구할 테니 당신도, 국왕도 더 유능한 법률가와 더 유능한 사제를 구해야 할 거라고 말했다. 한차례 큰소리가 난 뒤, 벽에 몰래 귀를 대고 있던 자들은 캐서린 왕비가 우는 소리를 들었다. "왕은 왕비가 우는 걸 싫어해."

"남자들은 그러지." 리즈가 가위로 손을 뻗는다. "'나는 여자가 우는 건 딱 질색이야'—사람들이 '이런 축축한 날씨는 딱 질색이야'라고 말하는 것처럼. 그 눈물이 자기랑은 아무 상관도 없다는 양 말이지. 그런 일이 한번 더 벌어진 것뿐이야."

"나는 당신을 울린 적이 없지, 아닌가?"

"웃겨서 울린 적은 있지."

대화가 사그라지며 편안한 침묵이 내려앉는다. 그녀는 자기 나름의 생각을 수놓고, 그는 자기 돈으로 할 일을 구상한다. 혈연관계가 없는 젊은 학자 둘을 케임브리지대학을 통해 지원하고 있다. 선물은 주는 자를 축복하는 법이다. 지원금의 액수를 늘려도 되겠군, 그는 생각한다. 그리고ㅡ"아무래도 유언장을 작성해야겠어." 그가 말한다.

그녀가 손을 뻗어 그의 손을 잡는다. "톰, 죽지 마."

"이런, 맙소사. 아니, 그런 소리가 아니고."

그는 생각한다. 아직 부자는 아닐지라도 나는 운좋은 사람이다. 내가 월터의 장화 밑을, 체사레의 여름을, 뒷골목에서 스무 번은 맞이했던 고약한 밤을 어떻게 빠져나왔는지 보라. 남자는 무릇 자기 지혜를 아들에게 전수하고 싶어한다지만 그는 자기가 아는 것의 반의반이라도 아들이 알지 못하게 막을 수 있다면 많은 걸 내놓을 것이다. 그레고리의 다정한 성품은 어디서 온 걸까? 분명 제 어머니가 거듭 기도한 결과겠지. 큰누나 캣의 아들 리처드 윌리엄스는 예리하고 열성이 넘치고 진취적이다. 작은누나 벳의 아들 크리스토퍼도 영리하고 의욕적이다. 그리고 그에게는 친아들 못지않게 신뢰하는 레이프 새들러가 있다. 명문가는 아니지만, 그는 생각한다. 그래도 시작은 한 것이다. 그리고 이처럼 조용한 순간은 드물다. 그의 집은 추기경에게 줄을 대고 싶어하는 사람들로 매일같이 붐비니까. 작품의 주제를 찾는 예술가들이 있다. 근엄한 표정으로 겨드랑이에 책을 낀 네덜란드 학자와 엄숙한 게르만식 농담을 장황하게 늘어놓는 뤼베크* 상인이 있다. 방랑길에 들러 이상한 악기를 조율하는 음악가와 비밀 모임을 한다면서 늘 떠들썩한 이탈리아 은행 대리인들이 있다. 제조법을 제시하는 연금술사와 혹할 만한 운세를 내놓는 점성술사와 자기 나라 말을 하는 사람을 찾아 헤매다 들르는 외로운 폴란드 모피 상인이 있다. 인쇄업자와 판화가와 번역가와 암호작성자가 있다. 시인과 정원설계사와 카발라** 학자와 기하학자가 있다. 오늘밤 그들은 다 어디로 갔나?

"쉿," 리즈가 말한다. "집에서 나는 소리를 들어봐."

처음에는 아무 소리도 들리지 않는다. 이윽고 대들보가 삐걱거리며 숨을 쉰다. 굴뚝에서 새들이 둥지를 트느라 이리저리 오간다. 강에서 미풍이 불어와 나무우듬지를 미세하게 흔든다. 다른 방의 누군가가 마

* 독일 북부 발트해에 면한 해항.
** 신비주의.

음속에 그려보는 아이들의 곤한 숨소리가 들린다. "그만 자자." 그가
말한다.

헨리왕은 아내에게 그리 말할 수 없다. 아니, 자신이 사랑한다는 소
문이 나도는 여자에게도 할 수 없고, 해봐야 좋을 리도 없을 터다.

프랑스로 가는 데 필요한 추기경의 복잡한 여장이 모두 꾸려졌다.
수행단은 추기경이 황금천 들판으로 가기 위해 해협을 건넜던 칠 년
전에 비하면 그리 화려하지 않다. 승선 전까지의 여정은 여유롭다. 사
나흘에 걸쳐 다트퍼드, 로체스터, 파버샴, 캔터베리를 지나고 베켓 성
지에서 기도를 올릴 예정이다.

자, 토머스, 추기경이 말한다. 폐하가 앤을 취했다는 걸 알게 되면
그날부로 내게 서신을 보내게. 나는 자네 입으로 들어야만 믿을 것이
네. 그 일이 벌어졌다는 걸 자네가 어떻게 알겠느냐고? 자네라면 폐하
의 얼굴만 봐도 알 거야. 폐하의 얼굴을 보는 영광을 얻지 못하면 어쩌
느냐고? 좋은 지적이군. 자네를 폐하께 소개했으면 좋았을걸. 그럴 기
회가 있을 때 잡았어야 했는데.

"폐하가 앤에게 금세 싫증내지 않는다면," 그가 추기경에게 말한다.
"전하께서 뭘 할 수 있을지 저는 모르겠습니다. 군주들이 저 좋을 대
로 구는 거야 다 아는 사실이고, 그들의 행동을 그럴싸하게 꾸미는 것
도 대개는 가능하죠. 하지만 불린가 딸을 위해서는 어떤 명분을 내세
울 수 있습니까? 그녀가 폐하에게 줄 수 있는 게 뭐죠? 조약도 땅도 돈
도 줄 수 없습니다. 이런 걸 어찌 포장해 그녀가 훌륭한 결혼 상대임을
보이시겠습니까?"

울지 추기경은 책상에 팔꿈치를 괴고 앉아 손가락으로 눈꺼풀을 꾹꾹 누른다. 숨을 깊이 들이마시고 이야기를 시작한다. 잉글랜드에 대해 이야기하기 시작한다.

앨비언을 알려거든, 추기경이 말한다, 앨비언이라는 개념이 생기기 전으로 거슬러가야지. 카이사르의 군단이 상륙하기 전으로, 훗날 런던이 건설될 대지에 거대한 짐승과 인간의 뼈가 나뒹굴던 때로 거슬러가야 하네. 런던이 뉴트로이고 뉴예루살렘이던 시절로, 아서왕의 해진 깃발 아래서 말을 달리던 왕들이 죄를 짓고 범죄를 저지르던 시절로 거슬러가야 해. 그들은 바다에서 나오거나 알에서 부화한 여자, 비늘과 지느러미와 깃털이 달린 여자와 결혼했네. 그에 비하면 앤과의 결혼은 그리 유별난 것도 아니지. 다 옛날이야기지만, 잊지 말기로 하세나, 믿는 이들도 있다는 걸.

추기경은 왕들의 죽음을 이야기한다. 리처드 2세가 폰터프랙트성으로 자취를 감췄다가 거기서 살해당한 혹은 굶어죽은 사연. 헨리 4세, 일명 왕위찬탈자가 나병으로 온몸이 어쩌나 심하게 상하고 쪼그라들었던지 난쟁이 혹은 꼬마 정도의 덩치로 죽은 사연. 추기경은 헨리 5세가 프랑스에서 거둔 승리와 아쟁쿠르 전투*로 치러야 했던 금전 이외의 대가를 이야기한다. 이 위대한 군주가 결혼한 프랑스 공주에 대해 이야기한다. 공주는 감미로운 여인이었으나 그녀의 아버지는 제정신이 아닌데다 자기가 유리로 만들어졌다고 믿었다. 이 결혼―헨리 5세와 유리 공주―으로 태어난 또다른 헨리가 통치한 잉글랜드는 겨울처

---

* 백년전쟁 때 영국군이 프랑스군에 크게 승리한 전투.

럼 어둡고 춥고 황량하고 비참했다. 요크 공작의 아들 에드워드 플랜 태저넷이 봄을 알리는 첫 징조처럼 나타났다. 에드워드는 전형적인 양자리였다. 모든 세상은 이 양자리 아래서 만들어졌다.

에드워드는 열여덟 살에 왕위에 올랐는데, 그건 어떤 징조를 보았기 때문이었다. 당시 에드워드의 군대는 열세에 몰리고 전투에 지쳐 있었다. 바야흐로 하느님이 내리신 암흑기 중에서도 가장 어두운 때였다. 에드워드는 자신을 무너트리고 말 소식을 이제 막 전해들은 터였다. 아버지와 막냇동생이 랭커스터 군대에 포로로 붙잡혀 조롱당하고 도륙되었다는 것이었다. 그날은 성촉절이었다. 에드워드는 참모들과 막사에 옹송그리고 앉아 도륙당한 영혼들을 위해 기도했다. 성 블라시오의 날이 도래했다. 2월 3일, 컴컴하고 냉랭했다. 아침 열시, 하늘에 세 개의 태양이 떴다. 흐릿한 은빛 원반 세 개가 서리 입자 사이로 희뿌옇게 반짝였다. 둥근 화환 같은 빛이 비통한 들판 위로, 웨일스 국경 지대의 흠뻑 젖은 숲 위로, 에드워드의 소침하고 급료도 받지 못한 군대 위로 쏟아졌다. 병사들은 얼어붙은 땅에 꿇어앉아 기도를 올렸다. 기사들은 한쪽 무릎을 꿇고 하늘에 경배했다. 에드워드의 일생이 날개를 달고 솟구쳤다. 찬란한 빛의 세례를 받으며 에드워드는 자신의 미래를 보았다. 다른 누구도 볼 수 없는 것이 에드워드에게는 보였다. 왕이 된다는 게 원래 그런 것이다. 에드워드는 모티머스 크로스 전투에서 오언 튜더 가문 사람 하나를 생포했다. 헤리퍼드 시장에서 그자의 목을 베고 그 머리를 시장통 십자가에 전시한 뒤 썩도록 내버려두었다. 정체 모를 여인이 대야에 물을 가져와 잘린 머리를 씻겼다. 피 묻은 머리칼을 빗질했다.

그때—세 개의 태양이 빛났던 성 블라시오의 날—를 기점으로 에드워드는 검을 쥐는 족족 승리를 거머쥐었다. 석 달 뒤에는 런던에서 국왕이 되었다. 그러나 다시는 그해에 봤던 것처럼 선명하게 미래를 보지 못했다. 재위하는 내내 정신을 빼앗긴 채 안개 속을 걷듯 비틀거렸다. 에드워드왕은 점성가와 성직자와 공상가의 노예 그 자체였다. 외교적 이익을 위해 당연히 해야 할 결혼을 하지 않았고, 셀 수 없이 많은 여자와 어영부영 결혼 약속을 했다 깨기를 반복하며 복잡한 관계에 얽혀들었다. 그중의 하나가 탤벗가의 딸로 이름은 엘리너였는데, 그녀의 무엇이 그리도 특별했을까? 떠도는 말에 따르면 그녀는—모계 쪽으로—백조였던 어느 여자의 혈통을 물려받았다. 그리고 어쩌다 왕의 마음은 종래에 랭커스터 기사의 미망인에게 붙들리고 말았을까? 몇몇 사람의 생각대로 그 차가운 금발의 미모가 왕의 맥박을 빨리 뛰게 해서? 딱히 그렇지는 않았다. 그보다는 자신이 뱀의 하체를 가진 여인 멜루신의 혈통이라는 그녀의 주장 때문이었다. 오래된 양피지에서 봤을 법한, 선악과나무를 칭칭 감고 달과 해의 결합을 주관하는 여인 말이다. 멜루신은 평범한 공주, 보통 사람으로 위장해 살았으나 어느 날 그녀의 나신을 본 남편이 뱀 꼬리를 눈치채고 말았다. 그녀는 남편의 손아귀를 스르르 벗어나며 자신의 아이들이 왕조를 세우고 영원히 군림하리라 예언했다. 그 권력은 한계가 없고, 악마가 보우하리라고. 멜루신은 땅을 미끄러져 사라졌어, 추기경이 말한다. 그리고 누구도 그녀를 다시 보지 못했지.

촛불 몇 개가 꺼졌다. 추기경은 초를 더 들이라 명하지 않는다. "그러니 자네도 알겠지. 에드워드왕의 자문관들은 프랑스 공주와의 혼사

를 계획하고 있었어. 내가…… 내가 의도했던 것처럼 말이야. 그 대신
일이 어찌되었나 좀 보게. 에드워드왕이 어떤 선택을 했는지 봐."

"그게 도대체 언제 적 일이죠? 멜루신이라니?"

시간이 늦었다. 거대한 요크궁 전체가 적막하다. 런던은 잠들었다.
템스 강물이 수로로 느릿느릿 흐르면서 강둑에 진흙을 쌓는다. 이런
문제에선, 추기경이 말한다. 시간의 척도라는 게 무의미하지. 이 영혼
들은 우리 손을 빠져나가 시대에서 시대로 굽이굽이 이어지네. 변화무
쌍하고 교활하게.

"하지만 에드워드왕이 결혼한 여자는—그녀 덕분이 아니었나요?
잉글랜드가 카스티야의 왕위계승권을 주장할 수 있었던 게? 아주 오래
되고 아주 모호한 그 권리를요?"

추기경이 고개를 끄덕인다. "그게 세 개의 태양이 의미하는 바였지.
잉글랜드의 왕좌, 프랑스의 왕좌, 카스티야의 왕좌. 그래서 캐서린 왕
비와 결혼했을 때 우리 폐하는 그분의 오랜 권리에 가까워진 셈이었
어. 물론 누구도 감히 이사벨라여왕과 페르디난드왕 앞에서 대놓고 그
런 소릴 하지는 못했을 거야. 하지만 기억해두고 때때로 언급도 하면
좋겠지, 우리 폐하가 세 왕국의 통치자라는 사실을 말일세. 각국에 나
름의 통치차가 있기는 해도."

"말씀하신 바에 따르면, 전하, 우리 폐하의 플랜태저넷 조부가 튜
더가 증조부를 참수한 게 됩니다."

"알아둘 만한 일이지, 입에 올릴 일은 아니지만."

"그럼 불린가는요? 그들을 상인이라고만 생각했는데, 뱀 송곳니나
날개 따위가 있었다는 걸 알아야 했을까요?"

"나를 비웃고 있군, 마스터 크롬웰."

"그럴 리가요. 다만 타당한 정보를 주셨으면 합니다, 전하를 대신해 상황을 살피는 책임을 맡기시려면요."

추기경은 이제 살인을 이야기한다. 죄악을, 속죄해야 할 것을 이야기한다. 헨리 6세는 런던탑에서 살해당했다. 리처드왕은 은밀한 거래와 시련과 악덕의 상징인 전갈자리로 태어났다. 이 전갈자리의 왕이 전사한 보즈워스에서는 형편없는 결정들이 내려졌다. 노퍽 공작은 패배한 편에 서서 싸웠고, 그의 후계자들은 공작 지위를 박탈당했다. 이를 되찾기까지 그들은 엄청난, 오래고 엄청난 공을 들여야 했다. 그런데도 궁금한가, 추기경이 말한다. 폐하가 화를 내면 노퍽이 지금도 이따금 벌벌 떠는 이유가? 자기가 가진 모두를 잃게 되리라 생각해서라네, 성난 자의 변덕 한번에.

추기경은 심복이 머릿속에 새기는 모습을 지켜본다. 그러고는 런던탑 널돌 아래 마구잡이로 흩어져 덜거덕거리는 뼈 이야기를 한다. 그 뼈들이 층층이 쌓여 층계가 되고, 퇴적해 템스강의 진흙이 되었다고. 추기경은 에드워드왕의 사라진 두 아들을 이야기한다. 둘 중 어린 쪽은 끈덕지게 부활해서 헨리 튜더를 왕국에서 거의 내칠 뻔했다. 추기경은 이 참칭왕이 주조한 동전을 이야기한다. 거기에는 튜더가 출신 왕에게 보내는 메시지가 찍혀 있었다. "그대의 시대는 얼마 남지 않았다. 그대를 저울에 다니 부족함이 보였다 함이라."*

추기경은 그때의 공포를, 다시 시작될 내전의 공포를 이야기한다.

---

* 다니엘서 5장 27절에서 따온 말.

156

캐서린은 잉글랜드와 혼사가 내정되어 있었고 세 살 때부터 '웨일스 공비'로 불렸다. 그러나 커루나에서 출항하는 배에 그녀를 태우는 대가로 그녀의 가문은 피와 뼈를 요구했다. 에드워드왕과 폭군 리처드의 조카로, 열 살 때부터 런던탑에 갇혀 지낸 플랜태저넷가 제일의 왕위 계승권자에게 신경을 좀 쓰라고 청한 것이다. 이 은근한 압박에 선왕은 결국 굴복했다. 스물네 살의 흰 장미*는 하느님의 빛과 공기 속으로 끌려나와 참수되었다. 그러나 또다른 흰 장미가 늘 나타난다. 관리하지 않는 것이 아님에도, 플랜태저넷은 번식하니까. 더 많은 생명을 해할 필요는 언제나 있을 것이다. 누군가는 분명 그걸 감당할 배짱이 있겠지, 추기경은 말한다. 그럴 걸세. 다만 내가 그런지는 모르겠어. 처형이 있을 때면 늘 몸이 아프거든. 그들을 위해 기도한다네, 오래전 죽은 이 사람들을 위해서. 이따금 폭군 리처드를 위해서도 기도해. 물론 토머스 모어는 지금 그자가 지옥에서 불타고 있다고 말하지만.

울지 추기경은 자기 손을 내려다보며 손가락의 반지들을 이리저리 돌린다. "모르겠군." 웅얼거린다. "이중에 어떤 건지 모르겠어." 추기경을 시기하는 자들은 말한다, 추기경에게는 그 주인을 날게 해주는 반지가 있다고. 그걸로 적을 죽음에 몰아넣는다고. 독약을 감지하고, 흉포한 짐승의 힘을 빼고, 군주의 총애를 받고, 익사를 모면한다고.

"다른 사람들은 아는 것 같던데요, 전하. 저들이 술사를 고용했거든요, 똑같이 만들어보려고."

"뭔지 알면 나부터 만들었을 걸세. 자네한테도 하나 주고."

---

* 요크가의 상징.

"뱀을 손으로 잡아본 적이 있습니다. 이탈리아에서요."

"뭐하러 그런 짓을 했나?"

"내기 삼아서요."

"독이 있었나?"

"아무도 몰랐습니다. 그게 내기의 핵심이었고요."

"녀석한테 물렸나?"

"당연하죠."

"그게 왜 당연한가?"

"안 그랬으면 그리 대단한 이야깃거리가 아니었을 테니까요. 그렇지 않습니까? 제가 멀쩡히 놈을 내려놓고 놈은 유유히 사라졌다면?"

추기경은 본의 아니게 웃는다. "자네 없이 내가 뭘 할 수 있겠나? 한 입으로 두말하는 프랑스 사람들 틈에서?"

오스틴프라이어스의 집, 잠든 리즈가 몸을 뒤척인다. 잠결에 그의 이름을 부르며 품으로 파고든다. 그는 그녀의 머리에 입을 맞추고 말한다. "우리 왕의 조부가 뱀과 결혼했다는군."

리즈가 웅얼거린다. "나는 지금 깬 거야, 자는 거야?" 심장이 한차례 고동하고, 그녀는 그의 품을 스르르 빠져나간다. 몸을 돌려 엎드리며 한 팔을 툭 내려놓는다. 그는 그녀가 무슨 꿈을 꿀까 궁금하다. 자리에 누워 생각한다. 에드워드왕이 했던 모든 것, 전투, 정복, 메디치가의 재력을 등에 업고 했던 일. 그 가문의 신용장은 표적과 이적*보다

---

* 그리스도의 뜻을 증명하기 위한 증표와 기적.

도 중요했다. 다들 하는 말처럼 에드워드왕이 자기 아버지의 아들, 그러니까 요크 공작의 아들이 아니라면. 어떤 사람들이 믿는 것처럼 에드워드왕의 어머니가 잉글랜드의 순박한 병사, 즉 블레이본이라는 궁수와의 관계에서 왕을 잉태했다면. 그리고 에드워드왕이 뱀의 몸을 가진 여인과 결혼했다면 그 왕의 자손들은…… 미덥지 않다, 라는 말이 머릿속에 떠오른다. 옛날이야기를 죄다 믿기로 한다면, 그리고 믿는 이들도 있다는 사실을 유념하기로 한다면, 지금 우리의 왕은 궁수의 서자, 정체를 숨긴 뱀, 웨일스 사람의 피가 섞인데다 전체적으로는 이탈리아인 물주에게 빚지고 있는 셈인데…… 그 또한 스르르 잠에 빠져든다. 그의 계산이 멈춘다. 빼곡히 적힌 숫자가 채우고 있던 자리로 망령의 세계가 밀고 들어온다. 유심히 보게, 추기경이 말한다. 사람들이 옷 속에 뭘 입는지 말이야. 그 안엔 한낱 살갗만 있는 게 아니거든. 폐하의 안팎을 뒤집어보게. 비늘 달린 선조의 흔적을 보게 될 것이야. 뜨뜻하고 탱탱하고 뱀 같은 속살을.

이탈리아에서 내기로 뱀을 집었을 때, 옆에서 열을 세는 동안 그걸 손에 들고 있어야 했다. 사람들이 가뜩이나 느린 독일말로 다소 느릿느릿 수를 세기 시작했다. 아인스, 츠바이, 드라이…… 넷에 화들짝 놀란 뱀이 고개를 꺾어 그를 물었다. 넷과 다섯 사이에 그는 손아귀에 더욱 힘을 주었다. 그쯤에서 누군가가 소리쳤다. "이런 빌어먹을, 던져버려!" 누군가는 기도하고 누군가는 욕설을 내뱉고 누군가는 그저 셈을 계속했다. 뱀은 성치 않아 보였다. 열까지 모두 셌을 때, 그런 다음에야 그는 칭칭 감긴 뱀을 풀어 바닥에 내려놓았다. 녀석이 나름의 미래로 스르르 몸을 감추도록 내버려두었다.

고통은 없었으나 물린 자국이 선명했다. 본능적으로 그는 팔목에 이를 박아넣다시피 해 상처를 맛보았다. 그러다 팔 안쪽의 내밀하고 허연 잉글랜드인의 속살을 보고는 깜짝 놀랐다. 뱀독이 스민 가는 혈관들이 청록색으로 비쳐 보였다.

그는 내기에서 딴 돈을 걷어들였다. 죽기를 기다렸지만 그런 일은 일어나지 않았다. 오히려 더 강해져 빠르게 몸을 숨기고 빠르게 공격하게 되었다. 그를 야단칠 수 있는 밀라노 보급 장교는 없었다. 일단 피부터 보고 협상은 나중에 한다는 그의 으스스한 명성 앞에서 물러서지 않을 베른 출신 용병 대장은 없었다. 오늘밤은 덥다, 7월이다. 그는 잠든다. 꿈을 꾼다. 이탈리아의 어딘가에서 뱀이 새끼를 낳았다. 그들을 토머스라 부른다. 놈들은 머릿속에 템스강의 풍경을 담고 다닌다. 물살이 닿지 않는 곳, 강물이 씻어가지 않는 곳의 얕은 진흙투성이 강둑의 모습을.

이튿날 아침 그가 일어났을 때 리즈는 아직 자고 있다. 침대보가 축축하다. 그녀는 뜨뜻하고 발그레하다. 매끈한 얼굴이 꼭 어린 소녀 같다. 그는 그녀의 이마 선에 입을 맞춘다. 그녀에게서 소금맛이 난다. 그녀가 웅얼거린다. "집엔 언제 오는지 말해주고 가."

"리즈, 나 안 가." 그가 말한다. "추기경이랑 같이 가지 않아." 그는 리즈를 두고 방을 나온다. 이발사가 와서 면도를 해준다. 그는 광을 낸 거울에 비친 자기 눈을 들여다본다. 살아 생동한다. 뱀의 눈이다. 참 이상한 꿈이야, 그는 혼잣말한다.

아래층으로 내려가는 길에 뒤따라오는 리즈를 본 것 같은 기분이 든다. 그녀의 흰 두건이 언뜻 보인 것 같다. 그는 돌아서서 말한다. "리즈, 가서 좀더 자……" 하지만 그녀는 거기 없다. 그가 착각했다. 그는 서류를 챙기고 그레이스 인 법학원으로 간다.

쉬는 시간이다. 법과는 무관한 이야기가 오간다. 틴들의 글과 행방(독일 어딘가)에 대해, 그리고 당장 해결해야 할 동료 법률가(그러니 누가 말할 텐가, 그는 여기, 그레이스 인에 발을 들이면 안 된다고?) 문제를 두고 토론이 벌어진다. 이 토머스 빌니라는 자는 법률가인 동시에 사제에다 트리니티홀*의 학자이기도 하다. 키가 작고 벌레를 연상시키는 면면 때문에 '리틀 빌니'라 불린다. 빌니는 기다란 의자에 앉아 몸을 이리저리 비틀며 나환자에 대한 자신의 사명을 이야기한다.

"성서는 내게 꿀과도 같네." 리틀 빌니가 빈약한 하체를 홱 돌리며, 자라다 만 다리를 휘적거리며 말한다. "나는 주님의 말씀에 취했어."

"맙소사, 이 사람아." 그가 말한다. "추기경 전하가 없다고 자네가 슬금슬금 구멍을 나와도 된다고 생각하진 말게. 이제 런던 주교가 멋대로 할 수 있게 됐으니까. 첼시의 우리 친구**는 말할 것도 없고."

"미사, 단식, 밤샘 기도, 면죄부…… 다 소용없어." 빌니가 말한다. "그런 계시를 받았어. 이제 사실상 남은 건 로마로 가서 교황 성하와 이 문제를 의논하는 일뿐이야. 그분 또한 나와 생각이 같을 거라 확신하네."

"자네의 관점이 참신하다고 생각하는군, 그렇지?" 그가 침울하게 말한다. "뭐, 그렇다면, 그럴 수도 있겠군, 빌니 신부. 자네 조언을 교

---

* 케임브리지대학교 산하 칼리지.
** 토머스 모어를 뜻한다.

황이 반기리라 생각한다면 그것이야말로 참신한 관점일 수 있겠어."

그는 자리를 뜨며 말한다. 판만 깔리면 불구덩이에 뛰어들 자가 있
네. 거기 선생들, 조심하시오.

그는 이런 모임엔 레이프를 데려가지 않는다. 위험한 자들 근처에
자기 식솔은 누구도 끌어들이지 않을 것이다. 크롬웰가는 런던의 어느
집안 못지않게 정통 신앙을 고수하며 독실하다. 그래야만 해, 그는 말
한다. 흠잡을 곳이 없어야 한다.

모임이 끝나고는 딱히 기억할 만한 일이 없다. 독일인 거주지인 스
틸야드에서 약속만 없었다면 그는 집에 일찍 돌아갔을 터다. 거기서
만나기로 한 로스토크 출신 남자가 슈테틴 출신 친구를 데려왔고, 그
자가 폴란드어를 좀 가르쳐주겠다고 제안했다.

웨일스어보다 심하군, 그날 저녁이 끝날 무렵 그가 말한다. 연습을
정말 많이 해야겠어. 우리집에 한번 들르시오. 미리 전갈을 주면 청어
를 좀 절여두겠소. 아니면 그냥 있는 걸로 때워야 할 거요.

해질녘 집에 돌아왔는데 횃불이 타고 있다면 뭔가가 잘못된 것이다.
공기는 감미롭고, 안으로 들어서는 당신은 기분이 무척 좋다. 젊고, 상
처 따윈 모르는 듯하다. 이윽고 경악한 얼굴들이 눈에 들어온다. 당신
을 보고는 고개를 돌린다.

장모 머시가 다가와 그의 앞에 서지만 여기 자비*는 없다. "말씀하세

---

* '머시(Mercy)'는 '자비'라는 뜻이다.

요." 그가 간청한다.

그녀가 눈길을 피하며 말한다. 이를 어쩌면 좋나.

그는 생각한다, 그레고리구나. 아들이 죽은 거라고 생각한다. 그러다 막연히 알아챈다. 리즈는 어디 있기에? 그가 간청한다. "그냥 말해주세요."

"자네를 찾아다녔네. 우리가 레이프에게 그랬어, 그레이스 인에 가서 마스터가 있는지 보고 모셔오라고. 그런데 문지기들이 오늘 종일 자네는 본 적도 없다고 하더라네. 레이프가 그러더군, 저를 믿으세요, 제가 찾아서 모셔올게요, 온 런던을 뒤져서라도. 하지만 자네는 흔적도 없었어."

그는 오늘 아침을 떠올린다. 축축한 침대보, 그녀의 축축한 이마. 리즈, 그는 생각한다. 맞서 싸우지 못한 거야? 당신의 죽음이 다가오는 걸 내가 봤더라면 놈의 머리통을 두들겨 죽여놨을 텐데. 벽에 십자로 못박아 죽였을 텐데.

어린 딸들은 아직 깨어 있다. 누군가가 잠옷을 입혀주기는 했다, 아무 일 없는 평범한 밤이라는 양. 아이들의 맨다리와 맨발이 훤히 드러나 있고 수면 모자는, 리즈가 만들어준 동그란 레이스 보닛은 턱 밑으로 끈을 당겨 야무지게 묶어두었다. 앤은 얼굴이 돌처럼 굳었다. 그레이스의 손을 꼭 쥐고 있다. 그레이스가 그를 미심쩍은 표정으로 올려다본다. 그를 거의 못 보고 지내는 탓에 이렇게 생각하는 듯하다. 이 사람이 왜 여기 있지? 그래도 그를 믿고, 자신을 들어올리는 그에게 순순히 몸을 맡기며 품에 안긴다. 어깨에 기대더니 순식간에 잠든다. 두 팔로 목을 감은 아이의 정수리를 그의 턱이 포근히 붙든다. "자, 앤."

그가 말한다. "그레이스를 눕혀야겠다, 아직 어린애니까. 네가 당장 자고 싶어하지 않는 건 알지만 그래도 동생 옆에 있어줘야지. 동생이 잠에서 깼다가 추울지도 모르니."

"제가 추울지도 모르죠." 앤이 말한다.

머시가 앞장서서 아이들 방으로 간다. 자리에 누인 그레이스는 깨지 않는다. 앤이 운다. 하지만 소리 죽여 운다. 내가 여기 좀 있겠네, 머시의 말에 그가 답한다. "제가 있죠." 그는 줄줄 흐르는 앤의 눈물이 멈추도록, 감아쥔 아이의 손이 느즈러지도록 기다린다.

당연한 세상사다. 하지만 우리에겐 당연하지 않다.

"이제 리즈를 보러 가지요." 그가 말한다.

그 방―오늘 아침까지만 해도 그저 그들의 침실이었던―에 전염을 막기 위해 태워둔 약초 냄새가 진동한다. 리즈의 머리와 발치에서 양초가 타고 있다. 리넨으로 턱을 묶어둔 탓에 그녀는 이미 원래의 그녀처럼 보이지 않는다. 망자처럼 보인다. 두려움을 모르는 듯 보인다, 당신을 심판할 수 있을 것처럼 보인다. 그가 전장에서 봤던 자들보다, 내장을 쏟고 쓰러진 그들보다 더 생기 없고 더 죽은 듯 보인다.

그는 아래층으로 내려가 리즈의 임종 이야기를 듣는다. 집안의 문제들도 처리해야 한다. 오늘 아침 열시에, 머시가 말한다. 그애가 자리에 앉더라고. 이런, 나 너무 피곤해요. 일이 한창 바쁜데. 나답지 않죠, 그쵸? 그래서 내가 말했지. 너답지 않기는 하다, 리즈. 그애 이마를 짚어보고 말했어. 리즈, 얘야…… 내가 그랬네, 자리에 누워라. 얼른 침대로 가. 땀을 좀 빼야겠다. 그애가 말했다네, 아뇨, 조금만 이따가요. 어지러워요, 뭐라도 좀 먹어야 할까봐. 하지만 식탁에 앉아서는 음식을 저리로 밀어냈어……

그는 머시가 이야기를 짧게 끝냈으면 좋겠다 싶으면서도 매 순간순간을 몇 번이고 소리 내어 말해야 할 그녀의 필요를 이해한다. 그녀는 지금 말들의 보따리를 싸고 있는 듯하다. 그에게 건네주려고. 이제 이건 자네 것일세.

정오에 리즈가 자리에 누웠어. 온몸을 바들바들 떠는데도 살갗은 펄펄 끓었지. 그애가 그랬어. 레이프가 여기 있나? 가서 토머스를 찾아오라고 해요. 레이프가 집을 나섰고, 다른 몇몇도 여기저기 돌아다녔지만 자네를 찾지 못했네.

열두시 삼십분에 리즈가 그러더군. 토머스한테 아이들을 잘 부탁한다고 전해줘요. 그러곤 어쨌게? 머리가 너무 아프다는 거야. 나한테는 아무 말이 없더라니까? 남기는 말 같은 거? 없었어. 갈증이 난다고만 했어. 그게 다였네. 하지만 리즈잖아, 그애는 원체 말이 많지 않았지.

한시에 그애 청으로 신부님을 모셨네. 두시에 고해성사를 했고. 리즈가 그러는데, 옛날에 이탈리아에서 뱀을 손으로 집어든 적이 있다는 거야. 열에 들떠서 하는 헛소리라고 신부님이 그러더군. 그애의 죄를 용서한다고 선언하고는 안절부절못했어. 얼른 떠나고 싶어서 안달이 났더라고. 자기도 역병에 걸려 죽을까봐 겁을 엄청 집어먹은 거지.

오후 세시에 상태가 악화됐네. 그리고 네시에 리즈는 이 생의 짐을 벗었어.

내 생각에는, 그가 말한다. 리즈가 전남편 곁에 묻히고 싶어할 것 같아요.

왜 그런 생각을 하는가?

나보다 먼저 만났으니까요. 그는 자리를 뜬다. 관례대로 상복과 기도자, 양초를 준비시키는 건 쓸모없는 일이다. 이 역병의 손길이 닿은 다른 모든 이처럼 리즈도 신속히 매장되어야 한다. 사람을 보내 그레고리를 데려오거나 가족을 불러모을 수도 없을 터다. 규칙에 따라 문 밖에 감염의 징표로 지푸라기 뭉치를 걸고, 사십 일 동안 외부인의 출입을 제한하며, 외출은 최대한 자제해야 한다.

머시가 따라와 말한다. 열은, 다른 열일 수도 있으니까, 발한……그 병이라고 굳이 인정할 필요는 없지. 다들 집에만 틀어박혀 있으면 런던이 어찌 돌아가겠나.

"아뇨." 그가 말한다. "제대로 해야 합니다. 전하께서 만드신 규칙을 내가 어기는 건 부적절한 일이 될 겁니다."

머시가 말한다. 그건 그렇고, 대체 어디에 있었나? 그는 그녀의 얼굴을 들여다본다. 이렇게 말한다. 리틀 빌니라고 아세요? 그자와 있었어요. 그자한테 경고했죠. 불구덩이에 뛰어들게 될 거라고.

그런 다음에는? 그다음에는 폴란드어를 배웠어요.

아무렴, 그랬겠지, 머시가 말한다.

그녀는 이 상황을 이해할 수 있으리라 여기지 않는다. 그는 결코 이 상황을 지금보다 더 잘 이해할 수 있으리라 여기지 않는다. 그가 신약성서를 통째로 줄줄 외운다지만, 어디 한번 찾아보라. 이 상황을 이해하게 해줄 어느 한 구절이라도 있으면 찾아보라.

훗날 그 아침을 떠올릴 때면 그는 언뜻 스치던 리즈의 두건을 한 번이라도 다시 보고 싶어질 터다. 돌아보았을 때 아무도 없었을지언정.

집안의 부산함과 온기를 등지고 문가에 서서 "집에 언제 오는지 말해주고 가"라고 말하는 모습으로 그녀를 그리고 싶을 터다. 하지만 그려지는 건 문가에 홀로 서 있는 그녀뿐이다. 그리고 그녀 뒤로 보이는 황무지와 푸르스름한 빛줄기뿐.

그는 그들이 결혼하던 날 밤을 생각한다. 그녀 뒤로 길게 끌리던 태피터 드레스, 두 손으로 팔꿈치를 감싸는 작은 경계의 몸짓. 이튿날 그녀는 말했다. "그럼 다 괜찮은 거네."

그리고 미소를 지었다. 그게 그에게 남긴 전부였다. 원체 말이 많지 않았던 리즈가.

한 달째 그는 집에 머물고 있다. 책을 읽는다. 성서를 읽지만 이미 다 아는 내용이다. 그는 자신이 좋아하는 페트라르카를, 이 시인이 의사들을 공공연히 무시했던 이야기를 읽는다. 지독한 열병에 의사들이 손을 들었음에도 페트라르카는 죽지 않았으며, 다음날 아침 그들이 돌아왔을 때는 자리에서 일어나 시를 쓰고 있었다. 그뒤로 시인은 의사의 말을 절대로 믿지 않았다. 하지만 리즈는 너무도 빨리 그의 곁을 떠났다, 좋든 나쁘든 의사의 조언을 들어보기도 전에. 아니, 계피와 방동사니와 약쑥으로 만든 그의 약제와 기도문이 인쇄된 카드를 써보기도 전에.

그는 니콜로 마키아벨리의 『군주론』을 손에 넣었다. 나폴리에서 조잡하게 인쇄된 라틴어판으로 여러 사람의 손을 거친 듯하다. 그는 전장의 니콜로를 생각한다. 고문실의 니콜로를 생각한다. 그 자신도 고문실에 있는 듯한 심정이지만 언젠가는 밖으로 나가는 문을 찾으리라는 걸 안다. 결국 열쇠는 그의 손에 있으므로. 누군가가 묻는다. 그 조 그만 책에는 뭐가 쓰여 있나요? 그가 답한다. 격언 약간, 뻔한 문구 약간, 하나같이 우리가 다 아는 말이지.

그가 책에서 눈을 들 때마다 레이프 새들러가 있다. 레이프는 체구가 작고 호리호리해서 리처드와 다른 이들은 녀석이 눈에 보이지 않는 척하며 "레이프가 어디 갔지?" 하고 장난을 친다. 그들은 이런 농담을 해놓고 딱 세 살배기처럼 즐거워한다. 레이프는 눈동자가 파랗고 머리칼은 모랫빛 갈색이라 딱히 크롬웰가의 혈통으로는 보이지 않는다. 그럼에도 레이프는 자신을 길러준 남자에게 하나의 찬사와도 같다. 끈질기고, 냉소적이며, 머리 회전이 빠르다.

그와 레이프는 체스에 관한 책을 읽는다. 그가 태어나기도 전에 인쇄된 책이지만 그림이 실려 있다. 둘은 진지한 표정으로 그림을 살피며 전술을 다듬는다. 몇 시간은 족히 된 듯한데도 둘은 말을 전혀 움직이지 않는다. "제가 어리석었어요." 레이프가 폰의 머리에 검지를 올리고 말한다. "마스터를 찾아봤어야 했어요. 그레이스 인에 안 계신다고 들었어도, 거기 계시리라는 걸 알았어야 했어요."

"네가 그걸 어찌 알 수 있었겠느냐? 내가 있어선 안 될 곳에 꼭 있는 사람도 아닌데. 그 말 옮기려는 거냐, 그냥 만져보는 거냐?"

"자두브."* 레이프가 후다닥 손을 치운다.

한참 동안 그들은 자리에 앉아 체스판을, 오도 가도 못하게 막힌 말들을 뚫어져라 본다. 조짐이 보인다. 스테일메이트**다. "우리 둘은 도

* 이동시킬 생각이 없는 말을 만졌을 때 쓰는 체스 용어.
** 모든 수가 막혀 무승부로 게임이 끝나는 것.

저히 승부가 안 나는구나."

"아무래도 다른 사람이랑 해야 할까봐요."

"나중에. 덤비는 족족 해치울 수 있을 때."

레이프가 말한다. "아, 잠깐!" 나이트를 집어 폴짝 자리를 옮긴다. 그러더니 결과를 보고 아연한 표정을 짓는다.

"레이프, 너 푸튀*다."

"꼭 그렇다고는 못하죠." 레이프가 이마를 문지른다. "마스터가 어리석은 수를 둘 가능성은 아직 있으니까요."

"그래. 어디 희망 속에 살아봐라."

목소리들이 웅얼거린다. 바깥에서 햇살이 빛난다. 그는 어찌 잠들어볼 수도 있을 듯한 기분이지만, 잠이 들면 어김없이 리즈 와이키스가 돌아온다. 명랑하고 씩씩하게. 그리고 잠에서 깨면 그는 그녀의 부재를 처음부터 완전히 새로 익혀야 한다.

멀리 떨어진 방에서 아이가 울고 있다. 머리 위에서 발소리가 들린다. 울음이 그친다. 그는 킹을 집어들고 어떻게 만들어졌는지 보기라도 하는 양 밑을 들여다본다. 그리고 웅얼거린다. "자두브." 말을 원래 있던 자리에 내려놓는다.

앤 크롬웰이 그와 함께 앉아 있다. 비가 내리고, 앤은 글씨연습장에 초급 라틴어를 써내려간다. 세례요한 축일 무렵 아이는 일반동사를 완전히 익힌다. 습득이 오빠보다 빠르다고, 그는 아이에게 말해준다. "어

---

* foutu. '실패한' '망한'이라는 뜻의 프랑스어.

디 보자." 그가 손을 뻗어 연습장을 건네받는다. 알고 보니 아이는 내내 자기 이름을 쓰고 있었다. "앤 크롬웰, 앤 크롬웰……"

프랑스에서 추기경의 개선식과 거리 행진과 대중 미사와 즉흥 라틴어 연설 소식이 전해진다. 배에서 내리자마자 추기경은 피카르디 지역의 모든 교회를 다니며 대제단마다 서서 참배자의 죄를 사해주는 모양이다. 프랑스인 수천 명이 처음부터 다시 시작할 자유를 얻은 것이다.

국왕은 주로 불리에 머문다. 기어이 로치퍼드 자작 작위를 내린 토머스 불린 경에게서 최근 사들인 에식스의 저택이다. 왕은 온종일 사냥을 한다. 궂은 날씨도 아랑곳하지 않는다. 저녁에는 여흥을 즐긴다. 비공개 만찬에 서퍽 공작과 노퍽 공작이 합류하고, 새 자작도 자리에 끼워준다. 서퍽 공작은 국왕의 오랜 친구로 왕이 하늘을 날아보게 날개를 만들어달라고 하면, 무슨 색으로요? 라고 할 자다. 노퍽 공작은 당연한 얘기지만 하워드 가문의 수장이자 불린의 처남이다. 근육질의 땅딸막한 껄떡쇠. 늘 자기 이익을 좇아 껄떡거린다.

그는 국왕이 앤 불린과 결혼할 작정이라고 잉글랜드의 모두가 입을 모은다는 얘기를 추기경에게 서신으로 전하지 않는다. 추기경이 듣고 싶어하는 소식이 없기에 서신 자체를 쓰지 않는다. 사무원들에게 그 일을 맡겨 추기경의 법무와 재정 문제의 변동사항을 꾸준히 보고한다. 우리는 모두 잘 있다고 전하게, 그가 말한다. 존경하는 마음으로 맡은 바 책무를 다하겠다고. 다들 전하를 몹시 뵙고 싶어한다고 쓰게.

그의 일가에서 몸져눕는 사람은 더이상 나오지 않는다. 올해 런던은 역병을 수월하게 넘겼다—아니, 적어도 모두가 말은 그렇게 한다. 도시 교회에서 감사의 기도를 올린다. 아니, 회유의 기도라고 해야 할까? 야간에 비밀스레 이뤄지는 소규모 회합에서는 하느님의 의도를 따져 묻는다. 런던은 자신이 죄를 짓고 있음을 안다. 성서에 나오는 대로 "상인은 잘못을 피하기 어려운" 법이니까. 또 이런 구절도 있다. "속히 부하고자 하는 자는 형벌을 면치 못하리라." 인용을 일삼는 습관은 마음이 괴롭다는 확실한 징표다. "대저 여호와께서 그 사랑하시는 자를 징계하시기를."*

9월 초 역병이 사그라지자 집안사람들은 한데 모여 리즈를 위해 기도할 수 있게 된다. 그처럼 돌연히 그들 곁을 떠났던 당시에는 허락되지 않았던 의식을 치러줄 수 있게 된 것이다. 가족은 교구의 빈자 열두 명에게 검은색 외투를 나눠준다. 장례를 정식으로 치렀더라면 리즈의 운구 행렬에서 애도했을 자들이다. 가문의 모든 남자는 그녀의 영혼을 위해 칠 년간 미사를 드리기로 서약한 터다. 약속된 날, 잠시 화창해진 날씨에 대기에는 냉기가 감돈다. "추수할 때가 지나고 여름이 다하였으나 우리는 구원을 얻지 못한다 하는도다."**

아직 어린 그레이스가 밤중에 잠에서 깨어 수의를 입은 어머니가 보인다고 한다. 그레이스는 어린아이답게 시끄럽게 꺽꺽대며 울지 않는다. 성인 여자처럼 흐느끼며 두려움의 눈물을 흘린다.

"모든 강물은 다 바다로 흐르되 바다를 채우지 못한다."***

모건 윌리엄스는 해를 거듭할수록 쪼그라든다. 오늘은 특히 왜소하

---

* 순서대로 구약성서 집회서 26장 29절, 잠언 28장 20절과 3장 12절.
** 예레미야 8장 20절.
*** 전도서 1장 7절.

고 늙고 피폐한 모습으로 그의 팔을 붙든다. "어째서 착한 사람만 거둬 가시는 건가? 아, 도대체 왜?" 그리고 말한다. "자네가 리즈와 행복했다는 걸 안다네, 토머스."

다들 오스틴프라이어스의 집으로 돌아왔다. 여자들과 아이들, 조문용 복장이나 평소 업무용 복장이나 다를 바 없이 검은색인 법률가와 상인, 회계사와 중개상 같은 건장한 남자들이 무리를 지어 왔다. 그의 작은누나 벳 웰리페드가 왔다. 그녀의 두 아들과 작은딸 앨리스도. 큰누나 캣 역시 왔다. 누나들은 집에 들어와 살며 머시를 도와 두 딸을 양육할 사람을 결정하려고 머리를 맞댄다. "네가 재혼할 때까지만이야, 톰."

그의 조카딸, 이 착한 여자아이 둘은 묵주를 아직도 손에 꼭 쥐고 있다. 이제 뭘 해야 할지 몰라 주위를 두리번거린다. 자기들 머리 위로 말을 주고받는 사람들 사이에 방치된 채 벽에 기대어 서로에게 눈을 찡긋거린다. 벽에 등을 붙이고 스르르 미끄러져 두 살배기만한 키가 되도록 내려가서는 발꿈치에 체중을 싣고 균형을 잡는다. "앨리스! 조핸!" 누군가가 꾸짖듯 소리친다. 아이들은 숙연한 표정으로 천천히 몸을 일으켜 원래의 키로 돌아온다. 그레이스가 그들에게 다가간다. 둘은 말없이 아이를 잡아 두건을 벗기고 금발을 흐트러트리더니 땋기 시작한다. 두 매형이 울지 추기경의 프랑스 내 행보에 대해 이야기하는 사이 그의 신경은 자기도 모르게 그레이스를 향한다. 사촌언니들이 머리칼을 세게 당기는 바람에 그레이스의 눈이 휘둥그레진다. 입이 생선 주둥이처럼 소리도 없이 떡 벌어진다. 거기서 결국 꺅 소리가 흘러나오고, 리즈의 여동생 '큰 조핸'이 방을 가로질러와 그레이스를 안아든

다. 그는 조핸을 보며 생각한다. 자주 하는 생각이기도 하다. 자매들이
서로 얼마나 닮았는지, 아니 닮았었는지.

그의 딸 앤이 여자들에게 등을 돌리고는 고모부의 팔짱을 낀다. "우
리는 지금 저지대* 교역에 대해 이야기하는 중이란다." 모건이 말한다.

"한 가지는 확실하죠, 고모부. 울지 추기경이 프랑스인과 조약을 맺
으면 안트베르펜에서 기뻐하지 않으리라는 거요."

"우리가 네 아버지한테 하는 말도 그거야. 그래도 오, 추기경 전하
곁을 끝까지 지키겠지. 이봐, 토머스! 자네도 우리만큼이나 프랑스 사
람들을 싫어하잖나."

이들은 모르지만 그는 안다. 프랑수아왕과의 우정이 추기경에게 얼
마나 절실한지. 유럽 강대국의 옹호 없이 헨리왕의 이혼을 어찌 관철
시키겠는가?

"영구적 평화조약이요? 생각해봅시다. 마지막 영구적 평화가 언제
였더라? 나는 길어야 삼 개월 봅니다." 그의 작은 매형 웰리페드가 웃
음을 터트리며 말한다. 조핸의 남편 존 윌리엄슨이 내기를 하자고 제
안한다. 삼 개월, 아님 육 개월? 그러다 엄숙한 자리에 있다는 사실을
기억해낸다. "미안하네, 톰." 그러고는 발작적으로 기침한다.

그 소리를 가르고 조핸의 목소리가 들린다. "저 늙은 노름꾼이 저렇
게 기침을 계속하다가는 겨울을 못 넘기고 끝장날 텐데, 그럼 나는 당
신이랑 결혼할 거예요, 톰."

"그러겠어요?"

---

* 벨기에, 네덜란드, 룩셈부르크로 구성된 지역.

"오, 당연하죠. 로마에서 제대로 된 문서만 얻어낼 수 있다면요."

일행은 미소를 지었다가 바로 감춘다. 말 안 해도 안다는 표정을 주고받는다. 그레고리가 묻는다. 그게 왜 웃겨요? 아내의 자매와는 결혼할 수 없잖아요, 아닌가요? 그레고리와 남자 사촌들이 한쪽 구석으로 몰려가 은밀한 주제로 이야기를 나눈다. 벳의 아들 크리스토퍼와 윌, 캣의 아들 리처드와 월터—부부는 왜 저 아이의 이름을 월터라고 지었을까? 아버지를 상기시켜줄 존재가 필요했나, 죽은 뒤에도 그들 주변에서 도사리며 너무 행복해지지 말라고 자꾸만 되새겨줄? 가족들이 모이는 일은 결코 없지만, 그래도 그는 월터가 그들 곁에 더는 없다는 사실에 하느님께 감사한다. 아버지에게 더 살뜰한 마음을 가져야 한다고 되뇌지만 그 살뜰함은 아버지의 영혼을 위한 미사 비용을 대는 것 이상으로 확대되지는 않는다.

잉글랜드로 완전히 돌아오기 전, 그는 마음을 정하지 못해 해협을 건넜다가 다시 또 건넜다. 안트베르펜에는 사업적으로 괜찮은 연줄 외에 친구도 아주 많았다. 그리고 도시가 매해 번창하고 있어 더더욱 그곳을 떠나선 안 될 것 같았다. 그가 향수를 느끼는 곳이 있다면 이탈리아였다. 그곳의 빛과 언어, 토마소로 불리던 삶이 그리웠다. 베네치아는 템스 강둑을 그리워하는 마음을 얼마든지 치유해주었다. 피렌체와 밀라노는 고향땅에 머무는 이들보다 더 유연한 사고를 심어주었다. 그러나 뭔가가 그를 끌어당겼다. 바로 세상을 떠난 이와 새로 태어난 생명에 대한 궁금증, 누나들을 다시 보고 싶은 바람, 그들과 어린 시절 이야기를 하며 웃고 싶은—이런 이야기에서는 어떻게든 웃을 거리가 찾아지는 법이다—마음이었다. 그는 모건 윌리엄스에게 편지를 보냈다. 다음 행선지로 런던을 생각하고 있습니다. 하지만 아버지한테는 말하지 마세요. 내가 돌아간다고 알리지 말아주세요.

처음 몇 달간 가족은 그를 구슬리려 했다. 보렴, 아버지는 이제 조용히 살고 있어, 예전 모습은 찾아볼 수 없단다. 술도 줄였어. 그게 자기 명줄을 재촉한다는 걸 알았거든. 요즘은 재판소 근처엔 얼씬도 안 해. 교회 관리 당번도 꼬박꼬박 한다니까.

뭐? 그는 물었다. 미사주를 마시고 만취한 건 아니고? 양초 헌금을 갖고 도망친 거 아냐?

어떤 말도 그를 퍼트니로 돌아가도록 설득하지 못했다. 그는 일 년 넘게 기다렸다. 결혼을 하고 아이아버지가 될 때까지. 그러고서야 가도 무탈하겠다는 기분이 들었다.

그가 잉글랜드를 떠난 게 벌써 십이 년도 더 전이었다. 사람들은 깜짝 놀랄 정도로 달라져 있었다. 그가 떠날 당시 한창때였던 이들은 중년에 접어들어 더 부드러워지거나 날카로워졌다. 호리호리했던 이들은 이제 비쩍 말랐다. 통통했던 이들은 뚱뚱해졌다. 섬세한 이목구비는 흐리멍덩하니 무너졌다. 빛나던 눈은 칙칙해졌다. 아예 알아보지 못한 사람도 있었다, 첫눈에는 그랬다.

하지만 월터는 어디서든 알아봤을 터다. 그에게 다가오는 아버지를 보며 생각했다. 저게 이십 년, 삼십 년 뒤 내 모습이다. 물론 내가 그때까지 죽지 않는다면 말이지만. 들리는 말로는 술이 월터를 거의 결딴 냈다지만 딱히 죽어가는 사람처럼 보이지는 않았다. 여느 때와 그리 다르지 않은 모습이었다. 상대를 당장이라도 때려눕힐 수 있고 그럴 마음도 있는 듯한 모습. 땅딸막하고 다부진 몸은 더욱 떡 벌어지고 굵어졌다. 무성하고 곱슬곱슬한 머리칼에는 새치 한 올 섞여 있지 않았다. 눈빛은 뚫을 듯 매서웠다. 조그만 눈동자는 황갈색으로 밝게 빛났다. 대장간에서는 자고로 눈이 좋아야 하는 법이지, 월터는 말하곤 했다. 어디서든 눈이 좋아야 한다, 안 그럼 눈 뜨고 코 베일 테니까.

"그간 어디 박혀 있었냐?" 월터가 물었다. 예전 같으면 목소리에 화가 섞였을 텐데, 지금은 그저 짜증스럽다는 듯 들렸다. 아들놈이 모틀레이크에 말을 전하러 갔다가 늑장을 부렸다는 양.

"아…… 여기저기요." 그가 말했다.

"꼴이 영락없는 외국인이구나."

"외국인이 맞으니까요."

"그래서 뭔 짓을 하고 다닌 거냐?"

"이것저것이요." 이렇게 말하는 자신이 상상되었다. 그래서 그렇게 말했다.

"그럼 지금은 어떤 종류의 이것저것을 하는데?"

"법을 공부하고 있어요."

"법!" 월터가 말했다. "그놈의 법인지 뭔지만 아니었어도 우리는 영주가 되었을 거다. 영지를 거느리면서. 이 근방 다른 영지들도 몽땅."

그것참, 그는 생각한다. 재미있는 소리군. 영주의 자격이 싸우고 호통치고 남보다 거만하고 힘세고 되바라지고 몰염치한 것이라면 월터는 당연히 영주감이다. 하지만 문제는 그보다 심각하다. 월터는 자기가 정말로 영주가 될 자격이 있다고 생각한다. 그 소리를 입에 달고 살았다. 크롬웰 가문이 한때 부유했다는 둥, 우리에게 사유지가 있었다는 둥. "언제, 어디에요?" 그는 묻곤 했다. 월터는 말했다. "북부 어딘가에, 거기 위쪽에!" 그러고는 따지고 든다며 호통을 쳤다. 아버지는 새빨간 거짓말을 하면서도 상대가 믿지 않으면 싫어했다. "그럼 어쩌다 이렇게 별 볼 일 없는 신세가 되고 말았어요?" 그가 물으면 월터는 그게 다 법률가와 사기꾼, 죄다 사기꾼인 법률가와 주인한테서 땅을 빼앗는 법률가 때문이라고 했다. 그게 이해가 된다면 너나 실컷 이해해라, 월터는 말했다. 나는 못하겠으니까—그리고 내가 바본 줄 아냐, 녀석아. 저것들이 어디 감히 나를 재판소로 끌고 가서 벌금을 먹이려 들어? 공유지 따위에 짐승 좀 풀어놨다고? 자기 걸 안 뺏겨도 되는 세상이었으면, 어차피 저 공유지는 내 거였어.

자, 크롬웰 집안의 땅이 북부에 있다고 쳐요. 그 땅을 어쩌다 갖게 된 건데요? 이런 말은 의미가 없었다—사실 그건 월터의 주먹맛을 보고 정신이 번쩍 드는 가장 빠른 길이었다. "돈도 있지 않았어요?" 그는 끈질겼다. "돈은 다 어찌됐는데요?"

딱 한 번, 정신이 맑을 때 월터가 진실처럼 들리는 얘기를 한 적이 있었다. 월터 딴에는 달변이었다. 내 생각에는, 월터가 말했다. 내 생각에는 우리가 다 날려버렸지 싶다. 한번 없어지면 그걸로 끝인 모양이야. 사람의 운은 일단 놓쳐버리면 다시는 돌아오지 않는가보다.

그는 오랜 세월 그 이야기를 곱씹었다. 퍼트니로 돌아간 그날, 월터에게 물었다. "크롬웰가가 한때 부유했던 게 사실이고 제가 남은 재산을 추적한다면 만족스러우시겠어요?"

그는 달래듯 말할 생각이었으나 월터는 달래기 힘든 사람이었다. "오, 그러시겠지. 그리고 그걸 나누겠지, 그렇지? 네놈이랑 서로 죽고 못 사는 빌어먹을 모건 놈이랑. 그건 내 돈이다. 자기 걸 안 뺏겨도 되는 세상이었으면.”

“가족 돈이겠죠.” 지금 이게 뭐하는 짓인가, 그는 생각했다. 보자마자 입씨름이라니. 만난 지 오 분도 안 되었는데 실제로 있지도 않은 재산을 놓고 말다툼을 하다니. “이제 아버지한테는 손자가 있어요.” 그는 조곤조곤한 목소리로 덧붙였다. “그 아이 근처에는 얼씬도 하지 마세요.”

“허, 그런 건 벌써 있다.” 월터가 말했다. “손주들 말이야. 여자는 누구냐, 웬 네덜란드 계집이라도 돼?”

그는 리즈 와이키스에 대해 이야기했다. 따라서 결혼도 하고 아이도 낳을 만큼 오래 잉글랜드에 있었다는 걸 실토한 셈이었다. “돈 많은 과부를 잡았군.” 월터가 히죽거렸다. “나를 보러 오는 것보다 그게 더 중요했나보구나. 그랬겠지. 내가 죽었을 거라 생각했겠지. 법률가라고 했냐? 너는 늘 말이 많았지. 주둥이를 갈겨도 고쳐지지 않아.”

“갈기기는 원 없이 갈기셨죠.”

“이제 대장간은 네게 없던 일이 되겠구나. 네 숙부 존을 돕고 순무 껍질 틈바구니에서 자던 것도.”

“세상에, 아버지.” 그는 말했다. “램버스궁*에서는 순무를 먹지 않았어요. 모턴 추기경이 순무를 먹는다니! 대체 무슨 생각인 거예요?”

그가 어렸을 때 존 숙부는 이 거물의 요리사였고, 그는 램버스 자치구와 그곳 궁전으로 가출하곤 했다. 거기선 배를 채울 가능성이 더 높아서였다. 그는 템스강에 가장 인접한 출입문—그때는 모턴 추기경이

---

* 캔터베리 대주교의 공저.

178

그 거대한 관문을 짓기 전이었다—근처를 서성였다. 오가는 사람들을 지켜보며 누가 누군지 물어보고는 다음번에 그들의 의복 색깔이나 방패에 그려진 동물과 사물을 보고 알은체했다. "우두커니 서서 뭐하느냐." 사람들이 호통쳤다. "쓸모 있게 굴어야지."

다른 아이들은 부엌에서 심부름을 하고 짐을 나르며 쓸모 있게 굴었다. 조그만 손가락으로 멧닭의 털을 뽑고 딸기 꼭지를 떼느라 여념이 없었다. 저녁식사 때마다 가사담당관들은 부엌 밖으로 이어지는 통로에 줄지어 서서 식탁보와 귀한 소금을 날랐다. 존 숙부는 빵 덩어리를 계량하고 무게가 맞지 않으면 아랫사람들이 먹을 빵 바구니에 던져넣었다. 숙부의 검사를 통과한 빵은 숫자를 세어 안으로 들여보냈다. 그는 숙부 곁에 서서 보조 노릇을 하며 숫자 세는 법을 익혔다. 고기와 치즈, 설탕을 뿌린 과일과 조미한 웨이퍼가 커다란 연회장으로 들어가 대주교—그때 모턴은 아직 추기경이 아니었다—의 식탁에 올랐다. 먹고 남은 음식과 부스러기가 부엌으로 돌아오면 분배가 시작되었다. 부엌 일꾼들에게 제일 먼저 선택권이 주어졌다. 다음은 구빈원과 병원, 정문 근처의 거지들 차례였다. 그들도 못 먹을 음식은 저 아래 아이들과 돼지에게 내려갔다.

아침저녁으로 아이들은 맥주와 빵을 들고 뒷계단을 뛰어올라가 추기경의 시동으로 있는 어린 젠틀맨들의 찬장을 채워주는 일로 밥값을 했다. 시동들은 명문가 출신이었다. 식사 시중을 들면서 명망 있는 사람들과 친분을 쌓았다. 그들의 대화를 들으며 배웠다. 식탁에서 시중을 들지 않을 때면 두꺼운 책을 보며 음악 선생과 다른 선생에게 수업을 받았다. 선생들은 향이 짙은 꽃이나 포맨더*를 들고 궁을 오르내렸으며, 그리스어를 썼다. 누군가가 시동 한 명을 가리키며 그에게 말했다. 마스터 토머스 모어, 대주교가 직접 그랬대. 큰 인물이 될 자라고. 벌써부터 학식이 무척 깊고 재치가 뛰어나다고 해.

하루는 그가 밀빵을 들고 가 찬장에 넣고 얼쩡거리는데 마스터 토머스가 물었다. "왜 그리 얼쩡거려?" 그렇지만 그에게 뭘 집어던지거나 하지는 않았다. "그 큰 책에는 뭐가 들어 있어요?" 그가 묻자 마스터 토머스는 미소 지으며 대답했다. "말, 말, 말뿐이지."

마스터 토머스는 올해 열네 살이야, 누군가가 말한다. 옥스퍼드에 갈 예정이지. 그는 옥스퍼드가 어디인지 모른다. 또한 마스터 토머스가 거기에 가고 싶어 가는 건지 보내지는 것뿐인지 모른다. 소년이면 보내질 수 있다. 그리고 마스터 토머스는 아직 남자가 아니다.

열네 살은 일곱 살의 두 배다. 저는 일곱 살인가요? 그가 묻는다. 무턱대고 대답하지 마시고요. 제가 일곱 살이에요? 그의 아버지가 말한다. 이런 젠장할, 캣, 저놈한테 생일 좀 만들어줘라. 아무 날이나 말해줘. 입 좀 다물게.

아버지가 네놈 꼬락서니가 지긋지긋하다, 라고 말하면 그는 퍼트니를 떠나 램버스로 향한다. 존 숙부가 이번주는 일을 할 꼬마들이 널렸다, 일없이 빈둥거리다보면 나쁜 짓을 하게 되는 법이지, 라고 말하면 다시 램버스를 떠나 퍼트니로 돌아간다. 이따금 선물을 받아 집에 가져가기도 한다. 발을 한데 묶인 채 피투성이 부리를 벌린 비둘기 한 쌍을 받을 때도 있다. 그는 강기슭을 따라 걸으며 머리 옆에서 새를 빙글

---

* 향이 나는 말린 꽃잎 등을 넣은 통으로, 과거에 전염병을 막기 위해 가지고 다녔다.

빙글 돌린다. 비둘기는 날고 있는 듯 보인다. 그러다 누군가가 소리를 지른다. 그만두지 못해! 그가 뭐만 하면 누군가의 호통이 뒤따른다. 놀라울 게 있나? 존 숙부는 말한다. 너는 얄궂은 일마다 다 끼어들고 꼬박꼬박 말대꾸를 하고 있어선 안 될 곳에 꼭 있는데?

부엌 통로에 붙은 작고 추운 방에 이저벨라라는 여자가 있다. 그녀는 마지팬*으로 다양한 형상을 만든다. 대주교와 친구들이 저녁식사 뒤에 가지고 노는 용도다. 형상 중에는 알렉산더와 카이사르 같은 영웅도 있고, 성자도 있다. 오늘은 성 토머스를 만들고 있어, 그녀는 말한다. 하루는 마지팬으로 짐승을 만들어 사자를 그에게 준다. 먹어도 돼, 그녀가 말한다. 그는 마지팬 사자를 간직할 생각이지만, 이저벨라는 얼마 안 가 바스러질 거라면서 이렇게 묻는다. "너는 어머니가 없니?"

그는 식품저장고에서 밀가루니 말린 콩이니 보리와 오리알이니 하고 아무렇게나 휘갈겨 내보내는 주문서로 글자를 배운다. 월터에게 글을 안다는 건 글을 모르는 사람들을 이용해먹을 수 있다는 의미다. 같은 이유로 글 쓰는 법 역시 배워야 한다. 그를 신부에게 보내는 것도 그래서다. 하지만 그는 언제나처럼 일을 또 그르친다. 신부들이 내세우는 이상한 규칙 탓이다. 수업에 곧바로 와야지 중간에 다른 일을 하면 안 된다는 둥, 가방에 두꺼비나 날을 갈고 싶은 칼을 넣어 다녀서는 안 된다는 둥, 그가 늘 걸어들어가는 저 문(월터라는 이름의 문)을 자상도 타박상도 없이 통과해야 한다는 둥. 신부는 매번 호통을 치는데다 그에게 음식을 주는 걸 잊곤 해서 그는 다시 램버스로 향한다.

---

* 아몬드, 설탕, 달걀을 섞은 것으로 과자를 만들거나 케이크 위를 덮는 데 쓴다.

그가 퍼트니에 모습을 드러내는 날이면 아버지는 말한다. 이런 우라질, 어디 있다 오는 거냐. 그러지 않으면 방에 처박혀 웬 계모 위에 올라타 있느라 정신이 없다. 몇몇 계모는 몹시도 짧은 동안만 계모여서 그가 집에 도착할 때쯤에는 이미 볼장 다 본 아버지한테 쫓겨나고 없지만, 캣과 벳이 그 이야기를 전하며 킥킥 웃어댄다. 한번은 그가 지저분한 몰골로 흠뻑 젖어 들어서니 그날의 계모가 말한다. "얘는 뉘 집 아이람?" 그러면서 그를 마당으로 내쫓으려 한다.

하루는 집에 거의 다 왔을 때쯤 길바닥에 누워 있는 개, 그의 첫 벨라를 발견한다. 아무리 봐도 데려가려는 이가 없다. 녀석은 작은 쥐만한 덩치에 몹시 충격을 받고 추워서 제대로 짖지도 못한다. 그는 한 손에 녀석을, 다른 손에 샐비어잎에 싼 조그만 치즈덩어리를 들고 집으로 간다.

개는 죽는다. 벳 누나가 말한다. 다른 녀석을 구할 수 있을 거야. 그는 거리를 살피지만 찾지 못한다. 개가 있긴 해도 다들 주인이 있다.

램버스에서 퍼트니까지 가는 덴 꽤 긴 시간이 걸리기에 그는 이따금 선물로 받은 것을 날것이 아니면 먹어치운다. 하지만 그게 고작 양배추 따위라면 걷어차고 굴리고 타작해 완전히, 그야말로 박살을 낸다.

램버스에서 그는 집사를 따라다니며 그들이 읊는 숫자를 기억한다. 그래서 다들 말한다. 따로 적어둘 시간이 없거든 존의 조카에게 일러두게. 녀석은 주문해 들어온 자루라면 뭐든 한번 힐끔 보고는 자기 숙부한테 근량이 부족한 건 아닌지 확인해보라고 경고할 거야.

램버스에서 밤에 아직 빛이 남아 있고 냄비 닦는 일도 모두 끝냈으면 소년들은 밖으로 나가 돌바닥에서 공을 찬다. 아이들의 외침이 허공에 피어오른다. 그들은 욕설을 뱉고 몸을 부딪는다. 누군가가 그만두라고 소리칠 때까지 주먹다짐을 하고 때로는 서로를 물어뜯는다. 머리 위로 활짝 열린 창문 너머에서 어린 젠틀맨들이 한창 연습중인 높고 세심한 발성으로 합창곡을 부른다.

이따금 마스터 토머스 모어가 얼굴을 내비치기도 한다. 그는 손을 흔들어 보이지만, 마스터 토머스는 그를 알아보지 못한 채 거리의 아이들만 내려다본다. 모두에게 공평하게 미소를 보낸다. 그의 학자다운 하얀 손이 덧문을 당겨 닫는다. 달이 떠오른다. 시동들이 간이침대로 향한다. 부엌의 아이들은 몸에 자루를 칭칭 감고 화덕 옆에서 잠든다.

그는 공을 차던 아이들이 말없이 서서 하늘을 올려다보던 여름날 밤을 기억한다. 황혼녘이었다. 어느 리코더가 내뱉은 음 하나가 허공에서 가녀리고 새되게 요동했다. 찌르레기 한 마리가 그 음을 이어받아 수문 근처 덤불에서 노래했다. 강에서 뱃사공 하나가 휘파람으로 화답했다.

1527년. 프랑스에서 돌아온 울지 추기경은 곧장 연회 준비를 시작한다. 프랑스 사절단이 와서 추기경의 협약안에 서명할 예정이다. 부족해, 추기경은 말한다. 세상의 뭘 갖다줘도 이 신사들에게는 부족할 뿐이야.

8월 27일 왕실은 불리를 뜬다. 그 직후 헨리왕은 귀국한 추기경과 만난다. 지난 6월 초 이후로 처음 대면하는 것이다. "폐하가 나를 냉랭히 맞았다는 얘기가 자네 귀에도 들릴 걸세." 추기경은 말한다. "하지만 내 장담하는데, 그러지 않으셨네. 그 여자—레이디 앤—가 동석했다는 말…… 그건 사실이고."

겉보기에 추기경은 가장 주요했던 임무에 실패했다. 다른 추기경들은 아비뇽 회동에 응하지 않았다. 이런 무더위에 남부를 방문하고 싶지 않다고 둘러댔다. "하지만 이제," 추기경은 말한다. "더 나은 계획이 있네. 교황께 공동 특사를 파견해달라 청하고, 폐하의 문제를 잉글랜드에서 재판할 걸세."

전하가 프랑스에 계시는 동안, 그가 말한다. 아내 엘리자베스가 죽었습니다.

추기경이 눈을 든다. 두 손이 훌쩍 가슴으로 향한다. 스르르 내려간 오른손이 목걸이에 달린 십자가를 쥔다. 어찌된 일인지 그에게 묻는다. 이야기를 듣는다. 엄지손가락이 하느님의 고통받는 육신을 훑는다. 한 번, 또 한번. 그게 여느 금속덩어리일 뿐이라 아무 효험이 없는 양. 고개를 숙인다. 작은 소리로 중얼거린다. "하느님께서 그 사랑하시는 자를……" 둘은 정적 속에 앉아 있다. 이 정적을 깨고자 그는 추기경에게 쓸데없는 질문을 던지기 시작한다.

이제 막 끝난 여름의 전술에 대해서라면 그가 들어야 할 내용이 별로 없다. 추기경은 이탈리아로 진군해 카를황제를 축출할 프랑스 군대에 재정 지원을 약속했다. 이 일이 성사되면 바티칸뿐 아니라 교황령까지 잃은데다 자신의 메디치 일가가 피렌체에서 내쳐지는 꼴마저 봐야 했던 클레멘스 교황은 헨리왕이 고맙고 은혜로울 터다. 하지만 프랑스와 장기적인 친선관계를 맺는 것에 대해서는—그, 크롬웰도 런던의 다른 동료들과 마찬가지로 회의적이다. 파리나 루앙의 거리에 있어봤다면, 자기 아이의 손을 잡아끌며 "뚝 그치지 못해. 안 그럼 가서 잉글랜드 사람 데려온다"라고 말하는 어머니를 본 적 있는 자라면 양국의 합의는 형식적이고 일시적일 뿐이라는 쪽으로 생각이 기우는 것이다. 잉글랜드인은 자기네 섬나라를 나서기만 하면 어김없이 발휘했던 그 파괴의 재능을 절대로 용서받지 못할 터다. 잉글랜드 군대는 가는 곳마다 초토화하며 진군했다. 미리 계획이라도 한 듯 기사도 정신의 모든 덕목을 위반하고 전시 법규를 전부 어겼다. 전투는 문제가 아니었다. 그보다 깊은 상흔을 남긴 건 전투와 전투 사이에 잉글랜드 군대가 벌인 짓이었다. 그들은 행군 경로에서 65킬로미터나 떨어진 곳까지 약탈하고 강간했다. 들판의 농작물과 사람이 안에 있는 가옥을 불태웠다. 현금과 현물로 뇌물을 받아 챙겼고, 주거 지역에서 야영할 때는 주민들을 괴롭히지 않는 대가를 매일같이 뜯어냈다. 신부를 죽이고 시신을 나체로 장터에 걸어두었다. 신앙심이 없는 자처럼 교회를 뒤집어엎고, 성배를 챙기고, 귀한 책을 요리용 땔감으로 썼다. 성물을 흩트리고 제단을 털었다. 망자의 가족을 찾아내선 죽은 자의 몸값을 치르라고 산 자를 닦달했다. 산 자가 값을 지불하지 못하면 눈앞에서 시신을 불태웠다. 아무 의식도 없이, 한마디 기도조차 없이, 죽은 소의 사체를 처분하듯 망자의 시신을 처리했다.

사정이 이렇다보니 국왕끼리는 서로를 용서한대도 백성들은 그러기가 힘들다. 그는 이런 이야기를 울지 추기경에게 하지 않는다. 그것 말고도 나쁜 소식이 줄줄이 기다리고 있으니까. 추기경이 자리를 비운 사이 국왕은 로마에 직접 특사를 파견해 비밀 협상을 시도했다. 추기경이 그 사실을 알아냈고 특사 건은 당연히 흐지부지되었다. "이번 일은 그렇다 쳐도 폐하가 내게 솔직하지 못하다면 우리의 소송에 아무런 도움이 안 돼."

추기경은 이런 식으로 뒤통수를 맞아본 적이 없다. 그러니까 헨리왕도 자신의 소송에 법적 근거가 빈약함을 아는 것이다. 알면서도 알고 싶지 않은 것이다. 왕은 자신이 미혼이라고 되새기다 그리 믿게 되었고, 그러므로 이제 자유롭게 결혼할 수 있다고 생각한다. 즉, 왕의 의지가 확신을 얻은 셈이다. 그러나 양심은 그렇지 못하다. 왕은 교회법을 알고, 자신도 모르는 사이 이미 전문가의 반열에 올라섰다. 왕가의 차남으로서 헨리왕은 교회와 그 내부의 가장 높은 직위를 맡을 수 있도록 양육되고 훈련받았다. "폐하의 형님인 아서 왕자가 살아 있었다면," 울지 추기경은 말한다. "내가 아니라 폐하가 추기경이 되셨겠지. 그러고 보니 이런 생각이 드는군. 자네는 아는가, 토머스. 나는 단 하루도 쉬어본 적이 없어, 언제부터냐면…… 배에 올랐던 그날 이후인 것 같군. 도버에서 출항한 배를 타고 내가 뱃멀미에 시달렸던 그날 말일세."

언젠가 두 사람이 함께 해협을 건넌 적이 있다. 추기경은 갑판 아래 누워 '주여'를 연발했지만 항해에 익숙한 그는 갑판에서 시간을 보내면서 배의 돛과 삭구, 가공의 배와 가공의 삭구를 그려가며 선장에게—"당신이 뭘 잘못했다는 게 아니라"라고 말했다—더 빨리 갈 수 있는 방법이 있다고 설명하고 있었다. 선장은 곰곰이 생각해보더니 대꾸했다. "선생의 상선을 꾸릴 일이 있으면 그때 그렇게 해보십시오. 당연한 얘기지만, 그리스도교 세계에 속한 배들은 선생이 해적이라고 생각할 겁니다. 그러니 곤란한 지경에 처해도 도움은 기대하지 마시고. 뱃사람들은," 선장이 설명했다. "새로운 걸 좋아하지 않아요."

"다들 그렇죠." 그가 말했다. "내가 아는 한 그런 사람은 없어요."

잉글랜드에 새로운 건 있을 수 없다. 해묵은 걸 새롭게 표현하거나, 새로운 걸 해묵은 척하는 것만 가능하다. 새로운 사람들은 신뢰를 얻으려면 월터가 그랬듯 유서 깊은 혈통으로 위장하거나, 유서 깊은 가문에 들어가 일해야 한다. 혼자 덤비지 마라, 그랬다가는 저들에게 해적 취급을 당할 것이다.

이번 여름, 뭍으로 돌아온 추기경 곁에서 그는 그 항해를 떠올린다. 적이 접안해 오기를, 육탄전이 시작되기를 기다린다.

그러나 당장은 부엌으로 내려간다. 프랑스 사절단을 감동시킬 걸작이 어찌되어가는지 확인한다. 일꾼들은 설탕 페이스트로 만든 성 바오로 대성당에 뾰족탑까지는 세웠지만, 그 위에 십자가와 구체球體를 올리느라 애를 먹고 있다. 그가 말한다. "마지팬으로 사자를 만들게. 전하가 원하시네."

일꾼들이 눈을 홉뜬다. 도대체가 끝이 있기는 합니까?

그들의 주인님은 프랑스에서 돌아온 뒤부터 평소답지 않게 심통을 부린다. 공공연한 임무 실패뿐 아니라 막후에서 벌어지는 비열한 행태에 대해서도 툴툴거리기 일쑤다. 추기경을 풍자하거나 비방하는 글이 인쇄되고, 그것을 죄다 사들이기 무섭게 새 판본이 깔렸다. 프랑스의 도둑이란 도둑은 죄다 추기경의 수송대로 모여든 것 같았다. 금식기류를 밤낮으로 지킬 경비대를 조직했음에도 콩피에뉴에서는 어린 소년 하나가 뒷계단을 오르내리며 제 스승 격인 대도에게 접시를 넘겨주다 적발되었다.

"어찌되었습니까? 놈은 잡았습니까?"

"대도는 형틀에 묶이는 신세가 됐지. 소년은 도망쳤고. 그러던 어느 날 밤 웬 악한이 내 방에 숨어들어 창문 옆에 뭘 새겨놓고 갔더군……" 그리고 다음날, 안개와 빗방울 사이로 슬그머니 들어온 이른 아침의 한줄기 빛에 교수대가 모습을 드러냈다. 거기서 추기경의 모자가 대롱거렸다.

또다시 여름 장마가 진다. 맹세컨대 단 하루도 해가 나지 않는다. 올해도 가을걷이가 형편없을 테다. 국왕과 울지 추기경은 환제 조제법을 교환한다. 왕은 어쩌다 재채기라도 하면 국정에 대한 염려를 내려놓고 편히 쉬는 날을 자체 처방해 음악을 연주하거나 정원을 — 빗줄기가 약해질 때면 — 거닌다. 오후에는 이따금 앤과 함께 자리를 떠 둘만의 시간을 갖는다. 소문에 따르면 그녀는 왕이 옷을 벗기는 것까지는 허락한다. 저녁이면 훌륭한 와인으로 한기를 달래고, 성서를 읽는 앤은 거기서 뽑아낸 구절들로 왕을 한껏 추켜세운다. 저녁식사 뒤 생각이 많아지는 왕은 프랑수아왕이 자기를 비웃는 것 같다고 말한다. 카를황제도 마찬가지로 비웃을 거라고. 어둠이 내리면 국왕은 사랑에 아프다. 우울하고, 때로는 다가가기조차 힘들다. 술을 마시고 깊이 잠든다, 홀로 잠든다. 잠에서 깨면 강인하고 젊기에 여전히 낙관적이고 냉철한 정신으로 새로운 하루를 준비한다. 주간의 빛 속에서 소송은 희망적이다.

추기경은 몸이 아프면 오히려 일을 쉬지 않는다. 책상 앞에 붙어앉아 재채기하고 끙끙 앓으며 불평한다.

돌이켜보면 추기경의 몰락이 어디서부터 시작되었는지 쉽게 알 수 있지만, 당시에는 그게 그리 잘 보이지 않았다. 뒤돌아보라, 그리고 바다에 있던 때를 떠올려보라. 수평선은 아찔하게 내려앉고 해안선은 안개에 잠겨 보이지 않았다.

10월이 오고 그의 누나들과 머시와 조핸은 죽은 리즈의 옷가지를 조심스레 잘라 새 옷감을 마련한다. 아무것도 헛되이 버리지 않는다. 쓸 만한 조각은 모두 다른 뭔가로 탈바꿈한다.

크리스마스, 왕궁에 노래가 울려퍼진다.

> 호랑가시나무가 푸르러지고
> 그 빛을 끝내 바꾸지 않듯
> 지금의 나도 여태껏 그랬듯
> 내 여인에게 진실하리.

> 푸르러지는 호랑가시나무처럼 담쟁이덩굴도 푸르러지네.
> 겨울바람이 제아무리 드세게 휘몰아친대도.

> 호랑가시나무가 푸르러지고
> 담쟁이덩굴은 덩그렇게 있네,
> 꽃송이는 오간 데 없고
> 푸른 숲 이파리들은 사라진 시절,
> 푸르러지는 호랑가시나무.

1528년 봄. 토머스 모어가 싹싹하고 추레한 모습으로 느긋하게 걷는다. "이게 누구신가." 모어가 말한다. "토머스, 토머스 크롬웰. 만나고 싶었소."

모어는 싹싹하다. 언제나 싹싹하다. 옷깃은 꾀죄죄하다. "올해 프랑
크푸르트에 갈 생각이오, 마스터 크롬웰? 아니라고? 추기경이 이단 서
적을 파는 자들과 교류하도록 당신을 그 박람회에 보낼 줄 알았는데.
그 이단자들의 책을 사들이느라 추기경이 큰돈을 쓰고 있지만, 그런
추잡한 물결은 절대로 잠잠해지지 않는 법이지."

마르틴 루터를 반박하며 펴낸 소책자에서 모어는 그 독일인을 똥덩
어리라 부른다. 그자의 입은 세계의 항문과 다를 바 없다고 말한다. 그
런 말이 토머스 모어의 입에서 나왔다고는 생각하지 않겠지만, 사실이
다. 모어만큼 라틴어를 저속하게 구사하는 사람은 없다.

"나와는 별 상관 없는 일입니다." 크롬웰이 말한다. "'이단자들의'
책 말입니다. 국외의 이단자는 국외에서 처리하겠죠. 교회는 어디에나
있으니까."

"오, 하지만 성서를 번역한다는 자들이 안트베르펜으로 건너가기만
하면, 당신도 알잖소…… 거기가 어디 보통 동네요! 주교도 없고, 대
학도 없고, 제대로 된 배움의 공간도 없고, 소위 번역물의 횡행을 막을
관리 당국조차 변변치 않지. 번역 성서는 내 생각에 악의적이고 고의
적인 오도를 일삼는데…… 뭐, 당연히 당신도 다 아는 이야기겠지. 거
기서 수년을 살지 않았소. 그리고 지금 틴들이 함부르크에서 목격되었
다고들 하는데. 혹 그가 눈에 띄면 당신도 알아보겠지, 그렇지 않소?"

"런던 주교도 알아볼 겁니다. 당신도 알아보실 테고요, 아마도."

"그렇지. 그렇지." 모어는 그 말을 곰곰이 생각해본다. 입술을 잘근
잘근 씹는다. "그럼 당신은 불순한 번역물을 추적하는 건 법률가의 일

이 아니라고 하겠지. 하지만 나는 그런 형제들을 선동죄로 고소할 수 단을 얻고 싶은 거고, 아시겠소?" 형제들이라. 모어의 소소한 농담이다. 경멸이 가득하다. "나라의 법에 반하는 범죄 사실이 있으면 국가 간 조약이 발효될 테고, 그럼 그자들을 인도받을 수 있소. 보다 엄격한 사법권력 아래서 스스로의 행동에 책임을 지도록 해야지."

"틴들의 저작물에 선동적인 내용이 있었습니까?"

"아, 마스터 크롬웰!" 모어가 손을 비빈다. "나는 당신이 대단히 마음에 드오, 정말 그렇소. 육두구를 빻을 때 그 육두구가 이런 기분이 아닐까 싶소. 하수─그러니까 하수 법률가─라면 이리 말하겠지. '나도 틴들의 글을 읽었으나 문제를 발견하지 못했다.' 하지만 크롬웰은 걸려들지 않아─오히려 상대를 옭아매지. 내게 역으로 이렇게 묻는 거요. 그러니까 당신은 틴들을 읽어봤다는 거지요? 인정하오. 나는 그자를 연구해왔소. 그자의 번역물이란 걸 철저히 분석했어, 한 글자 한 글자 일일이 따져봤지. 나는 그자의 글을 읽소, 물론이오, 읽고 있소. 허가를 받았거든. 주교 각하로부터."

"집회서에 이르기를 '먹을 가까이하는 자는 더러워지기 마련이다' 라고 했는데, 토머스 모어는 예외인가보군요."

"오호라, 내 그럴 줄 알았지, 당신이 성서를 읽을 줄 알았어! 아주 적절한 인용이오. 하지만 사제가 고해성사를 듣는다고, 그리고 그 내용이 음탕하다고 사제 자신이 음탕한 자가 되던가?" 기분 전환이라도 하려는 듯 모어는 모자를 벗어 두 손으로 들고 무심코 접는다. 그걸 다시 반으로 가르듯 주름을 잡는다. 모어의 밝고 피곤해 보이는 눈이 사방에서 반론이 쏟아질지도 모른다는 양 주변을 훑는다. "카디널 칼리지의 젊은 신학자들이 그 분파주의자들의 책자를 읽을 수 있게 울지 추기경이 직접 허가한 걸로 알고 있는데. 그 특별 허가 대상에 당신도 포함되었을 테고. 아니오?"

추기경이 거기에 자기 법률가를 포함시키면 이상한 일이 된다. 사실 어떤 법률가를 포함시켜도 이상한 일이 된다. "얘기가 같은 자리를 맴도는군요." 그가 말한다.

모어가 활짝 웃어 보인다. "뭐, 이러나저러나, 봄이라오. 얼마 안 있어 오월제 기둥을 돌며 춤추고 있겠지. 항해하기 좋은 날씨요. 당신도 양모 교역에 손을 좀 대볼 수 있지 않겠소? 요즘 당신이 벗겨먹는 게 그쪽 사람들이 아니라면. 울지 추기경이 프랑크푸르트에 다녀오라고 하면 당신은 분명 갈 테지? 추기경이 작은 수도원들을 헐어버리고 싶어하면, 그러니까 거기 지금 상황이 좋아 보여서, 수도사들이 늙고─주여 그들을 보우하소서─분별력이 살짝 의심스러워 보여서, 곳간이 넘치고 연못에 물고기가 가득하고 소는 살찌고 수도원장은 늙고 힘이 없어 보여서 허물어버리고 싶어하면······ 당신이 출동하지, 토머스 크롬웰. 동서남북 가리지 않고. 당신과 당신의 어린 도제들이."

이런 말은 대개가 시비를 거는 게 목적이다. 토머스 모어가 이런 말을 할 때면 저녁 초대가 뒤따른다. "첼시에 한번 들르시오." 모어가 말한다. "대화가 아주 훌륭하지. 거기에 당신의 고견을 더해주면 다들 좋아할 거요. 우리집 음식이 단출하지만 맛은 좋다오."

틴들은 부엌에서 설거지하는 소년도 하느님이 보시기엔 성단의 전도사나 갈릴리 해변의 사도만큼 흡족하다고 말한다. 가능하면, 그는 생각한다. 틴들의 견해는 입에 올리지 않을 것이다.

모어가 그의 팔을 토닥인다. "재혼 계획은 없소, 토머스? 전혀? 현명한 생각일지도 모르겠구려. 내 아버지는 늘 말씀하신다오. 아내를 고르는 건 꿈틀거리는 생명체가 가득한 자루에 손을 넣는 것과 같다고. 뱀장어 한 마리당 뱀 여섯 마리의 비율이오. 당신이 뱀장어를 뽑을 확률은 얼마나 될 것 같소?"

"당신 부친은 결혼을, 그러니까, 세 번쯤 하셨던가요?"

"네 번이라오." 모어가 미소를 짓는다. 이 미소는 진짜다. 눈꼬리에 주름이 진다. "기도하겠소, 토머스." 그렇게 말하며 느긋하니 멀어진다.

모어의 첫 아내가 죽고 그 시신이 식기도 전에 후임자가 집에 들어왔다. 모어는 신부가 되려고 했지만 인간의 육신이 자꾸만 곤란한 요구를 해왔다. 형편없는 사제가 되기는 싫었기에 남편이 되었다. 열여섯 살짜리 소녀와 사랑에 빠졌지만, 열일곱 살인 그녀의 언니가 아직 결혼 전이었다. 모어는 언니가 자존심을 다치지 않게 그녀를 취했다. 사랑하지는 않았다. 그녀는 읽을 줄도 쓸 줄도 몰랐다. 모어는 그 문제가 개선되었으면 했지만, 그렇게 되지 않을 듯했다. 설교를 암기시키려고도 해봤으나 그녀는 툴툴거리며 무식을 고집했다. 모어는 아내를 장인에게 데려갔고, 장인이 매타작을 제안하자 몹시도 겁먹은 그녀는 다시는 불평하지 않겠다고 맹세했다. "정말로 다시는 불평하지 않았지." 모어는 말한다. "하지만 설교 공부 또한 그길로 끝이었소." 모어는 만족스러운 타협이라고 생각했던 듯하다. 그로써 모두의 명예가 지켜졌으니까. 이 고집불통 여인은 모어에게 자식을 안겨주었고, 그녀가 스물넷의 나이로 죽자 모어는 런던의 과부와 재혼했다. 나이가 상당히 있고 고집도 더했으며 역시나 글을 몰랐다. 그런 것이다. 여자와 같이 살겠다고 고집하는 스스로를 도저히 벌하지 못하겠다면, 그 상대만은 별로 마음에 들지 않는 이를 골라 영혼을 구원해야 하는 것이다.

울지 추기경의 요청으로 잉글랜드에 파견될 예정인 캄페조 추기경은 사제가 되기 전에 결혼했던 전력이 있는 인물이다. 그런 그의 전력은 국왕의 염원을 좌절시키는 여정의 다음 단계에서 울지 추기경—부부 문제에 대한 경험이 전무한—을 돕기에 특히 적합했다. 로마에서 카를황제의 군대는 이미 철수했으나, 봄내 계속된 협상은 이렇다 할 결과를 내지 못했다. 스티븐 가드너는 울지 추기경의 서신을 갖고 로마에 가 있다. 교황에게 레이디 앤을 칭찬하고, 헨리왕이 아내를 선택하는 문제에서 방종과 변덕을 일삼는다는 혹시 모를 생각을 교황이 하지 않도록 미연에 방지하려는 것이다. 레이디 앤의 미덕을 나열한 이 서신을 추기경은 긴 시간 자리에 앉아 직접 썼다. "여자다운 조신함…… 정절…… 정절이라 써도 될까?"

"그게 좋겠습니다."

추기경이 고개를 든다. "뭐 들은 거라도?" 머뭇거리더니 서신으로 돌아간다. "아이를 잘 낳는다? 뭐, 그 여자네 가문이 다산이긴 하지. 자애롭고 독실한 교회의 딸…… 과장이 좀 들어간 소리긴 하겠지만…… 사람들 말이 그 여자가 프랑스어 성서를 자기 방에 두고 시녀들한테 낭독을 시킨다던데, 그에 대해서는 내가 직접적으로 아는 바가 없으니……"

"프랑수아왕은 자국어 성서를 허용합니다. 레이디 앤도 프랑스에서 성서를 배웠을 겁니다."

"아, 하지만 여자들은, 자네도 알잖나. 성서를 읽는 여자들, 그 문제를 둘러싸고도 말들이 많아. 마르틴 루터 신부가 여자의 지위를 어찌 생각하는지 레이디 앤은 알까? 그자는 말하지, 우리의 아내나 딸이 출산중에 죽는 건 애석해할 일이 아니다—하느님이 부여하신 역할을 수행하는 것뿐이니까. 아주 냉혹한 자야, 마르틴 신부는. 무척 완고하고. 어쩌면 레이디 앤이 성서를 읽는 여자가 아닐 수도 있잖나. 비방할 목적으로 만들어낸 말일 수도 있지. 혹여 성서를 읽는다 해도 그저 성직자가 지긋지긋해 그러는 걸 수도 있고. 그녀가 자기 문제를 내 탓으로 돌리지 않기를 바랄 뿐이네. 나를 그토록 심하게 탓하진 않기를."

레이디 앤이 우호적인 서신을 보내오고는 있지만 추기경은 그게 그녀의 진짜 속내가 아니라고 생각한다. "폐하의 혼인이 무효화될 공산이 있다고 봤다면 나는 바티칸으로 직접 건너가서 내 혈관을 째고 그 피로 서류를 만드시라 했을 거야. 그런 마음을 앤이 알았다면 만족했을까? 아니, 아닐 걸세. 그래도 불린 가문 사람을 보거든 그 이야기를 건네보게. 그건 그렇고, 자네도 험프리 몬머스라는 사람을 알지? 틴들이 어디론가 도주하기 전에 반년이나 자기 집에 숨겨준 자야. 지금껏 돈을 보내준다는 얘기도 있는데, 아마 사실이 아닐 거야. 어디로 보내야 할지 그자가 어찌 알겠는가? 몬머스…… 그자의 이름이 입안을 맴도는군. 왜냐…… 자, 내가 이러는 이유가 뭘까?" 추기경은 아까부터 눈을 감고 있다. "그냥 그자의 이름이 입안을 맴돌 뿐이야."

런던 주교가 관할하는 감옥소는 이미 사람들로 바글거린다. 뉴게이트와 플리트의 감옥소에 루터교도와 분파주의자가 일반 범죄자와 함께 갇혀 있다. 그들은 신념을 버리고 군중 앞에서 속죄해야만 풀려날 수 있다. 그래놓고 원래 사상으로 돌아간다면 그때는 화형이다. 두 번의 기회는 없다.

몬머스의 자택을 급습하지만 의심스러운 저작물은 전혀 나오지 않는다. 누가 사전에 경고라도 해줬나 싶을 정도로 깨끗하다. 틴들 혹은 그 동료를 엮을 책도 서신도 없다. 그럼에도 몬머스는 런던탑으로 끌려간다. 가족들은 겁에 질린다. 몬머스는 온화하고 자애로운 가장이자 포목 장인으로, 그가 속한 길드뿐 아니라 런던 전역에서 덕망이 높다. 빈자를 아끼고, 교역이 원활치 못할 때조차 옷감을 사들여 직공들이 계속 일할 수 있게 한다. 의심의 여지 없이 이번 수감은 몬머스를 망가트리고자 설계된 것이다. 그가 석방될 때쯤 사업은 위태로워져 있을 터다. 저들은 증거 불충분으로 몬머스를 풀어줄 수밖에 없다. 난로의 잿더미는 아무 증거도 되지 못하는 법이니.

토머스 모어가 자기 방식대로 했다면 몬머스 자신이 잿더미가 되었을 터다. "여태껏 우리를 보러 오지 않더군, 마스터 크롬웰?" 모어가 말한다. "여전히 지하실에서 마른 빵 쪼가리나 뜯고 계신가? 아 이런, 말이 고약하게 나오는구려, 당신에게 그러면 안 되는데. 우리는 친구가 분명한데 말이지."

협박처럼 들리는 소리다. 모어는 고개를 절레절레 저으며 멀어진다. "우리는 친구가 분명한데."

잿더미와 마른 빵. 잉글랜드는 언제나 비참한 땅이었지, 추기경은 말한다. 쫓겨나고 버려진 자들의 고향이었어. 느릿느릿 구원을 향해 나아가는 자들, 특별한 고난과 함께 하느님의 방문을 받는 자들 말일세. 잉글랜드가 하느님의 저주, 혹은 악마의 주문에 걸린 게 사실이라면 한동안은 그 주문이 깨진 듯 보였다. 황금 같은 왕과 그 왕의 황금 같은 추기경 덕분에. 그러나 그 황금기는 끝나고, 올겨울은 바다가 얼어붙을 것이다. 그 광경을 목격한 이들은 남은 생 내내 기억하게 될 것이다.

조핸은 남편 존 윌리엄슨, 딸 '작은 조핸'과 함께 오스틴프라이어스의 집으로 들어왔다―아이들은 작은 조핸을 조라고 부른다. 이름을 다 불러주기에는 너무 조그맣다는 이유에서다. 존 윌리엄슨은 크롬웰의 사업에 필요한 사람이다. "토머스." 조핸이 말한다. "요즘 하는 일이 정확히 뭐예요?"

이런 식으로 그녀는 그를 붙들고 대화한다. "우리 일은 사람들을 부자로 만드는 거죠. 거기엔 여러 방법이 있고, 존도 그쪽을 돕게 될 겁니다."

"하지만 존이 추기경 전하의 일에 직접 손댈 필요는 없는 거죠, 그쵸?"

풍문에 따르면 사람들―유력가들―이 국왕에게 항의했고, 왕은 울지 추기경에게 항의했다. 추기경이 폐쇄한 수도원들 문제였다. 저들은 그 자산을 추기경이 얼마나 훌륭히 사용하고 있는지는 생각하지 않는다. 추기경이 운영하는 대학, 지원하는 학자, 건설중인 도서관에 대해서는 생각하지 않는다. 그저 자기가 챙길 몫에만 관심이 있을 뿐이다. 또한 추기경의 사업에서 배제되었다는 이유로, 수도사들이 길바닥에 맨몸으로 나앉아 통곡한다는 소리를 믿는 척한다. 사실이 아니다. 수도사들은 다른 곳으로, 규모도 더 크고 운영 상태도 더 양호한 수도원으로 옮겨갔다. 몇몇 젊은 수도사, 즉 수도사의 삶에 소명의식이 없는 소년들은 속세로 돌려보냈다. 저들과 문답해보면 대개가 아무것도 모른다는 사실만 드러날 뿐이니, 자기가 곧 배움의 등불이라는 수도원의 주장은 헛소리인 셈이다. 라틴어 기도문을 더듬더듬 암송할 수는 있는 자들도 "자 그럼, 그 의미를 말씀해보시죠"라고 하면 "의미요, 마스터?"라고 되묻는다. 단어와 의미가 몹시도 느슨하게 연결되어 있어 그 끈을 잡아당기는 순간 끊어져버리리라 생각하는 양.

"사람들이 하는 말은 신경쓰지 마요." 그가 조핸에게 말한다. "책임은 내가 집니다, 내가 전부."

저들의 항의를 추기경은 더없이 오만하게 받아들인다. 항의꾼들의 이름을 서류에 엄중히 적어둔다. 그걸로 명단을 만들어 굳은 미소와 함께 심복에게 건넨다. 추기경의 머릿속에는 자신의 새로운 건물, 거기서 나부끼는 자신의 깃발, 벽돌에 돋을새김한 자신의 문장, 자신의 휘하에 있는 옥스퍼드 학자들뿐이다. 추기경은 지금 케임브리지를 약탈하고 있다. 그곳의 영특한 젊은 학자들을 카디널 칼리지로 데려오려는 것이다. 부활절 전에 불상사가 있었다. 금서를 상당수 소지한 옥스퍼드 신입생 여섯 명이 학과장에게 적발되었다. 무슨 수를 써서든 가두시오, 욷지 추기경은 말했다. 가두고 논리적으로 설득하시오. 날씨가 너무 덥거나 너무 궂지 않으면 내가 직접 가서 설득하겠소.

이런 이야기를 조핸에게 해봐야 무의미하다. 그녀는 그저 남편이 난무하는 중상모략의 사정권 내에 있지 않다는 사실을 확인하고 싶을 뿐이다. "당신은 상황 판단이 분명한 사람이에요, 그런 것 같아요." 그녀가 눈을 치뜬다. "적어도 겉으로 보기에는 늘 그래요, 톰."

조핸의 목소리, 발걸음, 치켜올린 눈썹, 날선 미소, 모든 게 리즈를

떠올리게 한다. 이따금 그는 돌아서며 이렇게 생각한다. 리즈가 방에
왔었다고.

그레이스는 새롭게 구성된 가족이 헷갈린다. 아이는 어머니의 첫 남
편 이름이 톰 윌리엄스라는 걸 안다. 가족 기도에 그 이름이 등장하니
까. 그럼 윌리엄슨 이모부가 윌리엄스 아저씨의 아들이에요? 그레이스
가 묻는다.

조핸이 설명해보려 한다. "괜히 힘 빼지 마세요." 앤이 말한다. 자기
머리를 톡톡 두드린다. 희고 조그만 손가락이 두건에 달린 진주알을
통통 때린다. "아둔하거든요."

나중에 그는 앤에게 말한다. "그레이스는 아둔하지 않아. 그냥 어린
거야."

"저는 저렇게 멍청했던 기억이 없는데요."

"사람들은 다 아둔하다, 우리만 빼고? 그런 얘기야?"

앤의 표정이 말한다. 더도 말고 덜도 말고 딱 그 얘긴데요. "사람들
은 결혼을 왜 해요?"

"그래야 아이가 생기니까."

"말은 결혼 안 해요. 하지만 망아지는 생기죠."

"대부분의 사람들은 결혼하면 행복해진다고 생각하니까."

"오, 네, 그거요." 앤이 말한다. "제 남편은 제가 골라도 되나요?"

"물론이지." 그가 대답한다. 그러니까, 어느 선까지는.

"그럼 저는 레이프를 고를래요."

일순간, 아니 도합 이 분 정도 그는 자신의 삶이 어찌어찌 회복될지

도 모르겠다고 느낀다. 다음 순간 생각한다. 레이프에게 기다려달라는 청을 어떻게 하나? 녀석도 자기 가정을 꾸려야 한다. 지금부터 오 년 뒤라고 해도 앤은 여전히 어리디어린 신부다.

"저도 알아요. 게다가 시간은 엄청 느릿느릿 흐르죠."

맞는 말이다. 사람은 늘 뭔가를 기다리며 사는 듯하다. "꽤 진지하게 생각해온 모양이구나." 그런 생각은 혼자만 간직하라고 굳이 짚어줄 필요도 없다. 그래야 한다는 걸 아이는 이미 알고 있으니까. 앤과 대화할 때는 다른 여자들과 얘기할 때처럼 약간 돌려 말하거나 미적댈 필요가 없다. 아이는 꽃이나 꾀꼬리 따위와는 거리가 멀다. 그보다는…… 모험상인에 가깝다고 그는 생각한다. 상대의 눈을 똑바로 보며 의중을 간파하고, 손바닥을 찰싹여 거래를 마무리하는.

앤이 두건을 벗는다. 손가락으로 진주알을 잡아 비틀고 검은 머리칼 한 가닥을 잡아 곱슬기가 없어지게 쭉 늘인다. 나머지 머리칼을 쓸어 모아 배배 꼰 뒤 자기 목에 감는다. "이렇게 두 번 감을 수도 있을 거예요. 제 목이 더 가늘었다면." 투정조로 덧붙인다. "그레이스는 제가 레이프랑 결혼할 수 없다고 생각해요. 우리가 친척이라서. 그애는 한집에 살면 무조건 사촌지간인 줄 알죠."

"너는 레이프랑 사촌이 아냐."

"확실해요?"

"확실해. 앤…… 두건 다시 써라. 이모가 보면 뭐라고 하시겠니?"

아이가 얼굴을 찡그린다. 조핸 이모를 흉내낸 얼굴이다. "오, 토머스." 그리고 웅얼거린다. "당신은 늘 너무 확신하죠!"

그는 손을 들어 미소를 가린다. 잠시 조핸 걱정이 덜어지는 듯하다.

"두건 쓰거라." 그가 부드럽게 말한다.

앤은 두건을 머리에 올리고 꾹 누른다. 아이가 정말 조그맣구나, 그는 생각한다. 그럼에도 이 아이에게는 투구가 더 잘 어울릴 것이다. "레이프는 우리집에 어떻게 오게 됐어요?" 앤이 묻는다.

레이프는 에식스에서 왔다. 일이 그렇게 되려고 그 시기의 그곳에 아이아버지가 있었다. 레이프의 아버지 헨리는 에드워드 벨넵 경의 집사였고, 벨넵 경은 그레이가와 사촌지간이라 도싯 후작과도 인척관계였는데, 도싯 후작은 울지 추기경이 옥스퍼드의 학자이던 당시 후원자였다. 그러니 맞다, 사촌이 엮여 있기는 하다. 그리고 사실 잉글랜드로 돌아온 지 고작 일이 년밖에 안 된 시점에 그는 추기경과 어느 정도 연이 닿아 있었다. 물론 이 위대한 인물을 실제로 본 적은 없었지만. 그러나 그, 크롬웰은 그때 이미 두고 쓰기에 유용한 사람이었다. 그는 도싯가에서 일하며 이래저래 엉망으로 꼬인 소송 건을 도맡았다. 늙은 후작 부인은 그에게 자신이 쓸 침대 커튼과 카펫을 찾아보는 일까지 시켰다. 저걸 보내게. 나 좀 보게. 부인에게는 온 세상이 하찮았다. 바닷가재든 철갑상어든 원하는 대로 주문을 넣었고, 훌륭한 취향 역시 그렇게 주문해서 손에 넣었다. 부인은 피렌체산 실크를 손으로 쓸며 조그맣게 꺅 하고 기쁨의 소리를 냈다. "사왔구먼, 마스터 크롬웰." 그리고 말했다. "무척 아름다워. 자네의 다음 임무는 이 물건의 값을 치를 방법을 찾아내는 걸세."

이런 의무와 책무의 미로 어딘가에서 그는 헨리 새들러를 만났고, 그의 아들을 거두는 데 동의했다. "선생이 아는 걸 빠짐없이 가르쳐주십시오." 헨리는 약간 두려워하며 제안했다. 그는 그 지역에서 일을 보고 돌아가는 길에 레이프를 데려가기로 정했지만, 날을 잘못 잡았다. 길이 진창인데다 비가 억수로 퍼붓고 해안에서부터 구름이 쫓아왔다. 그가 철벅거리며 문 앞에 섰을 때는 두시가 조금 넘은 시각이었는데도 날이 어슬어슬 저물고 있었다. 헨리 새들러가 말했다. 묵고 가시면 안 됩니까, 성문이 닫히기 전까지 런던에 도착하지도 못할 텐데요. 어떻게든 오늘밤 집으로 돌아가야 합니다, 그가 말했다. 법정에 나가야 하고, 그런 다음에는 레이디 도싯의 빚을 받으러 오는 자들을 물리쳐야 해요. 아시지 않습니까, 상황이 어찌 돌아가는지…… 새들러 부인은 두려운 눈빛으로 밖을 내다보더니 자기 아이를 내려다보았다. 이제 헤어져야 하는 아이, 그를 믿고 저 악천후에 저 길로 내보내야 하는 일곱 살짜리 아이를.

딱히 가혹한 건 아니다. 늘 있는 일이다. 그러나 레이프가 너무도 왜소하다보니 가혹하다는 생각이 들 뻔했다. 짧게 깎아놓은 연한 적갈색 머리칼이 정수리 부근에서 삐죽삐죽 뻗쳐 있었다. 어머니와 아버지가 무릎을 꿇고 아이를 토닥였다. 그러고는 아이의 몸을 수 겹의 천으로 단단히 싸매고 당기고 묶는 통에 가냘픈 덩치가 조그만 통 모양으로 부풀었다. 그는 아이를 내려다보고, 비를 내다보고, 생각한다. 나도 때로는 다른 이들처럼 따뜻하고 보송한 사람이어야 할 텐데. 나는 절대로 못하는 걸 저들은 어찌 해내는 걸까? 새들러 부인은 무릎을 꿇고 아들의 얼굴을 두 손으로 감싸쥐었다. "우리가 했던 말을 하나도 빼먹지 말고 기억하렴." 그녀가 속삭였다. "기도를 올리도록 해. 마스터 크롬웰, 아이가 기도를 올리도록 살펴봐주세요."

고개를 든 그녀의 눈이 눈물로 얼룩져 있었다. 아이는 그걸 견딜 수 없었고, 거대하게 동여맨 천 밑에서 몸을 떨며 울부짖기 직전이었다. 그가 망토를 몸에 둘렀다. 빗방울이 흩날리며 그들이 연출하는 장면에 세례라도 내리는 듯했다. "자, 레이프, 이렇게 하면 어떠냐? 네가 정말로 다 컸다면……" 그는 장갑 낀 손을 내밀었다. 그 손에 아이의 손이 살포시 들어왔다. "우리가 얼마나 멀리까지 갈 수 있는지 한번 볼까?"

서두를 것이다, 네가 뒤돌아보지 않게. 그는 생각했다. 문을 연 부모가 비바람에 뒷걸음쳤다. 그는 레이프를 안장에 던지듯 앉혔다. 빗줄기가 그들에게 수평으로 달려들었다. 런던 근교에 이르자 바람이 잦아들었다. 당시 그는 펜처치 스트리트에 살았다. 현관에서 하인이 레이프를 받아안을 요량으로 두 팔을 뻗었지만 그가 말했다. "흠뻑 젖은 남자들끼리 함께 있겠네."

품속의 아이는 대단히 무거웠다. 한껏 오그라든 몸뚱이를 모직 일곱 겹이 칭칭 감고 있었다. 그는 레이프를 불가에 세웠다. 아이의 몸에서 증기가 모락모락 피어올랐다. 온기에 정신을 차린 아이가 꽁꽁 얼어버린 조그만 손가락을 꺼내 머뭇머뭇 천을 헤집어 풀기 시작했다. 여기는 어디인가요. 아이가 물었다. 공손한 말투로 또박또박.

"런던이다." 그가 대답했다. "펜처치 스트리트. 우리집이야."

그는 리넨 수건을 가져와 레이프의 얼굴에서 조금 전 마친 여정의 흔적을 부드럽게 닦아냈다. 아이의 머리를 문질렀다. 머리칼이 뾰족뾰족 뻗쳤다. 리즈가 들어왔다. "하느님 인도하소서. 사람이야, 고슴도치야?" 레이프가 그녀에게 고개를 돌렸다. 미소를 지었다. 아이는 선 채로 잠들었다.

1528년 여름 발한병이 다시 돌자 사람들은 말한다. 작년에 말했던 그대로, 생각을 안 하면 걸리지도 않을 거라고. 하지만 어찌 생각을 않겠는가? 그는 딸들을 런던 밖으로 보낸다. 처음에는 스테프니에 있는 집으로, 다음에는 그보다 멀리로. 이번에는 왕실에도 병이 퍼진다. 헨리왕은 역병에 잡히지 않으려 애쓰며 수렵 별장들을 전전한다. 앤은 히버로 보내진다. 그곳의 불린가 사람들 사이에 병이 돌고, 앤의 아버지가 가장 먼저 쓰러진다. 목숨은 구한다. 언니 메리의 남편은 죽는다. 앤도 앓아눕지만 이십사 시간이 채 되지 않아 제 발로 일어났다는 보고가 올라온다. 그렇대도 외양이 상했을 수 있죠. 뭘 위해 기도할지는 아무도 모르는 겁니다, 그가 추기경에게 말한다.

"나는 캐서린 왕비를 위해 기도하네…… 친애하는 레이디 앤을 위해서도. 이탈리아에 있는 프랑수아왕의 군대를 위해 기도하네. 그들이 성공을 거두기를, 하지만 너무 큰 성공은 아니기를. 그랬다가는 그들의 벗이자 동맹인 헨리왕의 필요성을 망각할 테니까. 나는 폐하의 왕권과 자문관을 위해서도 기도하네. 들판의 짐승을 위해, 교황 성하와 교황청을 위해 기도하네, 그들의 결정이 하늘의 인도하심을 받기를. 나는 마르틴 루터와, 그자의 이설에 물든 모든 이와, 그자에게 맞서는 모든 이를 위해 기도하네, 그중에서도 특히 랭커스터 공작령 대법관, 우리의 친애하는 벗 토머스 모어를 위해 기도하네. 상식이나 관측이 어떻든 간에 나는 풍작을 기도하고 비가 그치기를 기도하네. 모두를 위해 기도하네. 모든 것을 위해 기도하네. 추기경이란 원래 그래야 하는 법이지. 다만 내가 '자, 그럼 토머스 크롬웰을 위해……'라고 말할

라치면―하느님께서 이렇게 말씀하시지. '울지, 내가 뭐랬느냐? 너는 포기할 때를 좀 알라고 하지 않았는고?'"

역병이 햄프턴코트궁에 닿자 추기경은 세상과 단절한 채 지낸다. 하인 네 명만 접근이 허락된다. 다시 모습을 드러냈을 때 추기경은 내내 기도를 올렸던 듯 보인다.

여름의 끝에 딸들이 런던으로 돌아온다. 아이들은 자랐고, 그레이스의 머리칼은 햇볕에 색이 바랬다. 아이는 그를 스스러워한다. 그는 그레이스가 자신을 볼 때마다 그날 밤, 어머니가 죽었다는 이야기를 들은 뒤 품에 안겨 침대로 갔던 그 밤만 떠오르는 게 아닐까 싶다. 앤이 말한다. 내년 여름에는 무슨 일이 벌어진대도 아버지랑 있을래요. 역병은 런던에서 물러났지만, 추기경의 기도가 거둔 성과는 들쭉날쭉했다. 수확은 저조하다. 이탈리아의 프랑스군은 형편없이 밀리고 있고, 그들의 지휘관은 역병으로 죽었다.

가을이 온다. 그레고리는 개인교사에게 돌아간다. 그런데 주저하는 기색이 역력하다. 비록 그에게 속내를 비치는 법이 없는 녀석이긴 하지만. "무슨 일이냐." 그가 묻는다. "뭐가 문제야?" 그레고리는 털어놓지 않을 터다. 다른 사람과 있을 때면 밝고 적극적인데, 아버지와 있으면 둘 사이에 의례적인 거리를 두려는 듯 조심스럽고 공손하다. 그는 조핸에게 묻는다. "그레고리가 나를 무서워하나요?"

수틀에 바늘을 찔러넣듯 그녀가 톡 쏘아붙인다. "그레고리가 수도사라도 돼요? 그럴 이유가 뭐가 있겠어요?" 그러고는 누그러진다. "토머스, 아이가 당신을 왜 무서워해요? 당신은 친절한 아버지예요. 사실 너무 과하다 싶을 정도로."

"녀석이 개인교사한테 돌아가기 싫다고 하면, 안트베르펜에 있는 내 친구 스티븐 본에게 보내도 돼요."

"그레고리는 죽어도 사업가는 못 될 텐데요."

"그렇죠." 그레고리가 푸거* 가문의 대리인이나 메디치가의 킬킬거리는 사무원과 이율 협상을 벌여 승리하는 모습은 좀처럼 그려지지 않는다. "그럼 녀석을 어째야 할까요?"

"어째야 할지 내가 말해줄게요―아이가 준비되면 좋은 혼처를 구해요. 그레고리는 젠틀맨이에요. 누가 봐도 그렇죠."

앤은 그리스어를 몹시 배우고 싶어한다. 그는 누가 아이를 가장 잘 가르칠까 궁리하며 수소문한다. 붙임성이 좋아 저녁 식탁에서 함께 대화할 수 있는 사람, 집에 들어와 살 수 있는 젊은 학자면 좋겠다. 아들과 조카들을 위해 고른 개인교사는 마음에 들지 않지만, 이 시점에서 아이들을 빼내지는 않을 생각이다. 늘 시비조인 교사는 아이들 중 하나가 자기 방에 불을 내는 딱한 상황이 있었다고 강조한다. 머리맡에 양초를 두고 책을 읽은 게 화근이었던 것 같다고. "그게 그레고리는 아니겠지요, 그렇죠?" 그는 언제나처럼 희망을 품고 말했다. 교사는 그가 그 이야기를 농담으로 받아들였다고 생각한 모양이었다. 그리고 매번 그가 이미 지불을 마쳤다고 생각하는 대금의 청구서를 보내온다. 집안에 회계사를 둬야겠군, 그는 생각한다.

책상 앞에 앉는다. 입스위치와 카디널 칼리지에서 온 도안과 계획안, 울지 추기경의 조경 사업과 관련해 장인들이 보낸 견적서와 계산

---

* 독일의 거상 겸 금융업자.

서가 높이 쌓여 있다. 그는 손바닥의 흉터를 살핀다. 오래된 화상 자국인데, 꼬아놓은 밧줄 모양이다. 그는 퍼트니를 떠올린다. 월터를 떠올린다. 겁먹은 말이 휘뚝휘뚝 옆으로 딛던 걸음을, 월터의 양조장에서 풍기던 냄새를 떠올린다. 램버스궁의 부엌과, 뱀장어를 들여오곤 하던 아마색 머리칼의 소년을 떠올린다. 장어 소년의 머리칼을 그러잡고 고개를 물통에 처박아 눌렀던 일이 떠오른다. 그는 생각한다, 내가 정말 그랬다고? 이유가 뭐였을까. 전하가 옳을지도 모르겠다, 나는 구제불능이다. 이따금 손바닥 흉터가 가렵다. 웃자란 뼈처럼 단단하다. 그는 생각한다. 회계사가 필요하다. 그리스어 교사가 필요하다. 조핸이 필요하다. 하지만 필요로 하면 갖게 되리라고 누가 그러는가?

그는 서신을 개봉한다. 토머스 버드라는 이름의 신부에게서 온 것이다. 신부는 돈을 원하고, 보아하니 추기경이 빚을 좀 진 모양이다. 그는 내역 확인하고 지불하기, 라고 기록한 뒤 서신을 다시 집어든다. 두 남자, 정확히는 두 학자, 클러크와 섬녀가 언급되어 있다. 그가 아는 이름이다. 여섯 명의 대학생, 마르틴 루터의 책을 가지고 있던 옥스퍼드 학자 중 둘이다. 가두고 논리적으로 설득하시오, 추기경은 말했다. 그는 서신을 손에 든 채 시선을 돌린다. 뭔가 나쁜 것이 오고 있다. 벽에서 놈의 그림자가 미끄러진다.

그는 읽어나간다. 클러크와 섬녀가 죽었습니다. 추기경께 말씀드려야 합니다, 라고 적혀 있다. 감금할 장소가 마땅치 않은 상황에서 학장은 그들을 학내 지하 저장고에 가두는 게 적절하겠다고 보았다. 생선을 보관할 용도로 만든 깊고 서늘한 저장고였다. 그 고요하고 은밀하고 차디찬 공간에조차 여름 역병이 찾아들었다. 두 사람은 어둠 속에서 사제도 없이 사망했다.

우리 모두 여름 내내 기도했는데도 역부족이었군. 추기경은 자신이 가둔 이 이단자들을 단순히 망각한 걸까? 가서 이야기해야 한다, 그는 생각한다.

이것이 9월 첫째 주의 일이다. 그가 억누른 비탄이 분노로 변한다. 하지만 분노로 무엇을 할 수 있단 말인가? 분노 또한 억눌러야 한다.

그러나 마침내 해가 바뀌고 토머스, 새해 선물로 뭘 줄까? 추기경이 물었을 때 그는 답한다. "리틀 빌니를 주십시오." 추기경의 대답을 기다리지 않고 말을 잇는다. "전하, 그자는 런던탑에 일 년째 갇혀 있습니다. 누구나 런던탑을 겁낸다지만 빌니는 특히 소심하고 그리 튼튼하지도 않으니 궁색하게 지내지나 않을까 걱정입니다. 그리고 전하, 섬녀와 클러크를, 그들의 죽음을 기억하시잖습니까. 전하, 전하의 힘을 쓰십시오. 서신을 보내시고, 필요하다면 국왕에게 간청이라도 하십시오. 빌니를 풀어주십시오."

추기경이 뒤로 기대앉는다. 손가락을 모은다. "토머스, 친애하는 나의 토머스 크롬웰. 잘 알겠네. 하지만 빌니 신부는 케임브리지로 돌아가야 해. 로마에 가서 교황과 직접 만나 그분의 사고방식을 고쳐놓겠다는 계획을 포기해야 하네. 바티칸 지하의 납골당은 몹시도 깊지. 그자가 거기 갇힌다면 내 팔이 가닿지 못할 거야."

그는 이런 말이 혀끝까지 나온다. "전하의 팔은 전하가 운영하는 대학의 저장고에도 닿지 못했습니다." 그러나 그는 자제한다. 이단—이단과의 가벼운 접촉—은 추기경이 그에게 허락하는 소소한 도락이다. 그는 분철한 최신 불온서적을 손에 넣거나 독일 상인들이 거주하는 스틸야드의 풍문을 듣는 게 좋다. 글을 한두 편 읽고 저녁식사 후에 토론을 즐기는 일도 행복하다. 그러나 그걸 추기경에게 이야기할 때는 무엇이든 논란의 여지가 있다면 가늘고 고운 실 같은 단어로, 갈라진 머리칼만큼이나 가느다란 단어로 싸고 또 싸야 한다. 위험한 견해는 뭐가 됐든 웃음을 동반한 사과의 말로 무진장 부풀려야 한다. 결국엔 당신이 몸을 기대는 쿠션만큼이나 두툼하고 무해해지도록. 옥스퍼드 지하에서의 죽음을 전해듣던 당시 전하가 가슴 아파하며 눈물을 흘린 건 사실이다. "어찌 내가 몰랐을 수 있나?" 추기경은 말했다. "그 아까운 청년들을!"

최근 몇 달 사이 추기경은 쉬이 눈물을 보인다. 그렇다고 그 눈물이 덜 진실한 건 아니다. 사실 지금도 추기경은 눈물 한 방울을 닦아낸다. 이게 다 무슨 이야기인지 이해하기 때문이다. 그레이스 인 법학원의 리틀 빌니, 폴란드어를 할 줄 알던 남자, 임무에 실패한 전령들, 멍한 아이들, 철석같고 삼엄한 죽음에 붙들린 엘리자베스 크롬웰의 얼굴. 추기경은 책상 위로 몸을 숙이며 말한다. "토머스, 부디 절망하지 말게. 자네에겐 아이들이 있지 않은가. 때가 되면 다시 결혼하고 싶을지도 모르고."

나는 도무지 달랠 수 없는 어린애다, 그는 생각한다. 추기경이 그의 손에 자기 손을 얹는다. 특이한 보석들이 빛을 받아 깜빡이며 제 깊이를 내보인다. 핏방울 같은 석류석. 은빛 광택이 나는 터키석. 노르스름한 잿빛으로 깜빡이는 다이아몬드는 꼭 고양이 눈 같다.

그는 추기경에게 메리 불린의 이야기는 절대로 하지 않을 것이다. 그러고픈 충동은 일겠지만. 울지 추기경이 웃음을 터뜨릴지 분개할지 모를 일이다. 추기경에게는 알맹이만 슬쩍 전해줘야 한다, 앞뒤 맥락은 자르고.

1528년 가을. 그는 추기경의 일로 궁정에 와 있다. 메리가 그를 향해 달려온다. 치맛자락을 들고, 근사한 녹색 실크 스타킹을 내보이며. 여동생 앤이 쫓아오기라도 하나? 그는 확인하려고 기다린다.

그녀가 돌연 멈춰 선다. "아, 당신이군요!"

그는 메리가 자신을 알 거라고 생각지 않았다. 그녀는 한 손으로 벽널을 짚고 숨을 고른다. 다른 손은 그의 어깨에 올렸다, 그 역시 그저 벽의 일부라는 듯. 메리는 지금도 눈부시게 아름답다. 피부가 뽀얗고 이목구비가 부드럽다. "오늘 아침 외숙부가," 그녀가 말한다. "우리 외숙부 노펵이요. 당신 때문에 엄청 역정을 냈어요. 내가 여동생한테 그랬죠. 이 끔찍한 남자가 대체 누군데. 그랬더니 걔가……"

"벽처럼 생긴 남자라고 하던가요?"

메리가 손을 치운다. 웃음을 터트리고, 얼굴을 붉히고, 가슴을 약간 들썩이며 애써 숨을 고른다.

"노펵 공작 저하는 뭐가 불만이던가요?"

"아……" 그녀는 한 손으로 손부채를 만들어 부채질을 한다. "외숙부가 그랬어요. 추기경이 어쩌고, 교황 특사가 어쩌고. 우리 사이에 추기경들이 끼어 있는 상태로는 잉글랜드에서 즐거운 꼴을 못 봤다고요. 외숙부는 요크의 추기경 울지가 귀족 집안을 약탈한다고 생각해요. 이러다간 자기 멋대로 좌우할 모든 권한을 갖게 될 거고, 귀족들은 채찍질 한 번에 벌벌 기는 머슴애 꼴이 날 거라고요. 내 말을 당신이 새겨

들어야 한다는 건 아니고……"

그녀는 연약해 보이고 여전히 숨을 헐떡인다. 그러나 그의 눈이 계속하라고 말한다. 그녀는 살짝 웃고 말을 잇는다. "제 동생 조지도 역정을 냈어요. 그애 말이 울지 추기경은 극빈자 병원에서 태어나 그런지 시궁창에서 태어난 남자를 데려다 쓴대요. 아버지가 말했어요. 자자, 사랑하는 아들아, 정확해서 손해볼 건 없단다. 시궁창은 좀 그렇지, 양조장 마당이면 몰라도. 아무렴, 그치가 확실히 젠틀맨은 아니잖니." 메리는 한 걸음 뒤로 물러난다. "당신은 젠틀맨처럼 보여요. 그 회색 벨벳 마음에 드네요. 어디서 났어요?"

"이탈리아에서요."

그의 신분이 상승했다, 벽 신세는 면했다. 메리의 손이 슬슬 돌아온다. 벨벳에 넋을 빼앗긴 채 그를 어루만진다. "내게도 좀 구해줄 수 있어요? 여자가 쓰기에는 좀 수수할까요?"

미망인은 사정이 다르지, 그는 생각한다. 그 생각이 얼굴에 드러난 게 틀림없다, 메리가 이렇게 말하는 걸로 봐서. "맞아요, 그렇죠. 윌리엄 케리는 죽었어요."

그는 고개를 숙여 예를 표하곤 자신이 옳았음을 확인한다. 메리는 그를 불안하게 한다. "왕실은 그분을 몹시 그리워합니다. 당신도 그럴 테고요."

한숨. "친절한 사람이었어요. 상황을 감안하고 보면요."

"심려가 크셨겠습니다."

"앤에게로 마음이 돌아서면서 폐하는 생각했어요. 이런 일이 프랑스에서 어찌 처리되는지 앤도 뻔히 아니까 만족할 거라고…… 궁정에서 한자리 차지하는 정도로요. 폐하의 마음속 한자리도, 그분의 말을 그대로 옮기자면요. 폐하는 다른 여자들은 다 포기하겠다고 했죠. 그분이 직접 쓴 서신에서……"

"정말입니까?"

추기경은 늘 말한다. 무슨 짓을 해도 국왕은 직접 서신을 쓰지 않는다고. 다른 나라 왕에게 보내는 서신마저도. 교황에게 보내는 것마저도. 그게 상황을 호전시킬지도 모를 때조차.

"네, 지난여름부터요. 서신을 쓰고 이따금, 헨리쿠스 렉스라 서명할 자리에……" 그녀는 그의 손을 잡고 손바닥이 위를 향하게 돌린 뒤 집게손가락으로 모양을 하나 그린다. "폐하의 이름을 써넣어야 할 자리에 하트를 그리죠—그리고 그 안에 두 사람 이름의 머리글자를 써넣어요. 오, 웃으면 안 돼요……" 그러나 그녀 역시 웃음을 참지 못한다. "폐하는 괴롭다고 하시거든요."

그는 말하고 싶다. 메리, 그 서신들 좀 훔쳐다줄 수 있을까요?

"내 동생은 말하죠. 여기는 프랑스가 아냐. 그리고 나는 언니처럼 멍청하지 않아. 그애는 내가 폐하의 정부였다는 걸 알고 어찌 버림받았는지도 봤어요. 그로부터 배운 것도 있을 테죠."

그는 숨죽여 듣고 있다. 지금 메리는 부주의하다. 마음껏 말하도록 둘 작정이다.

"장담하는데, 둘은 지옥에라도 가서 결혼할 거예요. 그렇게 맹세도 했죠. 앤이 말하기를 자기는 폐하를 갖고야 말 거고, 캐서린과 그 에스파냐 것들이 죄다 바다에 빠져 죽어도 상관없대요. 폐하는 폐하가 원하는 걸 가질 테고, 앤은 앤이 원하는 걸 갖겠죠. 그러리라고 확신

해요. 나는 둘 다 잘 아니까요. 나보다 더 잘 아는 사람이 어디 있겠어요?" 그녀의 눈이 아련해지며 눈물로 젖어든다. "그래서예요. 그래서 윌리엄 케리가 그리운 거예요. 이제는 앤이 전부고, 나는 케케묵은 골 풀이라도 되는 양 저녁식사 뒤에 쓰레질이나 당할 신세니까. 지금 나는 누구의 아내도 아니고, 저들은 내게 아무 말이나 막 해도 괜찮죠. 아버지는 나더러 군식구라 하고, 노퍽 외숙부는 나더러 창녀래요."

그리 만든 게 자기라는 말은 하지 않겠지. "돈에 쪼들리는 상황입니까?"

"오, 네!" 그녀가 말한다. "네, 네, 네. 게다가 그 문제를 신경쓰는 사람조차 없다니까요! 이런 질문도 지금 처음 받아보는 거예요. 내게는 아이들이 있어요. 당신도 알죠. 내게 필요한 건……" 그녀가 떨리는 입술을 멈추려고 손가락을 입에 대고 누른다. "당신도 내 아들을 봤는지 모르겠지만…… 그게, 내가 그애를 헨리라고 부르는 이유가 뭐라고 생각해요? 폐하는 그애를 아들로 인정했을 거예요, 리치먼드를 인정했던 것처럼. 그런데 내 동생이 막았죠. 폐하는 그애가 시키는 대로 하거든요. 앤은 폐하에게 아들을 직접 낳아줄 생각이니 내 아들이 그분의 돌봄을 받는 게 싫다 이거죠."

추기경에게 보고가 올라왔었다. 메리 불린의 아이는 붉은빛이 도는 금발에 식욕이 왕성한 건강한 소년이라고. 그 위로 딸이 하나 있지만 맥락상 그쪽은 그리 큰 관심사가 아니다, 딸이니까. 그가 묻는다. "아드님은 지금 몇 살입니까, 레이디 케리?"

"3월에 세 살이 돼요. 딸 캐서린은 다섯 살이고요." 그녀가 다시 입술을 만진다, 이번에는 좀 당황해서. "깜빡했네요…… 당신도 아내를 먼저 보냈죠. 어쩜 그걸 잊을 수 있담?" 애초에 그 사실은 또 어찌 알고, 그는 궁금하다. 하지만 그녀가 곧장 답을 내놓는다. "앤은 울지 추기경 밑에서 일하는 사람들의 모든 걸 알거든요. 질문을 하고, 대답을 일지에 적어놓죠." 그녀가 그를 올려다본다. "아이가 있으신가요?"

"네…… 그거 아십니까, 나도 이런 질문을 처음 받아본다는 걸?" 그가 벽널에 한쪽 어깨를 기대자 그녀가 손가락 한 마디만큼 다가선다. 둘의 표정이 부드러워진다. 습관처럼 태연함을 가장해야 하는 고통이 사별한 자들만의 은밀한 교감으로 바뀌어서일 테다. "다 큰 아들이 하나 있어요." 그가 말한다. "케임브리지에서 개인교사와 공부하고 있습니다. 작은딸은 이름이 그레이스예요. 예쁘장하고 금발인데, 물론 나는 금발이 아니지만…… 아내가 미인은 아니었고, 보다시피 나도 그렇죠. 큰딸은 앤이에요. 앤은 그리스어를 배우고 싶어하죠."

"이런, 여자가 배우기에는, 아무래도……"

"네, 하지만 그애는 이러죠. '왜 토머스 모어의 딸만 발군이어야 해요?' 어휘력이 뛰어난 아이예요. 제대로 사용할 줄도 알고요."

"그애를 가장 아끼는군요."

"아이의 외할머니가 우리와 함께 삽니다. 이모도요. 하지만 그게…… 앤한테 최상의 가족 구성이라고는 할 수 없죠. 아이를 다른 집에 보내볼 수도 있겠지만, 그러면…… 음, 아이의 그리스어가…… 지금처럼 아이를 볼 수도 없을 테고 말입니다." 울지 추기경을 제외한 누군가와 이렇게 긴 대화를 나누는 게 꽤 오랜만의 일처럼 느껴진다. "당신의 부친은 당신을 적절히 부양해야 해요. 부친과 이야기를 나눠보라고 전하께 청하겠습니다." 전하도 즐거워하시겠지, 그는 생각한다.

"하지만 내게 필요한 건 남편인걸요. 저들이 나를 더는 욕보이지 못하게요. 추기경 전하가 남편도 구해주시나요?"

"전하는 뭐든 하실 수 있는 분이죠. 어떤 남편감을 원하십니까?"

그녀는 고민한다. "내 아이들을 보살펴줄 사람이요. 내 가족과 맞설 수 있는 사람. 죽지 않는 사람." 그녀가 두 손끝을 맞댄다.

"젊고 잘생긴 사람이라고도 해야죠. 구해야만 얻는 법입니다."

"그런가요? 나는 달리 배우면서 자랐는데요."

그렇다면 당신 여동생과는 달리 길러졌나보군, 그는 생각한다. "요크궁의 가면극에서, 기억하시는지…… 당신이 아름다움이었던가요, 상냥함이었던가요?"

"아……" 그녀가 미소를 짓는다. "그게 언제였더라, 보자, 칠 년 전이었나요? 기억 안 나요. 가면극을 하도 많이 해서."

"물론 아름다움도 상냥함도 여전히 당신 것이지만요."

"옛날엔 온통 그 생각이었는데. 가면극 말이에요. 그런데 앤이 뭐였는지는 기억해요. 그애는 인내를 맡았어요."

"그분의 그 특별한 미덕이 시험에 들 수도 있겠군요."

캄페조 추기경이 로마로부터 짧은 전갈을 가져왔다. 방해하시오. 방해하고 지연시키시오. 뭐든 해도 좋소, 다만 판결만은 피하시오.

"앤은 늘 서신을 써요. 아님 그 조그만 일지에 기록을 하든가. 이리저리 왔다갔다, 왔다갔다하죠. 아버지랑 마주치면 손바닥을 들어 보여요, 함부로 말하지 말라는 뜻으로…… 나랑 마주치면 살짝 꼬집어요. 이렇게……" 메리는 허공에 대고 왼 손가락으로 꼬집는 시늉을 한다. "이렇게요." 그녀의 오른 손가락이 목을 쓸어내리다 쇄골 위로 미세하게 맥박이 뛰는 오목한 부위에 닿는다. "여기를." 그녀가 말한다. "이 따금 멍이 들기도 해요. 그애는 나를 흉하게 망가트릴 작정이죠."

"전하께 말씀드려보겠습니다."

"그래주세요." 그녀는 기다린다.

그는 가야 한다. 해야 할 일이 있다.

"더는 불린가의 사람이고 싶지 않아요." 그녀가 말한다. "하워드가 도요. 폐하가 내 아들을 인정해준다면 상황이 달라지겠지만, 지금으로 서는 이 가면극도 연회도 미덕으로 변장하는 것도 더는 원치 않아요. 저들에게 미덕 같은 건 없어요. 죄다 겉치레죠. 저들이 나를 모른 척하고 싶다면 나도 저들을 모른 척 할 거예요. 차라리 걸인이 되고 말래요."

"정말…… 일을 그렇게까지 만들 필요는 없습니다, 레이디 캐리."

"내가 원하는 게 뭔지 아세요? 나는 저들의 속을 뒤집어놓을 남편을 원해요. 저들이 겁을 집어먹을 만한 남자랑 결혼하고 싶어요."

그녀의 푸른 눈동자가 돌연 빛난다. 방도가 떠오른 것이다. 그토록 탄복하는 회색 벨벳에 우아한 손가락을 올리고 부드럽게 말한다. "구해야만 얻는 법이죠."

노퍽 공작이 외숙부인데? 토머스 불린이 아버지고? 때가 오면 국왕이 제부가 될 테고?

"저들이 당신을 죽일 겁니다." 그가 말한다.

그는 이 진술을 자세히 설명해서는 안 된다고 생각한다. 그저 엄연한 사실로 둬야 한다.

그녀가 입술을 깨물며 웃는다. "당연하죠. 당연히 그럴 사람들이죠. 내가 무슨 생각을 한 걸까요? 어쨌든 나는 당신이 이미 고맙거든요. 오늘 아침 내게 잠깐의 평화를 줬으니—저들이 당신 문제로 언성을 높일 때는 내 문제로 언성을 높이지 않으니까요. 언젠가," 그녀는 말한다. "앤이 당신과 얘기하고 싶어할 거예요. 사람을 보내 당신을 불러다가 한껏 치켜세우겠죠. 일을 맡기거나 조언을 얻으려 할 거예요. 그러기 전에 내가 먼저 조언을 해드리죠. 그길로 돌아서서 나와요."

그녀는 집게손가락 끝에 입을 맞춰 그의 입술에 갖다댄다.

그날 밤 추기경에겐 그가 필요 없고, 그래서 그는 오스틴프라이어스의 집으로 간다. 그의 직감은 불린가의 누가 됐든 멀리하라고 말한다. 두 국왕이 정부로 삼았던 여자에게 매료되는 남자도 있겠지만, 그는 그런 사람이 아니다. 지금 그가 생각하는 건 여동생 앤이다. 그녀가 그에게 굳이 관심을 둬야 할 이유가 뭘까. 아마도 그녀는 토머스 모어가 "당신네 신앙회"라 부르는 모임에서 정보를 얻는 모양인데, 그렇대도 이상하다. 불린가는 영혼의 문제를 그리 깊이 고민하는 집안 같지는 않으니까. 외숙부 노퍽 공작은 영혼을 대신 챙겨줄 사제를 부린다. 사상을 싫어하고 책은 전혀 읽지 않는다. 남동생 조지는 여자와 사냥, 옷과 보석, 테니스에만 관심이 있다. 토머스 불린 경, 그 매력적인 외교관은 오직 자기 자신에게만 관심이 있다.

그는 오늘 있었던 일을 누군가에게 이야기하고 싶다. 그럴 수 있는 사람이 아무도 없기에 레이프에게 이야기한다. "마스터의 상상 같은데요." 레이프가 딱 잘라 말한다. 하트 속 머리글자 이야기에 녀석의 옅은 색 눈동자가 휘둥그레지지만 입은 미소조차 띠지 않는다. 레이프는 여러 못 믿을 이야기 중에서 메리의 결혼 제안만 물고 늘어진다. "뭔가 다른 뜻으로 한 말일 거예요."

그는 어깨를 으쓱한다. 그 다른 뜻이 뭔지 도통 모르겠다. "노퍽 공작이 늑대떼처럼 우리를 덮칠 거예요." 레이프가 말한다. "집에 찾아와서 불을 지를 거라고요." 녀석이 고개를 절레절레 젓는다.

"꼬집히는 문제 말인데. 대책이 있을까?"

"갑옷이죠. 당연히."

"그랬다가는 의구심을 살 텐데."

"요즘 메리를 거들떠보는 사람이 어디 있다고요." 레이프가 힐난조로 덧붙인다. "마스터 빼고요."

교황 특사가 런던에 당도하자 앤 불린의 유사 왕가는 일단 해산한다. 헨리왕은 사안이 헷갈리기를 원치 않는다. 캄페조 추기경이 여기 온 건 자신과 캐서린의 꺼림칙한 결혼 문제를 해결하기 위해서일 뿐, 자신이 레이디 앤에게 무슨 감정을 어떻게 품고 있느냐는 전혀 별개의 사안이라고 고집할 작정이다. 앤은 히버로 보내지고, 그녀의 언니가 동행한다. 런던으로 거슬러온 소문에 따르면 메리가 아기를 가졌다. 레이프가 말한다. "외람되지만 마스터, 그때 벽에 기대기만 한 게 확실합니까?" 죽은 남편의 집안에서는 자기네 아이일 리 없다고 하고, 국왕도 마찬가지로 부인하고 있다. 거짓말을 하는 쪽은 국왕이라고, 다들 시원스레 결론지어버리는 게 보기 딱하다. 앤은 이 소문을 어찌 받아들일까? 시골에서 지내는 동안 토라진 마음도 천천히 풀어질 것이다. "그사이 메리는 멍이 들도록 꼬집히겠네요." 레이프가 말한다.

온 동네 사람들이 그를 붙잡고 소문을 전한다. 그가 얼마나 관심 있게 지켜보는지도 모르고. 그는 이 이야기가 안타깝다. 의심스럽다. 불린가 사람들이 궁금해진다. 자신과 메리 사이에서 오간 모든 게 이제 달리 보이고 달리 들린다. 등골이 서늘해진다. 그녀의 알랑거림에 넘어갔더라면, 결혼 제안에 그러자고 했더라면, 그는 크롬웰가 사람과 생김새가 완전히 딴판이고 튜더가의 얼굴을 쏙 빼닮은 아기의 아버지가 되었을지도 모른다. 수법만 보면 감탄이 절로 나온다. 메리가 마냥 예쁘기만 한 것 같아도 멍청이는 아니다. 녹색 스타킹을 내보이며 회랑을 달려내려올 때 그녀의 날카로운 눈은 먹잇감을 찾고 있었다. 불린가에게 타인은 쓰고 버리는 존재다. 그들의 감정, 혹은 평판, 가문의 이름 같은 건 아무 의미가 없다.

그는 미소를 짓는다. 크롬웰 집안에 가문의 이름이 있다는 생각에. 아니, 지켜야 할 평판이 있다는 생각에.

일이 어찌됐든 소문은 소문으로 그친다. 누군가가 메리를 오해했거나, 악의적으로 지어내 퍼트렸을 수 있다. 누가 알겠는가만은, 다 그 집안이 자초한 일이다. 실제로 임신했다가 유산했을 수도 있다. 소문은 이렇다 할 결론 없이 잦아든다. 아기는 없다. 마치 추기경이 들려준 그 이상한 동화 같다. 자연 자체가 도착적이고, 여자들은 뱀이며 제멋대로 나타나고 사라지는.

캐서린 왕비에게도 사라진 아이가 있었다. 헨리왕과 결혼한 첫해에 그녀는 유산했다. 그러나 의사들은 쌍둥이를 임신중이었다고 말했고, 추기경 자신도 궁정에서 그녀가 보디스를 느슨히 푼 채 비밀스러운 미소를 머금고 있던 모습을 기억한다. 그녀는 분만을 하러 사실로 들어갔고, 얼마 뒤 꼭 끼는 코르셋 차림으로 나타났다. 배는 홀쭉하고, 아기는 없었다.

이쯤 되면 튜더 가문의 특기임이 틀림없다.

얼마 지나지 않아 그는 앤이 언니의 아들 헨리 케리의 후견인이 되었다는 소식을 듣는다. 조카를 독살할 생각은 아닌지 궁금해진다. 아님, 잡아먹으려는 건가.

1529년 새해. 스티븐 가드너는 로마에 있다. 헨리왕을 대신해 클레멘스 교황을 협박하는 중이다. 협박의 내용까지는 울지 추기경에게 알려지지 않았다. 교황은 가장 좋을 때도 까딱하면 겁을 집어먹는 사람이다. 그러니 마스터 스티븐이 귀에 대고 유황 입김을 뿜어대는 상황에서 교황이 몸져누운 것도 그리 놀랄 일은 아니다. 저러다 죽기 십상이라는 말이 돌고, 유럽 곳곳에 흩어져 있는 울지 추기경의 대리인들은 분위기를 파악하고 머릿수를 세며 돈주머니를 해맑게 짤랑거린다. 울지 추기경이 교황으로 선출되면 헨리왕의 문제는 그날부로 해결될 것이다. 추기경은 성하 자리를 앞에 두고 살짝 투덜거린다. 자신은 고국을, 그 5월의 화관을, 상냥한 새소리를 사랑한다고. 침을 뱉는 이탈리아인과 올가미의 숲과 시신이 널브러진 평원은 악몽이라고. "자네가 나와 같이 가줘야겠네, 토머스. 내 옆에 있다가 그 추기경 중에 나를 찌르려는 자가 있거든 재빨리 움직여주게."

그는 성 세바스티아누스가 화살 세례를 받듯 자신의 주군이 온몸에 칼 세례를 받는 장면을 그린다. "왜 교황은 꼭 로마에 있어야 합니까? 어디에 그렇게 적혀 있죠?"

느릿한 미소가 추기경의 얼굴에 퍼진다. "교황청을 잉글랜드로 옮긴다. 안 될 게 뭔가?" 추기경은 대담한 계획을 사랑한다. "교황청을 런던에 둘 수는 없을 거야, 그렇지? 내가 캔터베리 대주교만 돼도 램버스궁에서 교황 법정을 열 수 있을 텐데…… 하지만 늙은 워럼이 저리도 끈질기게 버티니. 그자는 늘 내 앞길을 막아……"

"전하께서도 전하의 관구로 가시면 되지 않습니까."

"요크는 너무 멀어. 윈체스터에서는 교황 업무를 보기 힘들겠지, 그렇지 않나? 옛 잉글랜드의 수도인데? 폐하와도 더 가깝고?"

이 얼마나 특이한 체제가 될 것인가. 저녁 만찬 자리에 국왕과 동석한 교황이자 국왕의 대법관이라…… 그렇다면 국왕은 상대에게 자기 냅킨을 넘기고 윗사람 대접을 해야 하는 건가?

클레멘스 교황의 회복 소식이 전해지고 추기경은 영화로운 기회 하나를 잃었노라고 소리 내어 말하지 않는다. 대신 이렇게 묻는다. 토머스, 이제 우리는 어째야 하는가? 교황 특사 법정을 열어야 하네. 더는 미룰 수 없어. 추기경이 말한다. "가서 앤서니 포인스라는 자를 찾아 데려오게."

그는 팔짱을 끼고 서서 더 유용한 추가 정보를 기다린다.

"아일오브와이트에서 찾아보게. 그리고 윌리엄 토머스 경을 대령해. 그자는 카마던에서 찾을 수 있을 거야. 나이가 많으니 살살 다루라 수하들에게 일러두고."

"저는 살살 일하는 자는 고용하지 않습니다." 그가 고개를 끄덕인다. "어쨌든 무슨 말씀인지 알겠습니다. 증인을 죽이지 말 것."

국왕의 중대한 문제를 판가름할 재판이 다가오고 있다. 왕은 캐서린 왕비가 자신에게 오던 당시 이미 처녀가 아니었음을, 형 아서와 첫날밤을 치렀음을 입증할 작정이다. 이를 위해 베이나드성에서 개최된 결혼식 뒤에, 그런 다음 그해 11월 아서 왕궁이 옮겨간 윈저성에서, 뒤

이어 웨일스 공과 공비 노릇을 하도록 보내진 러들로성에서 이 왕세자 부부를 알현한 젠틀맨들을 모으는 중이다. "아서는," 울지 추기경이 말한다. "자네 나이쯤 되었을 걸세, 토머스, 살아 있었다면." 왕자의 알현인, 소위 증인들은 적어도 한 세대는 위였다. 그리고 너무도 오랜 세월이 흘렀다―정확히 이십팔 년이다. 그들의 기억이 얼마나 멀쩡할 수 있을까?

이 지경까지―이렇게 공개적으로 꼴사납게 드러내놓는 지경까지 와서는 안 되는 것이었다. 캄페조 추기경은 캐서린 왕비에게 간청했다. 국왕의 뜻에 따르라고, 이 결혼이 무효임을 인정하고 수녀원으로 물러나라고. 그럼요, 왕비는 상냥하게 말한다. 수녀가 되겠어요. 폐하부터 수도사가 된다면.

그사이 왕비는 이 사안을 교황 특사 법정에서 다뤄선 안 되는 이유를 내놓는다. 로마에서 아직 심리중이라는 게 첫번째 이유다. 두번째 이유는 자신이 낯선 땅의 이방인이라는 점이다. 잉글랜드 정치판의 온갖 우여곡절과 밀접히 얽혀 살아온 수십 년 세월은 깔끔히 무시한다. 그녀는 재판관들이 자신에게 편견을 가지고 있다고도 주장하는데, 사실 괜한 걱정은 아니다. 캄페조 추기경은 가슴에 손을 얹고 그녀에게 다짐한다. 목숨을 내놓는 한이 있더라도 정직하게 판결하겠다고. 캐서린 왕비는 캄페조 추기경이 공동 특사인 울지와 지나치게 가깝다고 생각한다. 누구든 울지 추기경과 너무 오래 붙어 있으면 정직이 뭔지 더는 알 수 없게 된다고.

캐서린 왕비의 자문은 누가 맡고 있는가? 존 피셔, 로체스터 주교다. "그자한테서 도저히 참아줄 수 없는 게 뭔지 아나?" 울지 추기경이 말한다. "피골이 상접했다는 거야. 나는 뼈만 남은 성직자를 혐오하네. 나머지 우리가 형편없어 보이거든. 어딘가…… 물질적인 자들인 양."

왕과 왕비가 블랙프라이어스*로 소환되어 두 추기경 앞에 섰을 때, 최상급의 진홍색 성직복을 입은 울지 추기경은 물질적이고 거창해 보인다. 다들 왕비는 대리인을 보내리라 생각했지만 그녀가 직접 참석한다. 주교들도 빠짐없이 자리한다. 이름이 불리자 국왕은 쩌렁쩌렁 울리는 목소리로 답하고, 떡 벌어지고 보석 박힌 가슴속 진실을 토로한다. 그, 크롬웰이었다면 한 번의 손짓과 함께 작게 속삭이며 법정의 권위에 고개를 숙이라고 조언했을 터다. 그가 보기에 겸손의 대부분은 가식이다. 하지만 그런 가식이 승리하기도 한다.

재판정은 만원이다. 그와 레이프는 멀찍이 떨어져 지켜본다. 왕비의 진술이 끝나고—남자 몇이 내내 훌쩍거렸다—둘은 밖으로 나가 햇빛을 쬔다. 레이프가 말한다. "가까이에 있었으면 왕이 왕비와 눈이나 제대로 마주칠 수 있는지 봤을 텐데요."

"그렇지. 다들 그게 알고 싶어서 이러고 있는 거지."

"말씀드리기 죄송하지만, 저는 캐서린 왕비를 믿어요."

"쉿. 아무도 믿지 마라."

뭔가가 빛을 가린다. 스티븐 가드너다. 음침하고 매섭게 쏘아보는 눈. 로마를 다녀오고도 그자의 면모는 전혀 개선되지 않았다.

"마스터 스티븐!" 그가 말한다. "귀국길은 어땠습니까? 빈손으로 돌아오자니 결코 좋을 수는 없었겠지요? 내내 안타깝던 차였습니다.

---

* 1239년 건설된 중세 도미니크수도회의 수도원.

당신은 최선을 다했을 테니까요, 일이 이리되기는 했지만."

가드너의 눈길이 한층 매서워진다. "폐하가 원하는 바를 이 법정이 내놓지 못하면 당신의 주군도 끝장입니다. 그러면 내가 당신을 안타까이 여기게 되겠죠."

"당신이 그럴 리 없잖습니까."

"그럴 리 없죠." 가드너는 수긍하고 가던 길을 간다.

왕비는 절차상 추잡한 내용을 다루는 순서에는 입정하지 않는다. 변호인이 그녀를 대변한다. 왕비는 고해 사제에게 내내 말해왔습니다. 아서는 밤을 함께 보내면서도 자기 몸에 손끝 하나 대지 않았다고. 왕비는 고해성사의 비밀 엄수 원칙을 깨고 자신의 주장을 공개하도록 허락했어요. 존재하는 최고의 법정, 즉 하느님의 법정에서 진술한 것이나 다름없었으니까요. 그런 그녀가 거짓을 말할까요, 영혼의 파멸을 걸고?

또다른 요점도 있습니다. 다들 궁금해하는 사항일 겁니다. 아서가 사망한 뒤 왕비는 예비 신랑감들—미루어 짐작건대 선왕, 혹은 어린 헨리 왕자—에게 숫처녀로 소개되었습니다. 의사를 데려다 한번 살펴보게 했을 수도 있었겠죠. 그랬다면 왕비는 겁에 질리고 울음이 터지더라도 순순히 응했을 겁니다. 지금 상황에서는 차라리 그랬더라면, 그때 차디찬 손을 가진 낯선 남자를 불러왔더라면 좋았을 걸 싶을지도 모릅니다. 하지만 그들은 왕비에게 그녀의 주장을 입증하라고 끝끝내 요구하지 않았습니다. 그 시절에는 사람들이 그렇게까지 수치를 모르지는 않았던 모양이지요. 캐서린 왕비와 헨리왕의 결혼에 내려진 관면은 그녀가 처녀든 아니든 모두 적용됩니다. 에스파냐의 서류와 잉글랜드의 서류가 서로 다르니, 지금 우리가 살펴봐야 할 곳은 바로 거기입니다. 하위 조항 사이에서 종이와 잉크를 들여다보고 있어야 하는 겁니다. 리넨 침대보에 떨어진 각질과 핏방울을 놓고 법정에서 티격태격할 게 아니라.

그가 왕비의 자문을 맡았다면 왕비를 법정에 그대로 세워뒀을 터다. 그녀가 얼마나 꽥꽥거리든 아랑곳하지 않고. 왜냐, 증인들이 과연 그녀의 등뒤에서 했던 말을 면전에 대고 그대로 말하려 들까? 쭈글쭈글하고 머리칼은 반백인데다 완벽한 기억력으로 무장한 그들과 대면하기가 왕비로서는 낯뜨거울 터다. 하지만 그였다면 왕비가 증인들과 다정히 인사를 나누고, 너무도 오랜 세월이 흐른 뒤라 도저히 알아보지 못하겠다고 선언하게 했을 것이다. 그런 다음 그들에게 손주가 있는지, 올여름 더위가 노환의 고통을 좀 덜어주기는 했는지 묻게 했을 것이다. 왕비가 느끼는 것보다 더한 낯뜨거움이 그들을 찾아올 것이다. 흔들림 없이 바라보는 왕비의 정직한 시선 아래서, 주저하지 않겠는가? 말을 더듬지 않겠는가?

캐서린 왕비가 자리를 비우면서 재판은 음란한 놀이판이 되고 만다. 슈루즈베리 백작이 법정에 선다. 보즈워스에서 선왕과 함께 싸웠던 자다. 백작은 오래전 자신의 결혼 첫날밤을 회상한다. 아서 왕자와 마찬가지로 열다섯 살 소년이었다. 그때껏 여자를 품은 적이 없었으나, 백작이 말한다. 신부에게 나름의 의무를 다했지요. 아서 왕자의 결혼식 밤 슈루즈베리 백작과 옥스퍼드 백작이 왕자를 캐서린의 방으로 데려갔다. 네, 도싯 후작이 대답한다. 나도 거기에 있었습니다. 캐서린은 이불을 덮고 누워 있었고, 왕자가 그녀의 옆자리에 들었지요. "자기도

같이 이불 속에 들어갔다고 기꺼이 맹세할 사람은 없나보네요." 레이프가 속삭인다. "그런 증인을 준비해놓지 않은 게 오히려 의아한데요."

법정은 결혼식 이튿날 아침 들었다는 말로 증거를 대신할 수밖에 없다. 신부의 방에서 나온 왕자는 목이 마르다며 앤서니 윌러비 경에게 에일을 한 잔 부탁했다. "어젯밤에 에스파냐에 다녀왔지요." 어린 소년의 원색적인 농담이 세상으로 다시 끌려나온다. 당사자는 삼십 년 세월을 송장으로 누워 있는데. 요절한다는 건, 동행도 없이 어둠 속으로 내려간다는 건 얼마나 외로운 일인가! 우스터대성당의 납골당에 안치된 아서 왕자 곁에 모리스 세인트 존은 없다. 미스터 크로머도, 윌리엄 우돌도, 왕자가 이렇게 말하는 소리를 들었다는 다른 어느 누구도 없다. "여러분, 아내가 있다는 건 심심풀이로 좋네요."

이런 이야기를 듣는 내내, 그리고 법정 밖으로 나와서도 그는 이상한 한기를 느낀다. 한 손을 얼굴에 대고 광대뼈를 문지른다. 레이프가 말한다. "신랑이 이튿날 아침에 나와서 '안녕하세요, 여러분. 아무 일도 없었어요!'라고 했으면 딱하단 소리를 들었겠죠. 왕자는 허풍을 떤 거예요, 아닌가요? 허풍이었을 뿐이라고요. 저들은 열다섯 살이 어떤 나이인지 잊어버린 거죠."

법정이 열리는 중에도 이탈리아에 있는 프랑수아왕은 전투에서 밀리고 있다. 클레멘스 교황은 카를황제, 캐서린 왕비의 조카와 새로운 조약을 맺으려고 준비중이다. 아직 이 사실을 모르는 그는 이렇게 말한다. "이건 시간 낭비야. 유럽의 비웃음을 사는 게 목표라면 이보다 더 완벽할 수 없겠어."

그는 레이프를 곁눈질한다. 지금 녀석의 문제는 누가 봐도 이거다.

앞뒤 안 가리는 열다섯 살 꼬마든 누구든 캐서린에게 자기 물건을 넣고 싶어한다는 것 자체가 상상이 안 된다는 것. 녀석에게 그건 조각상과 성교하는 거나 다름없을 터다. 물론 레이프는 왕비의 소싯적 아름다움을 주제로 한 추기경의 이야기를 들어본 적이 없다. "글쎄, 나는 판단을 유보할 생각이다. 그건 법정이 할 일이지. 법정이 할 수 있는 전부이기도 하고." 그가 말한다. "레이프, 이런 문제는 네가 훨씬 더 전문가지. 나는 열다섯 살에 어땠는지 기억조차 안 난다."

"정말입니까? 프랑스에 도착했을 때가 열다섯 살 즈음 아니셨어요?"

"그래, 그랬을 거야." 울지 추기경은 이렇게 말했다. "아서는 자네 나이쯤 되었을 걸세, 토머스, 살아 있었다면." 그는 도버에서 벽을 등지고 서 있던 여자를 떠올린다. 그녀의 조그맣고 으스러질 것 같던 뼈를, 어리고 암울하고 파리한 얼굴을. 약간의 공황이, 상실감이 찾아온다. 추기경의 농담이 실은 농담이 아니라면, 이 땅 여기저기에 그의 자식이 흩어져 있다면, 그리고 그가 그들을 부당하게 버려둔 것이라면? 자기 자식을 돌보는 것, 무슨 일이 있어도 정직하게 해내야 하는 유일한 임무다. "레이프." 그가 말한다. "내가 아직 유언장을 작성하지 않았단 걸 아느냐? 그러겠노라 말만 하고 실행에 옮기지 않았지. 집에 가서 초안을 써야겠다."

"왜요?" 레이프는 놀란 기색이다. "왜 지금요? 전하께서 마스터를 찾을 텐데요."

"집으로 가자." 그는 레이프의 팔을 잡는다. 왼쪽에서 손 하나가 그의 손을 건드린다. 살점이 없는 손가락들이다. 유령이 걷는다. 아서, 학구적이고 핼쑥했던 자의 유령이. 이보시오 헨리, 그는 생각한다. 당신이 아서를 부활시켰소. 그러니 당신이 내려보내시오.

1529년 7월. 런던의 젠틀맨, 토머스 크롬웰. 육신과 기억이 온전한 상태로 기록하는 바다. 아들 그레고리에게 666파운드 13실링 4펜스를 남긴다. 깃털 이불과 덧베개, 튀르크산 노란색 새틴 이불, 플랑드르산 침대, 조각을 새긴 장과 찬장, 은과 은도금 제품과 은수저 열두 개를 남긴다. 농장 임차권은 그레고리가 성년이 되는 날까지 유언집행인이 보유하며, 같은 날 그레고리에게 추가로 전달할 금화 200파운드 또한 보유한다. 장녀 앤과 차녀 그레이스의 양육비와 결혼지참금을 유언집행인에게 지급한다. 조카딸 앨리스 웰리페드에게 결혼지참금을 남긴다. 조카아들들에게 가운과 재킷, 더블릿을 남긴다. 장모 머시에게는 세간살이 일체와 은 일부, 그녀에게 양도되어야 한다고 유언집행인이 판단하는 일체를 남긴다. 사망한 아내의 자매 조핸과 남편 존 윌리엄슨에게 유증을, 조핸과 동명인 그들의 딸에게 결혼지참금을 남긴다. 하인들에게 현금을 남긴다. 가난한 여인 마흔 명이 결혼 시에 분할 지급받을 40파운드를 남긴다. 도로 수리에 20파운드를 기부한다. 런던 감옥소의 가난한 죄수들에게 식비 명목으로 10파운드를 기부한다.

토머스 크롬웰의 시신은 그가 숨을 거둔 교구에 매장하거나 유언집행인의 지시에 따른다.

남은 자산은 그의 부모를 위한 미사에 사용한다.

하느님께 그의 영혼을 올린다. 레이프 새들러에게는 장서를 남긴다.

발한병이 재유행하자 그가 머시와 조핸에게 묻는다. 아이들을 다른 데로 보내야 할까요?

어디로요, 조핸이 말한다. 시비를 거는 게 아니라 그저 알고 싶은 것이다.

머시가 말한다. 누군들 그놈의 것을 앞지를 수 있으려고? 모녀는 작년에 역병이 너무도 많은 이를 죽였으니 올해는 그리 심하지 않으리라 믿으며 위안한다. 그러리라는 법은 없다고, 그는 생각한다. 모녀는 이 역병이 인간, 아무리 못해도 짐승 정도의 지력을 가졌다고 생각하는 모양이다. 늑대는 양 우리를 찾기 마련이지만, 인간이 개를 동반하고 기다리는 밤에는 덤벼들지 않는다는 것이다. 이 병이 짐승이나 인간 이상의—즉 하느님이 뒤에 있는—뭔가가 아닌 바에야. 그러니까 하느님이 자신의 오랜 농간을 또다시 부리는 게 아닌 바에야. 이탈리아에서 전해진 비보, 그러니까 클레멘스 교황과 카를황제가 새 조약을 맺었다는 소식을 들은 울지 추기경은 고개를 숙이며 말한다. "내 주군은 변덕이 심하시군." 여기서 주군은 국왕이 아니다.

7월의 마지막날, 캄페조 추기경이 교황 특사 법정의 휴정을 선언한다. 로마의 명절 기간이라는 게 이유다. 소식을 듣자하니 헨리왕의 절친한 친구 서퍽 공작이 울지 추기경을 앞에 두고 테이블을 내려치며 면전에서 협박을 늘어놓았다고 한다. 교황 특사 법정이 다시 열릴 일은 없으리라는 걸 그들 모두가 안다. 추기경이 실패했음을 그들 모두가 안다.

그날 저녁 울지 추기경과 있으면서 처음으로 그는 추기경의 추락을 확신한다. 전하가 추락하면, 그는 생각한다. 나도 같이 추락하는 것이다. 그의 평판은 사악하다. 추기경의 농담이 현실이 되기라도 했나 싶을 정도다. 그가 정말로 강물처럼 흐르는 피를 헤치고 다니며 거치는 곳마다 박살난 유리와 화재와 과부와 고아를 남기기라도 했나 싶을 정도다. 크롬웰이라, 사람들은 말한다. 그자는 악한이지. 울지 추기경은 이탈리아의 상황을, 법정에서 벌어진 일을 입에 올리지 않을 작정이다. 대신 말한다. "발한병이 다시 유행한다고들 하더군. 내가 어쩌면 좋겠나? 죽을까? 나는 그 병에 네 번을 맞서 싸웠네. 그해에…… 언제더라?…… 1518년이지 싶은데…… 지금은 자네도 들으면 웃겠지만, 그때는 정말이지—발한병을 앓고 나니 피셔 주교 같은 몰골이 되었네. 살이 하나도 없었어. 주께서 나를 골라 본때를 보이셨지."

"전하께서 살이 하나도 없었다고요?" 그가 애써 미소를 머금는다. "그때 초상화를 그려두셨으면 좋았을 텐데요."

피셔 주교는 법정에서—로마의 명절이 시작되기 직전에—인간의 힘이든 하늘의 힘이든 그 어떤 것도 왕과 왕비의 결혼을 끝낼 수 없다고 말했다. 그런 주교에게 그가 딱 하나 가르쳐주고 싶은 게 있다면, 호기롭게 장담하지 말라는 것이다. 그는 법이 어디까지 할 수 있는지 알고, 그건 피셔 주교가 생각하는 것과는 차이가 있다.

여태까지는, 오늘 전까지는 매일매일, 이 저녁 전까지는 매일 저녁, 뭔가가 불가능하다는 이야기를 들으면 울지 추기경은 배시시 웃을 뿐이었다. 오늘밤에는—이야기를 꺼내기에 적당한 지점에 이르자—말한다. 내 친구 프랑수아왕이 패하고 나 또한 패했네. 뭘 어째야 할지 모르겠어. 역병이 오든 말든, 나는 죽게 되지 싶군.

"집에 가야겠습니다." 그가 말한다. "하지만 축복은 해주실 거죠?"

그는 추기경 앞에 무릎을 꿇는다. 울지 추기경은 손을 들어올리고,

이윽고 지금 뭘 하는 중인지 잊어버린 사람처럼 허공에서 손을 흠칫거린다. "토머스, 나는 하느님을 만날 준비가 되지 않았네."

그가 고개를 들고 미소를 짓는다. "하느님도 전하를 만날 준비가 되지 않았을 겁니다."

"내가 죽을 때 자네가 곁에 있으면 좋겠군."

"하지만 그건 꽤나 나중의 일일 텐데요."

추기경은 고개를 가로젓는다. "오늘 서퍽 공작이 나를 얼마나 공격했는지 자네도 봤어야 했는데. 그자, 노퍽, 토머스 불린, 토머스 로드다시. 그들은 이 순간만을, 이 법정과 나의 실패만을 기다렸네. 그리고 듣자하니 지금은 법조문을 뽑아 책을 만들고 죄목을 모아 목록을 작성한다더군. 내가 귀족을 얼마나 깎아내렸는지 등등. 그 책의 제목은— 그걸 뭐라고 부를 작정일까?— '이십 년의 치욕'? 스튜 냄비에다 그간의 온갖 모욕을 들이붓고 펄펄 끓이고 있는 거야. 자기들 머릿속에서나 모욕이지, 내가 그들에게 말한 모든 건 진실이었건만……" 추기경은 그르렁거리는 숨을 크게 들이마시고 천장을 올려다본다. 튜더 로즈가 양각으로 새겨져 있다.

"전하의 부엌에 그런 냄비는 없을 겁니다." 그는 말하고 자리에서 일어난다. 추기경을 응시한다. 더 많은 일감만 눈에 보일 뿐이다.

"리즈 와이키스는," 머시가 말한다. "딸들을 끌고 시골을 전전하기 싫었을 걸세. 내가 알기로 특히 앤은, 자네가 없으면 운단 말이야."

"앤이요?" 그는 화들짝 놀란다. "앤이 울어요?"

"왜 그런 소리를 해?" 머시가 발끈하며 묻는다. "아이들이 자네를 사랑하지 않는다고 생각하나?"

그는 머시에게 결정을 맡긴다. 딸들은 집에 머문다. 그릇된 선택이다. 머시는 아이들 방문 밖에 발한병 표지를 건다. 그리고 말한다. 어찌 이런 일이 있을 수 있나? 온 집안을 닦고 바닥을 박박 문질렀어. 우리집보다 깨끗한 집은 런던 어디에도 없을 거야. 우리는 기도도 하잖나. 앤처럼 기도하는 아이는 본 적이 없어. 전장이라도 나가는 사람처럼 기도한다고.

앤부터 앓아눕는다. 머시와 조핸은 아이에게 고함을 치고 몸을 흔들어 잠들지 못하게 한다. 잠들면 죽는다고들 하니까. 하지만 병마의 장력은 그들보다 강해서 아이는 덧베개에 기댄 채 탈진하고, 숨을 헐떡이고, 더 깊이 까무룩한 정지의 순간으로 빠져든다. 움직이는 것이라곤 아이의 손뿐. 주먹을 불끈 쥐었다 펴고 다시 쥔다. 그가 손을 감싸 잡고 멈추려 해보지만 전투에 안달하는 병사의 손처럼 쉬지 못한다.

나중에 앤은 제 힘으로 몸을 일으켜 어머니를 찾는다. 자기 이름을 썼던 연습장을 찾는다. 새벽녘에 열이 내린다. 조핸이 안도의 눈물을 터트리고, 머시는 눈 좀 붙이라며 그녀를 내보낸다. 앤은 가까스로 일어나 앉고, 그를 또렷이 보고, 미소를 짓고, 그의 이름을 말한다. 그들은 장미꽃잎을 띄운 물을 대야에 담아 들여와 아이의 얼굴을 씻긴다. 아이가 손가락을 머뭇머뭇 뻗어 꽃잎을 수면 아래로 누른다. 꽃잎 각각이 물을 실은 쪽배가, 컵이, 향기로운 성배가 된다.

그러나 해가 떠오르면서 앤의 열이 다시 오른다. 그는 아이를 꼬집고 때리고 흔들기를 또다시 시작하게 둘 마음이 없다. 하느님의 손에 아이를 맡기고, 자신에게 온정을 베풀어달라고 청한다. 아이에게 말을 걸지만 알아듣는 기색이 전혀 없다. 그 자신이 전염되는 건 두렵지 않다. 울지 추기경이 네 번이나 이겨낸 병이라면 나는 염려할 필요가 조금도 없고, 혹 내가 죽는다 해도 유언장을 작성해뒀으니까. 그는 자리를 지키고 앉아 들썩이는 아이의 가슴을, 아이가 싸우고 패하는 모습을 지켜본다. 앤이 숨을 거둘 때 그는 거기 없다─발병한 그레이스를 침대에 눕히는 걸 보러 간 탓이다. 그래서 그레이스의 방을 나서자마자 집안사람들에게 이끌려 앤의 곁으로 갔을 때, 아이의 진중하고 조그만 얼굴은 이미 느긋하고 감미롭다. 아이는 순순하고 차분해 보인다. 손은 이미 무겁다. 그 무게를 그는 견딜 수 없다.

그가 방에서 나온다. 그리고 말한다. "아이는 벌써 그리스어를 깨쳐가고 있었어요." 그렇고말고, 머시가 말한다. 놀라운 아이였어, 자네에게 진실한 딸이기도 했고. 머시는 그의 어깨에 기대어 운다. 그리고 말한다. "영리하고 착했어. 제 나름으로, 자네도 알지, 아름다웠고."

그는 내내 생각해왔다. 앤은 그리스어를 깨쳐가는 중이라고. 아마이제는 완전히 뗐을 것도 같다.

그레이스는 그의 품에서 죽는다. 편히 눈을 감는다, 태어날 때처럼 자연스레. 그는 아이를 축축한 침대보에 반듯이 다시 누인다. 비현실적으로 완벽한 아이. 그레이스의 손가락이 가늘고 하얀 이파리처럼 펼쳐져 있다. 나는 아이를 전혀 몰랐다, 그는 생각한다. 나는 이 아이가 생겼다는 걸 전혀 몰랐다. 그에게는 늘 비현실적인 일처럼 보였다. 자신의 어떤 행위가, 딱히 뇌리에도 남지 않는 어느 밤 그와 리즈가 별생각 없이 했던 일이 이 아이에게 삶을 주었다는 게. 아들이면 헨리로, 딸이면 캐서린으로 부를 생각이었다. 리즈는 이렇게 말했다. 그럼 당신 누나 캣도 뿌듯해할 거야. 그러나 딸을 보았을 때, 포대기에 싸인 아름답고 완전하고 완벽한 아이를 보는 순간 그는 전혀 다른 이름을 내뱉었고, 리즈도 좋다고 했다. 우리에게 은총*은 가당치 않지. 우리는 그럴 자격이 없다.

그는 큰딸을 매장할 때 글씨연습장을 함께 넣어도 될지 사제에게 묻는다. 그 아이가 자기 이름 앤 크롬웰을 써넣은 연습장이라고. 사제는 그런 소리는 지금껏 들어본 적이 없다고 말한다. 그는 몹시 지치고 화가 나 싸울 수조차 없다.

그의 딸들은 지금 연옥에 있다. 약한 화염과 이랑진 얼음의 나라에. 복음서 어디에 '연옥'이라는 말이 있던가?

틴들은 말한다. 그런즉 믿음, 소망, 사랑, 이 세 가지는 항상 있을 것인데 그중의 제일은 사랑이라.

토머스 모어는 이것이 악의적인 오역이라고 생각한다. '관용'으로 번역해야 한다고 주장한다. 그자는 오역을 이유로 당신을 포박할 터다. 그리스어를 달리 썼다는 이유로 당신을 죽일 터다.

그는 다시 궁금해진다. 망자에게도 역자가 필요할까. 어쩌면 존재 방식을 바꾸는 것만으로 한순간에 자신이 알아야 할 모든 걸 알게 되는지도 모른다.

틴들은 말한다. "사랑은 언제까지나 떨어지지 아니한다."**

10월이다. 울지 추기경은 언제나처럼 추밀원*** 회의를 주재한다.

---

* '그레이스(Grace)'의 뜻이 '은총'이다.
** 고린도전서 13장 8절.

그러나 미카엘마스 개정기****가 시작되면서 울지 추기경을 고발하는 기소장이 재판소 여기저기를 오간다. 출세했다는 혐의다. 권력을 행사했다는 혐의다. 구체적으로는 국왕의 영내에서 국외의 사법권을 주장했다는 혐의, 그러니까 교황 특사로서 역할을 수행했다는 혐의다. 저들이 말하려는 바는 이것이다. 추기경은 알테르 렉스*****다. 추기경은 언제나 국왕보다 위에 군림했고 지금도 그렇다는 것이다. 그 이유라면, 그게 범죄라면, 추기경은 유죄다.

그래서 지금 그들이 거드름을 피우며 요크궁으로 들어온다. 서퍽 공작과 노퍽 공작, 왕국 최고의 두 귀족이. 금빛 수염이 뻣뻣한 서퍽 공작은 송로버섯을 두른 돼지 같다. 이 불그죽죽한 자가 추기경 전하의 속을 뒤집어놓는다. 그는 머리에 담아둔다. 노퍽 공작은 어딘가 불안해 보인다. 추기경의 소유물을 뒤지는 걸 보니 거기 어디 자기를 닮은 형상에다 바늘을 잔뜩 꽂은 저주용 밀랍 인형이라도 있으리라고 생각하는 게 분명하다. 추기경이 이룩한 위업은 악마와의 계약 덕이라고, 공작은 믿어 의심치 않는다.

그, 크롬웰은 그들을 쫓아보낸다. 그들이 돌아온다. 더 높은 곳에서 추가로 내려온 위임장과 보다 선명한 서명을 가지고. 기록보관관도 데려온다. 추기경 전하에게서 국새를 압수한다.

노퍽이 그를 힐끗 곁눈질한다. 한순간 교활한 웃음을 보낸다. 그는 영문을 모른다.

*** 귀족 전체의 기구인 의회와 달리 소수의 측근 귀족으로 구성된 왕의 자문기관.
**** 잉글랜드 법정의 개정기를 사사분기로 나눈 것 중 일분기.
***** alter rex. '또다른 왕'이라는 뜻.

"나를 보러 오게." 공작이 말한다.

"왜 그러십니까?"

노픽은 입을 다문다. 설명 따위는 하지 않는 위인이다.

"언제 말씀이십니까?"

"급할 것 없네." 노픽이 말한다. "자네의 버르장머리를 고치거든 찾
아와."

1529년 10월 19일의 일이다.

III
흥하든가 망하든가
1529년 만성절

핼러윈.* 이승의 경계에 누수와 출혈이 생기는 날. 연옥의 기록담당 관이, 그곳의 서기와 옥졸이 산자들의 목소리를, 망자를 위한 그들의 기도를 엿듣는 때다.

매년 이맘때면 그와 리즈는 교구 사람들과 함께 밤샘 기도를 드렸다. 헨리 와이키스, 리즈의 아버지를 위해 기도했다. 리즈의 죽은 남편, 토머스 윌리엄스를 위해서도. 월터 크롬웰과 먼 사촌들, 반쯤 잊힌 이름들, 죽은 지 오래인 이복누이들과 잃어버린 의붓자식을 위해 기도했다.

지난밤 그는 홀로 밤을 새웠다. 잠 못 들고 누워 리즈가 돌아오기를

---

* 만성절 전야.

소원했다. 그녀가 나타나 곁에 눕기를 기다렸다. 사실 지금 그는 오스틴프라이어스의 집이 아니라 추기경이 머무는 이셔에 있다. 하지만, 그는 생각했다. 리즈는 나를 어찌 찾아야 하는지 알 것이다. 추기경의 행방부터 찾을 터다. 향과 촛불을 보고 두 세계 사이의 공간을 헤치고 나아갈 터다. 추기경이 어디에 있든 나 또한 거기 있을 테니.

어느 시점인가 잠든 게 분명하다. 햇빛이 들자 방이 너무도 휑해 그조차 거기 없는 듯하다.

만성절 당일. 비탄이 파도처럼 밀려온다. 이제는 그를 당장이라도 뒤집어엎을 듯 위협적이다. 그는 망자가 돌아온다고 믿지 않는다. 그럼에도 그들의 손끝이, 날개 끝이 어깨를 스치는 듯한 기분을 떨치지 못한다. 지난밤부터 망자들은 각각의 형상과 얼굴이 있다기보다 하나의 덩어리로 단단히 뭉쳐서 살갗을 부딪고 서로를 밀친다. 그들의 질감은 바다생물처럼 축축하고 얼굴에는 해저의 빛이 병색처럼 깃들어 있다.

지금 그는 리즈의 기도서를 들고 총안에 서 있다. 딸 그레이스가 즐겨 보던 것이고, 오늘 그는 책을 쥔 자신의 손가락 밑으로 그레이스의 조그만 손가락 자국을 고스란히 느낀다. 성무일도를 위한 기도문이 적힌 장마다 비둘기와 백합화병으로 장식되어 있다. 성무일도의 조과, 마리아가 격자무늬 타일 바닥에 무릎을 꿇고 있다. 천사가 그녀에게 인사하는데, 그 인사말이 적힌 두루마리가 천사의 마주잡은 손에서 펼쳐져나온다. 마치 손바닥이 말을 하는 것처럼. 천사의 날개에 색이 입혀져 있다. 하늘의 색이다.

책장을 넘긴다. 성무일도의 찬과. 여기에는 '방문' 장면이 그려져 있다. 배가 작고 아담하게 부푼 마리아가 임신한 사촌 성 엘리사벳의 인사를 받는다. 둘 다 이마가 넓고 눈썹이 없다. 두 사람은 놀란 듯 보이는데, 실제로도 분명 그랬을 터다. 한 명은 동정녀고, 다른 한 명은 상당한 고령이다. 그들의 발치에서 봄꽃이 자라고, 각자 머리에 금발처럼 가느다란 금박 철사로 만든 약식 왕관을 썼다.

책장을 넘긴다. 말수 없고 조그만 그레이스도 그와 함께 책장을 넘긴다. 성무일도 제1시과, 그림은 예수의 탄생이다. 조그맣고 피부가 하얀 예수가 어머니의 망토에 싸여 있다. 성무일도 제6시과, 동방박사 삼인방이 보석 박힌 잔을 바친다. 그들 뒤로 언덕 위 도시가, 이탈리아의 어느 도시와 종탑이, 둔덕과 부옇게 늘어선 나무의 풍경이 보인다. 성무일도 제9시과, 요셉이 바구니에 비둘기를 담아 신전으로 향한다. 성무일도 만과, 헤롯왕이 보낸 단검이 얼떨떨한 영아에게 조그만 구멍을 낸다. 한 여인이 저항하듯 혹은 기도하듯 두 손을 번쩍 들고 있다. 그녀의 그 간절하고 무력한 손바닥. 영아의 사체에서 흩뿌려진 세 방울의 피 각각이 눈물을 닮았다. 피눈물 각각이 한 치의 오차도 없는 주홍색이다.

그는 고개를 든다. 그림 속 눈물이 잔상처럼 남아 그의 눈 속을 헤엄친다. 그림이 뿌예진다. 그는 눈을 깜빡인다. 누군가가 그를 향해 걸어온다. 조지 캐번디시다. 두 손을 맞비비는 그의 얼굴이 꼭 걱정 가면 같다.

저자가 말을 붙이지 않게 하소서, 그는 기도한다. 그냥 지나가게 하소서.

"마스터 크롬웰." 캐번디시가 말한다. "울고 계셨나보네요. 무슨 일입니까? 우리 주군과 관련한 비보라도 있나요?"

그는 리즈의 기도서를 덮으려 하지만 캐번디시가 손을 뻗는다. "아, 기도하고 계셨군요." 아주 놀랍다는 눈치다.

책장을 만지작거리는 딸아이의 손가락도, 기도서를 들고 있는 아내의 손도 캐번디시는 보지 못한다. 그림을 거꾸로 들여다볼 뿐이다. 한차례 심호흡하고 말한다. "토머스……?"

"나 때문에 우는 겁니다." 그가 말한다. "나는 모든 걸 잃을 거예요. 평생을 바쳐 일군 모든 걸. 나는 전하와 함께 몰락할 테니까—아니, 조지, 내 말 끊지 마요—그분이 시키는 일을 했고, 그분의 친구이자 심복이었다는 이유로. 지방을 들쑤시고 다니며 적을 만드는 대신 런던에서 내 일에 충실했다면 지금쯤 나는 부자가 됐을 겁니다. 그리고 조지, 당신을 내가 새로 장만한 별장에 초대해 가구와 화단에 대해 조언을 구했겠죠. 하지만 나를 좀 봐요! 나는 끝났어요."

조지는 무슨 말이라도 해보려 한다. 위로의 외마디 소리만 나온다.

"다만," 그가 말한다. "다만, 조지. 당신 생각에는 어떨 것 같습니까? 우리 레이프를 웨스트민스터에 보내뒀어요."

"녀석이 거기서 뭘 하는데요?"

하지만 그는 다시 운다. 혼령이 모여든다. 춥다. 그의 처지는 이제 돌이킬 수 없다. 그는 이탈리아에서 기억법을 배웠고, 그래서 전부 떠올릴 수 있다. 어떤 과정을 거쳐 여기까지 왔는지. "아무래도," 그가 말한다. "레이프를 뒤따라가야겠습니다."

"제발," 캐번디시는 말한다. "저녁식사 전에는 안 됩니다."

"안 되다니요?"

"전하의 하인들에게 급료를 줄 방도를 생각해야 해요."

잠시 정적이 흐른다. 그가 기도서를 두 팔로 감싼다. 힘주어 안는다. 지금 그에게 필요한 걸 방금 캐번디시가 주었다. 회계 관련 문제. "조지." 그가 말한다. "전하의 사제들이 그분을 좇아 여기에 모여들고 있는 거 아시지요. 그들이 일 년에 벌어들이는 돈이—글쎄요—100, 200파운드쯤 될까요, 전하의 후한 인심 덕분에? 그러니 내 생각엔…… 하인들 급료는 사제들이 지불하게 하지요. 내가 생각하기로는, 내가 본 바로는, 사제들보다 하인들이 전하를 더 사랑하거든요. 그러니 자, 저녁 먹으러 갑시다. 저녁식사 뒤에 나는 사제들의 수치심을 자극해 그자들이 자기 혈관을 잘라 피 대신 돈을 흘리게 만들 겁니다. 하인들한테 적어도 한 분기 치 급료는 줘야 해요, 상비금도요. 전하께서 복귀하실 날에 대비해서."

"뭐," 조지가 말한다. "그걸 해낼 사람이 있다면, 그건 당신이겠죠."

그는 자신도 모르게 미소를 짓는다. 암울한 미소일 테지만, 오늘 미소 지을 일이 있으리라고는 생각하지 못했다. 그가 말한다. "그 일을 마치면 나가보겠습니다. 의회에 자리가 마련되었는지 확인하는 대로 돌아오죠."

"하지만 개회까지 이틀밖에 안 남았는데…… 이제 와서 어쩌려고요?"

"모르겠습니다. 하지만 누군가는 전하를 변호해야죠. 그러지 않으면 저들이 전하를 죽일 겁니다."

상처와 충격이 눈에 보인다. 그는 방금 던진 말을 주워담고 싶다. 하지만 사실은 사실이다. "부딪쳐보는 수밖에 없습니다. 흥하든가 망하든가 둘 중 하나가 되어 있겠죠, 당신을 다시 만날 때는."

캐번디시는 머리라도 조아릴 기세다. "흥하든가 망하든가." 그렇게 중얼거린다. "당신이 늘 하는 말이죠."

캐번디시가 식솔들 사이를 이리저리 돌아다니며 말한다. 토머스 크롬웰이 기도서를 읽고 있었다. 토머스 크롬웰이 울고 있었다. 캐번디시는 상황이 얼마나 나쁜지 지금에야 깨닫는다.

옛날 테살리아에 시모니데스라는 시인이 있었다. 스코파스라는 남자가 시인에게 자기 연회에 참석해 주최자를 예찬하는 시를 읊어달라고 의뢰했다. 시인들은 괴팍한 행동을 일삼기 마련인지라 시모니데스는 시구에 쌍둥이 신인 카스토르와 폴룩스를 찬양하는 구절을 넣었다. 스코파스는 부루퉁해져서는 약속한 금액의 반만 지불하겠다고 했다. "나머지 절반은 그 쌍둥이한테 받으시오."

잠시 뒤 하인이 연회장으로 들어와 시모니데스에게 귓속말을 했다. 밖에 청년 둘이 왔는데, 나리의 이름을 대며 보자 합니다.

시모니데스는 자리에서 일어나 밖으로 나갔다. 청년 둘을 찾아 두리번거렸지만 아무도 없었다.

저녁식사를 마저 하러 가려고 몸을 돌리는데 끔찍한 굉음이 들렸다. 돌이 쪼개지고 무너지는 소리였다. 죽어가는 이들의 절규가 뒤따랐다. 연회장의 지붕이 내려앉은 것이다. 만찬에 참석한 사람 중 목숨을 부지한 건 시모니데스뿐이었다.

시신이 몹시도 심히 으스러지고 망가져 친지들조차 분간해내지 못했다. 그러나 시모니데스는 놀라운 사람이었다. 눈으로 보는 무엇이든 머릿속에 그대로 각인했다. 시인은 친지들을 일일이 이끌고 폐허 속을 누볐다. 으깨진 유해를 가리키며 말했다. 당신이 찾는 사람이 저기 있소. 자신의 머릿속 좌석배치도로 망자와 이름을 연결했다.

이 이야기를 우리에게 전한 사람은 키케로*다. 그날 시모니데스가 기억술을 어떻게 고안했는지 설명한다. 시모니데스는 이름을 기억했다. 뚱하니 부은, 쾌활한, 따분해하는 얼굴을 기억했다. 지붕이 덮치던 순간 누가 어디에 앉아 있었는지 정확히 기억했다.

---

* 로마의 정치가 겸 철학자로 기억술의 선구자로 꼽힌다.

3부

I

스리카드 트릭
1529년 겨울~1530년 봄

조핸이 말한다. "그러니까 이랬다는 거죠. '레이프, 가서 새 의회에 내가 들어갈 자리가 있는지 알아보려무나.' 레이프는 옳다구나 하고 달려갔고요. 빨랫감을 가져오란 소릴 들은 여자애처럼."

"그보다는 어려운 일이었는데요." 레이프가 말한다.

조핸이 대꾸한다. "네가 그걸 어떻게 아는데?"

평의원 자리는 대개가 귀족의 하사품이다. 귀족과 주교, 국왕이 내려주는 자리다. 한줌도 안 되는 선거인단은 위에서 압력이라도 가하면 시키는 대로 움직이기 마련이다.

레이프는 톤턴 의원 자리를 가져왔다. 톤턴은 울지 추기경의 구역이다. 그렇대도 저들이 그를 받아들였을 리 만무하다. 헨리왕이 허락하지 않았다면, 노퍽 공작 토머스 하워드가 허락하지 않았다면. 그는 레이프를 런던으로 보내 공작의 속내라는 불확실한 영역을 정찰하도록 했다. 저 족제비 같은 함박웃음 뒤에 뭐가 있는지 알아내도록 했다.

"열성을 다하겠습니다, 마스터."

이제 그는 안다. "노퍽 공작은," 레이프가 말한다. "추기경 전하께서 금은보화를 숨겨두었고, 마스터가 그 위치를 안다고 생각합니다."

둘은 따로 대화한다. 레이프가 말한다. "공작이 자기 밑으로 들어와 일하라고 청할 거예요."

"그래. 구구절절 설명하진 않겠지만."

그는 레이프의 표정을 가만히 보며 상황을 저울질한다. 노퍽은 이미─국왕의 서자를 셈하지 않는 한─잉글랜드 제일의 귀족이다. "제가 공작에게 장담했습니다." 레이프가 말한다. "마스터의 존경심을요. 마스터의…… 마스터의 경외하는 마음과 기꺼이 받들고자 하는 바람을요. 공작의─어─"

"계명을?"

"뭐 그런 거요."

"공작은 뭐라고 했는데?"

"으음, 이랬어요."

그가 웃음을 터트린다. "방금 같은 투로?"

"방금 같은 투로요."

"엄숙한 고갯짓과 함께?"

"네."

아주 잘됐다. 눈물을, 만성절에 흘렸던 눈물을 닦자. 이셔의 난롯가,

굴뚝에서 연기가 나는 방에서 추기경과 마주앉아 말하자. 전하, 제가 전하를 저버리리라 생각하십니까? 그런 다음 굴뚝과 난로를 관리하는 자를 찾아내 그자에게 지시사항을 전하고 런던으로, 블랙프라이어스로 가자. 안개가 자욱한 날, 성 후베르투스 축일에. 노퍽 공작이 기다리고 있을 것이다. 내게 좋은 주군이 되어주겠노라 말하겠지.

공작은 예순 살이 다 되어가지만 세월에 어떤 것도 내주지 않는다. 비정한 얼굴에 눈매가 날카롭고 갉힌 뼈처럼 가늘며 도끼머리처럼 차갑다. 관절은 낭창낭창한 사슬을 한데 엮은 것 같고, 실제로도 공작이 움직일 때면 덜거덕거리는 소리가 난다. 옷 속에 숨기고 있는 성물들 때문이다. 보석이 박힌 조그만 함에는 피부 조각과 잘라낸 머리칼이, 목에 건 메달에는 순교자들의 뼛조각이 들어 있다. "메리!"* 욕설 대신 하는 말이다. "미사를 걸고!"**라고도 한다. 그리고 이따금 몸에 지닌 메달이든 부적이든 뭐든 꺼내서 열정적으로 입을 맞추며 자신을 집어삼키는 이 분노를 어느 성자든 순교자든 멈춰달라고 호소한다. "성유다여, 제게 인내심을 주소서!" 공작은 외친다. 아마 어린 시절 자기 인생의 첫 사제에게 들었던 이야기에 나오는 욥과 혼동하는 것일 테다. 어린 시절의 공작, 아니 어리지 않더라도 지금보다 젊거나 지금 내세우는 자아와는 다른 공작을 상상하기란 힘들다. 노퍽 공작은 성서가 평민에게는 불필요한 책이라고 생각한다. 물론 그걸로 사제들이 덕을

---

* 경악이나 놀라움 등을 나타내는 고대 감탄사.
** 같은 미사에 참석하는 이들끼리 싸울 때 사용하던 말에서 유래한 표현으로 '하늘에 맹세코' 정도의 의미다.

보는 측면이 있음은 인정하지만. 공작은 독서 자체를 대체로 가식이라고 생각하며, 궁정에서는 그런 행위가 되도록 적게 일어나길 바란다. 공작의 조카딸 앤 불린은 늘 책을 읽는다. 그애가 스물여덟 살이나 먹고도 아직껏 혼자인 게 다 그 때문이다. 공작은 젠틀맨이 왜 직접 서신을 쓰는지 이해하지 못한다. 일을 대신 해줄 서기관이 있는데.

공작이 시선을 고정한다. 벌겋게 불타오르는 듯한 눈이다. "크롬웰, 자네가 의회의 일원이라니 기쁘군."

그가 고개를 숙인다. "저하."

"국왕 폐하께도 말씀을 올렸고, 폐하 또한 기뻐하신다네. 자네는 앞으로 평민원에서 폐하의 지시를 받게 될 걸세. 내 지시도 함께."

"두 지시가 같은 것이겠습니까, 저하?"

공작이 얼굴을 찌푸린다. 약하게 덜거덕거리면서 초조한 듯 서성인다. 끝내 버럭 소리지른다. "빌어먹을, 크롬웰, 자네는 왜 그따위로 생겨먹…… 왜 그런 인간인가? 그리 여유 부릴 처지가 아닌 것 같은데."

그는 미소를 머금고 기다린다. 공작의 말뜻을 안다. 너는 한낱 인간, 실재하는 존재다. 남의 눈에 띄지 않고 은밀하게 슬그머니 방에 들어가는 방법을 안다고 하나 아마도 그런 날은 이제 끝났을 것이다.

"웃어넘기겠다." 공작이 말한다. "울지의 족벌은 독사 패거리야. 아니 그게……" 공작은 움찔하며 메달을 만진다. "안 될 말이지, 내가……"

교회의 왕자를 독사에 비교하다니. 공작은 추기경의 돈을 원한다. 추기경이 차지하고 있는 국왕의 옆자리를 원한다. 그러나 또 한편으로는 지옥에서 불타고 싶지도 않다. 공작은 방을 가로지른다. 짝 소리를 내며 두 손을 모은다. 비빈다. 몸을 돌린다. "폐하께서는 자네와의 논쟁을 준비하고 계신다네, 마스터. 아무렴, 그렇고말고. 자네에게 면담의 영광을 베푸실 거야. 폐하도 추기경에 관한 이 사태를 이해하고 싶어하시니까. 그러나 자네도 알게 되겠지만 폐하는 저 옛일까지 정확히 기억하시는 분일세, 마스터. 그래서 예전에 자네가 의원을 지내던 당시 폐하의 전쟁에 반대하며 했던 발언을 기억하고 계시지."

"저는 폐하께서 프랑스를 침공할 생각은 지금도 하지 않으시길 바랍니다."

"이런 젠장할! 잉글랜드 사람이라면 당연한 거 아닌가! 프랑스는 우리 소유야. 우리 건 되찾아야지." 공작의 뺨에서 근육이 벌떡인다. 공작이 흥분해서 서성인다. 돌아서서 뺨을 문지른다. 경련이 멈추자 공작이 말한다. 감정을 완벽히 배제한 목소리로. "그게 말일세, 자네가 옳아."

크롬웰은 기다린다. "우리는 이길 수 없어." 공작이 말한다. "그래도 이길 수 있는 것처럼 싸워야지. 비용이 뭐가 문제야. 손해를 보면 또 어떻고—돈이든, 인명이든, 말이든, 선박이든. 그게 울지의 문제지, 자네도 알다시피. 매번 테이블에 앉아 조약 따위나 맺으려 들거든. 하긴 일개 푸주한의 아들이 어찌 이해할 수—"

"라 글루아*를 말입니까?"

"자네도 푸주한의 아들인가?"

"대장장이의 아들입니다."

---

* la gloire. '영광'을 뜻하는 프랑스어.

"정말인가? 말굽에 편자를 박는?"

그는 어깨를 으쓱한다. "직접 해보지는 못했습니다, 저하. 하지만 저는 상상이 불가능—"

"상상이 불가능하다고? 그럼 상상 가능한 건 뭔데? 전장, 군영, 전투 전야—그런 건 상상이 가능한가?"

"저도 군인 출신입니다."

"그래? 잉글랜드군은 아니었겠지, 틀림없어. 그거였군, 그랬어." 공작이 적개심을 상당히 지우고 활짝 웃는다. "나는 자네한테 뭔가가 있다는 걸 진작부터 알았지. 계속 못마땅했는데 이유를 딱히 모르겠더라고. 주둔지가 어디였나?"

"가릴리아노였습니다."

"소속은?"

"프랑스군이었습니다."

공작이 휘파람을 분다. "줄을 잘못 섰구먼, 젊은이."

"나중엔 저도 그리 생각했습니다."

"프랑스군이라니." 공작이 키득거린다. "프랑스군이라니. 그럼 그 재앙에서는 어찌 빠져나오셨나?"

"북부로 갔습니다. 거기서……" 그는 돈을 사고팔았다고 말할 생각이었으나 공작은 돈 장사를 이해하지 못할 터다. "옷감 장사를 했습니다. 실크가 대부분이었죠. 저하도 아시잖습니까, 저쪽 병사들과 거래하는 시장이 어떤지."

"미사를 걸고, 알다마다! 조니 프리랜스—그자는 돈을 등에 지고 다닌다네. 그놈의 스위스 인간들! 연극배우 패거리들처럼 말이야. 레이스에 줄무늬에 휘황찬란한 모자까지. 그래 봐야 쉬운 표적이나 될 뿐이지. 대궁수였나?"

"매번은 아닙니다." 그가 미소를 짓는다. "대궁을 잡기에는 키가 작은 편이어서요."

"나도 그렇지. 내 아들 헨리도 이제 시위를 당긴다네. 아주 근사해. 활에 적합한 키야. 팔도 그렇고. 어쨌든. 전쟁을 한대도 우리가 그때처럼 많이 이길 일은 더는 없을 테지."

"그럼 아예 싸우지 않는 건 어떻습니까? 협상을 하는 거죠, 저하. 그쪽이 더 싸게 먹힙니다."

"하나는 확실하군, 크롬웰. 자네는 참으로 뻔뻔한 자야. 여기 나타난 것부터 해서."

"저하—저를 부르신 건 저하입니다."

"내가?" 노퍽 공작은 당황한 눈치다. "이야기가 또 그리되나?"

국왕의 자문관들은 추기경의 혐의를 최소 마흔네 개는 준비하고 있다. 죄목은 교황존신죄—즉 국왕의 영내에서 국외의 사법권을 인정한 행위부터 식솔들이 먹을 쇠고기를 국왕과 같은 값에 구입한 것, 재정적 부정행위부터 이단인 루터교의 확산을 저지하지 못한 것까지 다양하다.

교황존신죄의 기원은 한 세기를 거슬러올라간다. 지금 살아 있는 사람 누구도 그 의미를 제대로 알지 못한다. 그때그때 국왕이 그렇다고 하면 그런가보다 하는 식이다. 유럽에서 말만 무성한 곳이면 어디서나 이 문제를 놓고 다툰다. 그사이 추기경 전하는 자리에 앉아 때로는 홀로 중얼거리고 때로는 소리 높여 말한다. "토머스, 내 대학! 내 일신이야 어찌되든 대학만은 살려야 하네. 폐하께 가게. 대관절 내가 무슨 상처를 입었다는 건지, 그래서 내게 무슨 앙갚음을 하겠다는 건지 모르겠지만, 아무리 그래도 그분이 배움의 등불까지 꺼버릴 작정은 아니지 않겠나?"

이서에서 망명생활중인 추기경은 초조하고 속이 탄다. 한때 유럽의 대소사를 중심으로 돌아가던 위대한 정신은 이제 자신이 잃어버린 것들을 끝없이 곱씹는다. 날이 저물면 고요한 무기력에 빠지며 시무룩해진다. 제발, 토머스, 캐번디시가 애원한다. 전하께 온다는 말씀도 드리지 마세요, 진짜 올 게 아니라면.

안 그래요, 그가 말한다. 정말 올 겁니다. 다만 가끔 몸을 뺄 수 없을 때가 있어요. 의회가 늦게 열리기도 하고, 웨스트민스터를 떠나기 전에 전하께 드릴 서신과 탄원서를 모아야 해서요. 전하께 전할 말씀이 있으나 그걸 글로 남기고 싶어하지 않는 이들과 대화도 해야 하고요.

그야 이해하지요, 캐번디시가 말한다. 하지만 토머스, 여기 이서에서의 생활이 어떤지 당신은 상상도 못할 겁니다, 캐번디시가 우는소리를 한다. 지금 몇시인가? 전하께서 말씀하시죠. 크롬웰은 몇시에 도착하나? 그러고는 한 시간도 안 되어 다시 물어요. 캐번디시, 지금 몇시인가? 그런 다음에는 우리에게 등불을 들려 내보내며 날씨를 보고 오라 하시죠. 우박폭풍이나 얼음 따위가 당신을, 크롬웰을 막아설 수나 있을 것처럼 말입니다. 그러고는 이렇게 물으세요. 그가 길에서 사고라도 당했으면 어쩌지? 런던에서 오는 길에는 강도떼가 득시글거리는데. 날이 저물면 황지와 황야마다 온갖 악덕한 것이 살금살금 다니는

데. 그러다가 말씀이 꼭 이쪽 길로 흐르시죠. 이 세상은 유혹과 망상으로 가득하네. 그중 많은 것에 나 역시 빠졌으니, 나야말로 참담한 죄인이지.

마침내 그, 크롬웰이 승마 망토를 벗어던지고 난롯가의 의자에 털썩 주저앉으면─맙소사, 굴뚝이 아직도 저 모양이네─추기경은 숨 돌릴 새도 주지 않고 그를 채근한다. 서퍽 공작 저하가 뭐라고 하던가? 노퍽 공작 저하는 어때 보이고? 폐하, 폐하는 뵈었는가, 무슨 말씀이라도 있으셨나? 레이디 앤은 건강하고 좋아 보이던가? 그녀를 기쁘게 할 무슨 수라도 마련했는가─우리는 그녀를 기쁘게 해야 하네, 알고 있지?

그가 말한다. "그 여자를 대번에 기쁘게 할 방법이 있기는 하죠. 왕비의 관을 씌워주면 됩니다." 그는 앤 문제에 대해서는 입을 닫고, 더는 할말도 없다. 메리 불린은 앤이 그의 존재를 의식하고 있다고 했지만, 정작 앤은 최근까지 그런 기색을 전혀 내비치지 않았다. 길을 가다 마주칠 때면 그녀의 시선은 그를 지나쳐 보다 흥미로운 누군가를 향했다. 검고 살짝 볼록한 눈동자는 반짝거리기가 꼭 주판알 같다. 자기 이익을 셈할 때면 눈동자가 빛을 내며 쉼없이 움직인다. 그러나 노퍽 외숙부가 이렇게 말한 게 틀림없다. "저기 추기경의 비밀을 아는 자가 가는구나." 이제는 그가 시야에 들어오면 그녀의 기다란 목이 바삐 움직인다. 그를 위아래로 훑어보며 어찌 써먹을까 가늠하는 동안 반짝이는 검은색 주판알이 딸깍, 딸깍거린다. 한 해가 슬금슬금 끝을 향해 가는 시점에 그녀는 건강해 보인다. 그러니까 병든 말처럼 콜록거리지도, 절뚝거리지도 않는다. 좋아 보이는 것 같기도 하다, 그런 취향인 사람에게는.

크리스마스 직전의 어느 밤, 그가 이서에 늦게 도착하니 추기경은 홀로 앉아 소년의 류트 연주를 듣고 있다. 추기경이 말한다. "마크, 고맙구나. 이제 가보거라." 소년이 추기경에게 허리 숙여 인사한다. 그에게는 호의를 베풀 듯 겨우 의회 의원에게 걸맞은 정도로만 고개를 까딱한다. 소년이 물러가자 추기경이 말한다. "마크는 무척이나 능란한 아이네. 유쾌하기도 하고. 요크궁에서는 성가대 소속이었지. 저애를 여기에 붙들고 있을 게 아니라 폐하에게 보내야겠어. 아님 레이디 앤에게 보낼까, 저리도 어여쁘고 어리니 말일세. 그녀가 저애를 마음에 들어할까?"

소년은 아까부터 문가를 어슬렁거리며 자기를 칭찬하는 말을 만끽하고 있다. 크롬웰다운 매정한 눈빛—발길질의 동의어—이 소년을 쫓아버린다. 그는 사람들이 자신에게 레이디 앤이 뭘 좋아할지 혹은 좋아하지 않을지 묻지 않았으면 싶다.

추기경이 말한다. "모어 대법관의 전언은 없나?"

그가 테이블에 서류 뭉치를 툭 내려놓는다. "편찮아 보이십니다, 전하."

"그래. 편치 않지. 토머스, 우리는 어째야 하는가?"

"사람들을 매수해야죠. 전하께 남은 자산을 아낌없이, 후하게 풀어야 합니다—전하께는 아직 처분이 가능한 성직록도 있고, 토지도 있으니까요. 들어보십시오, 전하—폐하가 전하의 모든 걸 빼앗는다 해도 사람들은 의문을 품을 겁니다. 국왕이 정녕 추기경의 것을 타인에게 하사해도 되는지. 왕의 하사품을 받는 누구나 자신의 소유권을 확신할 수 없겠죠, 전하께서 확인해주시지 않는 한은. 그러니 전하, 아직은 수중에 남은 패가 있는 셈입니다."

"그런데 폐하가 결국 반역죄를 제기할 심산이라면……" 추기경의
목소리가 흔들린다. "만약……"

"폐하가 반역죄로 기소할 심산이었다면 전하는 지금 런던탑에 계실
겁니다."

"그렇지―게다가 내가 폐하께 무슨 쓸모가 있겠나, 머리는 여기서
몸뚱이는 저기서 나뒹구는 신세가 되면? 지금 상황은 이렇다네. 폐하
는 생각하지. 나를 능멸하면 교황에게도 따끔한 교훈이 되리라고. 내
집에선 잉글랜드 국왕인 내가 주인이라고 천명하려는 거야. 오, 하지
만 정녕 그럴까? 진짜 주인은 레이디 앤, 혹은 토머스 불린이 아니고?
입 밖에 내서도, 이 방 밖을 나가서도 안 될 질문이기는 하네만."

이제 그는 국왕과의 독대라는 전투에 나서야 한다. 왕이 자기 의중
을 제대로 알고 있다는 전제하에 그 의중을 파악하고 거래를 중개해야
한다. 추기경은 급전이 필요하고, 그걸 얻어내는 게 첫 교전이다. 하루
또 하루 그는 면담을 기다린다. 국왕이 손을 뻗어 그가 내미는 서신들
을 받아들더니 추기경의 인장을 힐끗 본다. 그에게 눈길조차 주지 않
고 건성으로 내뱉는다. "고맙네." 하루는 그에게 눈길을 주며 말한다.
"마스터 크롬웰, 그래…… 나는 울지 추기경과 관련된 얘기는 할 수
없네." 그가 막 입을 여는데 국왕이 말한다. "못 알아들었나? 나는 추
기경과 관련된 이야기는 할 수 없어." 온화하고 곤혹스러워하는 말투
다. "다음에," 국왕이 말한다. "그대에게 사람을 보내지. 약속하네."

추기경이 그에게 묻는다. "오늘은 폐하가 어때 보이시던가?" 그는
국왕이 잠을 이루지 못하는 듯하다고 답한다.

추기경이 웃는다. "폐하가 잠을 못 이룬다면 그건 사냥을 안 해서지. 땅이 너무 꽁꽁 얼어붙어서 사냥개의 발바닥에 무리가 가니까 사냥을 못 나가는 거야. 상쾌한 공기가 부족해 생긴 불면일세, 토머스. 그분의 양심 때문이 아냐."

훗날, 그는 12월의 끝으로 향해 가던 밤 연주를 듣는 추기경을 보았던 그때를 두고두고 떠올릴 터다. 머릿속으로 두 번 세 번 복기할 터다.

왜냐하면 추기경의 방을 나와 저 길을, 저 밤을 다시 응시하고 있는데 반쯤 열린 문 뒤에서 소년의 목소리가 흘러나왔기 때문이다. 마크다, 류트를 연주하는. "……그러니까 내가 실력도 좋고 하니 나를 레이디 앤한테 보내야겠다고 추기경이 말하는 거야. 나야 좋지. 국왕이 언제고 저 늙은이의 머리를 날려버릴 수 있는 마당에 여기 있는 게 무슨 소용이 있겠어? 나는 국왕이 틀림없이 그럴 거라고 생각해. 추기경은 너무 거만하거든. 나한테 칭찬 한마디 해준 것도 오늘이 처음이라니까."

정적. 누군가가 말한다. 소리가 웅웅거린다. 누구인지는 모르겠다. 다시 소년이 말한다. "맞아, 그 법률가도 추기경이랑 같이 망하겠지. 말이 법률가지, 진짜 정체가 뭔데? 아무도 몰라. 소문으로는 그치가 제 손으로 사람들을 죽이고도 고해성사 한 번을 제대로 안 했대. 하지만 그렇게 센 척하는 인간들이 꼭 교수형집행인 앞에 서면 질질 짜고 난리지."

의심의 여지가 없다. 마크가 손꼽아 기다리는 건 그의 처형이다. 벽 너머에서 소년이 말을 이어간다. "그래서 내가 레이디 앤이랑 있게 되면 그 여자는 나를 눈여겨보고 선물을 내릴 거야." 한차례 키득거림. "그리고 나를 다정하게 보겠지. 그럴 것 같지 않아? 그 여자가 어디로 돌아설지 어떻게 알아, 아직껏 국왕을 거부하고 있는데?"

정적. 다시 마크다. "그 여잔 처녀가 아냐. 절대 아니야."

얼마나 매혹적인 대화인가, 하인들의 이야기란. 다시 웅웅거리는 대답이 들리고, 마크가 말한다. "프랑스 궁정에 있던 여자가 처녀인 채로 돌아왔을 거라고 생각하는 거야? 자기 언니랑 뭐가 얼마나 달랐으려고? 메리는 남자라면 다들 타보는 말이었다고."

하지만 이런 건 무의미하다. 그는 실망한다. 내가 기대한 건 자세한 정보였는데. 이건 한낱 뜬소문이다. 그럼에도 그는 망설인다, 자리를 뜨지 않는다.

"게다가 톰 와이엇도 그 여자랑 잤어. 다들 안다니까. 저 아래 켄트 사람들까지. 내가 추기경을 따라서 펜스허스트에 간 적이 있거든. 너도 알지, 그 궁전에서 레이디 앤의 가족이 사는 히버가 가까운 거. 말을 타면 와이엇의 저택까지 금방이야."

목격자는? 일시는?

하지만 다음 순간 정체불명의 상대가 말한다. "쉬잇!" 또다시, 소리죽인 키득거림.

이런 정보로는 할 수 있는 게 없다. 마음에 담아두는 것 말고는. 대화는 플라망어*로 오간다. 마크가 태어난 곳의 언어다.

---

* 벨기에 북부에서 사용되는 네덜란드어.

크리스마스가 온다. 헨리왕과 캐서린 왕비는 크리스마스를 그리니치에서 보낸다. 앤은 요크궁에 머물러, 왕이 강을 거슬러올라가 그녀를 만날 수 있다. 앤과 어울리는 건 고역이라고, 왕실 시녀들이 입을 모은다. 왕은 잠깐씩만 들른다, 아주 간간이 조심스럽게.

이셔에서 추기경은 자리보전을 하고 있다. 예전이라면 절대로 하지 않았을 행동이다, 충분히 그럴 만하다 싶게 아파 보이긴 하지만. 추기경은 말한다. "폐하와 레이디 앤이 새해맞이 입맞춤을 나누는 동안은 별일 없을 걸세. 주현절* 전야까지 급습은 없을 거야." 추기경은 베개를 벤 채 고개를 돌린다. 불퉁한 어조로 말한다. "그리스도의 몸,** 크롬웰. 집에 가게."

오스틴프라이어스의 집은 호랑가시나무 이파리와 담쟁이덩굴, 월계수와 리본을 단 주목나무로 만든 크리스마스 화환들로 장식되어 있다. 부엌은 산 자들을 먹이느라 분주하다. 하지만 올해는 늘 부르던 노래와 크리스마스 연극을 생략한다. 지금껏 이처럼 참담한 해는 없었다. 그의 누나 캣과 남편 모건 윌리엄스가 그의 딸들과 마찬가지로 순식간에 이승에서 꺾여나갔다. 오늘 길을 걷고 말하던 이들이 내일 돌처럼 싸늘히 식어 템스 강변의 무덤으로 굴러들어가 물결이 닿지 않는 곳, 강도 보이지 않고 냄새도 흘러들지 않는 곳에 묻히는 것이다. 퍼트니의 금이 간 교회 종 소리도 더는 듣지 못하고, 잉크와 홉과 맥아 냄새도 맡지 못하고, 아직도 짐승 내가 나는 양모 뭉치의 냄새도 감지하지 못한다. 송진과 사과양초, 소울케이크***가 풍기는 가을 향기에도

---

* 크리스마스 경축 기간이 끝나는 1월 6일을 가리킨다.
** 미사에서 사제가 신자에게 성체를 건네며 하는 말.

무감할 뿐이다. 연말에 고아가 된 두 아이, 리처드와 꼬마 월터가 그의 집으로 들어온다. 모건 윌리엄스는 허풍이 심했지만 나름 기민한 사람이었고, 자기 가족을 위해 열심히 일했다. 그리고 캣은—글쎄, 말년에 그녀에게 남동생을 이해한다는 건 별의 움직임을 이해하는 것만큼이나 힘든 일이었다. "나는 정말 아무리 셈해도 네 속셈은 모르겠다, 토머스." 그녀는 말했다. 그건 전적으로 그의 실패였다. 손가락으로 셈하는 방법도, 수수께끼 같은 상점 청구서를 해독하는 방법도 다 그가 가르쳤으니까.

크리스마스를 맞이해 스스로에게 한마디 조언을 해보라고 하면 그는 말할 것이다. 당장 추기경을 떠나라, 그러지 않으면 다시 길바닥으로 내몰려 스리카드 트릭이나 하는 신세가 될 것이다. 하지만 그는 받아들일 법한 자에게만 조언한다.

오스틴프라이어스 집엔 금박을 입힌 큼직한 별이 하나 있는데, 새해 전야가 되면 가족은 그걸 커다란 홀에 걸어둔다. 별은 거기서 일주일 동안 반짝이며 주현절을 맞이해 집을 찾아오는 손님들을 반긴다. 그와 리즈는 동방박사들이 입을 의상을 여름부터 고민하고, 특이한 옷감이나 처음 보는 장식이 있으면 기어코 손에 넣어 비축하곤 했다. 10월부터 리즈는 몰래 바느질을 시작했다. 작년에 썼던 가운에 반짝거리는 천조각을 새로 달고 어깨를 깁고 밑단에 추를 넣어 모양을 잡고, 매년 하던 대로 환상적인 왕관을 새로 만들었다. 그의 역할은 동방박사들이 상자에 넣어올 선물을 고민하는 것이었다. 한번은 그 선물이 지저귀는

***11월 2일 죽은 신자들을 기념하는 위령의 날 만드는 달콤한 과자빵.

통에 동방박사가 깜짝 놀라 상자를 떨어트리고 말았다.

올해는 누구도 그 별을 내걸 엄두를 못 낸다. 하지만 그는 별을 보러 빛 한 점 없는 창고로 간다. 별의 빛살을 보호하려 씌워둔 범포를 벗기고 빛살이 찍히거나 변색하지 않았는지 살핀다. 별을 다시 내걸 더 좋은 시절이 올 테지만 지금으로서는 상상하기 어렵다. 그는 별에 범포를 다시 씌우면서 그 기발함과 정확히 들어맞는 치수에 흐뭇해한다. 동방박사 삼인방의 예복은 상자에 담겨 있고, 양 역할을 맡은 아이를 위한 양가죽도 함께 들어 있다. 갈고리 모양의 양치기 막대가 구석에 기대 세워져 있다. 벽에 붙은 못걸이에는 천사의 날개가 걸려 있다. 그는 날개를 만져본다. 손가락에 먼지가 묻어난다. 양초를 안전히 치운 다음 날개를 못걸이에서 내려 조심스레 턴다. 날개에서 부드럽게 쉭쉭 거리는 소리가 나고, 희미한 호박 향료 냄새가 공기 중에 퍼진다. 그는 날개를 다시 건다. 날개를 달래고 떨림을 진정시키려 그 위를 손바닥으로 쓸어본다. 그런 다음 양초를 집어든다. 창고를 나와 문을 닫는다. 촛불을 손가락으로 집어 끄고 자물쇠를 잠근 뒤 조핸에게 열쇠를 건넨다.

그가 말한다. "아기가 있으면 좋겠군요. 집에 아기가 있었던 게 정말 오래전인 듯하네요.."

"그걸 왜 날 보며 얘기하나요." 조핸이 말한다.

그럼 누굴 보고 하나. "존 윌리엄슨이 요즘은 남편으로서 의무를 다 하지 않나요?"

"날 기쁘게 하는 게 그 사람 의무는 아니니까요."

걸음을 옮기면서 그는 생각한다. 하지 말았어야 할 대화를 했군.

새해 첫날이 저물 무렵 그는 책상 앞에 앉아 있다. 울지 추기경을 위한 서신을 쓰고, 이따금 방 건너편의 계수판으로 가 수판알을 이리저리 옮긴다. 교황존신죄 혐의의 형식적 유죄를 인정하는 대가로 국왕은 추기경의 목숨을, 그리고 어느 정도의 자유를 허할 모양이다. 그러나 품위 유지비 명목으로 얼마가 주어지든 추기경의 예전 수입에 비하면 푼돈에 불과할 것이다. 요크궁은 이미 빼앗겼고, 햄프턴코트궁도 오래전에 손을 떠났으며, 국왕은 이제 윈체스터의 부유한 주교직에 세금을 얼마나 매겨 강탈할지 궁리중이다.

그레고리가 들어온다. "불을 가져왔어요. 조핸 이모가 아버지한테 좀 가보라고 해서요."

아이는 자리에 앉는다. 기다린다. 꼼지락거린다. 한숨을 쉰다. 자리에서 일어난다. 아버지의 책상으로 와 그 앞을 서성인다. 그러다 누군가한테 "쓸모 있게 굴어야지"라는 소리라도 들은 사람처럼 쭈뼛쭈뼛 손을 뻗어 문서들을 정리하기 시작한다.

그는 일하느라 고개를 숙인 채로 눈만 들어 아들을 본다. 어쩌면 처음으로, 그러니까 그레고리가 아기였던 시절 이후 최초로 그는 아들의 손을 자세히 본다. 그리고 그 변화에 충격을 받는다. 어린애의 고사리 손이 아니라 젠틀맨의 아들에게 어울리는 크고 희고 고생을 모르는 손이다. 그레고리가 지금 뭘 하는 거지? 문서를 쌓고 있다. 어떤 원칙에 따라서? 아이는 문서의 내용을 읽을 수 없다. 건너편에 서서 거꾸로 보고 있으니까. 그러니 주제별로 분류하는 것은 아니다. 그럼 일자별로 구분하는 건가? 맙소사, 녀석이 지금 뭘 하는 거지?

그는 이 문장을 끝내야 한다. 핵심 조항이 여럿 들어가는 문장이다.

다시 시선을 들고, 그레고리의 계획을 알아챈다. 정리의 체계는 성스럽도록 단순하다. 큰 종이는 아래, 작은 종이는 위.

"아버지······" 그레고리가 말한다. 한숨을 쉰다. 계수판으로 간다. 집게손가락으로 수판알을 조금씩 움직여본다. 이윽고 한꺼번에 들어 한 알씩 딱딱 소리를 내며 단정하게 쌓는다.

그는 결국 고개를 든다. "계산을 해둔 거다. 아무렇게나 던져놓은 게 아냐."

"아, 죄송해요." 그레고리가 공손히 말한다. 난롯가에 앉아 공기조차 흩트리지 않고 숨을 쉬려 애쓴다.

더없이 순한 눈도 위압감을 줄 수 있다. 아들의 시선을 받으며 그가 묻는다. "뭔데 그러느냐?"

"시간 좀 내주실 수 있나요?"

"잠깐." 그는 기다리라는 의미로 손을 들어 보인다. 서신에 서명한다, 늘 하던 대로. '귀하의 굳건한 친구, 토머스 크롬웰.' 집안의 누군가가 위독하다거나, 그레고리 자신이 세탁 일을 하는 여자애와 결혼한다거나, 런던교가 무너졌다는 소식을 전한대도 그는 남자답게 받아들일 준비가 되어 있다. 그러나 서신의 잉크를 말리고 봉인하는 게 먼저다. 그가 고개를 든다. "그래서?"

그레고리가 고개를 돌린다. 우는 건가? 그렇대도 놀랍지는 않을 터다, 그렇지 않나? 그 자신도 남들 앞에서 눈물을 보인 마당에. 그는 방을 가로지른다. 난롯가로 가서 아들과 마주보고 앉는다. 벨벳 모자를 벗고 두 손으로 머리칼을 쓸어넘긴다.

한참 동안 두 사람 다 말이 없다. 그는 자기 손을 내려다본다. 두꺼운 손가락, 손바닥에 감춰진 상처와 화상 자국. 그는 생각한다. 젠틀 맨? 그러니까 너는 너 자신을 그리 부른다는 거지. 하지만 그걸로 누구를 현혹하길 바라는가? 그래 봐야 너를 처음 보는 자, 예를 갖춰 거리를 유지하는 자, 법무 의뢰인과 평민원 의원, 그레이스 인 법학원의 동료, 대신 가문의 하인, 대신 정도나…… 그의 마음은 어느새 다음에 쓸 서신에 가 있다. 그때 그레고리가 말한다. 과거로 물러난 사람처럼 조그만 목소리로. "그 크리스마스 기억하세요? 거인이 나오는 야외극을 했던?"

"우리 교구에서? 기억하지."

"그가 그랬어요. '나는 거인이다. 내 이름은 말린스파이크다.' 사람들 말이 그가 콘힐의 오월제 기둥만큼 크다고 했어요. 콘힐의 오월제 기둥이 뭐예요?"

"저들이 무너트렸어. 폭동이 있었던 해에. 이블 메이 데이, 그리들 불렀지. 그때 너는 아기였고."

"그 기둥은 지금 어디에 있는데요?"

"런던에 따로 보관되어 있지."

"우리집 별은 내년에 다시 걸게 될까요?"

"우리 형편이 나아지면."

"추기경 전하가 무너졌으니 우리는 가난해지는 건가요?"

"아니."

조그만 불꽃이 튀며 확 타오른다. 그레고리는 불꽃을 들여다본다. "그래도 기억하세요? 제 얼굴을 검게 칠하고 검은색 송아지 가죽을 둘렀을 때요? 크리스마스 연극에서 악마 역을 했잖아요."

"그럼." 그의 표정이 누그러진다. "기억하지."

앤도 얼굴에 칠을 하고 싶어했지만, 어린 여자애한테는 안 될 일이라고 리즈가 반대했다. 그는 앤도 교구 천사 역을 해봐야 한다고 말했더라면 얼마나 좋았을까 싶다―흑발이라 교구의 노란색 뜨개실 가발을, 옆으로 흘러내리거나 아이들의 눈을 덮기 일쑤였던 그 가발을 쓰는 한이 있더라도.

그레이스가 천사이던 해에 아이는 공작 깃털로 만든 날개를 달았다. 그가 직접 고안한 것이었다. 다른 여자애들은 볼품없는 거위 깃털을 썼고, 마구간 모퉁이에 걸리기라도 하면 깃털이 우수수 빠졌다. 하지만 그레이스는 눈부신 모습으로 서 있었다. 머리칼은 은실을 섞어 땋았고, 어깨에 멘 날개는 활짝 펼쳐진 채 찬란하게 팔랑거렸다. 아이가 숨을 뱉을 때마다 살랑살랑 향기가 퍼졌다. 리즈는 말했다. 토머스, 당신은 끝을 모르는 사람이야, 그치? 저애의 날개는 런던 사람들이 지금껏 본 것 중에 최고라고.

그레고리가 자리에서 일어난다. 그에게 다가와 볼에 입을 맞추며 밤인사를 한다. 아들은 잠시 그에게 몸을 기댄다, 어린애처럼. 혹은 과거에, 불길 속에 그려지는 장면들에 취하기라도 한 것처럼.

아들이 자러 가자 그는 녀석이 정리한 문서 더미를 허문다. 문서들을 다시 접는다. 이서한 부분이 밖으로 나오게 정리해 철할 준비를 해둔다. 그는 이블 메이 데이를 생각한다. 그레고리는 묻지 않았다, 폭동이 일어난 이유를. 외국인을 공격하며 일어난 폭동이었다. 그 자신도 고국에 돌아온 지 얼마 되지 않았을 때였다.

1530년이 시작되고, 그는 주현절 만찬을 열지 않는다. 추기경의 실각을 알아차린 아주 많은 이가 부득이하게 그의 초대를 거절할 테니까. 대신 그는 집안 청년들을 데리고 그레이스 인 법학원의 주현절 전야 연회에 간다. 도착하자마자 후회한다. 올해 이들은 더 시끄럽고 더 음탕하다. 그가 기억하는 그 어느 때보다도 더.

법학도들은 추기경을 소재로 한 연극을 공연한다. 추기경이 요크궁에서 도망쳐나와 템스강의 바지선에 오르는 모습을 재연한다. 학생 몇이 강물처럼 보이려고 염색한 이불보를 펄럭이자 다른 몇이 가죽 들통을 들고 달려올라가 물을 뿌린다. 추기경이 바지선에 허둥지둥 오를 때는 사냥개를 재촉하는 쉭쉭 소리가 들리고, 몽매한 바보 하나가 수달사냥개 한 쌍에 목줄을 채워 장내에 난입한다. 그물과 낚싯대를 들고 등장한 다른 이들이 추기경을 다시 강둑으로 끌어올린다.

다음 장면에서는 추기경이 퍼트니의 진창에서 허우적댄다. 이셔의 도피처로 가는 길이다. 흐느끼며 맞잡은 두 손을 쳐들고 기도하는 추기경에게 학생들의 야유와 고함이 쏟아진다. 그는 궁금하다. 실제 현장을 목격했던 사람 중에 도대체 누가 그 순간을 희극 소재로 제공했을까? 그게 누구인지 안다면, 짐작이 된다면 타격이 더 클 테지만.

추기경은 바닥에 등을 대고 누워 있다. 마치 진홍색 산 같다. 손을 마구 휘젓는다. 아무나 붙잡고는 자기를 노새 등에 다시 태워주기만 하면 윈체스터 주교직을 주겠다고 한다. 당나귀 가죽을 씌운 형틀 밑에 들어가 노새를 연기하는 학생들이 뒤돌아보며 라틴어로 농을 하고 추기경의 얼굴에다 방귀를 뀐다. 주교 자리와 주교 자지에 대한 상당한 말장난이 오가는데, 이들이 거리의 청소부라면 재치로 보고 넘어가

줄 수 있을지도 모른다. 하지만 법학도라면 이보다는 나아야 하지 않겠는가. 그는 불쾌감을 느끼며 자리에서 일어나고, 그가 데려간 청년들도 어쩔 수 없이 따라 일어나 연회장을 나선다.

그는 멈춰 서서 법학원의 평의원 몇에게 한마디한다. 어쩌자고 이렇게까지 하도록 두셨답니까? 울지 추기경은 몸이 성치 않아요. 죽을 수도 있다는 말입니다. 그리되기라도 하면 여러분과 제자들은 하느님 앞에 무슨 염치로 서려고요? 여기서는 젊은이들한테 도대체 뭘 가르치는 겁니까? 불운한 지경에 빠진 위인을 욕보일 정도로 담대해지라고요—고작 몇 주 전까지만 해도 은혜를 내려주십사 간청하던 분을 상대로?

의원들도 그에게 동의하며 사과한다. 하지만 그들의 목소리는 연회장에서 터져나오는 왁자지껄한 웃음소리에 묻히고 만다. 그의 집안 청년들이 못내 아쉬운 듯 뒤쪽을 흘끔거린다. 추기경이 아무나 붙잡고 노새에 올라타게 도와주면 아직 처녀인 첩 마흔 명을 하사하겠다고 한다. 주저앉아 한탄한다. 붉은색 털실로 짜서 만든 흐물거리고 뱀 같은 음경이 예복에서 나와 바닥에 털썩 떨어진다.

밖으로 나오니 얼음장 같은 공기 속에서 횃불이 가늘게 타오른다. "집으로 가지." 그가 말한다. 그레고리가 속삭이는 소리가 들린다. "우리는 아버지의 허락 없이는 웃지도 못하네요."

"뭐, 어쨌든," 레이프가 말한다. "책임자는 마스터니까."

그는 한 걸음 물러서서 말한다. "그건 그렇고, 마흔 명의 여자를 거느렸던 건 사악한 보르자 교황, 그러니까 알렉산데르 6세였다. 그중 누구도 처녀는 아니었고, 내 장담하마."

레이프가 그의 어깨에 손을 올린다. 리처드는 그의 왼쪽에 딱 붙어 걷는다. "부축할 필요 없다." 그가 부드럽게 말한다. "나는 추기경 전하와 달라." 그가 멈춘다. 소리 내 웃는다. 그러고는 말한다. "아까 그건 정말이지……"

"네, 꽤나 재미있었죠." 리처드가 말한다. "전하의 허리둘레가 60인치쯤 되겠던데요."

이날 밤은 뼈가 달그락거리는 소리로 요란하고 횃불의 불꽃들로 생동한다. 장난감 목마를 탄 한 무리가 노래하며 달가닥달가닥 그들을 스쳐지나가고, 사슴뿔을 쓰고 발뒤꿈치에 방울을 매단 남자들 패거리도 스쳐간다. 집 근처에 오니 오렌지 분장을 한 소년 하나가 친구 레몬과 함께 구르듯 지나간다. "그레고리 크롬웰!" 녀석들이 부른다. 연장자인 그를 향해서는 모자 대신 머리에 쓴 껍질을 깍듯이 들어보인다. "새해 복 많이 받으세요."

"너희도." 그가 외친다. 그리고 레몬에게 말한다. "아버지께 전하거라. 치프사이드 임대 건과 관련해서 언제 한번 들르시라고."

일행은 집에 들어선다. "가서 자거라." 그가 말한다. "시간이 늦었어." 그리고 한마디 덧붙이는 게 좋겠다고 생각한다. "주께서 아침까지 지켜주실 거다."

청년들이 자리를 뜬다. 그는 책상 앞에 앉는다. 그레이스를 떠올린다, 천사로 지낸 그 저녁이 끝나가던 무렵의 그레이스를. 아이는 벽난로 불빛을 받으며 서 있었다. 얼굴은 피로로 하얗게 질렸고, 두 눈은 반짝였으며, 날개의 공작 깃털마다 나 있는 눈알 모양 무늬가 벽난로 불빛에 빛났는데, 각각이 불투명한 황금빛 황옥 같았다. 리즈가 말했다. "불가에서 떨어지렴, 얘야. 날개에 불이 붙을지도 모르니까." 그의 어린 딸은 뒤로, 그림자 속으로 물러섰다. 계단을 향해 가는 아이의 날개 깃털이 재와 잉걸불 색깔을 띠었고, 그는 말했다. "그레이스, 날개를 단 채로 잘 셈이야?"

"기도할 때까지만요." 아이가 어깨 너머로 흘깃 돌아보며 말했다. 그는 뒤따라갔다. 아이가 걱정됐다. 불이든 다른 위험이든 걱정됐는데, 그게 정확히 뭔지는 그도 몰랐다. 아이는 계단을 올라갔다. 커다란 깃털 장식이 바스락거리고 조그만 깃털은 어둠에 서서히 잠겼다.

아, 그만. 그는 생각한다. 적어도 그애를 다른 누군가한테 보낼 일은 없지 않나. 아이는 죽었고, 지참금이나 챙기려는 꿍하고 쩨쩨한 젠틀맨 따위에게 그애를 넘겨줄 필요가 없다. 그레이스는 작위를 갖고 싶어했을 터다. 자신의 사랑스러움에 걸맞은 작위 하나쯤 그가 사줘야 한다고 생각했겠지. 레이디 그레이스로 불릴 수 있게. 내 딸 앤이 여기 있으면 얼마나 좋을까, 그는 생각한다. 앤이 여기 있고 레이프 새들러와 약혼한다면 얼마나 좋을까. 앤이 좀더 나이를 먹었더라면. 레이프가 좀더 어렸더라면. 앤이 아직 살아 있었더라면.

그는 다시 추기경의 서신으로 고개를 숙인다. 추기경은 유럽의 통치자들에게 서신을 보내고 있다. 자신을 지지해달라고, 변호해달라고, 자신의 대의에 함께해달라고. 그, 토머스 크롬웰은 추기경이 그러지 말았으면 싶다. 꼭 그래야만 한다면, 좀더 난해하게 암호화할 수는 없나? 국왕이 목표하는 바를 막아달라고 촉구하는 데 반역의 소지는 없을까? 국왕의 눈에는 반역으로 보일 터다. 추기경은 통치자들에게 자기를 대신해 헨리왕과 전쟁을 하라고 청하는 게 아니다. 그저 타인의 호감을 무척이나 즐기는 국왕에게 더는 동조하지 말아달라고 부탁하는 것뿐이다.

그는 뒤로 기대앉으며 두 손으로 입을 가린다. 자기 소견을 스스로에게조차 들키지 않으려는 듯. 그리고 생각한다. 내가 전하를 사랑해서 다행이다. 그렇지 않았더라면, 내가 그분의 적이었다면―그러니까 내가 서퍽이라면, 노퍽이라면, 국왕이라면―다음주라도 당장 그분을 법정에 세우고 말 테니까.

문이 열린다. "리처드? 잠이 안 오느냐? 뭐, 그럴 줄 알았다. 연극 때문에 너무 들뜨기는 했지."

지금은 맘 편히 웃어도 될 것이나 리처드는 웃지 않는다. 아이의 얼굴에 그림자가 드리워져 있다. "외숙부님, 여쭙고 싶은 게 있어요. 제 아버지는 돌아가셨고, 이제 외숙부님이 아버지니까요."

리처드 윌리엄스, 그리고 월터의 이름을 딴 월터 윌리엄스. 이제 그의 아들들이다. "앉아보렴." 그가 말한다.

"우리도 외숙부님의 성을 따라야 할까요?"

"뜻밖의 말이구나. 지금 내 상황을 감안하면 크롬웰로 불리던 이들도 윌리엄스로 바꾸고 싶어할 텐데."

"제가 외숙부님의 성을 따르면 그걸 저버리는 일은 없을 거예요."

"네 아버지가 좋아하실까? 그분이 웨일스 왕자의 혈통을 이어받았다고 믿었던 건 너도 알지."

"아, 그러셨죠. 술이라도 한잔 하면 늘 말씀하셨어요. 누가 내 나라 웨일스를 1실링에 사가련?"

"그도 그렇지만 네 가계도에는 튜더가의 이름도 섞여 있어. 일설에 따르면."

"그만하세요." 리처드가 간청한다. "그 얘기만 나오면 이마에서 피땀이 삐질삐질 난다고요."

"그렇게까지 어렵게 생각할 거 없어." 그가 웃는다. "들어보렴. 선왕에게 재스퍼 튜더라는 숙부가 있었거든. 재스퍼한테는 사생아로 태어난 딸이 둘 있었지, 조앤과 헬렌이라고. 헬렌이 가드너의 어머니야. 조앤은 에번의 아들 윌리엄과 결혼했는데―조앤이 바로 네 할머니지."

"그게 다라고요? 그런데 아버지는 왜 그리 난해하게 말씀하셨을까요? 하지만 제가 폐하의 사촌이래도," 리처드가 잠시 멈칫한다. "그리고 스티븐 가드너의 친척이래도…… 그게 다 무슨 소용이에요? 우리는 왕가에 속하지도 않고 그리될 가능성도 없는데다 이제는 추기경 전하가…… 글쎄요……" 리처드가 눈길을 돌린다. "외숙부님…… 전에 외국 여행을 할 때 죽을 수도 있다고 생각해본 적 있으세요?"

"그럼. 아, 물론이지."

리처드가 그를 쳐다본다. 그건 어떤 기분이었어요? 하고 묻듯이.

"그때의 기분이야 짜증스러웠지." 그가 말한다. "다 헛일처럼 보였어. 이토록 먼길을 온 게. 저 바다를 건넌 게. 고작 이렇게 죽으려고……" 그는 어깨를 으쓱한다. "그것도 하느님만이 아실 이유로."

리처드가 말한다. "저는 매일 아버지를 위해 초를 밝혀요."

"그게 네게 도움이 되니?"

"아뇨. 그냥 하는 거예요."

"네가 그런다는 걸 아버지도 아시니?"

"아버지가 뭘 아시는지 저야 알 수 없죠. 제가 아는 건 산 자들끼리 서로 위로해야 한다는 거예요."

"내게는 이게 위로가 되는구나. 리처드 크롬웰."

리처드가 자리에서 일어나 그의 뺨에 입을 맞춘다. "좋은 밤 되세요. 커스갓덴 다웰."

잘 자요. 가족과 가까운 이들이 편히 쓰는 말이다. 아버지를 위한, 형제를 위한 어법이다. 우리가 어떤 이름을 선택하고 그걸 어찌 지켜내는지는 중요한 문제다. 전장에서 죽어 쓰러진 이들은 이름을 잃는다. 혈통 따위 없는 여느 시체들에게는 그들을 찾아볼 문장관도, 사후 기도를 올려줄 예배당도, 영원히 계속되는 기도도 없다. 모건의 혈통은 사라지지 않을 것이다. 그는 확신한다. 모건이 런던에서 상복을 벗을 날이 없을 만큼 죽음이 빈번했던 해에 세상을 떠났더라도. 그는 목을 만져본다. 그 메달, 캣 누나에게 받은 성스러운 메달을 걸었던 자리다. 거기서 메달을 찾지 못한 손가락들이 새삼 놀란다. 처음으로 그는 그때 바다에 메달을 흘려보낸 이유를 이해한다. 산 자가 손에 넣지 못하게 하려던 것이었다. 파도가 대신 가져갔고, 지금도 가지고 있다.

이셔의 굴뚝에서는 아직도 연기가 난다. 그는 노퍽 공작을 찾아가―공작은 그와의 만남을 마다하는 법이 없다―추기경의 식솔을 어찌해야 할지 묻는다.

이 문제에는 두 공작 모두 협조적이다. "최고의 불평분자들이지." 노퍽 공작이 말한다. "주인 없는 하인들 말일세. 그보다 위험한 건 없어. 사람들이 울지 추기경을 어떻게 생각하든 추기경이 한결같이 훌륭한 보필을 받았던 건 사실이야. 쓸 만한 자를 골라 이쪽으로 보내게. 내 수하에 두겠네."

공작은 크롬웰을 찬찬히 뜯어본다. 고개를 돌리는군. 상대가 자기를 탐낸다는 걸 알아. 웬만한 상속녀에 버금가는 표정이야. 음흉하고, 내숭스럽고, 쌀쌀맞지.

그는 노퍽 공작의 대출을 알선하고 있다. 그의 국외 인맥들은 별 흥미를 보이지 않는다. 추기경은 몰락했네, 그는 말한다. 공작이 떠올랐지, 아침해처럼 말이야. 헨리왕의 오른편에 앉아 있기도 하고. 토마소, 그들이 진지하게 말한다. 자네의 제안을 무엇으로 보증하겠나? 내일이면 죽어 자빠질지도 모를 늙은 공작이라면서―들리는 말로는 상당히 다혈질이라던데? 자네는 지금 그 공작의 지위를 담보로 내놓겠다는 건데, 그나마도 자네의 그 야만스러운 섬에서나 통하는 거 아닌가. 틈만 나면 내전이 터지는 그 동네에서나. 거기다 자네의 고집불통 국왕이 카를황제의 이모를 내치고 자기 창녀를 왕비 자리에 앉히면 또 전쟁이 벌어지겠지.

그럼에도. 그는 대출을 끌어올 것이다. 어디서든.

서펙 공작 찰스 브랜던이 말한다. "다시 왔군, 마스터 크롬웰. 명단을 가져왔나? 특별히 추천할 자가 있어?"

"네, 하지만 천한 계급 출신인지라 저하의 부엌 관리인과 상의하는 편이 더 적합하겠습니다―"

"아니, 내게 고하게." 감질을 견디지 못하는 자다.

"난로와 굴뚝을 관리하는 자일뿐인데요. 저하가 신경쓰실 문제가 전혀……"

"내가 고용하겠네, 내가 고용해." 서펙 공작이 말한다. "나는 잘 지핀 불을 좋아하거든."

토머스 모어 대법관은 울지 추기경의 기소 항목 전체에 앞장서서 서명했다. 들리는 말로는 모어의 요청으로 이상한 혐의가 추가되었다. 추기경은 국왕의 귀에 속삭이고 얼굴에 입김을 뿜은 죄로 고발당했다. 프랑스병*에 걸린 추기경이 우리의 군주도 감염시킬 작정이었다는 이유다.

그는 이 이야기를 들으며 생각한다. 대법관의 머릿속에 산다고 상상해보라. 그 같은 혐의를 적어 인쇄업자에게 가져가고, 궁정과 왕국에 유통시키고, 뭐든 덥석덥석 믿는 저 밖의 사람들에게 퍼트리는 걸 상상해보라. 언덕의 양치기에게, 틴들의 쟁기꾼에게, 길바닥의 거지에게, 외양간과 마구간에서 인내하는 짐승에게 퍼트리고 저 밖의 매서운 겨울바람에, 이른 아침의 힘없는 태양에, 런던 정원의 눈풀꽃들에 퍼트린다.

끄무레한 아침이다. 낮게 걸린 구름이 철옹성 같다. 유리에 여과되어 찔끔찔끔 들어오는 빛은 변색된 백랍색이다. 헨리왕은 그 얼마나 환하게 채색되어 있는가, 한 벌의 새 카드에 그려진 왕처럼. 무감한 푸른 눈은 또 얼마나 조그만가.

왕실 시종 노릇을 하는 젠틀맨 한 무리가 헨리 튜더를 둘러싸고 있다. 그들은 다가오는 그를 무시한다. 해리 노리스만 미소 지으며 정중하게 아침인사를 건넨다. 국왕의 신호에 따라 젠틀맨들이 자리를 비켜준다. 화사한 승마 망토가—사냥을 나서는 날 아침이다—펄럭이고 소

---

* 매독을 의미함.

용돌이치고 무리지어 모인다. 서로에게 속삭이고, 고갯짓과 어깻짓으로 대화를 나눈다.

국왕이 창밖을 내다본다. "그래," 말을 뱉는다. "어떤가……?" 울지 추기경의 이름을 입에 올리기가 꺼려지는 모양이다.

"폐하의 은총이 있기 전까지는 평안하실 수 없지요."

"혐의가 마흔네 개네." 국왕이 말한다. "마흔넷이라고, 마스터."

"외람되오나 폐하, 각 혐의에 대한 답변이 준비되어 있습니다. 심리가 열리면 소명할 것입니다."

"지금 이 자리에서 소명할 수 있겠나?"

"폐하께서 자리에 앉아주신다면 그리하겠습니다."

"그대는 늘 준비된 사람이라 들었는데."

"제가 준비도 없이 이 자리에 왔겠습니까?"

그는 막힘없이 줄줄 내뱉는다. 헨리왕이 미소 짓는다. 섬세하게 말리는 저 붉은 입술. 왕은 어여쁜 입을 가졌다, 거의 여자처럼 보이는. 얼굴에 비해서는 너무 작다. "후일에 그대를 시험해보겠네. 하지만 당장은 우리 서퍽 경이 기다리고 있어서. 구름이 걷힐 것 같나? 미사 전에 출발했으면 좋았을 텐데."

"날은 갤 듯합니다." 그가 말한다. "뭔가를 뒤쫓기에 좋은 날이겠습니다."

"마스터 크롬웰?" 국왕이 고개를 돌려 그를 본다. 놀란 표정이다. "그대도 토머스 모어와 생각이 같은 건 아니겠지, 어떤가?"

그는 기다린다. 왕이 무슨 말을 하려는지 종잡을 수 없다.

"라 샤스* 말이야. 대법관은 그게 야만스럽다고 생각하지."

"아, 그렇군요. 아닙니다, 폐하. 저는 전쟁보다 값싼 놀이는 뭐든 좋아합니다. 오히려……" 어떻게 표현해야 할까? "다른 나라에서는 곰과 늑대와 멧돼지를 사냥하기도 합니다. 한때는 잉글랜드에도 그런 짐승들이 있었지요. 울창한 숲이 존재하던 시절에는요."

"프랑스 왕은 멧돼지 사냥을 하지. 가끔 내게도 좀 보내주겠다고 한다네. 하지만 그런 소리를 들으면……"

조롱당하는 기분이겠지.

"우리는 이렇게들 말하네." 왕이 그를 똑바로 본다. "우리, 젠틀맨들은 사냥을 하면서 전쟁에 대비한다고 말이지. 여기서 우리 얘기가 불편한 방향으로 흐르게 되는군, 마스터 크롬웰."

"그러게 말입니다." 그가 명랑하게 말한다.

"그대가 그랬지. 의회에서, 육 년 전에, 나는 전쟁을 감당할 형편이 안 된다고."

실은 칠 년 전인 1523년이었다. 그리고 이 알현이 시작된 지 얼마나 되었나? 칠 분? 칠 분쯤 되었고, 그는 벌써 확신한다. 물러서는 건 아무 의미가 없다. 그랬다간 헨리왕의 사냥감이 될 터다. 선수를 쳐라, 왕을 흔들어놓을 수 있을지 모른다. "세계 역사에서 전쟁을 감당할 형편이 되었던 통치자는 없습니다. 전쟁은 감당할 수 있는 게 아닙니다. 세상의 어떤 군주도 '내 예산이 이러하니 딱 이만큼이 내가 감당할 수 있는 전쟁이다'라고 말하지 않습니다. 전쟁은 일단 시작하면 수중의 돈이 모두 바닥날 때까지 계속되고, 끝내 파국과 파산을 가져옵니다."

---

* la chasse. '사냥'을 뜻하는 프랑스어.

"1513년에 프랑스로 진군했을 때 나는 테루안을 점령했네. 예의 그 연설에서 그대는 그곳을—"

"똥통이라 칭했습니다, 폐하."

"똥통이라 칭했지." 왕이 반복한다. "어찌 그런 소리를 했나?"

그가 어깨를 으쓱한다. "거기 가봤으니까요."

번뜩이는 분노. "나도 마찬가지야, 그것도 내 군대의 선두에 서서. 내 말 잘 듣게, 마스터—그대는 내가 전쟁을 벌여선 안 된다고 했지. 세금이 나라를 끝장낼 거라고. 그러나 군주의 과업을 뒷받침하지 않는 나라가 무슨 나라란 말인가?"

"그때 저는—외람되오나 폐하—일 년 내내 군사작전을 계속할 정도의 금이 우리에게는 없다고 말씀드렸을 겁니다. 국내의 금 전부를 그 전쟁이 삼킬 거라고 말입니다. 저는 금속 화폐가 부족해 가죽 증표를 주고받던 시절의 이야기를 읽었고, 우리가 그 시절로 돌아가게 되리라 고했습니다."

"그대는 내가 군대를 직접 지휘해서는 안 된다고도 했지. 붙잡히기라도 하면 몸값을 감당할 수 없다고. 그래, 그대가 원하는 건 뭔가? 전쟁을 하지 않는 국왕을 원하는가? 내가 병든 여자애처럼 방구석에 웅크리고 있기를 바라나?"

"그렇다면 이상적일 겁니다, 국가 재정의 측면에서는요."

헨리왕이 식식거리며 숨을 깊게 들이마신다. 지금껏 소리를 지르고 있던 터다. 이제는—그리고 가까스로—웃기로 마음먹는다. "그대는 검약을 옹호하는군. 검약은 미덕이지. 하지만 군주에게 필요한 다른 덕목도 있는 법이네."

"불굴의 용기 말씀이십니까."

"그렇지. 거기에는 돈이 들기 마련이고."

"불굴의 용기가 전장에서의 용기를 의미하지는 않습니다."

"한 수 가르쳐주시겠나?"

"불굴의 용기는 목적의 불변을 의미합니다. 인내를 의미합니다. 폐하를 속박하는 존재를 벗삼아 살아갈 힘을 갖는 걸 의미합니다."

국왕이 방을 가로지른다. 승마 부츠를 신은 채 쿵, 쿵, 쿵. 왕은 라샤스에 나설 준비가 되었다. 몸을 돌린다. 자신의 위풍이 더욱 두드러져 보이도록 다소 천천히. 널찍하고 떡 벌어지고 눈부신 풍채다. "그 이야기를 계속해보세. 나를 속박하는 게 뭔가?"

"거리입니다." 그가 답한다. "항구. 지형. 사람. 겨울비와 진흙. 폐하의 선조들께서 프랑스에서 싸우던 당시에는 영지 전체를 잉글랜드가 장악하고 있었습니다. 거기서 물자를 보급하고 식량을 조달했지요. 이제 우리에게는 칼레밖에 없으니 프랑스 내륙에서 어찌 군을 지원하겠습니까?"

왕은 은빛 아침을 가만히 내다본다. 입술을 깨문다. 서서히 분노가 지글거리고 보글거리며 끓는점을 향해 가는 중인 건가? 그러다 돌아서는데, 환한 미소를 머금고 있다. "알고 있네. 그래서 다음번 프랑스로 들어갈 때는 해안 지역이 필요할 걸세."

어련하실까. 노르망디 정도는 있어야지. 아님 브르타뉴라도. 그거면 다 된다 그 말씀이야.

"아주 합리적이야." 국왕이 말한다. "그대를 괘씸히 여기진 않겠네. 다만 그대가 국가정책이나 군사작전 쪽으로는 경험이 없다는 생각이

드는군."

그는 고개를 가로젓는다. "전혀 없습니다."

"그대가 그랬지—그러니까 예전에, 의회 연설에서—왕국에 100만 파운드에 달하는 금이 있다고."

"대략적인 수치를 말씀드린 겁니다."

"그 수치는 어찌 찾아냈는가?"

"피렌체의 은행에서 일을 배웠습니다. 베네치아에서도요."

왕이 그를 빤히 본다. "하워드는 그대가 한낱 병졸이었다던데."

"그 또한 맞습니다."

"다른 건 더 없고?"

"폐하께서는 제가 무엇이면 좋으시겠습니까?"

국왕이 그의 얼굴을 뚫어져라 본다. 흔치 않은 일이다. 뒤를 돌아본다. 국왕의 습관이다. "마스터 크롬웰, 그대는 평판이 좋지 않아."

그가 고개를 숙인다.

"따로 해명할 생각은 없나?"

"폐하께서는 폐하 나름의 견해를 가지시면 됩니다."

"그렇겠지. 그리할 거고."

경비병들이 문을 막고 있던 창을 치운다. 젠틀맨들이 옆으로 비켜서며 허리를 숙인다. 서퍽 공작이 쿵쿵거리며 들어선다. 찰스 브랜던이다. 옷을 너무 덥게 차려입은 듯 보인다. "준비되셨습니까?" 공작이 왕에게 묻는다. "오, 크롬웰." 활짝 웃는다. "당신의 비만한 사제는 어쩌고 계시나?"

헨리왕이 불쾌해하며 얼굴을 붉힌다. 브랜던은 눈치채지 못한다.

"있잖나." 킬킬거리며 말한다. "사람들 얘기가 한번은 울지 추기경이 하인을 데리고 밖에 나갔다가 어느 산골짜기에서 말의 상태를 살피게 됐다더군. 거기서 내려다보니 무척이나 근사한 교회와 교회령이 있더라는 거야. 로빈이라는 하인한테 추기경이 물었다지. 저기는 누구의 소유인고? 내 성직록이면 좋겠는데! 로빈이 대답했다네. 이미 그렇습니다, 전하, 이미요."

이야기를 들은 주변 반응이 시큰둥한데도 서퍽은 혼자 좋아한다.

그가 말한다. "저하, 이탈리아 곳곳에서도 그 이야기를 합니다. 등장하는 추기경만 바꿔서요."

브랜던의 웃음기가 싹 가신다. "뭐라, 똑같은 이야기를?"

"무타티스 무탄디스.* 하인의 이름도 로빈이 아니고요."

국왕이 그와 눈을 맞춘다. 미소를 짓는다.

물러나 나오는 길에 그는 젠틀맨들을 밀어젖히며 걷는다. 그러다가 덜컥 마주친 사람이 다름 아닌 내무장관이라니! "좋은 아침, 좋은 아침입니다!" 그가 말한다. 그는 좀처럼 같은 말을 반복하는 사람이 아니나, 지금은 그래야 하는 순간인 듯하다.

스티븐 가드너가 크고 퍼런 손을 비비고 있다. "춥군요, 안 그렇습니까? 알현은 어땠나요, 크롬웰? 불유쾌했으려나?"

"그와는 반대였죠. 아, 폐하께서는 서퍽 공작과 나가신답니다. 장관께선 기다려야겠네요." 그는 걸음을 재촉하려다 말고 다시 돌아선다. 가슴에서 무지근한 타박상 같은 통증이 인다. "가드너, 이쪽에서 그만

---

* 어떤 사항에 관한 규정을 그와 유사하지만 본질적으로 다른 사항에 적용하는 것을 의미하는 법률 용어.

하면 안 되겠습니까?"

"안 되지." 가드너가 말한다. 축 늘어진 눈꺼풀을 깜빡거린다. "안
돼요, 그럴 수 없을 것 같네요."

"좋습니다." 그가 말한다. 걸음을 옮기며 생각한다, 기다려라. 일 년
혹은 이 년, 얼마가 될지는 모른다만, 가만히 기다려라.

이틀 뒤 이셔. 그가 정문을 제대로 통과하기도 전에 캐번디시가 헐
레벌떡 안뜰을 가로질러 달려온다. "마스터 크롬웰! 어제 폐하가―"

"차분하게요, 조지." 그가 타이른다.

"―어제 폐하가 세간을 네 수레나 보내왔어요―와서 좀 보십시오!
태피스트리, 접시, 침대 커튼―당신이 탄원한 덕분입니까?"

누가 알겠는가? 그가 직접적으로 요구한 것은 아무것도 없다. 혹 그
랬더라면 더 구체적으로 짚었을 터다. 그 침대 커튼 말고 전하께서 좋
아하시는 이 침대 커튼으로 하십시오. 전하는 동정녀 순교자보다 여신
을 좋아하십니다. 그러니 성 아그네스는 됐고, 숲의 비너스로 합시다.
전하는 베네치아산 유리그릇을 좋아합니다. 이 찌그러진 은제 고블릿
은 치우십시오.

새로 온 물건을 살펴보는 그의 표정에 경멸이 깃든다. "퍼트니 출신
인 자네들한테나 최고겠지." 추기경은 말한다. "그럴 수도 있겠군." 약
간 사과하는 투로 덧붙인다. "폐하가 보내라고 지정한 물건과 실제로
배달된 물건이 다를 수 있겠어. 더 저급한 걸로 대체한 거지, 더 저급
한 자들의 손이."

"전적으로 가능한 이야기죠." 그가 말한다.

"그렇지만. 그럼에도. 이제 좀더 편히 지낼 수 있겠군."

"문제는," 캐번디시가 말한다. "처소를 옮겨야 한다는 겁니다. 여기는 구석구석 문질러 닦고 환기를 해야 해요."

"맞네." 추기경이 말한다. "성 아그네스—주여 그분을 축복하소서—도 여기 변소 냄새를 맡으면 뒤로 넘어갈 판이야."

"그럼 추밀원에 탄원할까요?"

그가 한숨을 쉰다. "조지, 그런들 뭐하겠어요? 잘 들어요. 나는 토머스 하워드한테 얘기 안 할 겁니다. 브랜던한테도 안 해요. 그분한테 직접 할 겁니다."

추기경이 웃는다. 우둔하고 아버지 같은 함박웃음이다.

그는—추기경의 재산 처분 문제를 검토하면서—세세한 부분까지 모두 파악하고 있는 헨리왕에게 놀란다. 울지 추기경은 입버릇처럼 말했다. 국왕은 선친만큼 머리가 비상하고 기민하지만 선친보다 포용력이 있다고. 선왕은 나이를 먹으면서 편협해졌다. 잉글랜드를 강력히 통제했다. 채무로든 유대로든 선왕에게서 자유로운 귀족은 없었다. 선왕은 공공연히 말했다. 애정의 대상이 못 될 바에는 공포의 대상이 되겠다고. 헨리왕은 성정이 달라, 어떻게 다르냐고? 추기경은 소리 내 웃으며 말한다. 자네에게 안내서라도 한 권 만들어줘야겠군. 그러나 국왕의 허락을 받고 이사한 리치먼드의 조그만 별장에 딸린 정원을 거니는 동안 추기경은 마음이 흐려지고 예언을, 잉글랜드 성직자의 몰락을 이야기한다. 그 몰락은 예견되어 있고, 이제 현실이 될 거라고.

징조는 믿지 않는다 해도—그 개인적으로는 믿지 않는다—문제를 볼 수는 있다. 추기경이 교황 특사로서 사법권을 행사한 게 유죄라면 저 성직자들, 그러니까 추기경의 특사 자격에 동의한 주교 이하의 모든 성직자가 유죄 아닌가? 이런 생각을 하는 게 그 하나만은 분명 아닐 것이다. 그러나 적들은 대개 추기경 한 사람밖에, 당장이라도 덮쳐올 듯 어른거리는 그 거대한 진홍색 존재밖에 보지 못한다. 그 존재가 앙갚음할 준비를 마치고 다시 불쑥 나타날까 두려워한다. "긍지의 성직자* 나리들이 요새 형편이 안 좋지." 다음번 만남에서 브랜던이 말한다. 용기를 잃지 않으려 휘파람을 부는 남자처럼 쾌활하게. "이 나라에 추기경은 필요 없어."

"그자가," 추기경이 분노한다. "그자, 브랜던, 그 인간이 폐하의 여동생과 덜컥 결혼했을 때—메리는 남편을 잃은 지 얼마 되지도 않았는데, 폐하가 그녀를 다른 군주와 맺어줄 작정인 걸 뻔히 알면서 결혼을 감행했을 때—그자의 머리통은 몸뚱이와 이별하는 신세가 되었을 걸세. 내가, 한낱 추기경이, 폐하께 그자의 목숨을 간청하지 않았더라면."

내가, 한낱 추기경이.

"브랜던 그자가 변명이랍시고 뭐랬는지 아나?" 추기경이 묻는다. "'오, 폐하, 폐하의 여동생 메리가 울었습니다. 결혼해달라고 울며불며 어찌나 애원을 하던지요! 그토록 애처롭게 우는 여자는 본 적이 없습니다!' 그렇게 그자는 메리의 눈물을 닦아주고 공작 자리에 오른 거야! 그리고 이제는 그 자리가 에덴동산 시절부터 제 것이었던 양 떠들어. 들어보게, 토머스. 학식이 깊고 성품도 훌륭한 인물이 내게 와서—턴

---

* 울지 등의 교회 권력을 비판하는 존 스켈턴의 풍자시에 나오는 표현.

스틸 주교가 와서, 토머스 모어가 와서—교회 개혁이 절실하다고 간청한다면 나도 당연히 들어주지 않겠나. 그런데 브랜던이라니! 그자가 궁지의 성직자 나리 따위를 입에 올리다니! 그자가 어떤 인간이었나? 폐하의 말구종이었어! 게다가 보아하니 말들도 그자보다는 지혜롭더군."

"전하," 캐번디시가 간곡히 청한다. "화를 좀 누르십시오. 게다가 찰스 브랜던은 아시다시피 유서 깊은 가문 출신에다 태생부터가 젠틀맨입니다."

"젠틀맨? 그자가? 허풍쟁이 떠버리. 그게 브랜던이야." 추기경은 완전히 지쳐 자리에 앉는다. "머리가 아프군. 크롬웰, 궁에 가서 더 좋은 소식을 가져오게."

그는 매일같이 리치먼드에서 추기경의 지시를 받고 말을 달려 국왕이 있는 곳 어디로든 향한다. 그에게 왕은 어떻게든 침투해야 하는 땅이다. 보급을 받을 해안이라곤 없는.

헨리왕이 그간 추기경에게 뭘 배웠는지 눈에 보인다. 추기경의 유려한 외교, 모호함의 과학. 그는 왕이 이 과학을 적용해 자신의 성직자를 천천히, 감쪽같이, 애매하게 무너트리는 과정을 본다. 왕이 친절을 베풀 때마다 추가 기소 혹은 몰수 같은 잔학 행위가 뒤따른다. 추기경이 이렇게 신음할 때까지. "떠나고 싶구나."

"윈체스터." 그가 공작들에게 제안한다. "전하는 그곳에 있는 자신의 궁으로 가실 의향이 있습니다."

"뭐, 폐하와 그렇게 가까운 곳으로?" 브랜던이 말한다. "우리는 손해가 될 친절 따위는 베풀지 않네, 마스터 크롬웰."

추기경의 심복인 그가 국왕과 아주 빈번히 자리하자 유럽 전역에 울지 추기경의 복귀가 머지않았다는 소문이 돈다. 왕이 거래를 하고 있는 거야, 사람들은 말한다. 교회 재산을 받는 대가로 추기경을 다시 곁에 두는 거지. 추밀원 회의실에서, 궁정 사실에서 소문들이 새어나간다. 국왕은 새로운 인적 구성이 못마땅해. 알고 보니 노픽은 무식하거든. 서픽은 짜증나는 웃음 때문에 욕을 먹고.

그가 말한다. "전하는 북부로 가지 않으실 겁니다. 그럴 준비가 되어 있지 않습니다."

"하지만 나는 추기경이 북부로 갔으면 하네." 하워드가 말한다. "가라고 하게. 노픽 공작이 길을 나서서 여기를 뜨랬다고 전해. 그리하지 않으면—그대로 전하게나—내가 추기경을 찾아가겠다고. 가서 이 송곳니로 갈가리 찢어버리겠다고."

"저하." 그가 고개를 숙인다. "'물다'라는 단어로 대체해도 되겠습니까?"

공작이 그에게 다가간다. 과하다 싶게 가까이 선다. 눈에 핏발이 선다. 온갖 힘줄이 벌떡인다. 그에게 말한다. "아무것도 대체하지 마, 이 가증스러운—" 공작이 집게손가락으로 그의 어깨를 쿡쿡 쑤신다. "이런 놈의…… 인간 같으니." 못 참고 덧붙인다. "지옥에서 온 천것, 후레자식, 마귀떼, 이 법률가놈아."

공작은 그렇게 서서 계속 찌른다. 한 가마 분량은 되는 맨치트* 반죽에 구멍을 내는 제빵 장인처럼. 크롬웰의 살덩이는 단단하고 뻑뻑하며

---

* 최고 품질의 밀가루로 만든 흰 빵.

철벽같다. 공작의 손가락이 하릴없이 튕겨져나온다.

추기경과 식솔이 이셔를 떠나기 전, 쥐를 잡을 목적으로 들였던 고양이 한 마리가 추기경의 방에다 새끼들을 낳았다. 이걸로 무슨 추측이 가능하려고, 한낱 동물인데! 그런데 잠깐―새 생명이, 추기경의 거처에서? 이게 무슨 징조일 수도 있나? 그는 두렵다. 언제든 또다른 종류의 징조가 어떻게든 등장할 터다. 연기를 못 잡은 굴뚝에서 죽은 새 한 마리가 떨어진다든지. 그때부터는―오호통재라!―그 타령을 끝도 없이 들어야겠지.

그러나 잠시나마 추기경은 즐거워하고, 열어놓은 궤짝 속 쿠션에 아기고양이들을 올려두고 크는 모습을 지켜본다. 그중 하나는 검고 배고파한다. 털은 양모 같고 눈은 노랗다. 젖을 뗀 녀석을 그가 집으로 데려간다. 외투를 들춰 꺼내려고 보니 그의 어깨에 웅크린 채 자고 있다. "그레고리, 이거 봐라." 그는 고양이를 아들에게 내민다. "나는 거인이다. 내 이름은 말린스파이크다."

그레고리가 그를 쳐다본다. 조심스럽고 얼떨떨한 표정이다. 아이의 시선이 움찔거린다. 손을 저리로 뺀다. "개들이 죽이고 말 거예요."

말린스파이크는 부엌으로 내려가 통통하게 자라고, 짐승의 천성대로 산다. 여름을 앞두고 있지만, 그는 여름의 기쁨들을 상상할 수 없다. 이따금 정원을 걷다 아직 덜 자란 말린스파이크가 사과나무에 나른히 누워 감시하거나 햇볕이 내리쬐는 담장 위에서 코를 고는 모습을 본다.

1530년 봄. 상인 안토니오 본비시가 비숍스게이트의 우아한 대저택에서 열리는 저녁 만찬에 그를 초대한다. "늦지는 않을 거다." 그는 리처드에게 말한다. 으레 그렇듯 경직된 분위기의 모임이, 모두가 예민하고 허기진 자리가 되리라 예상하며. 제아무리 독창적인 부엌을 갖춘 이탈리아 부자라 해도 훈제 장어나 염장 대구로는 그리 다양한 요리법을 궁리해낼 수 없는 법이다. 사순절*에 상인들은 양고기와 맘지 와인을, 야밤에 깃털 이불 속에서 아내나 정부와 끙끙거릴 기회를 박탈당한다. 지금부터 성금요일까지 그들은 치명적인 기밀과 비열한 상업적 이익에 기를 쓰고 덤벼들 터다.

하지만 본비시의 만찬은 그의 예상보다 성대하다. 토머스 모어 대법관이 보인다. 법률가와 지역 정치인들 사이에 앉아 있다. 모어에게 구금당한 적이 있는 험프리 몬머스는 멀찍이 떨어진 곳에 자리하고 있다. 모어는 편안해 보인다. 위대한 학자이자 절친한 친구인 에라스뮈스와 관련된 일화로 좌중을 압도한다. 그러나 시선을 들었다가 그, 크롬웰을 발견한 순간 말을 뚝 멈춘다. 눈을 내리깐다. 모호하고 냉랭한 표정이 얼굴에 퍼진다.

"내 얘기를 하고 싶으셨습니까?" 그가 묻는다. "내가 있더라도 그냥 하시면 됩니다, 대법관님. 나는 낯짝이 두껍거든요." 그는 잔에 든 와인을 벌컥벌컥 들이켜고 웃는다. "브랜던이 뭐라는지 아십니까? 내 인생이 앞뒤가 안 맞는답니다. 내 여정들이요. 지난번에는 나더러 떠돌이 유대인 장사치라고 했고요."

"면전에 대고 그런 소릴 했단 말입니까?" 본비시가 정중히 묻는다.

---

* 부활절 전 사십 일 동안의 기간으로 금육과 절제를 실천한다.

"아뇨. 폐하께 들었어요. 그런데 추기경 전하가 브랜던더러 말구종이라 하시더라고요."

험프리 몬머스가 말한다. "요즘엔 거리낌없이 출입한다던데요, 토머스. 무슨 생각입니까, 이제 폐하의 가신이라도 됩니까?"

식탁 여기저기서 미소가 떠오른다. 몬머스의 말은 당연히 얼토당토않고, 이 상황도 어물쩍 넘어가면 그만이라고 생각해서다. 모어의 사람들은 도시민일 뿐, 그 이상은 아니다. 그러나 모어 자신은 수이 제네리스*다. 학문으로도 지혜로도. 모어가 말한다. "다들 아는 얘기를 새삼스레 다시 꺼내진 맙시다. 민감한 사안이 관련돼 있어요. 침묵해야 할 때도 있는 법이오."

포목상 길드의 원로 한 명이 식탁 너머로 몸을 숙이고 경고한다, 낮은 목소리로. "토머스 모어가 자리에 앉으면서 말하기를 추기경 문제도 그 레이디 문제도 논하지 않겠다고 했소."

그, 크롬웰은 참석자를 둘러본다. "어쨌든 폐하께 놀라기는 했습니다. 인내심이 대단하시더군요."

"당신에게요?" 모어가 말한다.

"브랜던에게요. 사냥을 나가려는 참이었는데 공작이 걸어들어오며 외치더군요. 준비되셨습니까?"

"당신의 주군인 추기경 전하도 끝없이 골머리를 앓으셨지요." 본비시가 말한다. "제위 초창기에요. 폐하의 벗들이 폐하와 지나치게 가까워지는 걸 막으려고 말입니다."

---

* sui generis. '고유한' '독보적인'이라는 뜻의 프랑스어.

"울지 추기경은 폐하가 자기하고만 가깝게 지내기를 원했던 거요."
모어가 말한다.

"그렇지만 누구를 올려 곁에 둘지는 당연히 국왕 마음이죠."

"다 그런 건 아니던데요, 토머스." 본비시가 말한다. 몇몇이 웃음을
터트린다.

"그리고 폐하가 친구들과 우정을 즐기신다니. 그건 좋은 거 아닙니
까, 그렇지요?"

"당신의 입에서 나오기엔 감상적인 말이로군요, 마스터 크롬웰."

"전혀 그렇지 않습니다." 몬머스가 말한다. "마스터 크롬웰은 친구
를 위해서라면 뭐든 하는 인물로 유명한걸요."

"내 생각에는……" 모어가 뜸을 들인다. 식탁을 내려다본다. "솔직
한 말로, 군주를 친구로 여기는 게 가능한 일인지 모르겠소."

"하지만," 본비시가 말한다. "대법관께서도 분명 폐하의 유년시절
부터 친분을 쌓아오셨지 않습니까."

"그렇지. 하지만 그게 정말 우정이라면 이보다는 덜 괴로워야겠
지…… 그로부터 힘을 얻는 측면도 있어야 할 테고. 뭐랄까……" 모
어는 처음으로 그를 본다. 의견을 구하는 것처럼. "나는 이따금 그런
기분이 든다오…… 천사와 씨름하는 야곱이 된 것 같은."

"게다가 아무도 모르잖습니까." 그가 말한다. "그 싸움의 이유가 뭔
지?"

"그렇지. 성서는 말이 없지. 카인과 아벨의 경우처럼. 알 게 뭔가?"

그는 식탁 주변에서 약간의 동요를 느낀다. 보다 독실한 자들 사이
에서, 좀더 진중한 자들 사이에서. 아니면 그저 다음 요리를 애타게 기

다리는 것인지도. 뭐가 나오려나? 생선!

"폐하와 대화할 때는," 모어가 말한다. "부탁건대 선량한 마음에 호소하시오, 강력한 의지가 아니라."

그는 이 이야기를 더 파고들려 하지만 포목상 원로가 와인을 채워달라고 손을 흔들며 그에게 묻는다. "선생의 친구 스티븐 본은 어찌 지냅니까? 안트베르펜에는 별일 없고요?" 이윽고 대화는 해운이니 이자율이니 하는 교역 이야기로 넘어간다. 그러나 이건 걷잡을 수 없이 계속되는 억측의 배경음일 뿐이다. 당신이 방에 들어와 '앞으로 이 얘기는 하지 맙시다'라고 말하면 결과적으로는 딱 그 얘기만 하게 된다. 이 자리에 대법관이 없었다면 대화는 수입관세와 보세품 창고 사이나 오가고 말았을 터다. 음울한 진홍색의 추기경을 굳이 떠올릴 일도, 탱글탱글하고 연신 들썩이는 한창때의 여자 가슴 위로 슬금슬금 올라가는 국왕의 손가락 이미지에 사순절로 굶주린 마음을 빼앗길 일도 없었을 터다. 그는 뒤로 기대앉아 토머스 모어에게 시선을 고정한다. 때마침 대화 사이에 자연스러운 정적이, 소강상태가 찾아온다. 그가 침묵한 지 십오 분쯤 지났을까, 대법관이 불쑥 말을 꺼낸다. 낮고 분노에 찬 목소리로, 자신이 먹던 음식을 뚫어져라 보면서. "울지 추기경은 도저히 채울 수 없는 탐욕을 가졌소. 타인을 향한 지배욕 말이오."

"대법관님," 본비시가 말한다. "청어 요리를 왜 그리 보십니까. 마음에 안 드시는지요."

기품 넘치는 귀빈이 대답한다. "청어에는 아무 문제도 없소."

그는 몸을 앞으로 숙인다. 이 싸움에 나설 준비가 되어 있다. 그러니까, 그냥 넘어가지 않을 작정이다. "추기경 전하는 공인입니다. 대법관님과 마찬가지로요. 그런 전하가 공적인 역할에서 몸을 사려야 합니까?"

"그렇소." 모어가 시선을 든다. "그렇소, 내 생각엔. 어느 정도는 그래야 하오. 욕구를 좀 덜 드러내야겠지, 아마도."

"늦었습니다." 몬머스가 말한다. "추기경에게 겸손하라고 훈계하기에는."

"진정한 벗들이 오래전에 훈계했고 무시당했지."

"대법관은 자신을 전하의 벗으로 여긴다는 겁니까?" 그가 의자 등받이에 기대며 팔짱을 낀다. "전하께 그리 말씀드리겠습니다, 대법관님. 그리스도의 보혈로 장담하건대, 전하께 큰 위로가 될 겁니다. 유배지에 앉아 대법관이 폐하께 자신을 비방한 이유가 뭔지 궁금해하시는 참이니."

"여러분……" 본비시가 안절부절못하며 의자에서 몸을 일으킨다.

"아니." 그가 말한다. "앉으시죠. 이건 분명히 해둡시다. 여기 있는 토머스 모어는 말할 겁니다. 나는 일개 수도사가 되려 했으나 아버지가 법학을 공부하게 했다. 나는 일생을 교회에서 보내려 했으나 선택권이 없었다. 다들 알다시피 나는 재물에 관심이 없다. 나는 영혼의 문제에 전념한다. 세속의 명예는 내게 아무것도 아니다." 그는 식탁에 앉은 이들을 둘러본다. "그런 분이 어찌 대법관이 되었을까요? 그저 우연인가?"

문이 열린다. 본비시가 벌떡 일어선다. 얼굴에 안도감이 홍수처럼 들이친다. "어서 오세요, 어서 오세요. 여러분. 카를황제의 대사가 왔습니다."

외스타슈 샤퓌가 후식과 함께 등장한다. 신임 대사로 불리지만 부임해온 건 지난가을이다. 샤퓌는 사람들이 자신을 알아보고 감탄하도록 문가에 그대로 서 있다. 작고 구부정한 이 남자는 앞이 트이고 잔뜩 부풀린 더블릿을 입었다. 검은색 외피 틈으로 파란색 새틴이 일렁인다. 그 밑으로 짤다랗고 검고 작대기 같은 다리가 보인다. "너무 늦어 유감입니다." 대사가 말하며 히죽거린다. "레 데페슈, 투주 레 데페슈."[*]

"대사의 인생이 워낙 그렇죠." 그가 시선을 들고 미소를 짓는다. "토머스 크롬웰입니다."

"아, 세 르 주이프 에랑[**]!"

대사는 즉시 사과한다. 자신의 농담이 통했다는 데 어안이 벙벙한 듯 웃으며 주위를 둘러본다.

앉으십시오, 앉으세요, 본비시가 말한다. 하인들이 부산히 움직이고, 옷자락이 서로 스치고, 참석자들은 보다 허물없이 자리를 바꾼다. 대법관을 제외하고. 모어는 원래 자리에 그대로 앉아 있다. 절인 가을 과일과 끓인 와인이 들어오고, 샤퓌가 모어 곁의 상석에 앉는다.

"대화는 프랑스어로 하겠습니다, 여러분." 본비시가 말한다.

아닌 게 아니라 프랑스어는 신성로마제국과 에스파냐 대사의 제1언어다. 그리고 다른 외교관과 마찬가지로 샤퓌 또한 잉글랜드의 말을 배우는 수고를 굳이 감수하지 않을 터다. 그게 다음 파견지에서 무슨 도움이 되겠는가? 아주 친절하십니다, 아주 친절해, 샤퓌가 말하며 만

---

[*] Les dépêches, toujours les dépêches. '긴급공문, 맨날 긴급공문'이라는 뜻의 프랑스어.

[**] c'est le juif errant. '그 떠돌이 유대인이군'이라는 뜻.

찬 주최자가 비워놓은 조각 장식 의자에 편히 몸을 기댄다. 두 발이 바닥에 닿지 않는다. 이윽고 모어가 생각에서 깨어난다. 대사와 이마를 맞대고 의논한다. 그는 둘을 지켜본다. 두 사람이 그의 시선을 짜증스레 되받는다. 하지만 보는 건 자유다.

둘이 대화를 멈추는 찰나의 순간 그가 끼어든다. "므슈 샤퓌? 음, 최근 폐하와 그 이야기를 나눴는데요. 참으로 유감스럽게도 대사님의 주군이 이끄는 군대가 성도를 약탈한 사건 말입니다. 조언 좀 부탁드려도 될까요? 우리는 아직까지도 그 일을 제대로 이해하지 못해서요."

샤퓌가 고개를 절레절레 젓는다. "더없이 유감스러운 사건이었죠."

"토머스 모어는 대사의 군대에 숨어 있는 마호메트교도가 날뛴 결과라고 생각합니다─오, 그리고 물론 제 동포인 떠돌이 유대인도 함께 말이죠. 하지만 그리 주장하기 전에는 로마의 가여운 처녀들을 강간하고 성역을 훼손한 게 독일인, 루터교도라고 했습니다. 둘 중 어느쪽이 사실이든 대법관의 말대로라면 카를황제가 책임을 피할 수 없을 텐데, 그럼 우리 또한 황제에게 책임을 물어도 됩니까? 대사께서 좀 알려주시겠습니까?"

"친애하는 대법관님!" 대사는 충격을 받는다. 시선이 토머스 모어를 향한다. "그리 말씀하셨습니까, 우리 제국의 군주에 대해서?" 어깨 너머를 힐끔 보더니 라틴어로 언어를 바꾼다.

다른 참석자들도 실은 언어적으로 기민한지라 자리를 지키고 앉아 그를 보며 미소를 짓는다. 그는 상냥하게 조언을 건넨다. "혹 반만이라도 비밀을 지키고 싶거든 그리스어를 쓰시지요. 알레,* 므슈 샤퓌, 실컷 떠들어보세요! 대법관께서는 다 알아들으실 겁니다."

그 직후 연회의 흥은 깨지고, 대법관이 자리에서 일어난다. 그러나 나가기 전에 참석자들에게 잉글랜드어로 공표한다. "마스터 크롬웰의 입장은 옹호의 여지가 없소, 내게는 그래 보이오. 그는 교회의 친구가 아니오. 우리 모두가 알다시피 그저 한 사제의 친구일 뿐. 그리고 그 사제는 그리스도교 세계를 통틀어 가장 타락했고."

모어는 더없이 통명하게 고개를 끄덕여 작별을 고한다. 샤퓌조차 본체만체하고 떠난다. 대사는 대법관을 눈으로 좇으며 미심쩍다는 양 입술을 깨문다. 마치 그쪽에게 이보다는 나은 도움과 우정을 기대했다고 말하듯이. 그는 샤퓌의 모든 행동거지가 배우의 연기를 닮았음을 알아챈다. 생각에 잠길 때면 시선을 내리깔고 손가락 두 개를 이마에 댄다. 슬플 때는 한숨을 쉰다. 당황스러울 때는 턱을 떨며 어설프게 웃는다. 샤퓌는 길을 헤매다 우연찮게 어느 연극 속으로 걸어들어가 그게 희극이라는 사실을 깨닫고 그 안에 머물면서 끝까지 지켜보기로 작정한 사람 같다.

만찬이 끝난다. 사람들이 점점 줄어들며 이른 황혼 속으로 사라진다. "생각보다 좀 일찍 파했나?" 그가 본비시에게 묻는다.

"토머스 모어는 내 오랜 친구야. 여기서 그렇게 일부러 약을 올리면 안 되지."

"오, 내가 연회를 망쳤나? 자네는 몬머스도 초대했던데. 그거야말로 모어를 약 올리려던 거 아니었나?"

"아니, 험프리 몬머스도 내 친구거든."

"그럼 나는?"

"당연한 말씀을."

둘의 대화는 자연스레 이탈리아어로 흐른다. "궁금한 게 있는데 얘기 좀 해주게." 그가 말한다. "톰 와이엇에 대해 알고 싶어." 와이엇은 웬 외교 사절단에 끼어 이탈리아로 갔는데, 다소 갑작스러웠다. 그게 삼 년 전의 일이다. 이탈리아에서 처참한 시간을 보냈다지만, 그건 다른 날 저녁에 들어도 된다. 궁금한 건 이것이다. 그자는 왜 잉글랜드 궁정에서 그처럼 허겁지겁 도망쳤나?

"아. 와이엇과 레이디 앤." 본비시가 말한다. "한참 된 얘기지. 나는 그런 줄 알았는데?"

뭐, 아마도, 그가 말한다. 어쨌든 본비시에게 마크, 류트를 연주하는 소년 이야기를 한다. 녀석은 와이엇이 레이디 앤을 취했다고 확신하는 듯했다. 그 소문이 유럽의 여기저기를, 하인과 막일꾼 사이를 떠돌아다닌다면 국왕의 귀에 아직껏 들어가지 않았을 확률은 얼마나 될까?

"아마도 통치의 기술이란 언제 귀를 닫아야 하는지 아는 게 아닐까. 게다가 와이엇은 인물이 좋아." 본비시가 말한다. "물론 잉글랜드풍으로. 키가 훤칠하고 금발이지. 우리 나라 사람들은 그자에게 경탄해. 당신네들은 도대체 어디서 그런 종자를 길러내는 건가? 그자는 자신감도 넘쳐, 당연한 얘기겠지만. 게다가 시인이라니!"

그는 친구의 말에 웃음을 터트린다. 이탈리아 사람들이 다 그렇듯, 본비시도 '와이엇'을 제대로 발음하지 못한다. '가이에트'쯤 되는 소리로 튀어나온다. 옛날에 호쿠드라는 남자가 있었다. 에식스 지방의 기사였는데, 기사도가 유행하던 시절 이탈리아에서 강간과 방화와 살인을 일삼았다. 이탈리아인들은 그 남자를 아쿠토라 불렀다. 아쿠토는 바늘을 뜻한다.

"그래, 하지만 앤은……" 그는 앤을 힐끔 보는 것만으로도 알아챌 수 있다. 그녀는 아름다움처럼 덧없는 것에 마음을 빼앗길 사람이 아니다. "요 몇 년 동안 그녀는 남편이 필요했지. 다른 무엇보다 절실했어. 이름이, 기득권이, 국왕과 협상을 벌일 발판이 되어줄 지위가. 자, 와이엇은 유부남이야. 그자가 그녀에게 뭘 줄 수 있었을까?"

"시?" 본비시가 대답한다. "그자가 잉글랜드를 떠난 건 외교 때문이 아냐. 고문을 일삼던 그 여자 때문이지. 그녀랑 한방에 있을 엄두가 더는 나지 않았던 걸세. 같은 성채에도, 같은 나라에도 있기 싫었던 거야." 그러면서 고개를 절레절레 젓는다. "잉글랜드 사람들은 정말 이상하지 않나?"

"맙소사, 정말 그렇지?" 그가 말한다.

"자네도 조심해야 해. 레이디 앤의 가족 말일세. 뭐든 다소 무리다 싶게 밀어붙이고 있어. 교황을 뭐하러 기다려? 그자 없이 혼인서약을 하면 안 돼? 매번 이런 식이라네."

"그게 성공으로 가는 길처럼 보이나보지."

"이 설탕 입힌 아몬드 좀 먹어보게나."

그가 미소 짓는다. 본비시가 말한다. "토마소, 자네한테 조언 좀 해도 될까? 울지 추기경은 끝났어."

"너무 확신하진 말게."

"그래. 그리고 추기경을 사랑하는 그 마음만 아니었으면 내 말이 사실이란 걸 자네도 알았을 거야."

"전하는 내게 한없는 은혜를 베푸셨네."

"하지만 북부로 가야만 해."

"세상이 그분의 뒤를 따를 거야. 대사들에게 물어보게. 샤퓌에게 물어봐. 그들이 누구에게 보고를 올리는지. 이셔에도, 리치먼드에도 우리 쪽 사람들이 있어. 투주 레 데페슈. 그 수신인이 우리야."

"하지만 그게 곧 추기경의 죄명이 아닌가! 나라 안에서 또하나의 나라를 운영하는 것."

그가 한숨을 쉰다. "알고 있네."

"그럼 자네는 어쩔 셈인가?"

"전하께 좀더 겸허해지시라고 청할까?"

본비시가 웃음을 터트린다. "아, 토머스. 제발, 자네도 알다시피 추기경이 북부로 가면 자네는 주군 없는 신세가 되네. 그게 핵심이야. 자네가 국왕을 알현하긴 하지만 그것도 지금뿐이지. 추기경의 입을 틀어막을 퇴직금을 어떻게 줄까 궁리하는 동안만이라고. 하지만 그다음엔?"

그는 머뭇거린다. "국왕은 나를 마음에 들어해."

"또한 늘 변심하지."

"앤한테는 아니네."

"그런 생각을 조심하라는 거야. 아, 가이에트 때문도 아니고…… 무슨 소문 때문도, 별 생각 없이 하는 소리 때문도 아닐세…… 이 모든 게 조만간 끝날 테니 하는 말이야…… 그녀도 곧 밀려날 걸세. 어차피 여자는 많으니까…… 생각해보게. 그 여자의 언니한테 명운을 걸었더

298

라면 얼마나 어리석은 짓이 됐을지, 먼저 만났다는 이유만으로."

"그래, 생각은 해보지."

그는 실내를 둘러본다. 저기가 대법관이 앉았던 자리다. 그 좌측이 허기진 상인들, 우측이 신임 대사. 저기는 이단자 험프리 몬머스. 저기는 안토니오 본비시. 여기는 토머스 크롬웰. 그리고 헛것의 자리들도 보인다. 덩치 크고 맹맹한 서퍽 공작의 자리. 성스러운 메달을 쨍그랑거리며 "미사를 걸고!"라 외치는 노퍽 공작의 자리. 헨리왕을 위해 마련된 자리도 있다. 용맹하고 조그만 캐서린 왕비를 위한 자리도. 이 참회의 기간 동안 굶주린 그녀의 배가 통통한 갑옷 같은 예복 아래서 꼬르륵거린다. 레이디 앤의 자리도 있다. 검은 눈동자로 쉼없이 주위를 둘러보면서 아무것도 먹지 않고 아무것도 놓치지 않으며 가녀린 목에 두른 진주를 잡아당긴다. 윌리엄 턴들의 자리와 클레멘스 교황의 자리도 있다. 교황은 되는대로 잘라 설탕에 조린 마르멜루를 보고 메디치 가문의 입술을 비죽거린다. 기름지고 비만한 마르틴 루터 신부도 앉아 있다. 저들 모두를 노려보며 생선 가시를 뭬하고 뱉는다.

하인이 들어온다. "밖에 젊은 젠틀맨 둘이 와 있습니다. 마스터의 이름을 대며 뵙자고 합니다."

그가 눈을 든다. "누가?"

"마스터 리처드 크롬웰과 마스터 레이프랍니다. 나리를 집으로 모셔가려고 하인들과 함께 와서 기다립니다."

그는 이 저녁의 모든 일이 그를 향한 경고임을 깨닫는다. 떠나라는 경고. 그는 기억할 것이다, 이 파국의 배치를. 정말로 파국이 맞다면. 저 부드럽게 쉭쉭거리고 속삭이는 소리는 돌이 제 몸을 부수는 소리다. 저 아득한 소리는 벽이 무너지는, 회반죽이 바스러지는, 잡석이 인간의 연약한 두개골을 박살내는 소리다. 저건 그리스도교 세계의 지붕이 내려앉아 그 아래 사람들을 덮치는 소리다.

본비시가 말한다. "자네를 노리는 자들이 있네, 토마소. 뒤를 조심할 필요가 있어."

"조심한다는 거 자네도 알잖나." 그의 시선이 실내를 훑는다. 마지막으로 한 번. "좋은 밤 되시게. 훌륭한 만찬이었네. 장어가 맛있었어. 자네 요리사를 우리집으로 보내보겠나? 사순절에 생기를 줄 새 양념이 있거든. 육두구 껍질이랑 생강이 필요하지. 말려서 잘게 다진 박하잎도—"

그의 친구가 말한다. "이렇게 간청하네. 부디부디 조심하게나."

"—약간, 마늘은 정말 조금이면 되고—"

"다음번 저녁식사를 하게 될 곳이 어디든 제발—"

"—빵부스러기는 한줌도 안 되게……"

"—불린가 사람과는 한데 앉지 말게."

II
총아 크롬웰
1530년 봄~12월

그는 일찌감치 요크궁에 도착한다. 포획된 갈매기들이 마당의 우리에 갇혀 강 위의 자유로운 형제들을 향해 울부짖는다. 공중의 녀석들은 비명을 지르며 선회하다 궁의 담장 너머로 급강하한다. 강으로 운반된 물건들이 짐마차에 실려 들어오고, 궁에서는 빵 굽는 냄새가 난다. 아이들이 다발로 묶인 골풀을 나르다가 그를 보고 이름을 부르며 인사한다. 그 공손함에 그는 동전을 하나씩 건네고, 아이들은 멈춰 서서 이야기한다. "그러니까 그 사악한 부인한테 가시는 거죠. 그 여자가 폐하한테 마법을 걸어 정신을 빼놨다는데, 아세요? 나리를 보호해줄 메달이나 성물은 있으신가요?"

"메달이 있기는 했지. 하지만 잃어버렸는데."

"우리 추기경님한테 부탁하세요." 아이 하나가 말한다. "전하께서 하나 더 주실 거예요."

골풀향이 찌릿하고도 풋풋하다. 괜찮은 아침이다. 요크궁 내부는 그에게 익숙하다. 여러 방을 지나 내실로 향하는 길에 알 듯 말 듯한 얼굴이 보이기에 말한다. "마크?"

벽에 기대서 있던 소년이 몸을 뗀다. "일찍 나왔구나. 어찌 지내느냐?"

부루퉁한 어깻짓.

"요크궁으로 돌아오니 기분이 묘하긴 할 테지. 세상이 많이 변했으니까."

"아닌데요."

"추기경 전하가 그립진 않고?"

"네."

"너는 행복하고?"

"네."

"전하께서 기뻐하시겠구나." 그는 걸음을 옮기며 혼잣속으로 말한다. 너는 우리를 잊었을지 몰라도, 마크, 우리는 네 생각을 한다. 아니, 적어도 나는 그래. 나를 중죄인이라 칭하며 내 죽음을 예견하던 너를 떠올린다. 사실 전하는 늘 말씀하시지. 세상에 안전한 곳은 없다, 말이 새지 않는 방은 없다, 잉글랜드 어디서든 사제에게 고해하는 것이나 치프사이드 시장통에서 자기 죄를 큰 소리로 외치는 것이나 다를 바가 없다. 그러나 내가 벽 위에 드리운 그림자를 봤던 날, 그래서 추기경에게 과거의 살인을 털어놓았던 날, 그 이야기를 들은 자는 없었다. 그러니 마크가 나를 살인자로 여긴대도 그저 자기 생각에 내가 그렇게 보

302

여서일 뿐이다.

대기실만 여덟 개. 그중 마지막 방, 울지 추기경이 있어야 할 곳에서
그는 앤 불린을 발견한다. 저기, 솔로몬과 시바의 여왕이 있다. 다시
펼쳐져 벽에 걸려 있다. 찬바람이 인다. 시바의 여왕이 그를 향해 일렁
인다. 발그레하고 동글동글하다. 그가 아는 여자와 겹쳐진다. 안셀마,
양모로 만들어진 여인. 당신을 다시는 못 볼 줄 알았는데.

그는 안트베르펜으로 전갈을 보내 은밀히 소식을 물었다. 안셀마는
결혼했어요, 스티븐 본이 말했다. 더 젊은 남자랑. 은행가라는군요. 그
럼 그자가 물에 빠져 죽든지 하면 좀 알려주게, 그가 말했다. 본이 회
신을 보낸다. 토머스, 이거 왜 이러세요. 잉글랜드에도 과부는 차고 넘
치지 않나요? 싱싱한 처녀도?

시바의 여왕 탓에 앤이 형편없어 보인다. 누리끼리하고 각이 져 보
인다. 그녀는 창가에 서서 로즈메리의 잔가지를 손가락으로 당겨 꺾는
다. 그를 보고는 가지를 놓고, 길게 나부끼는 소매 속으로 두 손을 집
어넣는다.

12월에 국왕은 연회를 열어 그녀 아버지의 윌트셔 백작 승격을 축하
했다. 캐서린 왕비는 참석하지 않았고, 그녀가 앉아야 할 자리에 앤이
앉았다. 대지에도, 분위기에도 성에가 끼었다. 그들은, 울지 추기경의
사람들은 당시 상황을 이야기로만 전해들었다. 그러니까 노퍽 공작부
인(항상 뭔가에 화가 나 있다)은 조카딸보다 아랫자리에 앉게 되어 화
가 났다. 헨리왕의 동생이기도 한 서퍽 공작부인은 음식을 입에 대지
도 않았다. 이 지체 높은 부인들은 불린의 딸과 말도 섞지 않았다. 그

럼에도 앤은 왕국의 여성 일인자로서 자리를 지켰다.

하지만 이제 사순절이 끝나가고, 헨리왕은 아내에게 돌아갔다. 첩의 곁에서 그리스도의 고난주간을 맞이할 만큼 염치가 없진 않다. 앤의 아버지는 외교상 업무로 국외에 있다. 로치퍼드 자작 작위를 받은 동생 조지와 함께. 톰 와이엇, 그녀가 고문하는 시인도 마찬가지다. 요크궁에 홀로 남은 그녀는 따분하다. 그러다 결국 사람을 보내 토머스 크롬웰을 불러오는 지경이 되었다. 그가 무슨 재밋거리라도 될까 싶어서.

그녀의 치맛자락에서 조그만 강아지 세 마리가 우르르 뛰어나와 왕왕거리며 그에게 달려든다. "밖에 못 나가게 해요." 앤의 말에 그는 능숙하고 부드러운 손길로 강아지들을 안아올린다―벨라와 같은 종이다. 귀에 털이 북슬북슬하고 조그만 꼬리를 살랑거리는, 저기 해협 건너에 사는 상인의 아내가 키울 법한 강아지. 그녀에게 다시 건네려는데 녀석들이 그의 손가락과 외투를 야금거리고, 얼굴을 핥고, 초롱초롱한 눈으로 그를 갈망한다. 이 만남을 몹시도 간절히 기다려왔다는 양.

그가 두 마리를 바닥에 부드럽게 내려놓는다. 가장 조그만 녀석은 앤에게 건넨다. "부 제트 장티,"* 그녀가 말한다. "게다가 내 아기들이 당신을 무척 좋아하네요! 나는 도저히 마음을 못 붙이겠어요, 아시죠, 캐서린이 키우는 저 원숭이들이요. 레 생주 장셰네.** 그 조그만 손을, 조그만 목을 묶어놨잖아요. 내 아기들은 나를 진심으로 사랑하죠."

앤 불린은 몹시도 조그맣다. 뼈대는 너무나 연약하고 허리는 너무나 가늘다. 법학도 둘을 합쳐야 추기경 하나가 된다면, 앤 둘을 합쳐야 캐

---

* Vous êtes gentil. '무척 친절하시군요'라는 뜻의 프랑스어.
** Les singes enchaînés. '족쇄를 채운 원숭이'라는 뜻.

서린 하나가 될 정도다. 이런저런 여자들이 낮은 스툴에 앉아 바느질을 하고 있다. 아니, 바느질하는 시늉을 하고 있다. 그중 한 명이 메리 불린이다. 그녀는 내내 고개를 숙이고 있는데, 생각해보면 그럴 만도 하다. 메리 셸턴도 보인다. 튀는 분홍색과 흰색으로 치장한 이 여자는 불린의 사촌이다. 그를 쭉 훑어보며 — 상당히 티나게 — 혼잣말한다. 세상에나 성모시여, 메리 불린이 기껏 고른 게 저 남자라고? 그뒤의 그림자들 사이에 또다른 소녀가 있다. 아까부터 고개를 저리로 돌리고 눈에 띄지 않으려 한다. 그녀가 누구인지 그는 모르지만, 바닥을 뚫어져라 보는 이유는 알겠다. 앤이 사람을 그렇게 만드는 듯하다. 강아지들을 바닥에 내려놓은 다음, 그 또한 그리한다.

"알로르."* 앤이 부드럽게 말한다. "갑자기 온 사방에서 당신 이야기를 하네요. 폐하는 마스터 크롬웰을 끝도 없이 입에 올리시죠." 그녀는 잉글랜드식 발음이 도저히 안 된다는 양 크레뮈엘이라 부른다. "그자는 맞는 말만 해, 그자는 모든 면에서 정확해…… 잊지 말자고도 하시죠, 메트르 크레뮈엘이 우릴 웃게 만든다는 걸."

"폐하께서 이따금 웃음을 보이시긴 하죠. 그런데 레이디는요? 웃을 일이 있으십니까? 스스로 보시기에 어떤가요?"

어깨 너머를 보는 검은 눈동자. "딱히 없는 것 같네요. 웃는 일이. 굳이 생각해보자면. 하지만 그런 생각은 안 해봤어요."

"결국 이게 레이디가 얻은 삶이군요."

마른 이파리와 줄기 같은 먼지 조각이 그녀의 치마 여기저기에 떨어

---

* alors. '그러니까' '그러면'이라는 뜻.

져 있다. 그녀는 저 밖의 아침을 응시한다.

"이렇게 한번 얘기해보죠." 그가 말한다. "추기경 전하께서 실각하신 뒤 레이디의 대의에 어떤 진전이 있었습니까?"

"전혀요."

"추기경 전하만큼 그리스도교 국가들의 생리에 정통한 사람은 없습니다. 그분만큼 각국 국왕과 친분이 있는 사람도 없고요. 생각해보십시오, 레이디 앤. 지금의 이 오해를 풀고 폐하의 은총을 되찾게 레이디께서 다리 역할을 해주신다면 전하가 얼마나 은혜로워할까요."

그녀는 대답이 없다.

"생각해보세요. 전하는 레이디에게 필요한 걸 얻어드릴 수 있는 잉글랜드 유일의 인물입니다."

"잘 알겠어요. 그 사람의 주장을 말해봐요. 오 분 드리죠."

"왜 아니겠습니까, 한눈에도 레이디는 무척이나 바쁘신 분인걸요."

앤은 반감이 담긴 눈으로 그를 보며 프랑스어로 말한다. "내가 시간을 어찌 쓰는지 당신이 알긴 해요?"

"친애하는 레이디 앤. 우리는 이 대화를 잉글랜드어로 하나요, 프랑스어로 하나요? 전적으로 레이디의 선택입니다. 그러나 둘 중 하나로 정하고 가죠, 어떻습니까?"

돌연한 움직임에 그가 곁눈질한다. 반쯤 숨어 있던 소녀가 얼굴을 든 것이다. 그녀는 수수하고 창백하다. 충격을 받은 듯 보인다.

"당신은 어느 쪽이든 상관없나요?" 앤이 말한다.

"네."

"잘됐네요. 프랑스어로 하죠."

그가 다시 이야기한다. 울지 추기경은 교황에게서 긍정적인 평결을 끌어낼 수 있는 유일한 인물이다. 국왕의 양심을 제대로, 온전히 전달할 유일한 사람이다.

그녀는 가만히 듣는다. 그것만은 확실히 말할 수 있다. 그는 소리를 덮는 겹겹의 베일과 두건 아래서 여자들이 상대의 말을 얼마나 잘 알아들을지 언제나 의문이다. 그러나 앤은 그의 말을 듣고 있다는 인상을 준다. 적어도 그가 말을 마치도록 기다려주기는 한다. 방해하지 않고 듣다가 마지막에 가서야 말을 끊는다. 그러니까, 그녀가 말한다. 폐하가 원하는 걸 추기경도 원하는 게 사실이라면, 추기경은 잉글랜드의 최고 관직에 있었던 사람이니까, 나는 이렇게 말할 수밖에 없어요, 마스터 크레뮈엘. 이토록 기도 안 차게 질질 끄는 게 말이 되냐고!

구석자리에서 앤의 언니가 들릴락 말락 덧붙인다. "자기는 하루하루 늙어가는데 말이지."

그가 방에 들어온 뒤로 여자들은 앞에 놓인 바느질감에 단 한 땀도 더하지 않았다.

"계속 말씀드려도 될까요?" 그가 설득조로 묻는다. "아직 시간이 있습니까?"

"오, 그럼요." 앤이 말한다. "하지만 잠깐뿐이에요. 사순절에는 내 인내심도 아껴 써야 하거든요."

그는 울지 추기경이 그녀의 대의를 방해했다고 주장하는 비방자들을 물리치라고 말한다. 국왕이 자신의 염원을 실현할 수 없다는 게 추기경을 얼마나 괴롭게 만드는지 말한다. 왕의 그 염원이 곧 추기경의 염원이었으니까. 왕의 백성 모두가 또 한번의 희망을 그녀에게 걸고 있다고 말한다. 왕위를 계승할 후계자를 향한 희망을. 그런 그들이 옳다고 자신 또한 확신한다고 말한다. 그는 예전에 그녀가 추기경에게 썼던 은혜로운 서신을 상기시킨다. 추기경 전하는 그 모두를 모아 보관하고 있다고.

"아주 좋아요." 그의 말이 끝나자 앤이 말한다. "아주 좋아요, 마스터 크레뮈엘. 하지만 다시 도전하세요. 딱 하나였어요. 딱 하나뿐이었던 단순한 부탁을 추기경은 들어주지 않았어요. 딱 하나뿐이었던 단순한 부탁을."

"그리 단순한 일이 아니었다는 걸 아시잖습니까."

"아마 내가 단순한 인간인가보죠." 앤이 말한다. "그런 것 같나요?"

"그럴 수도 있겠죠. 나는 레이디를 잘 모릅니다."

이 대답에 앤이 격분한다. 그녀의 언니 메리가 히죽거린다. 물러가세요, 앤이 말한다. 그리고 메리가 벌떡 일어나 그를 뒤따른다.

다시 한번 메리의 뺨이 발그레해지고 입술이 살짝 벌어진다. 그녀는 바느질감을 챙겨 나왔는데, 거참 이상하다고 그는 생각한다. 하지만 모를 일이다. 저 안에 남겨두면 앤이 바늘땀을 다 뜯어버리는 걸지도. "또 숨이 차나요, 레이디 케리?"

"우린 저애가 폴짝 뛰어서 당신 따귀를 때릴 줄 알았어요. 다시 오실 건가요? 셸턴이랑 나는 얼른 또 보고 싶은데."

"레이디 앤도 그쯤은 참을 수 있어요." 그 말에 메리가 덧붙인다. 맞아요, 그애는 자기 수준에 맞다고 생각하는 사람이랑 소소하게 말다툼하길 좋아하죠. 저기선 뭘 하는 겁니까? 그가 묻자 메리가 그에게 보여준다. 앤의 새 문장이에요. 그가 말한다. 사방에 들어가겠군요. 그녀가 활짝 웃는다. 오, 네, 그애의 속치마, 손수건, 두건, 베일. 앤은 아무도 입은 적 없는 옷들을 구해요. 그래야 자기 문장을 수놓을 수 있으니까. 장식용 벽걸이니 테이블 냅킨이니 하는 물건들은 말할 것도 없고……

"당신은 어찌 지내십니까?"

그녀는 눈을 내리깔더니 고개를 저쪽으로 홱 돌린다. "지쳤어요. 신경이 좀 날카로워졌다고 할까요. 크리스마스는 정말……"

"싸움이 났다죠. 누가 그러던데."

"처음에는 폐하와 캐서린이 다퉜어요. 그다음에 폐하가 공감을 바라고 여길 찾아왔죠. 그런데 앤이 이런 거예요. 뭐라고요! 캐서린이랑 싸우지 말라고 했잖아요, 어차피 질 거 뻔히 알면서. 폐하가 왕이 아니었다면," 메리는 신이 나서 말한다. "누군가는 불쌍히 여겼겠죠. 여자들한테 휘둘리며 힘들게 산다고."

"전부터 소문이 떠돌기를 앤이—"

"네, 하지만 아니에요. 그랬으면 내가 가장 먼저 알았을 거예요. 그애의 몸이 진짜 조금이라도 불었다면 내가 그애의 옷을 손봐야 했을 테니까요. 게다가 그건 불가능해요. 두 사람은 안 하거든요. 지금껏 안 했어요."

"한다면 당신에게 털어놓을까요?"

"당연하죠—나를 괴롭힐 요량으로!" 여전히 메리는 그와 눈을 맞추지 않으려 한다. 하지만 그에게 정보를 빚졌다고 느끼는 듯하다. "둘만 있을 때면 앤은요, 폐하가 보디스의 끈을 풀게 돼요."

"최소한 당신을 불러 시키지는 않는군요."

"폐하는 슈미즈를 내리고 가슴에 입을 맞추죠."

"앤의 가슴을 찾아내다니 능력이 좋네요."

메리가 웃음을 터트린다. 요란하고 언니답지 못한 웃음이다. 저 안에도 들린 게 틀림없다. 거의 동시에 문이 열리고, 아까 계속 숨으려 들던 조그만 소녀가 문 뒤에서 조심조심 돌아 나온다. 그녀의 표정은 진지하고 전혀 감정을 내보이지 않는다. 피부가 몹시도 고와 속이 비칠 듯하다. "레이디 케리." 소녀가 말한다. "레이디 앤이 보자십니다."

그녀는 바퀴벌레 두 마리를 서로에게 소개하듯 이름을 말한다.

메리가 소스라친다. 오, 성자들이시여! 발뒤꿈치를 대고 몸을 빙그르 돌린다. 뒤에 끌리는 옷자락을 잡아채는 능숙한 몸짓에서 오랜 내공이 느껴진다.

그로서는 놀랍게도 조그맣고 창백한 소녀가 그의 시선을 붙든다. 멀어져가는 메리 불린의 등뒤에서 소녀가 눈을 들어 하늘을 본다.

걸어나오는 길에 —여덟 개의 대기실을 지나 자신의 남은 하루로 돌아가는 길에—그는 눈길이 닿는 곳에 앤이 나와 있다는 것을 알아챈다. 그녀 목의 곡선을 따라 아침의 빛이 내려앉는다. 아치 모양의 가느다란 눈썹, 미소, 길고 가느다란 목으로 고개를 돌리는 모습이 보인다. 그녀의 기민함과 지력과 철저함이 보인다. 그녀가 추기경을 도우리라 생각한 건 아니지만, 물어서 손해볼 게 뭔가? 그는 생각한다. 이것이 내가 그녀에게 하는 첫번째 제안이다. 그리고 아마 마지막도 아닐 것이다.

앤이 그에게 온전히 집중한 순간이 있었다. 검은 눈동자가 찌르듯

꽂혔다. 국왕 역시 사람을 꿰뚫어볼 줄 아는 사람이다. 그러니까 푸른 눈동자에 어린 부드러움은 기만이다. 두 사람은 서로를 볼 때도 그러나? 아님 뭔가 다른 방식이 있나? 순간 이해가 되나 싶지만 다시 보니 아니다. 그는 창가에 선다. 벌거벗은 나무에 다닥다닥 붙은 검은 꽃봉오리 사이에 찌르레기떼가 내려앉는다. 그러고는 검은 꽃봉오리가 피어나듯 날개를 펼친다. 펄럭이며 노래한다. 그 통에 모든 게 요동한다. 공기도 날개도 노래의 검은 음표도. 그는 자신이 기쁜 마음으로 찌르레기를 바라본다는 사실을 깨닫는다. 거의 절멸한 어떤 것, 미래를 향한 어떤 조그만 몸짓이 봄을 맞을 준비가 되었음을 깨닫는다. 여위고 필사적인 모습으로 그는 부활절을, 사순절 금식의 끝을, 참회의 끝을 고대한다. 이 검은 세계 너머에 세계가 있다. 가능성의 세계가 있다. 앤이 왕비가 될 수 있는 세계는 크롬웰이 크롬웰일 수 있는 세계다. 그 세계가 보이나 싶지만 다시 보니 아니다. 순간은 지나가면 그만이다. 그러나 각성은 되돌릴 수 없다. 각성 이전의 순간으로는 돌아갈 수 없다.

사순절에도 육고기를 파는 푸주한은 있다. 제대로 알고 찾아가기만 하면. 오스틴프라이어스에서 그는 부엌에 내려가 일꾼들과 이야기하고 요리사에게 알린다. "추기경께서 편찮으셔서 사순절 금식을 면제받으셨어."

요리사가 모자를 벗는다. "교황님의 명에 따라서요?"

"내 명에 따라서." 그는 걸이에 줄줄이 꽂힌 칼과 뼈를 쪼개는 데 쓰는 정육칼을 눈으로 훑는다. 칼 한 자루를 집어들어 칼날을 확인하고, 칼갈이가 필요하겠다고 생각하며 말한다. "자네가 보기엔 내가 살인자

같나? 자네의 훌륭한 식견으론 어때?"

정적. 잠시 뒤 서스턴이 의견을 내놓는다. "그걸 든 지금 같아서는, 나리, 굳이 말씀을 드리자면……"

"아니, 하지만 내가 그레이스 인에 가는 길이라고 가정해보게…… 머릿속에 그려지나? 서류 뭉치랑 잉크통을 들고 가는 모습이?"

"그런 짐이야 사무원이 나르겠지요."

"그러니까 그려지지 않는다는 애기군?"

서스턴은 모자를 다시 벗어 안팎을 뒤집는다. 그것을 가만히 들여다본다, 거기 자기 뇌가 들어 있을지도 모른다는 양. 아니, 적어도 다음에 할 말을 알려주는 힌트 정도는 있으리라는 양. "제 눈에 나리는 더없이 법률가처럼 보입니다. 살인자라니요, 아니에요. 하지만 실례가 되지 않는다면, 마스터, 시체를 각 뜨는 법쯤은 아는 사람처럼 보이긴 합니다."

그는 추기경에게 보낼 쇠고기 올리브 요리를 주문한다. 세이지와 마저럼으로 속을 채우고 깔끔히 동여매 쟁반에 나란히 놓으라고 한다. 리치먼드의 요리사가 굽기만 하면 되도록. 성서 어디에 그런 말이 있는지 보여달라. 3월에 쇠고기 올리브를 먹어선 안 된다는 말이.

그는 레이디 앤을, 그녀의 달랠 길 없는 전투욕을 생각한다. 그녀 곁의 딱한 여자들을 생각한다. 그 여자들에게 절인 오렌지와 꿀로 만든 조그만 타르트를 납작한 바구니에 담아 보낸다. 앤에게는 아몬드 크림 한 접시를 보낸다. 장미수로 향을 첨가하고 절인 장미꽃잎과 설탕에 조린 제비꽃으로 장식한 것이다. 여기저기 말을 타고 다니며 음식을 직접 전달하던 처지에서는 이제 벗어났다지만, 딱히 완전하게 벗어난 것도 아닌 셈이다. 그가 피렌체 프레스코발디의 부엌에 있었던 게 그리 오래전 일도 아니고. 아니, 나름 오래전일 수 있다. 그의 기억이 생생하고 정확할 뿐. 그가 송아지족 젤리를 망에 거르면서 프랑스어와 이탈리아어에 퍼트니 사투리를 섞어 떠들고 있는데, 누군가가 소리쳤다. "토마소, 위층으로 올라오란다." 그는 서두르는 기색 없이 부엌 꼬마에게 고개를 끄덕였고, 아이가 대야에 물을 받아왔다. 그는 손을 씻고 리넨 천에 닦았다. 앞치마를 벗어 못걸이에 걸었다. 그가 아는 한 앞치마는 아직도 거기 걸려 있다.

어린 소년—그보다 어렸다—이 네발로 다니며 계단을 닦고 있었다. 일을 하며 노래를 불렀다.

"스카라멜라는 전쟁에 나간다
창과 둥근 방패를 들고
라 좀베로 보로 보롬베타,
라 보로 보롬보……"

"잠시만, 자코모." 그가 말했다. 소년은 그가 지나가도록 옆으로, 둥근 벽 쪽으로 비켜섰다. 그러자 빛이 변하며 그의 얼굴에서 호기심을 지우고, 표정을 비우고, 과거를 과거로 보내고, 미래를 깨끗이 씻어냈다. 스카라멜라는 전쟁에 나간다…… 하지만 나는 이미 전쟁에 나가봤는 걸, 그는 생각했다.

위층으로 올라갔다. 귓속에서 전쟁의 북소리가 아까 그 노래에 맞춰 둥둥거리고 텅텅거렸다. 그는 위층으로 올라갔고 다시는 내려오지 않왔다. 프레스코발디 회계실의 구석자리에 놓인 탁자가 그를 기다리고 있었다. 스카라멜라가 축제를 한다, 그는 흥얼거렸다. 자기 자리에 앉았다. 깃펜을 갈았다. 머릿속에서 생각들이, 이탈리아와 퍼트니와 카스티아어 서약들이 보글보글 끓고 소용돌이쳤다. 그러나 그 생각들을 종이에 옮길 때는 라틴어로, 그것도 완벽히 매끄럽게 흘러나왔다.

그가 오스틴프라이어스의 부엌을 나서기도 전에 집안 여자들은 그가 앤을 만나고 왔다는 걸 알고 있다.

"그래서," 조핸이 캐묻는다. "키가 커요, 작아요?"

"둘 다 아니던데."

"키가 엄청 크다고 들었거든요. 피부가 누렇죠, 아녜요?"

"네, 누레요."

"사람들 말로는 우아하다던데. 춤도 잘 추고."

"같이 춤은 안 춰봐서."

머시가 말한다. "자네 생각은 어떤데? 복음에는 밝고?"

그가 어깨를 으쓱한다. "같이 기도는 안 해봐서."

그의 어린 조카딸 앨리스가 묻는다. "어떤 옷을 입었어요?"

아, 그건 말해줄 수 있지. 그는 두건부터 치맛단까지, 발부터 손끝까지 가격을 매기고 출처를 가늠한다. 두건으로 말할 것 같으면 프랑스풍이 좀 과도하고 동그란 후드 탓에 갸름한 얼굴이 돋보인다. 이렇게 설명하는데 그의 냉철하고 상인 같은 어조를 여자들은 어째선지 알아주지 않는다.

"외숙부님은 그 여자가 별로죠, 그렇죠?" 앨리스의 물음에 그는 자신이 뭐라 평가할 입장은 아니라고 말한다. 그건 너도 마찬가지고, 앨리스. 그가 말하며 아이를 껴안고 키득거리게 만든다. 꼬맹이 조가 말한다. 우리 이모부가 기분이 좋으시네요. 그 다람쥐털 장식은, 머시가 운을 떼자 그가 말한다. 칼라브리아산이에요. 앨리스가 말한다. 오, 칼라브리아요. 그리고 콧등을 찡긋거린다. 조핸이 말한다. 그러니까 토머스, 그 여자랑 가까이 있었나봐요.

"그 여자 치아는 괜찮던가?" 머시가 묻는다.

"이런 맙소사. 언제 한번 물리면 그때 말씀드리죠."

노퍽 공작이 리치먼드로 행차해 송곳니로 갈가리 찢어버릴 거라는 소리를 전해들은 추기경은 웃음을 터트리며 말했다. "메리, 토머스, 떠날 때가 됐군."

하지만 북부로 가려면 자금이 필요하다. 이 문제가 추밀원에 회부되고, 해산이 선언된 뒤에도 국왕 앞에서 다툼이 계속된다. "이러나저러나," 찰스 브랜던이 말한다. "명색이 대주교가 추대식을 하러 가는데 숟가락을 훔친 하인처럼 슬금슬금 움직이게 둘 순 없지 않습니까."

"울지 추기경이 훔친 게 어디 숟가락뿐이겠소." 노퍽이 말한다. "잉글랜드 전체의 배를 불릴 돈을 한 끼 식사로 먹어치운 자입니다. 식탁보도 슬쩍하고, 맹세컨대 지하 저장고까지 몽땅 털어 마셨겠지."

국왕은 알현하기 힘들다. 왕과 만날 약속이 되어 있다고 생각한 어느 날은 내무장관과 대신 마주한다. "앉으세요." 가드너가 말한다. "앉아서 내 말 들어요. 지금부터 몇 가지 문제를 가감없이 말할 테니 인내심을 갖고 들으십시오."

그는 스티븐 가드너, 이 한낮의 악마*가 이런저런 문제를 늘어놓는 모습을 지켜본다. 가드너는 뼈가 낭창낭창한지 움직임이 몹시 여유롭고 주름살마다 위협이 넘치는 남자다. 거대한 손은 털이 수북하고, 오른 주먹을 왼 손바닥으로 감쌀 때면 손마디가 으드득거린다.

그는 전달받은 위협과 전갈을 가지고 자리를 뜬다. 문가에 멈춰 서서 부드럽게 말한다. "당신 친척이 안부를 전하던데요."

가드너는 그를 빤히 본다. 눈썹이 개의 곧추선 목털처럼 곤두서 있다. 크롬웰의 저 말은 곧—

"국왕은 아니고요." 그는 위로하듯 말한다. "폐하는 아닙니다. 당신의 친척 리처드 윌리엄스 얘기죠."

가드너가 경악한다. "그 케케묵은 소릴!"

"오, 뭘요. 왕실의 서자라는 게 불명예는 아니죠. 아니, 우리는 그리 생각합니다. 우리 가문은요."

"우리 가문? 도대체 예절이라는 걸 알긴 하오? 나는 그 청년에게 아무 관심 없습니다. 친족이라고 생각하지도 않고, 그자를 위해 아무것도 하지 않을 거요."

"사실 그럴 필요 없습니다. 그애는 이제 자신을 리처드 크롬웰이라 부르거든요." 그는 걸음을 옮기면서—이번에는 정말로 옮기면서—덧붙인다. "이걸로 괜히 잠을 설치지는 마십시오, 스티븐. 이 문제는 내가 꼼꼼히 살펴봤으니. 당신이 리처드와 친족일진 몰라도 나와는 그리 엮인 게 없습니다."

---

* 수도자의 영혼을 흔들어 타락하게 만드는 존재를 뜻함.

그는 웃는다. 속에서는 분노가 마구 날뛰어 제정신이 아니다. 온몸의 피가 뱀의 색깔 없는 피처럼 묽고 희석된 독으로 가득찬 느낌이다. 오스틴프라이어스의 집에 도착하자마자 그는 레이프 새들러를 껴안고, 그 통에 청년의 머리칼이 삐죽삐죽 곤두선다. "하느님 인도하소서. 사람이야, 고슴도치야? 레이프, 리처드, 나는 참회를 해야 할 것 같은 기분이구나."

"참회하는 기간이니까요." 레이프가 말한다.

"나는 완벽한 평정을 원해. 닭털을 흩트리지 않고 닭장에 들어갈 수 있는 사람이고 싶다. 노픽 외숙부보다는 오히려 말린스파이크 같은 사람이면 좋겠어."

그는 리처드와 웨일스어로 위안이 되는 대화를 한참 나눈다. 녀석은 그를 놀린다. 그가 옛말을 거의 잊어버린데다 자꾸만 잉글랜드어로 빠지면서도 능청맞게 두 언어의 중간쯤 되는 어조를 유지해서다. 그는 수 주 전에 샀지만 깜빡하고 주지 못한 진주와 산호 팔찌를 조카딸들에게 건넨다. 부엌으로 내려가 몇 가지 제안을 하는데, 모두 기분좋은 내용이다.

그는 집안 일꾼과 사무원을 한자리에 모은다. "계획이 필요하네." 그가 말한다. "북부로 가는 여정에서 전하를 편히 모실 방법 말일세. 전하는 백성들이 나와 존경을 표할 수 있게 천천히 움직이길 원하시네. 피터버러에 도착해 성주간*을 보내고, 거기서부터 서서히 이동해 사우스웰로 가실 걸세. 그곳에 머물며 향후 요크로 이동할 계획을 세

---

* 예수가 지상에서 겪은 고난을 기념하는 주간으로 부활절 일요일 전의 일주일.

우실 거야. 사우스웰의 대주교궁은 방들이 훌륭하지만, 그래도 건축업자를 불러들일 필요가 있을지 모르지……"

조지 캐번디시의 말에 따르면 울지 추기경은 기도로 대부분의 시간을 보내고 있다. 리치먼드에 추기경이 친해지려 애쓰는 수도사가 몇 있다. 그들은 추기경에게 살을 찌르는 가시와 상처에 뿌리는 소금의 가치를, 빵과 물의 훌륭함을, 자학의 음울한 기쁨을 설파한다. "오, 그럼 얘기는 끝난 거군요." 그가 짜증스레 말한다. "전하를 모시고 어서 출발해야 합니다. 요크셔에선 형편이 더 나을 거예요."

그는 노퍽에게 말한다. "자, 공작 저하. 어떻게 해야 할까요? 추기경이 가기를 원하십니까, 가지 않기를 원하십니까? 가기를 원하신다고요? 그럼 저와 함께 폐하를 뵈러 가시죠."

노퍽이 끙 소리를 낸다. 전갈을 보낸다. 하루쯤 뒤 그들은 함께 대기실에 있다. 기다린다. 노퍽이 서성거린다. "오, 성 유다여! 상쾌한 바람 좀 쐴까? 아님 자네 같은 법률가들은 그런 게 필요 없나?"

그들은 정원을 거닌다. 아니, 그는 거닐고 공작은 쿵쾅거린다. "저 꽃은 언제 피는 건가?" 공작이 말한다. "내가 어렸을 땐 꽃 같은 거 있지도 않았어. 버킹엄이었지, 자네도 알다시피. 이 장식 정원 어쩌고 하는 걸 들여온 자가. 그것참, 꾀도 화려했는데!"

열정적인 정원사이기도 했던 버킹엄 공작은 반역죄로 목이 잘렸다. 1521년의 일로, 아직 십 년도 채 지나지 않았다. 지금, 이 봄 앞에서 입에 담기엔 너무 애처로운 일인 듯하다. 모든 덤불에서, 모든 가지에서 노랫소리가 들리는 이 봄날에 떠올리기엔.

요청이 승인된다. 면담을 하러 가는데 공작이 멈칫거리며 주저한다.

눈을 홉뜨고, 콧구멍을 벌렁거리고, 숨을 헐떡인다. 공작이 그의 어깨에 손을 얹자 그는 부득이하게 걸음을 늦추고, 두 사람은 실랑이하듯—그는 손을 뿌리치고 싶은 충동을 억누른다—거지의 행렬에 낀 퇴역 군인처럼 걷는다. 스카라멜라는 전쟁에 나간다…… 노퍽의 손이 벌벌 떨린다.

하지만 왕을 알현하는 순간 그는 헨리 튜더와 한방에 있다는 사실이 이 늙은 공작을 얼마나 긴장시키는지 완전히 이해한다. 왕의 찬란한 패기 앞에서 공작은 남몰래 자꾸만 쪼그라든다. 헨리왕은 그들을 다정히 맞이한다. 멋진 하루고 꽤 멋진 세상이라고 말한다. 방을 돌며 두 팔을 넓게 벌리고 자신이 지은 시 몇 구절을 낭송한다. 어떤 이야기든 하겠지만, 울지 추기경은 제외라고 말한다. 난처해진 노퍽은 낯빛이 검붉어지며 구시렁거리기 시작한다. 물러가라는 명과 함께 그들은 뒷걸음쳐 나온다. 왕이 부른다. "아, 크롬웰……"

그와 공작은 시선을 교환한다. "미사를 걸고……" 공작이 구시렁댄다.

공작의 등에 손을 올리고 그가 말한다. 먼저 가십시오, 노퍽 공작 저하, 곧 뒤따라가겠습니다.

헨리왕은 팔짱을 끼고 서서 바닥을 본다. 아무 말도 없다가 그, 크롬웰이 다가가자 그제야 입을 연다. "1천 파운드?" 왕이 속삭인다.

그의 입에서 이런 말이 튀어나올 뻔한다. 그야 시작일 뿐, 총합은 1만 파운드죠. 제 앎과 믿음에 비춰볼 때 폐하께서 십여 년간 울지 추기경에게 진 빚은 그쯤 됩니다.

물론 말을 뱉지는 않는다. 그런 순간에 헨리왕은 상대가—공작, 백작, 평민, 마른 자와 살찐 자, 노인과 젊은이 누구든ー얼른 무릎을 꿇기를 기대한다. 그도 그리한다. 몸의 흉터가 땅긴다. 나이 사십 줄에 웬만한 상처 하나 없는 사람은 거의 없다.

왕이 신호한다. 일어나도 좋네. 그리고 호기심어린 말투로 덧붙인다. "노퍽 공작은 그대에게 우정과 호의의 징표를 많이도 보여주는구려."

어깨에 얹은 손, 그 얘기다. 평민의 근육과 뼈에 와닿은 공작의 손바닥에서 느껴지던 미세하고도 뜻밖의 떨림. "공작 저하는 신분의 귀천을 철저히 지키려 늘 조심합니다." 헨리왕은 안심하는 듯하다.

그의 머릿속에 달갑지 않은 생각이 슬며시 떠오른다. 만약 당신이, 헨리 튜더, 병을 얻어 내 발치에 쓰러진다면? 내가 당신을 일으켜세워도 되는가, 아님 백작을 불러 대신 부축하게 해야 하나? 혹은 주교를?

헨리왕이 자리를 뜬다. 고개를 돌리고는 조그만 목소리로 말한다. "나는 매일같이 울지 추기경이 그립다네." 잠시 정적이 이어진다. 왕이 속삭인다. 허락할 테니 돈을 받아가게. 공작에게 말하지 말고. 다른 누구에게도 말하지 말고. 그대의 주군에게 나를 위해 기도해달라 청하게. 이게 내가 할 수 있는 최선이라 전하고.

여전히 무릎 꿇은 자세로 그가 올리는 감사의 말은 유창하고 장황하다. 헨리왕은 그를 쓸쓸히 바라보며 말한다. 맙소사, 마스터 크롬웰, 그대가 그리 말할 줄도 아는 사람이었나?

그는 밖으로 나온다. 침착한 얼굴로, 활짝 웃고 싶은 충동과 싸우며. 스카라멜라가 축제를 한다…… "나는 매일같이 울지 추기경이 그립다네."

노퍽이 묻는다. 폐하가 뭐, 뭐, 뭐라던가? 오, 아무 말씀도요, 그가 답한다. 추기경에게 특별히 전했으면 하는 안 좋은 말 몇 마디가 전부였습니다.

　여행 일정이 세워진다. 추기경의 물품은 연안용 바지선에 실어 헐*
로 보낸 뒤 거기서부터 육로로 옮길 계획이다. 그가 직접 나서서 바지
선 사공들을 쩔쩔매게 만들며 가격을 합리적인 수준으로 깎았다.
　그는 리처드에게 설명한다. 그게 말이다, 추기경 한 사람이 이사하
는 데 1천 파운드면 그리 큰돈이 아니거든. 리처드가 묻는다. "이 일에
외숙부님의 돈은 얼마가 들어갔어요?"
　절대 셈해선 안 될 빚도 있는 법이다, 그가 말한다. "나는 남이 내게
진 빚은 그냥 기억하고 내가 남에게 진 빚은 하느님을 걸고 기억한다."
　그는 캐번디시에게 묻는다. "하인은 몇 명이나 데려간다고 하시던
가요?"
　"고작 백육십 명이랍니다."
　"고작이요." 그가 고개를 끄덕인다. "그렇지요."
　헨던. 로이스턴. 헌팅던. 피터버러. 그는 선발대에게 명확한 지침을
내리고 먼저 출발시킨다.

　마지막 밤, 울지 추기경이 꾸러미를 건넨다. 조그맣고 단단한 물건
이 들어 있다. 인장, 아니면 반지다. "내가 떠나고 열어보게."
　일꾼들이 추기경의 사실을 드나들며 궤짝과 종이 뭉치를 옮긴다. 캐
번디시는 은제 성광**을 들고 오락가락한다.

---

* 잉글랜드 북동부 험버사이드주의 주도.
** 그리스도의 육체를 뜻하는 성체를 안치하는 도구.

"북부에 한번 오겠나?" 추기경이 묻는다.

"폐하가 전하를 다시 부르는 즉시 모시러 가겠습니다." 그는 이 일이 실현되리라 믿는 동시에 믿지 않는다.

추기경이 자리에서 일어선다. 분위기가 좀 거북하다. 그, 크롬웰이 가호를 빌기 위해 무릎을 꿇는다. 추기경이 입맞춤 받을 손을 내민다. 터키석 반지가 없다. 그 사실에 그는 당황하지 않는다. 추기경의 손이 잠시 그의 어깨에 내려앉는다. 활짝 펼친 손의 엄지손가락이 쇄골의 우묵한 부분에 놓인다.

이제 떠나야 할 때다. 둘 사이엔 이미 몹시도 많은 말이 오갔기에 주석 한 자도 더할 필요가 없다. 그들의 행위에 해설을 달거나 교훈을 덧붙이는 건 지금 그가 할 일이 아니다. 당장은 포옹할 때가 아니다. 추기경이 꺼내놓을 능변이 더는 없다면, 그에게도 없다. 그가 방문에 닿기도 전에 추기경은 벽난로 쪽으로 돌아선다. 불가로 의자를 당기고, 한 손을 들어 얼굴을 가린다. 그러나 끝내 그 손은 추기경 자신과 벽난로 사이가 아니라, 추기경 자신과 닫히는 문 사이에 있다.

그는 안뜰로 향한다. 비틀거린다. 연기가 자욱해 빛이 자멸하는 으슥한 곳에서 벽에 몸을 기댄다. 그는 울고 있다. 혼잣속으로 생각한다. 조지 캐번디시가 지나가다 보면 안 되는데. 그랬다가는 모조리 적어뒀다 연극으로 만들 테니.

그는 나지막이 욕한다, 여러 나라 말로. 삶에, 삶의 요구에 굴복하고만 자신에게. 하인들이 지나가며 말한다. "마스터 크롬웰을 모셔갈 말이 도착했습니다! 마스터 크롬웰을 모셔갈 자들이 정문에 와 있습니다!" 그는 스스로를 주체할 수 있을 때까지 기다렸다가 문을 나선다.

여기저기 동전을 나눠주면서.

집에 도착하자 하인들이 묻는다. 칠을 새로 해서 추기경의 문장을 없앨까요? 아니, 절대. 그가 말한다. 오히려 더 선명히 칠하게. 그는 뒤로 물러나 살펴본다. "까마귀를 좀더 생동감 있게 살려보지. 전하의 모자도 더 나은 진홍색으로 바꾸고."

그는 잠을 설친다. 리즈의 꿈을 꾼다. 궁금하다. 그녀가 그를 알아볼까. 그가 곧 되고 말리라 맹세한 남자를. 의연하고 온화하게 국왕의 평화를 수호하는 남자를.

새벽녘에 그는 깜빡 잠든다. 일어나며 생각한다. 전하는 이제 막 말에 오르셨겠구나. 나는 왜 그분과 함께이지 않나? 4월 5일이다. 그는 계단에서 조핸과 마주친다. 그녀는 담백하게 그의 뺨에 입을 맞춘다.

"주께서 왜 우리를 시험하실까요?" 그녀가 속삭인다.

그가 중얼거린다. "우린 통과하지 못할 듯싶군요."

아무래도 내가 직접 사우스웰에 가봐야겠지? 그의 말에 레이프가 답한다. 제가 대신 갈게요. 그는 목록을 건넨다. 대주교궁 전체를 청소할 것. 추기경 전하는 본인의 침대를 가져가실 예정. 부엌 일꾼은 킹스 암스에서 뽑아올 것. 마구간을 점검할 것. 음악가를 구할 것. 지난번 지나가다 대주교궁 담에 붙여 설치한 돼지우리를 봤으니, 주인을 찾아 값을 지불하고 철거할 것. 크라운*에서는 술을 마시지 말 것. 그 집 에일은 내 부친이 만든 것보다 형편없음.

---

* '킹스 암스'와 '크라운' 모두 주점 이름이다.

리처드가 말한다. "외숙부님…… 이제 전하를 놓아드릴 때예요."

"이건 전술상 후퇴지, 패주가 아니다."

녀석들은 그가 밖에 나갔다고 생각하지만 그는 뒷방에 갔을 뿐이다. 서류 사이에 파묻히는데 리처드의 말이 들린다. "외숙부님은 지금 마음에 끌려가고 있어."

"그냥 마음이 아니라 경험 많은 마음이지."

"하지만 적군이 어디 있는지도 모르는 장군이 후퇴 전략을 세울 수 있어? 국왕은 이 문제에 너무 이중적이야."

"왕의 품으로 곧장 후퇴하는 방법도 있지."

"맙소사. 너는 우리 외숙부님도 이중적이라고 생각하는 거야?"

"최소 삼중적이지." 레이프가 말한다. "봐, 마스터한테는 그 노인네를 버리는 게 아무런 득이 안 돼―전혀. 주군을 버린 자라는 오명 말고 뭘 얻겠어? 꼭 붙어 있어야 얻는 것도 있겠지. 우리 모두를 위해."

"그럼 어서 가보렴, 돼지치기 소년아. 너 아님 누가 돼지우리 따위를 챙기겠어? 토머스 모어 같은 인간은 그런 데 조금도 관심 없을걸."

"혹은 돼지 주인을 훈계하겠지. 이보시게, 부활절이 다가옴에―"

"―그대는 성찬을 받을 준비가 되었는고?" 레이프가 웃음을 터트린다. "그런데 리처드, 그러는 그대는 준비되었는고?"

리처드가 말한다. "일주일 동안 어디 가서 빵 한 조각 못 얻을까."

성주간에 피터버러에서 보고가 들어온다. 엄청난 인파가 울지 추기경을 보러 모여들었다. 사람들이 기억하는 한 그 도시에 그처럼 많은 사람이 몰린 건 처음이다. 추기경이 북부로 올라가는 동안 그는 머릿속에 있는 섬들의 지도를 짚어가며 뒤따른다. 스탬퍼드, 그랜섬, 뉴어크. 움직이는 궁은 4월 28일 사우스웰에 도착한다. 그, 크롬웰은 추기경을 위로하는 서신을 쓰고, 추기경에게 경고하는 서신을 쓴다. 그는 불린 가문이, 혹은 노퍽 공작이, 혹은 둘 모두가 추기경의 수행단에 첩자를 심을 방도를 찾아냈을까 걱정스럽다.

샤퓌 대사가 국왕을 알현하는 자리에서 서둘러 벗어나 그의 소매를 잡더니 옆으로 잡아끈다. "므슈 크레뮈엘, 당신 집에 잠깐 들를까 했습니다. 아시다시피 우리는 이웃이잖아요."

"언제든 환영입니다."

"그런데 사람들 말로는 요즘 당신이 국왕과 빈번히 자리를 갖는다더군요, 잘된 일이지요, 그렇죠? 당신의 옛 주군, 그분이 매주 소식을 전해옵니다. 캐서린 왕비의 건강을 염려하고 있어요. 기분이 어떤지 묻고는 곧 국왕의 품으로, 침대로 다시 돌아갈 거라 생각하라고 왕비에게 간청합니다." 샤퓌가 웃는다. 맘껏 즐기고 있다. "그 첩은 추기경을 돕지 않을 겁니다. 당신이 시도했다가 실패한 걸 우리도 알아요. 그래서 추기경도 왕비 쪽으로 마음을 돌린 거지요."

그는 묻지 않을 수 없다. "그래서 왕비는 뭐랍니까?"

"왕비는 이러죠. 자비로우신 하느님이 추기경을 용서하시길 바랍니다. 나는 절대로 못 그럴 테니까." 샤퓌는 기다린다. 그는 아무 말도 하지 않는다. 샤퓌가 말을 잇는다. "당신은 이 이혼이 승인되면 벌어질 난장판을 감지한 듯한데요. 아니, 승인이라기보다 교황 성하로부터 어떻게든 갈취해내는 거라고 해야 하나? 카를황제는 이모를 지킨다며 잉글랜드와 전쟁을 할지도 모릅니다. 당신의 상인 친구들은 먹고살 길이

막힐 테고, 많은 이가 삶을 잃게 되겠죠. 튜더왕가가 몰락하면서 옛 귀족들이 융성할지도 모르고요."

"내게 이런 말을 하는 이유가 뭡니까?"

"잉글랜드 사람 모두에게 말하고 있는데요."

"이렇게 일일이 다니면서?"

샤퓌가 그를 통해 추기경에게 전하려는 뜻은 이것이다. 추기경과 카를황제 사이의 신용은 끝장났다. 그렇다면 추기경은 프랑스 왕에게 호소할 수밖에 없지 않겠나? 둘 중 어느 쪽이든 결국엔 반역이다.

그는 사우스웰에서 참사관에게 둘러싸여 있는 추기경을 상상한다. 참사회 회의장의 드높은 아치 아래 놓인 의자에 앉아 회의를 주재한다. 석조 이파리와 꽃송이에 에워싸인 모습이 꼭 숲속 빈터에 편히 앉은 군주 같다. 아치의 조각은 몹시도 자연스러워서 기둥과 리브가 약동하는 듯하고, 돌이 화려한 생명을 피워내는 듯하다. 기둥머리는 베리 열매로 꾸며져 있고, 꼭대기 장식은 비비 꼬인 줄기이며, 기둥에 뒤엉킨 장미에서는 줄기 하나에 꽃과 씨앗이 흐드러진다. 이파리에서 얼굴들이 빠끔히 내다본다. 개, 토끼, 염소의 얼굴들이. 인간의 얼굴도 있다. 어찌나 생생한지 당장이라도 표정을 바꿀 것 같다. 어쩌면 이 석조 인간들은 비만한 추기경의 진홍색 형상에 경악해 눈을 내리깔고 있는지도 모른다. 참사관들이 잠든 고요한 밤 휘파람을 불며 노래할지도 모른다.

이탈리아에서 그는 기억법을 배웠고, 그림으로 기억을 배치했다. 숲과 들판에서, 생울타리와 잡목림에서 따온 그림이다. 덤불에 수줍게 숨어 눈을 빛내는 동물. 몇몇은 여우와 사슴이고, 몇몇은 그리핀에 용이다. 몇몇은 남자고 몇몇은 여자다. 수녀, 전사, 교부* 들이다. 그는 그들의 손에 뜬금없는 물건을 쥐여준다. 성 우르술라에게 석궁을, 성 예로니모에게 낫을 들려주는 한편, 플라톤은 국자, 아킬레우스는 인스티티아 자두 열두 개가 든 나무 사발을 들게 한다. 흔한 물건과 익숙한 얼굴을 동원해 기억하려 해봐야 소용없다. 기억에 필요한 건 특이한 병치, 다소 기이하고 우스꽝스럽고 외설적이기까지 한 이미지다. 이렇게 완성한 이미지를 당신이 선택한 세계 곳곳의 장소에 배치한다. 각각에 나름의 단어 꾸러미, 숫자 꾸러미를 함께 매달아 당신의 필요에 따라 이미지와 함께 소환한다. 그리니치에서는 말끔히 면도한 고양이가 찬장 뒤에서 당신을 엿볼지도 모른다. 웨스트민스터궁에서는 뱀이 들보에서 음흉하게 내려다보며 당신의 이름을 쉭쉭거릴지도 모른다.

이런 이미지들의 일부는 납작해서 그 위를 걸을 수도 있다. 몇몇은 사람의 거죽을 뒤집어쓰고 방안을 돌아다니지만 가만히 보면 고개가 반대로 돌아갔거나 문장에 그려진 표범처럼 털이 촘촘한 꼬리가 달렸을지 모른다. 몇몇은 노픽처럼 당신을 노려보거나 서픅처럼 어리둥절해 입을 헤벌리고 쳐다본다. 누군가는 말하고 누군가는 꽥꽥거린다. 그는 이들을 엄격한 원칙에 따라 마음속 상상의 회랑에 보관한다.

이런 이미지를 만드는 데 익숙하기에 그의 머릿속이 천 편은 되는 연극, 만 편은 되는 막간극의 등장인물로 가득차 있다. 죽은 아내를 언뜻언뜻 보는 것도 이 때문이다. 그녀는 허연 얼굴을 위로 쳐들고 계단통에 숨어 있거나, 오스틴프라이어스 혹은 스테프니의 집 모퉁이를 휙

---

* 학식과 덕망이 뛰어난 성직자를 부르는 칭호.

돌아 사라진다. 이제 그 이미지는 그녀의 여동생 조핸의 이미지와 합쳐지기 시작하고, 리즈의 소유였던 모든 게 조핸의 소유가 되기 시작한다. 리즈의 엷은 미소, 미심쩍어하는 눈초리, 나신이 되어가는 과정까지. 결국 그가 말한다. 그만. 그러고는 머릿속에서 그녀를 지운다.

레이프는 서신에 담을 수 없는 극비의 전언을 가지고 북부로 말을 달린다. 평소 같으면 그가 직접 가겠지만, 의회가 휴회했음에도 그는 자리를 비울 수 없다. 자신이 남아 변호하지 못하는 상황에서 울지 추기경에 대해 무슨 말이 오갈지 걱정스러워서다. 게다가 국왕이든 레이디 앤이든 불시에 그를 찾을 수도 있다. "그리고 지금은 비록 전하와 함께하지 못하지만," 그는 이렇게 쓴다. "자신 있게 말씀드릴 수 있습니다. 저는, 제가 살아 있는 동안에는 마음과 정신과 기도와 예배로 전하의 은총을 되새길 것입니다……"

추기경이 회신을 보낸다. 자네는 "나의 이 환란중에 선량하고 믿음직하며 가장 안심할 수 있는 나만의 피난처라네". 자네는 "나만의 총아 크롬웰이네".

추기경은 서신에서 메추라기를 부탁한다. 꽃씨를 부탁한다. "씨앗이요?" 조핸이 말한다. "그분은 거기에 뿌리라도 내릴 생각이래요?"

저녁 어스름이 깔려오면 국왕은 우울하다. 또 하루 후퇴했다, 다시 유부남이 되기 위한 작전에서. 물론 왕은 자신이 지금 캐서린을 왕비로 둔 유부남이라는 건 부정한다. "크롬웰, 내 소유로 만들 방도를 찾아야겠어, 그것…… 말이네." 왕이 옆으로 시선을 돌린다. 뜻하는 바를 입에 담고 싶지 않은 것이다. "법적인 어려움이 있다는 건 나도 알

아. 그 어려움을 이해하는 척하진 않겠네. 그리고 미리 말해두는데, 구구절절한 설명은 필요 없네."

울지 추기경은 옥스퍼드 대학뿐 아니라 입스위치의 학교에도 영구적인 수입원이 될 토지를 기부했다. 헨리왕은 이 대학들의 은제품과 금제품을, 도서관을, 연간 수입과 그 수입의 원천이 되는 토지를 원한다. 그리고 자신이 원하는 것을 가져선 안 될 이유를 이해하지 못한다. 스물아홉 군데의 수도원 재산이 저 두 학교의 재단으로 들어갔다—교황이 허가했고, 수익을 대학에 쓴다는 조건으로 반발을 무마했다. 그러나 그거 아나, 헨리왕이 말한다. 교황이니 로마의 허가니 하는 문제가 나는 더이상 신경쓰이지 않는다는 걸?

초여름이다. 저녁은 길고 잔디가, 공기가 향기롭다. 이런 밤에 헨리왕 같은 남자는 어디든 마음이 동하는 침대에 들 수 있으리라 당신은 생각할 것이다. 궁정에는 간절한 여자가 한가득이니까. 하지만 크롬웰의 알현이 끝난 뒤 국왕은 레이디 앤과 정원을 산책할 것이다. 그녀의 손을 자신의 팔에 얹고 대화에 몰두할 것이다. 그런 뒤 텅 빈 자기 침대로 돌아갈 것이다. 그녀는, 다들 추측하다시피, 그녀의 침대로 가고.

국왕이 추기경의 소식을 묻자 그는 답한다. 추기경은 폐하의 빛나는 얼굴을 그리워하며, 요크에서 있을 추대식 준비도 거의 끝났다고. "그럼 왜 추기경은 요크에 입성하지 않는 것인가? 보아하니 계속 미루고 있는데." 헨리왕이 그를 노려본다. "그대를 위해 이 말은 해야겠네. 그대의 주인에게 끝까지 충실하게."

"추기경 전하는 저에게 한결같이 호의를 베푸셨습니다. 그분에게 끝까지 충실하지 않을 이유가 무엇이겠습니까?"

"그러니까 그대에게 다른 주군은 없다는 말이군." 국왕이 말한다. "서펵 공작이 묻곤 하지. 저치는 도대체 어디서 튀어나왔느냐고. 나는 공작에게 노샘프턴셔 레스터셔에 크롬웰 가문이 있다고 말한다네— 땅을 많이 소유한 집안, 적어도 한때는 그랬던 집안이라고. 그대는 그 가문의 불운한 일족일 듯한데?"

"아닙니다."

"그대가 선조에 대해 잘 모르는 것일 수도 있지. 문장관에게 조사해보라고 명해야겠군."

"참으로 친절하십니다, 폐하. 하지만 문장관도 별 소득을 거두진 못할 겁니다."

왕은 몹시 화가 난다. 이자는 떡하니 있는 것도 써먹지 못한다. 족보 말이다. 아무리 변변찮은 것일지라도. "울지 추기경은 그대가 고아라고 했지. 수도원에서 자랐다던데."

"아. 그건 그분이 그냥 하는 소리입니다."

"내게 그냥 하는 소리를 했다고?" 여러 표정이 국왕의 얼굴에서 서로 쫓고 쫓긴다. 짜증, 재미, 과거를 돌이키고 싶은 바람. "그랬을 것도 같군. 추기경은 그대가 종교에 몸담은 이들을 혐오한다고 했네. 수도원을 정리하는 데 열심이었던 것도 그 때문이라고."

"그게 이유는 아니었습니다." 그가 시선을 든다. "말씀드려도 되겠습니까?"

"아, 도대체가 정말." 헨리왕이 외친다. "누구든 제발 말 좀 해주면 원이 없겠네."

그는 깜짝 놀란다. 그리고 이해한다. 헨리왕은 대화를 원한다. 주제는 뭐든 상관없다. 사랑 혹은 사냥 혹은 전쟁과 관련된 것만 아니면 된다. 울지 추기경이 없는 지금, 그런 대화를 나눌 기회가 별로 없다. 비슷한 고위 성직자와 얘기할 생각이 아니라면. 게다가 기껏 불러들이는 게 사제라면 이야기는 또 어디로 흐르겠는가? 사랑으로, 앤으로, 원하지만 가질 수 없는 것으로.

"폐하께서 수도사들에 대해 물으신다면, 저는 편견이 아닌 경험에 입각해 말씀드릴 수 있습니다. 물론 잘 관리되는 재단도 분명히 존재하지만, 경험상 대부분이 낭비와 부패 그 자체입니다. 폐하께 제안을 드려도 되겠습니까. 7대 죄악의 행렬을 보고 싶으시면 궁정에서 가면극을 기획하지 마시고 어느 수도원에든 불시에 들러보십시오. 저는 빵을 사느니 축복을 사는 딱한 자들의 공물을 챙겨 대단한 귀족이라도 되는 양 떵떵거리는 수도사들을 보았습니다. 이를 그리스도교도답다 할 수는 없지요. 저는 또한 수도원들이 일부의 믿음처럼 배움의 보고라고도 생각하지 않습니다. 그로신이 수도사였던가요? 콜릿, 리너커, 혹은 잉글랜드의 위대한 학자들은요? 그들은 대학에 소속되어 있었습니다. 수도사들은 어린아이를 거두어 하인으로 부립니다. 저들끼리 허접하게 쓰는 라틴어조차 가르치지 않아요. 그들이 누리는 육체적 안락이 못마땅한 게 아닙니다. 매일을 사순절처럼 보낼 순 없지요. 제가 견딜 수 없는 건 위선과 기만과 나태입니다—그들의 진부한 전통, 케케묵은 예배, 창조하지 않는 태도입니다. 수도원이 뭐든 훌륭한 걸 마지막으로 내놓은 게 대체 언제입니까? 그들은 창조하지 않습니다. 답습할 뿐입니다. 그리고 그들이 답습하는 건 부패입니다. 수백 년 동안 수도사들은 펜을 들어왔고, 그들이 써온 것을 우리는 역사로 받아들이지만, 저는 그게 진실이라고는 믿지 않습니다. 자기네 입맛에 맞지 않는 역사는 억압하고, 로마에 유리한 역사를 썼다고 믿습니다."

헨리왕은 그가 아닌 그 뒤의 벽을 보는 것처럼 뚫어져라 본다. 그는 기다린다. 왕이 말한다. "똥통인가, 그럼?"

그가 미소를 짓는다.

헨리왕이 말한다. "우리의 역사라…… 그대도 알다시피 나는 증거를 모으고 있네. 필사본. 소견서. 비교서, 다른 나라에서는 문제를 어찌 정리했는지 보는 거지. 이 일을 맡고 있는 박식한 젠틀맨들과 상의해보면 어떻겠나. 그들의 작업에 방향도 좀 제시해주고. 크랜머 박사와 얘기해보게—뭐가 필요한지 알려줄 걸세. 매년 로마로 흘러들어가는 돈을 내게 주면 유용하게 쓸 수 있을 텐데. 프랑수아왕은 나보다 훨씬 부유하네. 신하도 나보다 열 배는 많아. 세금도 멋대로 부과하지. 나는 의회를 소집해야 하는데. 그리하지 않으면 폭동이 일어나." 국왕이 쓸쓸하게 덧붙인다. "소집을 해도 폭동이 일어나고."

"프랑수아왕을 모범으로 삼지는 마십시오. 전쟁을 지나치게 좋아하고 교역에는 지나치게 무심합니다."

헨리왕이 희미하게 웃는다. "그대는 그리 생각하지 않겠지만, 내가 보기에 그건 국왕이 알아서 할 일이네."

"교역이 활발해지면 세금도 늘어납니다. 세금에 저항이 따른다면 다른 방법을 모색할 수도 있고요."

왕이 고개를 끄덕인다. "아주 좋군. 대학부터 시작하세. 내 법률가들과 상의하시게."

해리 노리스가 대기하고 있다가 그를 국왕의 사실 밖으로 안내한다.

웃음기가 전혀 없이 다소 근엄한 얼굴로 말한다. "나라면 폐하의 세금 징수원이 되지는 않을 겁니다."

그는 생각한다. 내 삶의 가장 비범한 순간들을 해리 노리스의 감시 속에 보내게 되는 건가?

"폐하는 선친의 최측근을 죽였어요. 엠프슨과 더들리 말입니다. 울 지 추기경이 그 자택 중 하나를 손에 넣지 않았던가요?"

스툴 아래서 거미 한 마리가 종종거리며 내려와 그에게 사실을 보여 준다. "플리트 스트리트에 있는 엠프슨의 집이었죠. 폐하 치세의 첫해, 10월 9일 양도되었습니다."

"이 영광스러운 치세 말씀이겠죠." 노리스가 말한다. 그의 말을 정 정이라도 하듯.

여름의 시작과 함께 그레고리는 열다섯 살이 된다. 정확하고 아름다 운 자세로 말을 타는데다, 녀석의 검술과 관련한 긍정적인 보고도 올 라온다. 그리스어는…… 음, 그리스어는 제자리걸음이다.

하지만 아이에게는 다른 문제가 있다. "케임브리지 사람들이 제 그 레이하운드를 비웃어요."

"왜지?" 그 검은 개들은 잘 어울리는 한 쌍이다. 곡선을 이룬 근육 질 목과 앙증맞은 발을 가졌다. 눈은 늘 내리깔고 있다. 고분고분하고 얌전하다. 먹이를 보기 전까지는.

"다들 그래요. 밤이 되면 사람들의 눈에 보이지도 않는 개를 왜 키우 느냐고. 그런 개를 키우는 건 중죄인들뿐이라고. 제가 숲에서 불법 사 냥을 한다고들 해요. 오소리를 잡는대요, 무뢰한처럼."

"너는 뭐가 좋은데? 흰색 아님 점박이?"

"둘 다 괜찮을 것 같아요."

"네 검은 개는 내가 맡으마." 그가 사냥에 나설 시간이 있는 건 아니나 리처드나 레이프라면 쓸 일이 있을 터다.

"하지만 사람들이 비웃으면요?"

"뭐래니, 그레고리." 조핸이 말한다. "이분은 네 아버지야. 장담하는데, 누구도 비웃을 엄두를 내지 못할걸."

날이 너무 궂어서 사냥을 할 수 없을 때면 그레고리는 『황금 전설』*을 탐독한다. 녀석은 성자의 일생을 좋아한다. "이중 일부는 진짜예요." 아이는 말한다. "아닌 것도 있고요." 그레고리는 『아서의 죽음』을 읽는다. 신판이라 다들 아이 주변에 모여들어 어깨 너머로 속표지를 들여다본다. "더없이 고귀하고 위대한 군주였던 그레이트브리튼의 전왕 아서의 초간본이 지금 시작되노라……" 그림의 중심에 두 연인이 껴안고 있다. 발을 높이 쳐든 말 위에는 통통한 뱀 같은 대롱이 똬리를 튼 듯 모양이 괴상한 모자를 쓴 남자가 있다. 앨리스가 묻는다. 외숙부님, 외숙부님도 어릴 적에 저런 모자를 썼어요? 그가 대답한다. 요일별로 색깔을 달리해 썼는데 내 것이 더 컸지.

이 남자 뒤에 여자가 타고 있다. "이건 레이디 앤을 표현할 걸까요?" 그레고리가 묻는다. "사람들이 그러는데 폐하는 그 여자랑 떨어지기 싫어서 농부의 아내라도 되는 양 자기 뒤에 태우고 다닌대요." 그림 속 여자는 눈이 커다랗고, 몸이 요동하는 탓에 멀미가 나는 듯하다.

---

* 중세 후기 유럽에서 널리 읽혔던 성인전 모음집.

어쩌면 정말 앤일지도 모르겠다. 그림에는 조그만 성채도 하나 있다. 사람만한 크기에 도개교랍시고 널빤지도 달려 있다. 그 위를 선회하는 새들이 꼭 날아다니는 단검 같다. 그레고리가 말한다. "우리 왕은 아서 왕의 피를 물려받았대요. 사실 아서왕은 죽은 게 아니라 숲에서, 어쩌면 호수에서 적당한 때를 기다린 거예요. 그러니까 이제 수백 살쯤 된 셈이네요. 멀린은 마법사예요. 나중에 나와요. 보면 알아요. 이 책은 총 스물한 개의 장으로 되어 있어요. 비가 계속 온다면 끝까지 읽을 생각이에요. 이중 일부는 진짜예요. 일부는 거짓이고요. 하지만 하나같이 훌륭한 이야기죠."

다음번에 그를 불러들인 국왕은 울지 추기경에게 전언을 보내고 싶어한다. 팔 년 전 잉글랜드에서 선박을 나포당한 브르타뉴 상인이 약속된 보상을 받지 못했다며 불평하고 있네. 그 문서를 찾을 수 있는 자가 없어. 추기경이 처리한 건인데—기억할 것 같은가? "분명 기억하실 겁니다." 그가 말한다. "바닥짐 대신 진주 가루를 싣고 선창에 유니콘 뿔이 가득하던 배를 말씀하시는 것이지요?"

그 무슨 말도 안 되는! 찰스 브랜던이 내뱉는다. 그러나 국왕은 웃음을 터트린다. "그게 맞을 거야."

"액수가 의심스러우시면, 아니 사건 자체가 미심쩍으시면 제가 한번 살펴봐도 되겠습니까?"

왕은 망설인다. "그대에게 적법한 자격이 있는지 모르겠는데."

그 순간 브랜던이 꽤나 뜻밖에도 그를 추천한다. "해리, 그렇게 하시지요. 이자가 일을 마치고 나면 돈을 내야 하는 쪽은 그 브르타뉴 사람이 될 테니."

공작들은 자기 영역 안을 맴돈다. 함께 머리를 맞댈 때도 서로의 세계에서 재미를 찾아보려는 건 아니다. 그들은 자기만의 궁정에서, 자신의 모습을 거울처럼 비추고 자신에게 복종하는 자들에게 둘러싸여 있기를 즐긴다. 재미를 위해 그들이 다른 공작 못지않게 빈번히 어울리는 자가 바로 견사 관리인이다. 이런 이유로 그가 브랜던과 단란한 한때를 보내는 것이다, 국왕의 사냥개들을 살펴보면서. 아직 수사슴 사냥철이 아니기에 추격견들은 견사에서 배불리 먹는다. 녀석들이 노래하듯 짖는 소리가 저녁의 창공으로 솟아오르고, 탐지견들은 훈련받은 대로 침묵한다. 뒷다리로 서서 침을 뚝뚝 흘리며 점점 다가오는 저녁식사를 지켜본다. 견사에서 일하는 꼬마들이 빵과 뼈가 든 바구니와 내장이 든 들통과 돼지 피로 쑨 죽이 담긴 대야를 나른다. 찰스 브랜던은 감탄하듯 숨을 들이마신다. 장미 정원에 나온 노부인처럼.

사냥꾼 하나가 특별히 아끼는 암캐를 불러낸다. 밤색 얼룩이 있는 흰색 개로 이름은 바르바다고 나이는 네 살이다. 사냥꾼이 다리 사이에 녀석을 붙들고 고개를 젖혀 눈을 보여주는데, 얇은 막이 뿌옇게 끼어 있다. 사냥꾼은 녀석을 죽이기 싫겠지만, 이번 사냥철에 녀석이 딱히 쓸모 있을 것 같지는 않다. 그, 크롬웰은 두 손으로 암캐의 턱을 감싸쥔다. "구부러진 바늘로 막을 걷어낼 수 있겠네. 그리하는 걸 본 적이 있어. 단호하고 재빠르게 해치워야 해. 녀석은 싫어하겠지만, 눈이 머는 건 더 싫겠지." 그는 녀석의 갈비뼈를 쓰다듬으며 이 조그만 짐승의 심장이 공포로 쿵쾅거리는 걸 느낀다. "아주 섬세한 바늘이어야 하네. 길이는 이 정도면 되고." 그는 엄지와 검지로 바늘 길이를 보여준다. "자네 대장장이와 이야기해보겠네."

서퍽이 곁눈으로 흘끔거린다. "그대는 유용한 사람이로군."

둘은 걸음을 옮긴다. 공작이 말한다. "들어보게나. 문제는 내 아내 야." 그는 잠자코 기다린다. "지금껏 나는 헨리가 원하는 건 뭐든 갖게 되길 바랐네. 왕에게 충성을 다했어. 자기 여동생과 결혼했다는 이유 로 내 목을 칠지 말지 의논할 때조차 그랬지. 그런데 이제 나는 어떡해 야 하나? 캐서린은 왕비가 맞아. 그렇잖나? 내 아내는 캐서린과 친구 처럼 지내왔어. 이제, 뭐랄까, 내가 캐서린 왕비를 위해 목숨을 내놓아 야 한다는 둥 뭐 그런 소리를 하기 시작했고. 그리고 노퍽의 조카딸이 내 아내보다 위라니. 그래도 한때는 프랑스 왕비였던 사람인데―우리 로서는 받아들이기 힘들지. 안 그렇겠나?"

그는 고개를 끄덕인다. 그렇겠군요. "게다가," 공작이 말한다. "와이 엇이 칼레에서 돌아올 거란 소리가 들리더군." 네, 그런데요? "내가 말 해줘야 하는 건지 모르겠어. 헨리에게 말일세. 딱한 사람 같으니."

"저하, 내버려두십시오." 그가 말한다. 공작은 다른 사람 같았으면 침묵의 사색이라 불렀을 생각에 빠져든다.

여름. 국왕은 사냥중이다. 왕이 만남을 원하면 그는 뒤를 쫓아야 하 고, 사람을 보내면 따라나선다. 헨리왕은 여름 행차중에 윌트셔, 서식 스, 켄트의 친구들을 방문하거나 자신의 거처 혹은 울지 추기경에게서 빼앗은 거처에 머문다. 상황이 이럴 때조차 캐서린 왕비는 이따금 활 을 챙겨 통통하고 조그만 몸을 말에 싣는다. 그녀와 함께 헨리왕은 왕 실 소유의 대정원이나 어느 귀족의 정원에서 활을 든 자들에게 내몰리는 사슴을 사냥한다. 레이디 앤도—왕비와 겹치지 않는 날을 골라—
말을 달리며 추격을 즐긴다. 그러나 부인들은 집에 두고 추적꾼과 추
격견만 대동해 숲으로 들어가는 철이 있다. 빛이 진주처럼 뿌연 새벽
전에 일어나고, 사냥꾼과 상의하고, 미리 정해둔 수사슴을 푼다. 추격
이 언제, 어디서 끝날지는 아무도 모른다.

해리 노리스가 웃으며 말한다. 이제 곧 당신 차례입니다, 마스터 크
롬웰. 폐하의 총애가 지금처럼 계속된다면 말이죠. 충고 한마디 합시
다. 하루가 시작되어 말을 타고 나가면 도랑을 하나 고르세요. 그걸 머
릿속에 잘 그려두십시오. 폐하의 명마 세 마리가 녹초가 되면, 그런데
도 다음 추격을 알리는 뿔피리가 울리면, 당신은 그 도랑을 떠올리게
될 겁니다. 거기 누운 자신을 상상할 겁니다. 낙엽과 시원한 도랑물만
이 당신이 소원하는 전부가 될 거예요.

그는 노리스를 바라본다. 저토록 매력적인 자조라니. 그는 생각한
다. 그때 퍼트니에 그대도 있었지, 추기경 전하가 진창에 무릎을 꿇었
던 순간에. 그 장면을 머릿속에 간직했다가 궁에, 세상에, 그레이스 인
의 법학도들에게 흘린 게 그대인가? 그대가 아니면 누구인가?

숲에서 당신은 동행도 없이 길을 잃은 스스로를 발견하게 될지도 모
른다. 지도에도 없는 강에 닿을지도 모른다. 사냥감을 시야에서 놓치
고, 자신이 거기 있는 이유를 망각할지도 모른다. 난쟁이 혹은 살아 있
는 그리스도 혹은 당신의 숙적과 마주칠지도 모른다. 아님 전혀 새로
운 적일 수도 있다. 적인지도 모르고 있다가 바스락거리는 나뭇잎 사
이에서 나타난 상대의 얼굴을, 번쩍이는 단검을 보고서야 알아채는 것
이다. 아님 나뭇잎 그늘에서 잠든 여자를 발견할지도 모른다. 잠시 그

녀를 당신이 아는 누군가라고 생각할 것이다. 모르는 사람이라는 걸 깨닫기 전까지.

오스틴프라이어스에서는 홀로 혹은 누군가와 단둘이 있을 기회가 별로 없다. A부터 Z까지 모든 알파벳이 그를 지켜본다. 회계실에는 젊은 토머스 에이버리Avery가 있는데, 그의 개인 재정을 파악하도록 교육중이다. 알파벳 중간쯤에 해당하는 존재로는 말린스파이크Marlinspike가 있다. 녀석은 금빛 눈으로 빈틈없이 관찰하며 정원을 거닌다. 알파벳 끝으로 가면 리즐리라 불리는 토머스 라이어슬리Wriothesley가 있다. 총기 넘치는 이 청년은 스물다섯 살쯤 되었는데 연줄이 좋고, 요크 문장관의 아들이자 가터 문장관*의 조카다. 울지 추기경의 수하에 있을 때 그의 지시를 받았고, 그다음에는 내무장관이 된 스티븐 가드너에게 이끌려가 그 밑에서 일하게 되었다. 현재는 가끔은 궁정에, 가끔은 오스틴프라이어스에 와 있다. 그러니까 스티븐 가드너의 첩자다, 라고 아이들—리처드와 레이프—은 말한다.

마스터 라이어슬리는 적금색 머리칼에 키가 훤칠하고, 낯빛이 그런 자들—말하자면 국왕—이 으레 그렇듯 흐뭇하면 분홍색이 되거나 짜증나면 얼룩덜룩해지는 경향이 없다. 늘 창백하고 멋지고, 늘 준수한 자아를 유지하고, 늘 차분하다. 트리니티홀에서는 재학생 연극의 출중한 배우였고, 남의 눈에 어찌 비칠지 의식하며 스스로를 꾸며내는 측면이 좀 있다. 리처드와 레이프는 뒤에서 라이어슬리를 흉내내며 말한

---

* 문장원 장관.

다. "내 이름은 라이-어-슬-리입니다만, 당신의 수고를 덜어드리고 싶으니 그냥 리즐리라고 부르십시오." 녀석들은 말한다. 그자가 자기 이름을 저리도 복잡하게 만든 건 여기 와서 이것저것에 서명하며 우리 잉크를 다 써버릴 작정으로 그런 거라고. 녀석들은 말한다. 가드너를 아시잖습니까. 긴 이름을 일일이 발음하고 있기에는 화가 너무 많은 사람이에요. 가드너는 저자를 그냥 "자네"라고 부른다니까요. 녀석들은 이 농담에 재미가 들려서 얼마간은 미스터 W가 보일 때마다 소리친다. "자네다!"

마스터 라이어슬리에게 짓궂게 굴지 마라, 그가 말한다. 케임브리지 출신들은 존중받아야 해.

그는 그들에게 묻고 싶다. 리처드와, 레이프와, 리즐리로 불러달라는 마스터 라이어슬리에게. 내가 살인자처럼 보이느냐? 그렇다는 소년이 있거든.

올해는 발한병이 창궐하지 않는다. 런던 사람들은 무릎을 꿇고 감사한다. 세례요한 축일전야에 모닥불이 밤새 타오른다. 동틀 무렵 들판에서 흰 백합을 가져온다. 런던의 딸들은 떨리는 손가락으로 백합을 엮어 치렁치렁한 화환을 만들고 도시의 성문과 출입문에 내건다.

그는 흰 꽃송이 같던 조그만 소녀를 생각한다. 레이디 앤과 함께 있던 소녀, 문 뒤에서 조심조심 돌아 나오던 소녀. 이름을 알아내긴 쉬웠을 터다, 메리에게서 비밀을 캐내느라 바빠 그리하진 않았지만. 다음에 그애를 보면…… 하지만 이런 생각이 무슨 소용이 있나? 아이는 어느 귀족 가문 태생일 터다. 그는 그레고리에게 서신을 쓸 작정이었다. 참으로 어여쁜 소녀를 보았다. 누구인지 알아낼 거고, 앞으로 몇 년간 내가 우리 집안을 솜씨 좋게 이끌어간다면 네가 그애와 혼인할 수도 있겠지.

그는 서신을 쓰지 않는다. 지금처럼 위태로운 처지에서는 별 의미 없는 얘기가 될 터다, 그레고리가 그에게 쓰곤 했던 서신처럼. 사랑하는 아버지, 무탈하시기를 바랍니다. 아버지의 개도 무탈하기를 바랍니다. 그럼 시간이 없어 이만 줄입니다.

토머스 모어 대법관이 말한다. "한번 들르시오. 울지 추기경의 대학 얘기 좀 합시다. 그곳의 딱한 학자들을 위해 폐하가 조치를 취할 듯하니. 꼭 오시오. 와서 내 장미도 구경하고. 더위가 망쳐놓기 전에. 와서 새로 산 카펫도 좀 보시오."

가라앉은 잿빛의 날이다. 첼시에 도착하니 내무장관의 바지선이 정박해 있고, 후덥지근한 대기 중에 튜더왕조의 깃발이 축 늘어져 있다. 문루門樓 뒤로 새로 지은 붉은 벽돌 저택의 환한 전면이 강 쪽을 향하고 있다. 그는 뽕나무 사이를 지나 벽돌 저택으로 간다. 현관 포치의 인동덩굴 아래 스티븐 가드너가 서 있다. 첼시 구내에는 조그만 애완동물이 가득하고, 그가 다가가자 집주인이 인사를 건네는데, 가만 보니 이 잉글랜드 대법관의 손에 귀가 축 늘어지고 털이 눈처럼 하얀 토끼가 들려 있다. 녀석은 모어의 손에 평화롭게, 흰담비털 장갑이라도 되는 양 매달려 있다.

"대법관의의 사위 로퍼도 오늘 함께합니까?" 가드너가 묻는다. "아쉽군요. 그가 종교를 다시 바꾸는 모습을 구경할까 기대했는데. 내 눈으로 직접 보고 싶었거든요."

"정원을 돌아보겠소?" 모어가 제안한다.

"로퍼가 마르틴 루터의 친구로 앉아 있는 모습을 볼 수도 있겠다고 생각했지요, 전과 마찬가지로. 그래 봐야 건포도와 구스베리가 들어올 때쯤엔 교회로 돌아오겠지만."

"윌 로퍼는 이제 정착했소." 모어가 말한다. "잉글랜드와 로마의 신앙에."

그가 말한다. "베리류 작황이 좋은 해는 사실 아니지요."

모어는 그를 곁눈질한다. 미소를 짓는다. 그들을 집으로 안내하며 상냥하게 이야기한다. 그 뒤를 헨리 패틴슨이 느릿느릿 따른다. 모어는 이 하인을 가끔 내 바보라 부르고 자유를 허락한다. 이 남자는 굉장한 싸움꾼이다. 대개는 보호할 생각에 바보를 거두지만, 패틴슨의 경우 그자로부터 세상을 보호할 필요가 있어 거둔 것이다. 그런데 그 정도로 단순할까? 모어는 어딘가 교활한 면이 있다. 사람들을 당혹스럽게 만들기를 즐긴다. 그러니까 바보가 아닌 바보를 데리고 있는 게 오히려 모어다운 짓일 터다. 패틴슨은 교회 첨탑에서 떨어져 머리를 다쳤다고 한다. 허리께에 차고 다니는 울퉁불퉁한 끈을 이따금 자기 묵주라고 한다. 채찍이라고 할 때도 있다. 당시의 추락으로부터 자기를 구해줘야 마땅했던 밧줄이라고 말하기도 한다.

집에 들어서면서는 벽에 걸린 가족들을 만난다. 실제 크기로 그린 그림을 먼저 접한 뒤, 그들의 실물을 보게 되는 것이다. 그 사실이 주는 갑절의 효과를 아는 모어는 손님들이 그림을 찬찬히 살펴보도록, 익히도록 잠시 멈춰 선다. 가장 아끼는 딸 메그가 아버지의 발치에 앉아 무릎에 책을 펼쳐놓고 있다. 대법관 주변에 아들 존, 피후견인이자

존의 아내인 앤 크레세이커, 역시 피후견인인 마거릿 긱스, 대법관의 연로한 부친 존 모어 경, 딸 시슬리와 엘리자베스, 눈을 휘둥그렇게 뜬 패턴슨이 띄엄띄엄 서 있다. 모어의 아내 앨리스는 고개를 숙이고 십자가 목걸이를 한 채 그림의 가장자리에 있다. 마스터 홀바인*이 이들을 자기 시야에 모아놓고 영원히 붙박아두었다. 좀이 슬거나, 불이나 곰팡이나 병충해에 당하지 않는 한 영원히.

실제로 보는 집주인에겐 어딘가 닳아 해진 것 같은 분위기, 올이 풀린 건 아닌지 의심스러운 느낌이 있다. 편히 있을 때 입는 소박한 양모 가운 탓인 듯도 하다. 그들의 검수를 기다리는 새 카펫이 가대식 탁자 두 개에 기다랗게 펼쳐져 있다. 바탕색은 진홍이 아니라 연분홍이다. 로즈매더**가 아니군, 그는 생각한다. 붉은 염료에 유장***을 섞어 썼다. "추기경 전하도 튀르크산 카펫을 좋아하셨죠." 그가 중얼거린다. "베네치아 총독이 예순 점을 보낸 적도 있습니다." 카펫의 양모는 야생 산양의 부드러운 털이지만 개중에 검은 양은 한 마리도 없었던 모양이다. 그래서 무늬에 맞춰 거뭇하게 따로 염색한 부분은 표면이 이미 푸석푸석한데, 시간이 가고 계속 사용하다보면 아예 벗겨질 수도 있다. 그는 귀퉁이를 들어올리고 거기 달린 매듭을 손가락으로 훑는다. 손가락마디를 대가며 길이를 재는 몸짓이 자연스럽고 능숙하다. "기오르드 매듭이군요." 그가 말한다. "하지만 문양은 페르가몬왕국 거예요—저기 팔각형 안에 팔각별 보이시지요?" 그는 귀퉁이를 쓸어내리고는 몇

---

* 16세기 독일 르네상스의 대표 화가 한스 홀바인.

** 분홍색을 띤 안료.

*** 젖 성분에서 단백질과 지방을 뺀 맑은 액체.

걸음 물러났다 되돌아온다. "저기"—가까이 다가가 애정어린 손을 그 흠결에, 짜임새가 어긋난 부분에, 모양이 살짝 뒤틀리고 제자리를 벗어난 마름모에 얹는다. 최악의 경우 이 카펫은 서로 다른 두 장을 이어붙인 것이다. 기껏해야 그 동네의 패틴슨쯤 되는 자가 짰거나, 작년에 뒷골목 작업장에서 베네치아 노예들이 기운 것이다. 확실히 하려면 전체를 뒤집어봐야 한다. 집주인이 묻는다. "잘못 산 거요?"

아름답습니다, 그는 말한다. 모어의 흥을 깨고 싶지 않다. 하지만 다음번에는, 그는 생각한다. 나를 데려가시오. 그의 손이 표면을 훑는다. 풍성하고 부드럽다. 엮음새의 흠결은 그리 문제되지 않는다. 튀르크산 카펫은 깨지지 않는 맹세 같은 게 아니다. 이 세상에는 모든 아귀가 맞아떨어지고 정확해야 좋아하는 이들이 있는가 하면, 주변부에 생긴 약간의 편차쯤은 용인하는 이들도 있다. 그는 두 부류 모두에 해당한다. 가령 임대계약서에서 부주의한 모호함은 용인하지 않지만, 계약서를 지나치게 빈틈없이 작성하지 말아야 할 때도 있다는 걸 본능적으로 안다. 임대계약, 영장, 법령. 모두 읽히기 위해 적는 것이고, 각 개인은 자신의 이익에 비추어 읽는다. 모어가 말한다. "어떻게들 생각하십니까? 바닥에 깔고 밟을까요, 벽에 걸고 볼까요?"

"깔고 밟으십시오."

"토머스, 취향이 참으로 사치스럽소!" 그들은 웃음을 터트린다. 꼭 친구처럼 보인다.

그들은 밖으로 나가 대형 새장으로 간다. 자리에 서서 대화에 몰두하는 사이 멧새들이 쏘다니며 노래한다. 모어의 어린 손주가 아장거리며 들어온다. 앞치마를 두른 여자가 남아인지 여아인지 모를 녀석을 그림자처럼 뒤따른다. 아이가 멧새를 가리키고, 즐거워하는 듯한 소리를 내며 두 팔을 파닥인다. 그러다 스티븐 가드너를 본다. 조그만 입을 삐죽거린다. 유모가 재빨리 감싸안는 순간 울음이 터진다. 어쩜 그러십니까, 그가 스티븐에게 묻는다. 조금도 힘쓰지 않고 어린 것을 압도하다니요? 스티븐은 얼굴을 찌푸린다.

모어가 그의 팔을 잡는다. "자, 대학 얘기나 합시다. 폐하와 의논했고, 여기 계신 내무장관이 최선을 다해줬지요. 정말 그랬소. 카디널 칼리지는 폐하의 이름으로 건립을 재개할 수도 있겠으나 입스위치 쪽은 희망이 없어요. 어쨌든 그곳은 고작…… 이런 말을 하게 되어 유감이오만, 토머스, 그곳은 이제 실각한 자의 출생지일 뿐이니 굳이 밀고 나가야 할 이유가 없소."

"그곳 학자들한테는 안 된 일이군요."

"물론 그렇소. 이제 저녁을 들러 갈까요?"

모어의 만찬장에서 대화는 라틴어로만 이루어진다. 모어의 아내 앨리스가 라틴어를 한마디도 못하는데도. 식전 감사 기도 대신 성경 구절을 읽는 건 이 집안의 관례다. "오늘은 메그 차례구나." 모어가 말한다.

모어는 자신의 총아를 자랑하고 싶어 안달이다. 아이는 성서를 들고 거기에 입을 맞춘다. 바보 패틴슨이 자꾸만 끼어드는 와중에 그리스어로 낭독한다. 가드너는 눈을 꼭 감은 채 앉아 있다. 경건하다기보다 격분한 듯 보인다. 그는 마거릿을 지켜본다. 스물다섯 살쯤 된 듯하다. 매끈한 머리를 횤획 움직이는 모양새가 꼭 모어의 조그만 여우를 닮았다. 모어는 녀석을 길들였지만, 그럼에도 안전상의 이유로 우리에 가

뒤 기른다고 했다.

하인들이 들어온다. 접시를 놓으며 앨리스와 눈을 맞춘다. 여기 둘까요, 부인, 여기도요? 그림 속 가족은 물론 하인이 필요 없다. 온전히 자기 힘만으로 존재하며 벽에 떠 있다. "듭시다, 들어요." 모어가 말한다. "앨리스만 빼고. 코르셋이 터질 지경이거든."

자신의 이름이 들리자 그녀가 고개를 돌린다. "저 괴롭고 놀란 표정은 본래 자기 게 아니라오." 모어가 말한다. "머리칼을 있는 힘껏 뒤로 당겨서 거대한 상아핀을 두개골이 위험할 지경으로 꽂은 결과물이지. 앨리스는 자기 이마가 너무 좁다고 생각하거든. 물론 사실이기도 하고. 앨리스, 앨리스," 모어가 말한다. "내가 당신과 결혼한 이유를 되새겨주시오."

"살림을 맡기려고요, 아버지." 메그가 낮은 목소리로 말한다.

"그렇지, 그렇지. 앨리스를 흘끗 보는 것만으로 나는 정욕이라는 죄에서 자유로워진다오."

그는 기이함을 감지한다. 시간이 같은 자리를 맴도는 것만 같다. 아님 저 스스로를 올가미로 옭맸거나. 아까 벽에서 봤던 그들은 홀바인이 붙박아둔 그대로인데, 여기서는 초연함 혹은 기쁨, 상냥함 그리고 우아함을 상징하는 다양한 표정을 지으며 스스로를 연기한다. 행복한 가족을 연기한다. 그는 한스의 그림 속 집주인, 벽에 걸린 토머스 모어가 더 마음에 든다. 생각을 하고 있다는 건 알겠는데 무슨 생각을 하는지는 알 수 없고, 원래는 그렇게 알 수 없어야 하는 거다. 화가가 그들을 어찌나 솜씨 좋게 배치했는지 인물 사이에 새로운 누군가가 비집고 들어갈 틈이 없다. 외부인이 여차저차 스며든다 해도 의도치 않은 오점 혹은 얼룩에 지나지 않을 뿐이다. 가드너가 확실히, 그는 생각한다. 오점이나 얼룩이긴 하지. 내무장관은 검은 소매를 흔들어댄다. 집주인과 격렬히 논쟁한다. 예수를 천사보다 조금 못하게 했다*는 성 바오로의 말은 무슨 뜻인가? 네덜란드 사람들이 농담이란 걸 하기는 하나? 노퍽 공작의 후계자에게 적합한 문장은 무엇인가? 저멀리 저건 천둥인가, 아님 이 더위가 계속될 것인가? 그림과 마찬가지로 앨리스는 도금한 사슬에 묶인 조그만 원숭이를 데리고 있다. 그림에서 녀석은 그녀의 치마 주변에서 논다. 현실에서는 무릎에 앉아 아이처럼 매달린다. 이따금 그녀는 고개를 숙이고 녀석에게 말을 건다, 아무도 들을 수 없게.

모어는 와인을 마시지 않지만 손님들에게는 대접한다. 요리가 몇 가지 있는데—정체 모를 고기와 템스강의 진흙처럼 지금지금한 소스— 전부 똑같은 맛이 나고, 거기에 정킷**과 모어의 딸—딸과 피후견인과 의붓딸과 그 집에 가득한 여자들 중 하나—이 만들었다는 치즈가 곁들여진다. "여자들한테는 늘 일거리를 안겨놔야 하는 법이거든." 모어가 말한다. "그들이 언제나 책 앞에 앉아 있을 수는 없는 노릇이니까. 게다가 젊은 여자는 말썽을 피우고 나태해지기 쉽잖소."

"그렇죠." 그가 중얼거린다. "그다음엔 노상에서 쌈질을 하고 있을 테고요." 그의 눈이 마지못해 치즈로 향한다. 치즈는 우묵우묵하고 흐물흐물하다. 밤새 놀다 들어온 마구간 소년의 얼굴처럼.

"오늘밤은 헨리 패틴슨이 쉽게 흥분하는군." 모어가 말한다. "사혈을 좀 해야 하지 싶어요. 그간의 식사가 너무 걸지 않았어야 할 텐데."

---

* 히브리서 2장 9절.
** 우유와 설탕, 향신료 등을 재료로 젤리처럼 만든 후식.

"오," 가드너가 말한다. "안 해도 될 걱정을 하십니다."

연로한 존 모어 경—이제 여든 살은 족히 되었을—이 저녁을 들러 오고, 그들은 대화를 노인에게 양보한다. 노인은 이야기하기를 즐긴다. "글로스터의 험프리 공작과 자기가 맹인이라 주장한 거지 이야기를 들어봤소? 성모마리아가 유대인이라는 걸 몰랐던 남자 얘기는?" 아무리 노망이 났다 해도 그처럼 예리한 원로 법률가에겐 다들 더 많은 걸 바라기 마련이다. 그래서 노인은 멍청한 여자에 얽힌 일화를 꺼내놓기 시작하는데 그게 또 끝이 없고, 그러던 노인이 잠든 뒤에도 집주인이 계속 이어간다. 레이디 앨리스는 우거지상으로 앉아 있다. 이 얘기를 모두 전에 들은 적 있는 가드너가 이를 아드득댄다.

"저기 있는 내 며느리 앤을 좀 보시오." 모어가 말한다. 앤이 눈을 내리깐다. 곧 닥칠 일을 기다리며 어깨를 움츠린다. "앤은 간절했죠─손님들에게 말해도 되겠지, 얘야?─저애는 진주 목걸이를 간절히 원했어요. 그 얘기를 주야장천 하더라니까, 아시잖소, 젊은 여자들이 어떤지. 그래서 내가 덜거덕 소리가 나는 상자를 건넸을 때 저애 얼굴이 어땠을지 상상해보시오. 그걸 열어봤을 때 어땠을지도. 안에 뭐가 있었게요? 말린 완두콩이지!"

앤은 심호흡한다. 고개를 쳐든다. 그러기까지 얼마나 많은 노력이 필요한지 그에게는 보인다. "아버님." 그녀가 말한다. "세계가 둥글다는 걸 믿지 않았던 여자 이야기도 잊지 말고 하셔야죠."

"그렇지. 그 얘기도 재미있지." 모어가 말한다.

그는 앨리스를 본다. 괴로울 만큼 애쓰며 남편에게 집중하는 모습에 그는 생각한다. 그녀는 아직도 믿지 않는군.

저녁식사를 마치고 그들은 폭군 리처드에 대해 이야기한다. 수년 전에 토머스 모어는 리처드왕에 관한 책을 쓰기 시작했다. 잉글랜드어로 쓸지 라틴어로 쓸지 결정하지 못했기에 둘 다로 썼다. 비록 끝내 완성하지는 못했지만. 혹은 완성은 했으나 인쇄업자에게 일부나마 보낸 적이 없거나. 리처드는 날 때부터 사악했소, 모어가 말한다. 날 때부터 그리 정해져 있었어. 그러고는 고개를 절레절레 젓는다. "유혈이 낭자했지. 왕들의 장난질에."

"어두운 시절이었죠." 바보 패턴슨이 말한다.

"그런 날이 다시는 못 오게 합시다."

"아멘." 바보가 손님들을 가리킨다. "이자들도 다시는 못 오게 합시다."

존 하워드, 지금의 노퍽 공작 할아버지가 런던탑에 들어가 다시는 나오지 않은 아이들의 실종과 적잖이 관련있다는 소문이 런던을 떠돈다. 들리는 이야기에 따르면—그리고 그는 그게 사실이리라 생각한다—왕자들은 하워드가 불침번을 서던 날 마지막으로 목격되었다. 토머스 모어는 살인자에게 열쇠를 건넨 자가 당시 런던탑 무관장이었던 브래큰베리라고 생각하지만. 브래큰베리는 보즈워스에서 죽었다. 누명을 쓴들 무덤에서 나와 항의할 수 없는 처지다.

사실은 이렇다. 토머스 모어는 지금의 노퍽 공작과 친분이 두텁고, 공작의 선조가 왕손 둘은 물론이고 그 누구의 실종에도 일조한 적이 없다고 열을 올린다. 그는 머릿속으로 지금의 노퍽 공작을 넣어 그 장면을 그려본다. 공작은 피가 뚝뚝 떨어지는 살쾡진 한 손에 금발의 조그만 시체를 들고 있다. 다른 손에는 고기를 써는 용도로 식탁에 놓는 종류의 조그만 칼을 들었다.

그의 정신이 돌아온다. 가드너가 허공에 삿대질을 하며 증거를 대라고 대법관을 압박하고 있다. 바보 패틴슨의 툴툴거림과 끙끙거림이 더는 견딜 수 없는 지경에 이른다. "아버님." 마거릿이 말한다. "헨리 좀 제발 내보내세요." 모어가 자리에서 일어나 바보를 야단치며 팔을 붙든다. 모두의 시선이 그쪽을 향한다. 그러나 가드너는 그 틈을 이용한다. 몸을 숙이고 잉글랜드어로 나지막이 말한다. "마스터 라이어슬리 말인데, 얘기 좀 해주세요. 그자는 누구 밑에서 일하는 겁니까, 나요, 당신이요?"

"장관님이 아닐까 싶은데요. 이제 인장사무관도 되었고 하니. 인장사무관은 내무장관을 보필하죠. 아닙니까?"

"그런데 왜 매일 당신의 집에 있는 겁니까?"

"도제로 묶여 있는 사람이 아닙니다. 자유롭게 오갈 수 있죠."

"아무래도 성직자들이 지겨운 모양입니다. 뭐 배울 게 있나 알아보려는 거지…… 당신이 요즘은 스스로를 뭐라 부르는지 모르겠지만, 아무튼 당신으로부터."

"인간." 그가 태연히 말한다. "노퍽 공작은 저를 인간이라 부릅니다."

"마스터 라이어슬리는 자기 이익 하나는 기가 막히게 알아보는 눈이 있지."

"우리도 다들 그랬으면 좋겠습니다. 아니면 하느님이 뭐하러 우리한테 눈을 줬겠습니까?"

"그자는 거액을 벌어들일 작정인 거요. 당신 손에 돈이 쩍쩍 들러붙는다는 건 우리 모두가 알지."

모어의 장미에 들러붙는 진딧물처럼 말이지. "아뇨." 그가 한숨을 쉰다. "손가락 사이로 줄줄 새는 거죠, 애석하게도. 아시잖습니까, 스티븐, 제가 얼마나 사치를 좋아하는지. 카펫을 보여줘보세요, 뭐든 깔고 밟아드릴 테니."

바보 패틴슨을 꾸짖어 쫓아낸 모어가 다시 대화에 합류한다. "앨리스, 와인을 마시는 문제는 전에 얘기했을 텐데. 코가 벌겋군." 앨리스의 얼굴이 혐오와 일종의 공포로 굳는다. 더 어린 여자들, 말을 다 알아듣는 그들은 고개를 숙이고 자기 손만 들여다본다. 반지를 만지작거리다 빛을 받는 쪽으로 돌린다. 다음 순간 쿵 소리와 함께 뭔가가 식탁에 내려앉고, 폭발한 앤 크레세이커가 모국어로 소리를 꽥 지른다. "헨리, 그만 좀 해요!" 만찬장 위쪽에 회랑을 둘러 내닫이창이 나 있는데, 그중 하나에서 바보가 몸을 쑥 내밀고 그들에게 빵 부스러기를 마구 던져댄다. "피하지 마세요, 나리들." 바보가 외친다. "내가 지금 하느님을 던져드리잖아요."

바보가 존 모어 경을 제대로 맞히자 노인이 깜짝 놀라 잠에서 깬다. 이리저리 두리번거린다. 질질 흘리던 침을 냅킨으로 닦는다. "자, 헨리." 모어가 위에 대고 외친다. "너 때문에 아버지가 깨셨다. 지금 너는 신성을 모독하고 있고. 게다가 빵도 낭비하고 있어."

"오 주여, 회초리맛을 봐야겠네요." 앨리스가 쏘아붙인다.

그는 장내를 둘러본다. 연민이라 식별할 만한 뭔가를, 가슴뼈 아래 육중한 떨림을 느낀다. 그는 앨리스가 착한 심성의 소유자라고 믿는다. 그리고 그 마음은 변치 않는다, 집을 나서는 길에 감사의 말은 잉글랜드어로 해도 좋다고 허락받은 그에게 그녀가 이렇게 내뱉을 때조

차. "토머스 크롬웰, 재혼은 왜 안 해요?"

"아무도 절 받아주지 않을 테니까요, 레이디 앨리스."

"헛소리. 당신 주군은 몰락했을지 몰라도 당신은 가난하지 않잖아요, 아닌가요? 돈을 나라 밖으로 빼돌렸다고, 나는 그렇게 들었어요. 좋은 집도 가졌고, 아녜요? 국왕의 귀도 가졌다죠, 내 남편 말로는. 런던에 있는 내 자매들 말이, 모든 일이 순조롭게 잘도 굴러간다던데."

"앨리스!" 모어가 미소를 지으며 그녀의 손목을 잡고 몸을 살짝 흔든다. 가드너가 웃는다. 특유의 굵고 낮은 키득거림. 땅의 균열에서 흘러나오는 웃음소리 같다.

내무장관의 바지선이 있는 데로 나오니 공기 중에 정원의 향이 진동한다. "모어는 아홉시에 잠자리에 들지요." 가드너가 말한다.

"앨리스와 함께요?"

"사람들 말로는 아니라는데."

"저 집에 첩자를 두셨습니까?"

가드너는 대답하지 않는다.

땅거미가 내린다. 강에서 불빛이 깜닥거린다. "오, 주여. 시장하군." 내무장관이 투덜거린다. "그 바보의 빵 부스러기라도 하나 챙겨둘 걸 그랬어요. 그 흰 토끼를 잡았어도 좋았겠고. 날것으로라도 먹을 판이에요."

"그게, 대법관은 솔직해질 엄두를 못 내고 있어요."

"엄두가 안 나는 일이긴 하지." 가드너가 말한다. 춥다는 듯이 바지선 덮개 아래서 몸을 잔뜩 웅크린다. "하지만 우리 모두가 모어의 뜻을 알지요. 확고하고, 논쟁으로 어찌해볼 수 있는 게 아닙니다. 대법관에

임명되면서 말했지요, 자신은 이혼 문제에 관여하지 않겠다고. 폐하는 그 뜻을 받아줬고. 하지만 언제까지 받아줄지는 모를 일이에요."

"폐하에게 솔직하지 않단 얘기가 아니었습니다. 내 말은, 앨리스한 테요."

가드너가 웃는다. "그렇지요. 자기를 두고 대법관이 한 말을 앨리스가 알아들었다면 남편을 부엌으로 내려보내 털을 뽑고 불에 구워버리라 했을 겁니다."

"그녀가 죽기라도 하면? 그럼 대법관도 미안해지겠죠."

"그 여자의 시신이 식기도 전에 다른 아내를 들일걸요. 앨리스보다도 못생긴 여자로."

그는 생각을 곱씹는다. 내기를 걸어볼 기회가 어렴풋하게나마 보이는 듯하다. "그 젊은 여자 말입니다, 앤 크레세이커요. 상속녀인 거 아십니까? 고아라는 거?"

"추문이 좀 있었죠, 아니었나요?"

"부친이 죽은 뒤 이웃이 그녀를 빼돌렸어요, 자기 아들과 결혼시키려고. 그 아들에게 겁탈당했죠. 그때 그녀는 열세 살이었어요. 요크셔에서 있었던 일인데…… 거기서는 워낙 그리들 하죠. 그 얘기를 듣고 추기경 전하는 몹시 분노하셨습니다. 그녀를 거기서 빼낸 것도 전하셨어요. 그런 뒤 모어의 지붕 밑으로 들여보낸 건 안전하리라 생각해서였죠."

"안전하기는 하지."

모욕으로부터는 아니지만. "모어의 아들은 앤 크레세이커와 결혼하고부터 그녀의 땅에 빌붙어 살고 있어요. 그녀는 일 년에 100파운드씩 벌어들이고죠. 진주 목걸이 하나쯤 가져도 된다고 생각지 않으십니까.”

“모어가 자기 아들한테 실망한 것 같지 않나요? 그자는 도대체가 일에 아무 재능이 없거든. 그러고 보니 당신에게도 그런 아들이 하나 있다던데. 곧 그 아들을 위해 상속녀를 찾아다니게 되겠군요.” 그는 대답하지 않는다. 사실이다. 존 모어, 그레고리 크롬웰, 우리는 아들들에게 무슨 짓을 한 건가? 그들을 나태한 젠틀맨으로 만들고 말았다ㅡ하지만 우리는 누리지 못했던 안락을 그들은 누리길 바란다 해서 누가 우리를 탓할 수 있을까? 모어에 대해 한 가지 확실히 말할 수 있는 건 이자는 단 한 시간도 빈둥대며 보내본 적이 없다는 것이다. 읽고, 쓰고, 그리스도교 공동체의 이익이라고 믿는 것에 대해 이야기하며 일생을 보내왔다. 가드너가 말한다. “물론 당신은 아들을 더 낳을 수도 있겠지요. 앨리스가 찾아줄 아내가 무척이나 기대되지 않습니까? 당신을 열심히 칭찬하던데.”

그는 두려움을 느낀다. 마크, 류트를 연주하던 소년과 다를 바 없다. 자신은 알려야 알 수 없는 일을 상상하는 사람들. 그는 확신한다, 그와 조핸은 누구에게도 들키지 않았다. 그가 묻는다. “결혼을 생각해본 적은 없습니까?”

강물 위로 냉기가 퍼진다. “나는 성직자입니다.”

“아, 왜 이러십니까, 스티븐. 틀림없이 여자가 있겠지요. 아닙니까?”

정적이 몹시도 길고 몹시도 조용해서 바지선의 노가 템스강 깊숙이 잠기는 소리, 떠오르면서 살짝 물을 튀기는 소리가 고스란히 들린다. 뒤따르는 잔물결소리도. 남쪽 강가 어딘가에서 개 짖는 소리가 들린다. 내무장관이 묻는다. “이 무슨 퍼트니식 호구조사인가?”

침묵은 웨스트민스터까지 이어진다. 하지만 전반적으로 볼 때 그리 나쁘지만은 않은 여정이다. 그가 배에서 내리며 말하듯, 서로를 물속에 처박는 일은 없었으니까. "나는 기다리는 중이거든. 물이 더 차가워질 때까지." 가드너가 말한다. "그리고 당신의 몸에 쇳덩이를 매달 수 있을 때까지. 당신은 다시 떠오르는 비법을 알죠, 아닙니까? 그건 그렇고, 왜 웨스트민스터에서 내리는 겁니까?"

"레이디 앤을 만나러 갑니다."

가드너는 모욕감을 느낀다. "그런 말은 없었잖습니까."

"내 모든 계획을 보고해야 합니까?"

가드너야 그래주길 바란다는 걸 그는 안다. 소문에 따르면 국왕은 추밀원을 더는 참아줄 수 없는 지경에 이르렀다. 그들에게 호통을 친다. "울지 추기경이 그대들 누구보다 낫소, 문제를 처리하는 데는." 그는 생각한다. 추기경 전하가 돌아온다면―국왕의 변덕 한 번이면 이제 언제든 가능한 일이다―당신들은 모두 죽은 목숨이다. 노퍽, 가드너, 모어. 울지 추기경은 자비로운 사람이지만 확실히, 그 자비에도 한계는 있다.

메리 셸턴이 시중을 들고 있다. 고개를 들고 선웃음을 짓는다. 앤은 사치스러운 검정 실크 잠옷 차림이다. 머리칼은 길게 내려트렸고, 새끼 염소 가죽 슬리퍼 틈으로 여린 맨발이 보인다. 그녀는 몹시도 기운 빠지는 하루를 보낸 사람처럼 의자 깊숙이 몸을 파묻고 있다. 그럼에도 고개를 든 그녀의 눈은 반짝반짝 빛난다, 적대적으로. "어디서 오는 길인가요?"

"유토피아요."

"오." 그녀는 마음이 동한다. "어땠나요?"

"앨리스 부인이 키우는 조그만 원숭이가 식사시간 내내 그분 무릎에 앉아 있었죠."

"나는 원숭이가 싫어요."

"알고 있습니다."

그는 이리저리 서성인다. 앤은 그가 자신을 꽤나 예사롭게 대해도 내버려둔다. 돌연 흉포하게 '나는 왕비가 될 몸'이라 발작하며 그에게 비난을 퍼부을 때를 제외하면. 그녀는 슬리퍼의 앞코를 유심히 들여다본다. "들리는 말로는 토머스 모어가 딸과 사랑에 빠졌다던데."

"그 말이 맞을지도 모르겠습니다."

앤이 킬킬 웃는다. "어여쁜 아이인가요?"

"아뇨. 하지만 박식하죠."

"그들이 내 이야기를 하던가요?"

"그 집안사람들은 레이디를 절대로 입에 올리지 않습니다." 그는 생각한다. 이 여자에 대한 앨리스의 의견을 들어봤어야 하는데.

"그럼 무슨 이야기를 했나요?"

"여자의 악덕과 어리석음이요."

"당신도 거기에 동조했겠죠? 어쨌든 맞는 말이긴 해요. 여자들 대부분은 멍청하죠. 못됐고요. 내 눈으로 직접 봤어요. 여자들 틈바구니에서 너무 오래 살았거든."

그는 말한다. "노퍽 공작과 레이디의 아버님은 대사들과 만나느라 정신이 없던데요. 프랑스, 베네치아, 카를황제의 사람들까지 모조리 만났다죠─고작 이틀 사이에."

그는 생각한다. 저들은 추기경 전하를 함정에 빠트리려 움직이고 있다. 뻔한 얘기다.

"그처럼 좋은 정보를 손에 넣을 여유가 당신한테는 없다고 생각했는데. 당신이 추기경에게 1천 파운드를 썼다는 소문은 들었지만."

"회수하기를 기대하고 있습니다. 여기저기서요."

"사람들이 당신한테 고마워하긴 하겠죠. 추기경의 영지에서 나온 하사금을 받은 경우라면."

그는 생각한다. 당신의 남동생 조지 로치퍼드 자작, 당신의 아버지 토머스 월트셔 백작. 그들 또한 울지 추기경의 몰락으로 부를 거머쥐지 않았는가? 조지가 요즘 입고 다니는 옷을 보라. 말과 여자한테 뿌리는 돈을 보라. 그러나 불린가 사람들이 고마워하는 기색은 좀처럼 보지 못했다. 그가 말한다. "나는 그저 변호 수수료나 챙길 뿐입니다."

그녀가 웃는다. "그것만으로도 꽤 살 만해 보이네요."

"뭐랄까, 방법이야 차고 넘치죠…… 이따금 사람들은 내게 그냥 이것저것 털어놓기도 하거든요."

이건 일종의 초대다. 앤이 고개를 떨어트린다. 그녀 또한 그런 자들의 일원이 되기 직전이다. 하지만 오늘밤은 아닌 모양이다. "아버지가 그러시더군요. 그자는 절대로 속을 알 수 없다. 누굴 위해 일하는지도 알 수 없다. 내가 그 생각을 못했네요─그도 그럴 것이 나는 한낱 여자일 뿐이니까─딱 봐도 당신은 당신 자신을 위해 일하는 사람인데."

그 점에서는 우리 둘이 비슷하지, 그는 생각한다. 그러나 입 밖으로는 내지 않는다.

앤이 하품한다, 조그만 고양이 같은 하품이다. "피곤하시군요. 이만 가보겠습니다. 그런데 나를 부른 이유가 뭡니까?"

"우린 당신의 행방에 관심이 많거든요."

"그럼 왜 레이디의 부친이나 동생은 사람을 보내지 않을까요?"

그녀가 고개를 든다. 늦은 시간일지언정 앤의 다 안다는 듯한 미소는 아직 잠들지 않았다. "그들은 당신이 정말 올 거라 생각지 않거든요."

8월. 울지 추기경은 국왕에게 불평으로 가득한 서신을 보낸다. 채권자들에게 시달리고 있다는, '고통과 두려움에 휩싸여 있다'는 내용이다. 그러나 들려오는 이야기는 다르다. 추기경은 만찬을 열고 지역 젠트리를 죄다 초대하고 있다. 예전처럼 웅장한 규모로 자선을 베풀고, 소송을 처리하고, 별거중인 부부를 달콤한 말로 꾀어 다시 한 지붕 아래서 살게 만든다.

'콜미 리즐리'*는 지난 6월 사우스웰에 올라갔다. 국왕 사실 소속의 윌리엄 브레러턴과 함께였다. 헨리왕이 교황에게 보낼 작정으로 돌리고 있는 청원서에 울지 추기경의 서명을 받기 위해서다. 국왕이 본인의 자유를 누릴 수 있게 허해달라고 교황에게 요청하는 서신에 귀족과 주교의 서명을 첨부하는 건 노퍽 공작의 아이디어다. 이 서신에는 모호하고 추상적인 모종의 협박이 포함되어 있으나, 클레멘스 교황은 협박당하는 일에 익숙하다—문제를 질질 끌고, 한 무리를 세워 다른 무리에 대적하고, 그 중간에서 이득을 취하는 데 단연코 최고다.

---

* '리즐리로 불러달라'는 뜻.

추기경은 강건해 보인다. 라이어슬리에 따르면 그렇다. 그리고 그곳의 공사는 수리와 부분적인 개조 수준을 넘어선 듯하다. 추기경은 전국을 샅샅이 뒤져 유리공과 소목장이와 배관공을 찾아냈다. 그의 주군이 위생 시설을 개선하겠노라 마음먹는 건 불길한 일이다. 교구 교회를 가져본 적도 없으면서 그보다 높게 탑을 올리는 사람이다. 배수 시설을 직접 계획하지 않은 어디서도 묵지 않는다. 조만간 토목공사가 시작되고 지하 배수로와 관이 부설될 터다. 그런 다음에는 분수를 설치할 것이다. 추기경은 가는 곳마다 백성의 환호를 받는다.

"백성?" 노픽은 말한다. "그치들은 꼬리 없는 원숭이한테도 환호할 자들이야. 놈들이 누구한테 환호하든 누가 신경이나 쓴다고? 싹 다 목매달아버려."

"그럼 저하께 세금은 누가 내고요?" 그가 말하자 노픽은 두려운 눈으로 그를 본다. 그 말이 농담인지 뭔지 모르는 눈치다.

추기경의 인기에 대한 풍문이 그는 달갑지 않다. 오히려 두렵다. 국왕은 울지 추기경을 사면했지만, 한번 틀어진 마음은 언제든 다시 틀어질 수 있다. 저들이 마흔네 개의 혐의를 생각해낼 수 있었다면—진실이 허구를 구속하지 못하는 한—마흔네 개쯤은 얼마든지 더 생각해 낼 수 있는 법이다.

노픽과 가드너가 머리를 맞댄 모습이 보인다. 그들이 눈을 들어 그를 본다. 눈알을 부라리며 아무 말도 하지 않는다.

라이어슬리는 그의 그림자와 동선 안에 머물며 그와 함께 극비 서신을 쓴다. 추기경과 국왕 각각에게. 라이어슬리는 피곤을 호소하는 법이 없다. 시간이 늦었다고 말하지도 않는다. 자신이 기억해야 할 모든 걸 기억한다. 레이프조차 이보다 더 완벽하진 못하다.

집안 소녀들이 가업에 투입될 때다. 조헨은 딸의 형편없는 바느질 솜씨를 불평한다. 평소에 쓰지 않는 손으로 바늘을 슬그머니 옮겨 쥔 아이가 고안한 엉성하고 보잘것없는 박음질은 그러고 보니 흉내내기 가 몹시 어렵다. 아이에게는 라이어슬리가 북부로 보내는 서신을 봉하 는 임무가 주어진다.

1530년 9월. 울지 추기경은 사우스웰을 떠나 요크까지 한가로이 여 행한다. 이때부터 추기경의 행차는 개선 행렬이 부럽지 않다. 여기저 기서 찾아온 촌사람들이 추기경에게 모여들고, 길가의 십자가에 숨어 있다가 갑자기 달려든다. 추기경이 그 마법 같은 손을 자기 아이들에 게 얹어주길 소원하면서. 그들은 그걸 '견진성사'라 부르지만 보기에 는 그보다 유서 깊은 성사쯤 되는 듯하다. 수천 명은 족히 되는 이들이 모여들어 넋을 잃고 바라본다. 추기경은 그들 모두를 위해 기도한다.

"추밀원이 추기경을 주시하고 있어요." 가드너가 그를 휙 스쳐지나 가며 말한다. "항구도 폐쇄시켰다는군요."

노펔이 말한다. "울지 추기경에게 전하게. 내가 그자를 다시 보게 되 는 날에는 잘근잘근 씹어주겠다고. 뼈든 살이든 연골이든." 그는 그대 로 적어 북으로 올려보낸다. "뼈든 살이든 연골이든." 공작이 이를 아 드득대고 딱딱거리는 소리가 그의 귓가에 울린다.

10월 2일 추기경은 요크에서 16킬로미터 떨어진 캐우드의 궁에 도 착한다. 추기경의 추대식은 11월 7일로 예정되어 있다. 추기경이 북부 교회의 성직자 회의를 소집했다는 소식이 들려온다. 추대식 다음날 요크에서 만남이 이뤄질 것이다. 이는 추기경의 독립을 알리는 신호다. 누군가에게는 반란의 신호로 읽힐지도 모르고. 그는 이 사실을 국왕에게 알리지 않았다. 늙은 워럼, 캔터베리 대주교에게도 알리지 않았다. 추기경의 부드럽고 흥에 겨운 목소리가 귀에 들리는 듯하다. 자, 토머스. 그들이 굳이 알 필요가 있는가?

노퍽이 그를 불러들인다. 얼굴이 진홍빛이고 호통을 치기 시작하자 입가에 살짝 거품이 낀다. 맞춤 제작한 갑옷이 몸에 맞는지 보던 중인데, 방어구 일부—흉갑, 엉덩이 가리개—를 아직 걸치고 있는 터라 마치 보글보글 끓어오르며 들썩이는 철제 냄비 같다. "그자는 저 윗동네에 파고들어서 왕국이라도 일굴 작정인가? 추기경 모자로는 성에 안 찬다 그거지. 왕관 아니면 안 되겠단 거야. 빌어먹을 토머스 울지, 젠장할 백정놈의 자식 주제에. 그리고 내 장담하는데, 장담하겠는데……"

그는 공작이 뜸을 들이며 그의 의중을 읽으려는 건가 싶어 눈을 내리깐다. 그리고 생각한다. 추기경 전하는 무척이나 훌륭한 왕이 되셨을 것이다. 몹시 인자하고, 몹시 듬직하고 정중하게 처세하며, 몹시 공정하고, 몹시 날래고, 몹시 분별 있는 왕이. 전하의 치세는 최고의 치세였을 테고, 전하의 가신은 최고의 가신이었을 터다. 그리고 그는 전하의 나라를 진정으로 즐겼을 것이다.

그의 시선이 고개를 까닥이며 거품을 무는 공작을 뒤쫓는다. 그러다 이쪽으로 몸을 돌리던 공작이 금속판에 덮인 자기 허벅지를 거세게 내리치고는—통증 혹은 다른 어떤 이유로—눈에 눈물 한 방울을 그렁그렁 매달고 있는 걸 보고 깜짝 놀란다. "아, 자네는 나를 냉혹한 사람이라 생각하지, 크롬웰. 나는 뒤에 남겨진 자네를 못 본 척할 만큼 냉혹한 사람은 아니야. 내 말이 무슨 뜻인지 알겠나? 이 잉글랜드 땅을 통틀어 자네처럼 행동했을 사람은 내가 아는 한 없다는 걸세. 권세를 잃고 몰락한 자를 위해 그렇게까지 할 자는. 폐하도 그리 말씀하시지. 그자, 카를황제의 사람인 샤퓌조차 그리 말한단 말이야. 자네 이름을 요상하게 발음하면서, 자네를 비난할 수는 없다고. 그러니까, 나는 자네가 울지를 만나 유감이네. 나를 위해 일하지 않아 유감이야."

"글쎄요." 그가 말한다. "우리는 모두 같은 걸 원합니다. 저하의 조카딸이 왕비가 되는 것이죠. 우리가 함께 일해볼 순 없는 겁니까?"

노퍽이 끙 소리를 낸다. 노퍽의 관점에서는 저 '함께'라는 단어가 어딘가 못마땅하다. 그러나 그게 뭔지 짚어낼 수 없다. "자네의 위치를 잊지 말게."

그가 고개를 숙인다. "공작 저하의 한결같은 호의는 늘 마음에 새기고 있습니다."

"이보게, 크롬웰. 나는 자네가 케닝홀에 있는 우리집에 들러 내 아내와 이야기를 좀 해주면 좋겠네. 아내는 극악무도하게 깐깐한 여자야. 내가 다른 여자를 집에 둬선 안 된다고 생각하거든. 내가 즐길 상대 말일세, 이해하나? 나는 말하지. 그럼 여자를 다른 어디에 둬야 한단 말이오? 당신은 내가 겨울밤 잠을 설쳐가며 저 꽁꽁 언 거리를 나다녀야 직성이 풀리겠소? 아내한테는 당최 내 생각을 정확히 표현할 수가 없단 말이지. 어떤가, 케닝홀에 와서 나 대신 말을 좀 해줄 수 있겠나?" 그러고는 서둘러 덧붙인다. "당장은 아니지, 물론. 아니야. 보다 시급한…… 내 조카딸을 보는……"

"그분은 어찌 지내십니까?"

"내가 보기에," 노퍽이 말한다. "앤은 유혈이 낭자한 살육이 간절하지. 추기경의 창자를 접시에 담아 자기 스패니얼들한테 먹이고 싶어해. 사지는 요크의 성문에 못질해 내걸고."

어둑한 아침 시선은 자연스레 앤을 향하지만, 둥근 빛의 가장자리에서 뭔가 어슴푸레한 것이 깐닥거린다. 앤이 말한다. "크랜머 박사가 로마에서 돌아왔어요. 좋은 소식은 가져오지 못했죠, 물론."

그들은 서로 아는 사이다. 크랜머가 이따금 울지 추기경을 위해 일한 적이 있어서인데, 그러지 않았던 자가 사실 얼마나 되겠는가? 이제 박사는 국왕의 소송에 적극적으로 가담하고 있다. 둘은 조심스레 포옹한다. 케임브리지 학자와 퍼트니 출신이.

그가 말한다. "마스터, 왜 우리 대학에 오지 않습니까. 카디널 칼리지 말입니다. 박사가 오지 않아 추기경 전하께서 몹시 서운해하셨습니다. 우리가 안락하게 모셨을 텐데요."

"금세 없어질 건 싫었나보죠." 앤이 비웃는다.

"외람되오나, 레이디 앤, 폐하께서 옥스퍼드 재단을 인수할 것처럼 말씀하신 적이 있는데요." 그가 미소를 짓는다. "거기에 레이디의 이름을 붙일 수도 있지 않겠습니까?"

오늘 아침 앤은 십자가가 달린 금목걸이를 했다. 때때로 그걸 초조하게 잡아당기고, 그러다 두 손을 옷소매에 집어넣는다. 이 버릇이 워낙 심하다보니 사람들은 그녀가 뭔가를, 말하자면 어떤 기형을 숨기려는 거라고 수군댄다. 하지만 그의 생각에 그녀는 자기 손을 내보이기 싫어하는 여자일 뿐이다. "노퍽 외숙부는 울지 추기경이 무장 병사 팔백 명을 거느리고 쏘다닌대요. 캐서린한테서 서신도 받는다는데—사실인가요? 사람들 말로는 로마에서 칙령을 내려 폐하와 나를 갈라놓을 거래요."

"그렇다면 그건 로마측의 명백한 실수가 되겠죠." 크랜머가 말한다.

"네, 그럴 거예요. 폐하는 듣지 않을 거니까요. 잉글랜드 국왕이 한낱 교구 총무쯤 되는 자리인가요? 아님 무슨 어린애라도 되는 줄 아나? 프랑스에서는 생각도 할 수 없는 일이에요. 프랑스 왕은 성직자들을 꽉 잡고 있거든요. 마스터 틴들은 '하나의 왕과 하나의 법, 이는 모든 왕국에서 하느님의 명령이다'라고 했어요. 나도 그 책을 읽었거든요. 『그리스도교도의 순종』이요. 내가 직접 폐하께 보여드렸죠, 그분의 권위가 언급된 부분들을 표시해서. 백성은 하느님께 복종하는 것처럼 국왕에게 복종해야 한다. 내가 제대로 이해한 게 맞나요? 교황도 자기 위치를 깨치게 될 테죠."

크랜머는 웃는 듯 마는 듯 앤을 쳐다본다. 그녀는 읽기를 배우는 어린애 같다. 돌연한 재능으로 스승을 황홀케 하는.

"잠시만." 그녀가 말한다. "여러분에게 보여줄 게 있어요." 그러고는 눈짓한다. "레이디 케리……"

"오, 제발." 메리가 말한다. "굳이 퍼트리진 말지 그래."

앤이 손가락을 튕긴다. 메리 불린이 빛 속으로 걸어나온다. 금발이 번쩍인다. "이리 내." 앤이 말한다. 종이다. 그걸 앤이 펼쳐든다. "내 침대에서 나온 거예요, 믿어져요? 지금 상황으로 봐서는 그날 밤이에요. 그 시들하고 희멀건 괴짜 계집애가 침상을 정리한 날. 당연히 그애한테선 아무 설명도 못 들었죠. 곁눈으로 보기만 해도 울음을 터트리는 애거든요. 그래서 이걸 둔 게 누군지 알 수가 없어요."

종이를 펼치니 그림이 나온다. 거기 세 형상이 있다. 가운데는 국왕이다. 덩치가 크고 외모가 준수하며 보는 이가 헷갈릴 수 없게 왕관을 썼다. 양옆에는 여자가 한 명씩 있다. 좌측의 여자는 머리가 없다. "그게 왕비예요." 앤이 말한다. "캐서린이요. 그게 나고요." 그녀가 웃음을 터트린다. "앤 상 테트."*

크랜머가 종이로 손을 뻗는다. "이리 주시죠. 내가 없애겠습니다."

앤은 종이를 우그러트려 구긴다. "없애는 건 나도 할 수 있어요. 잉글랜드의 왕비가 화형을 당한다는 예언이 있죠. 하지만 나는 예언 따위에 겁먹지 않아요. 설령 그게 사실이라 해도 그런 위험쯤 무릅쓸 생각입니다."

메리는 조각상처럼 서 있다. 아까 앤에게 종이를 건네던 자세 그대로. 종이를 아직도 들고 있는 양 두 손을 한데 모은 채. 오, 맙소사, 그는 생각한다. 이 여자가 여길 벗어나는 걸 좀 봤으면. 자기가 불린가 사람이란 걸 잊을 수 있는 어디로든 좀 데려갔으면. 그녀도 내게 부탁하긴 했었지. 나는 거절했고. 다시 부탁한대도 다시 거절할 것이다.

앤이 불빛을 등지고 선다. 두 뺨이 우묵하고—정말 몹시도 말랐다—눈은 활활 타오른다. "앵시 세라."** 그녀가 말한다. "누가 양심을 품든 말든 상관없어요. 어차피 그리되고 말 테니까. 나는 폐하를 갖고

---

* '머리 없는 앤'이라는 뜻.
** Ainsi sera. '원대로 불평해봐'라는 뜻. 이어지는 '어차피 그리되고 말 테니까(groigne qui groigne)'까지 이 시기 앤 불린이 즐겨 했던 말로 알려져 있다.

말 거예요."

밖으로 나오는 길에 그와 크랜머 박사는 아무 말도 하지 않는다. 그러다 그들을 향해 다가오는 조그맣고 창백한 소녀를 본다. 시들하고 희멀건 그 괴짜 계집애가 접어서 포갠 리넨을 나르는 중이다.

"툭하면 운다는 그 사람 같군요." 그가 말한다. "그러니 곁눈질하지 맙시다."

"마스터 크롬웰." 그녀가 말한다. "기나긴 겨울이 되겠어요. 당신의 그 오렌지 타르트 좀더 보내주세요."

"무척 오랜만인 듯한데…… 그간 어찌 지냈는지요, 어디서 지냈고?"

"대개는 바느질을 했죠." 그녀는 질문 각각을 곰곰이 궁리한다. "가라는 데 가 있었고요."

"첩자 노릇도 했겠고, 아마도."

그녀가 고개를 끄덕인다. "그쪽으로는 별로 소질이 없네요."

"글쎄요. 당신은 무척 조그맣고 눈에 잘 띄지도 않는걸요."

칭찬으로 한 말이다. 그녀가 감사하다는 듯 눈을 깜빡인다. "저는 프랑스 말을 몰라요. 그러니 괜찮다면 프랑스 말은 하지 말아주세요. 프랑스 말 때문에 보고할 게 없거든요."

"누굴 위해 염탐하는 겁니까?"

"제 오빠들이요."

"크랜머 박사는 아세요?"

"아뇨." 그녀가 말한다. 그녀는 그의 말이 진짜 질문인 줄 안다.

"자," 그가 지시한다. "이제 당신이 누군지도 말해줘야죠."

"아. 그래요. 저는 존 시모어의 딸이에요. 울프홀에서 온."

그는 깜짝 놀란다. "그분 따님들은 캐서린 왕비와 함께인 줄 알았는데요."

"네. 가끔은요. 지금은 아니죠. 말씀드렸잖아요. 저는 가라는 데 가있는다고."

"하지만 그곳에서 꼭 당신을 반기란 법은 없겠고요."

"반겨요. 한쪽에서는요. 그러니까, 레이디 앤은 캐서린 왕비의 시녀가 자기랑 시간을 보내고 싶다고 하면 절대로 거절하지 않거든요." 그녀가 눈을 든다. 순간적으로 파리한 빛이 스친다. "그런 사람이 거의 없긴 하지만."

신흥 가문은 하나같이 정보가 절실하다. 국왕이 스스로를 미혼이라여기는 상황에서 어린 소녀라면 누구든 미래를 여는 열쇠를 쥘 수 있고, 그게 반드시 앤이 되리라는 보장도 없다. "그럼 행운을 빕니다." 그가 말한다. "대화는 잉글랜드어로 하도록 힘써볼게요."

"그래주시면 고맙겠어요." 그녀가 고개를 숙인다. "안녕히, 크랜머박사님."

그는 앤 불린이 있는 곳으로 타닥타닥 걸어가는 그녀의 모습을 눈으로 좇는다. 침대에서 발견된 종이와 관련해 조그만 의심이 그를 찾아든다. 하지만 아니다. 그는 생각한다. 그럴 리 없어.

크랜머 박사가 미소를 지으며 말한다. "궁정의 여인을 두루두루 알고 지내는군요."

"그리 두루두루도 아닙니다. 존 시모어는 딸이 최소 셋은 되는데 몇째 딸인지는 아직도 모르겠어요. 그리고 그 집 아들들은 야망이 큰 편이죠."

"나는 그들을 거의 몰라요."

"추기경 전하가 에드워드를 데리고 계셨던 적이 있죠. 예리한 자예요. 톰 시모어는 바보인 척하지만 그 정도는 아니고요."

"부친은?"

"월트셔에 있죠. 절대로 얼굴을 비치지 않아요."

"혹자는 부러워할 만도 하네요." 크랜머 박사가 중얼거린다.

시골의 삶. 전원의 희락. 그는 지금껏 느껴본 적 없는 유혹이다. "케임브리지에는 얼마나 계셨습니까, 폐하의 부름을 받기 전에?"

크랜머가 미소를 짓는다. "이십육 년입니다."

두 사람 모두 승마 복장이다. "오늘 케임브리지로 돌아가시게요?"

"잠깐 다녀오려고요. 저 가족"―불린가를 뜻한다―"은 나를 가까이 두고 싶어하거든요. 선생은요, 마스터 크롬웰?"

"개인 고객을 만나러 갑니다. 레이디 앤의 험악한 표정으로는 생계를 유지할 수 없으니까요."

소년들이 말을 대기해놓고 있다. 크랜머 박사가 겹겹의 의복을 젖히고 천으로 싼 물건을 꺼낸다. 그중 하나는 세심하게 세로로 자른 당근이고, 다른 하나는 쪼글쪼글 시든 사과를 사등분한 것이다. 좋은 걸 공평하게 나누는 아이처럼 박사는 그에게 말을 먹이라며 당근 두 조각과 사과 절반을 건넨다. 그러고는 말에게 먹이를 주면서 말한다. "선생은 앤 불린에게 상당한 신세를 졌어요. 어쩌면 선생이 생각하는 이상으로. 그녀는 선생을 높이 평가하고 있습니다. 선생의 처제가 될 생각을 하는지는 모르겠지만, 이런 말이 실례가 되지 않는다면……"

말들이 목을 구부리고 먹이를 갉아먹으며 고마움에 귀를 턴다. 평화로운 순간이다. 축성기도라도 올리는 것처럼. 그가 말한다. "비밀이랄 게 없군요, 아닙니까?"

"없죠. 없죠. 절대 없죠." 박사가 고개를 젓는다. "내가 왜 선생의 대학에 가지 않는지 물었지요."

"인사차 한 말이었는데요."

"어쨌든…… 케임브리지에서 듣기로는 선생이 옥스퍼드 재단을 위해 상당한 수고를 했다더군요…… 학생도 학자도 다들 선생을 칭찬한다고…… 그 어떤 사소한 것도 놓치지 않는 마스터 크롬웰이라고. 그럼에도 확실히 해두고 싶은 건…… 그쪽 학교가 자랑하는 그 안락함이……" 박사의 어조는 변함없이 잔잔하고 담담하다. "생선저장고였던가요? 학생들이 사망한 곳이?"

"추기경 전하께서는 그 문제를 가벼이 여기지 않으셨습니다."

크랜머가 가볍게 말한다. "나도 마찬가지입니다."

"전하는 타인을 짓밟아 자기 의견을 관철하는 분이 아니셨습니다. 박사는 안전했을 거예요."

"확실히 말해두겠는데, 전하는 내게서 그 어떤 이단성도 찾아내지 못했을 겁니다. 소르본대학조차 실패했지요. 나는 두려울 게 조금도 없어요." 힘없는 미소가 스친다. "하지만 어쩌면…… 아 글쎄요…… 어쩌면 나도 뼛속 깊이 케임브리지 사람일 뿐인지도 모르겠습니다."

그가 라이어슬리에게 말한다. "그런가? 박사가 완벽한 정통이 맞아?"

"뭐라 말하기 힘듭니다. 그분은 수도사를 좋아하지 않아요. 그런 점에서 마스터랑 잘 맞을 수도 있겠네요."

"지저스 칼리지에서는 박사를 좋아했고?"

"그쪽 말로는 박사가 엄격한 시험관이었대요."

"놓치고 지나가는 건 별로 없겠군. 그렇대도. 박사는 앤이 덕스러운 여인이라고 생각하지." 그가 한숨을 쉰다. "그럼 우린 그녀를 어떻게 생각할까?"

콜미 리즐리는 코웃음을 친다. 그는 막 결혼했지만—가드너의 친척과—여자들과의 관계가 전반적으로 원만하지 않다.

"박사에겐 우울한 면이 있는 듯해." 그가 말한다. "세상에서 물러나 살기를 원하는 부류처럼."

라이어슬리의 금빛 눈썹이 치켜올라간다. 알아채지 못할 정도로 살짝. "그 술집 여자 얘기를 하던가요?"

집을 방문한 크랜머에게 그는 담백한 노루 고기 요리를 대접한다. 단둘이 식사를 하며 박사의 개인사를 끌어낸다. 천천히, 천천히, 그리고 손쉽게. 출신지를 묻고, 박사가 선생은 모를 곳이라고 하자 이렇게 말한다. 어디 한번 시험해보시죠. 나는 안 가본 곳이 거의 없습니다.

"설령 애슬록턴에 가봤다 해도 거기가 거기인지는 모를 겁니다. 노팅엄 방향으로 25킬로미터쯤 가서 하룻밤만 지내고 나면 애슬록턴 따위는 완전히 잊히고 말걸요." 박사의 고향 마을에는 예배당조차 없다. 빈곤한 오두막 몇 채와 박사의 본가가 전부다. 거기서 박사의 가족은 삼대째 살고 있다.

"부친은 젠틀맨 출신입니까?"

"물론이죠." 크랜머는 살짝 충격받은 듯하다. 달리 무엇이었으려고? "링컨셔의 탬워스 가문이 우리 친지죠. 클리프턴의 클리프턴 가문도요. 몰리뉴가도 친척인데, 거기는 선생도 앞으로 들을 일이 있을 겁니다. 아님 벌써 들어봤으려나?"

"토지도 많으시고요?"

"이럴 줄 알았으면 토지대장이라도 가져올 걸 그랬습니다."

"용서하십시오. 우리처럼 사업하는 사람들이 워낙……"

크랜머는 그를 물끄러미 보며 가늠한다. 고개를 끄덕인다. "대단치 않은 수준이죠. 게다가 나는 장남도 아닌걸요. 그래도 아버지는 나를 잘 길러주셨어요. 승마술도 가르쳤고. 인생 첫 활도 쥐여줬고. 내가 처음으로 훈련시킨 매도 그분께 받았습니다."

죽었지, 그는 생각한다. 그 아버지는 죽은 지 오래다. 아직도 어둠 속에서 죽은 자의 손을 찾아 헤매는군.

"아버지는 내가 열두 살 때 학교에 보내셨어요. 학교생활은 괴로웠지. 스승이 가혹했거든."

"박사에게만요? 아님 모두에게?"

"솔직히 털어놓자면, 그때 나는 나밖에 몰랐어요. 나약했지, 두말할 것도 없이. 스승이 그 나약함을 포착한 게 아닐까 싶어요. 학교 선생들이 워낙 그러니까."

"아버지께 호소할 순 없었나요?"

"이제 와 생각하면 왜 안 했나 싶죠. 그 와중에 아버지가 돌아가셨습니다. 나는 열세 살이었고. 해가 바뀌고 모친은 나를 케임브리지로 보내셨어요. 나는 탈출할 수 있어서 기뻤습니다. 스승의 매질에서 벗어나는 게 좋았어요. 배움의 불꽃이 활활 타오르거나 그런 건 아니었고, 그나마도 불어오는 동풍에 꺼져버렸죠. 그 시절에는 옥스퍼드―그중에서도 선생의 추기경이 계셨던 모들린 칼리지―가 전부였으니까."

그는 생각한다. 당신이 퍼트니에서 태어났더라면 매일 강을 보고, 그 강이 드넓은 바다로 흘러나가는 모습을 상상했을 것이다. 일평생 바다를 본 적은 없어도, 이따금 강을 거슬러오는 외지인에게 들은 바다의 모습을 머릿속에 품고 살았을 터다. 언젠가 당신도 대리석 보도와 공작새가 있는 세계, 언덕배기는 열기로 부산하고 길을 걷노라면 으깬 약초 향기가 사방에서 피어오르는 세계로 나가게 될 것임을 알았을 터다. 그 여정이 무얼 선사할지도 계획했겠지. 뜨듯한 테라코타의 감촉, 기후가 다른 고장의 밤하늘, 이국의 꽃, 돌로 깎은 눈으로 쳐다보는 다른 민족의 성자. 그러나 당신이 애슬록턴에서 태어났다면, 광활한 하늘 아래 평원에서 태어났다면 그저 케임브리지나 상상할 수 있는 것이다. 그 너머란 더는 없이.

"케임브리지의 동료 하나가," 크랜머 박사가 머뭇거리며 말한다. "추기경에게 그런 말을 들었다더군요. 선생이 어린 시절 해적떼한테 납치를 당했다고."

그는 박사를 잠시 바라보다가 천천히 활짝 웃는다. "내 주군이 어찌나 그리운지요. 그분이 북부로 가시고 나니 내 이력을 꾸며낼 사람이 더는 없습니다."

크랜머 박사는 조심스럽다. "그러니까 사실이 아닌 거지요? 선생의 세례 여부를 의심받진 않는지 궁금했거든요. 누군가는 문제삼을 수도 있을 듯해서요, 그런 일이 정말로 있었다면."

"하지만 그런 상황 자체가 없었습니다. 정말이에요. 설령 그랬대도 해적은 나를 돌려보냈을 테고요."

크랜머 박사가 눈살을 찌푸린다. "꽤나 드센 아이였나보죠?"

"당시에 박사와 아는 사이였다면, 그 스승은 내가 대신 때려눕혔을 겁니다."

크랜머는 식사를 마친 터다. 그리 많은 음식을 입에 대진 않았다. 그는 생각한다. 이런 사람의 마음 한구석에서 나는 언제나 이교도일 수밖에 없겠지. 당장은 그 믿음을 굳이 바로잡지 않을 것이다. 그가 말한다. "연구가 그리우십니까? 폐하의 대사로 임명되어 공해公海에 내던져진 이래로 박사의 삶에도 차질이 생기지 않았습니까."

"비스케이만에서 이런 일이 있었어요. 에스파냐에서 돌아오는 길이었는데, 배에서 물을 퍼내야 했습니다. 나는 선원들의 고해성사를 들어줬지요."

"아주 들을 만했겠는데요." 그가 웃음을 터트린다. "폭풍우보다 큰 소리로 외쳐대는 고해성사라니."

그 고된 여정 뒤에―국왕은 자신의 대사를 만족스러워했으나―크랜머는 어쩌면 예전의 삶으로 돌아갔을지도 모른다. 우연히 스친 가드너에게 유럽 대학을 상대로 국왕의 소송과 관련한 여론을 물으면 어떻겠냐고 귀띔하지만 않았더라면. 교회법 학자들에게도 했던 일이라고. 이제 신학자들에게도 해보라고. "안 될 게 뭔가?" 국왕은 말했다. "크랜머 박사를 불러 책임을 맡기게." 바티칸은 그 발상에 조금의 반감도 없다고 했다. 신학자들에게 금전을 제공해서는 안 된다는 점만 제외하면. 깜찍한 경고였다. 메디치 성을 가진 교황이 금전을 들먹이다니. 유럽 대학을 끌어들이는 이 계획이 그에게는 거의 무용해 보인다. 그러나 앤 불린이, 그녀의 언니가 했던 말이 떠오른다. '자기는 하루하루 늙어가는데 말이지.' 그가 말한다. "보십시오. 박사는 스무 군데는 되는 대학에서 백 명에 달하는 학자를 찾아냈습니다. 개중에는 폐하가 옳다고 말하는 이들도—"

"대부분 그렇죠—"

"그리고 박사가 이백 명쯤 더 찾아낸다 한들, 그게 뭐가 중요하겠습니까? 클레멘스 교황은 이제 설득이 통하지 않아요. 압력만 통할 뿐이죠. 그리고 지금 내가 말하는 압력은 도덕적 압력이 아닙니다."

"하지만 폐하의 소송을 두고 우리가 설득해야 하는 건 클레멘스 교황이 아니에요. 유럽 전체입니다. 그리스도교도 전체란 말입니다."

"여성 교도의 마음을 돌리기가 여전히 쉽지 않은 듯해 걱정이지요."

크랜머가 시선을 떨군다. "나는 아내에게조차 아무것도 납득시키지 못했던 사람입니다. 아내의 마음을 돌리려는 시도 자체를 해보지 않았을 거예요." 잠시 말을 멈춘다. "우린 둘 다 아내를 잃었습니다, 그렇죠, 마스터 크롬웰. 그리고 우리가 동료가 되려면 선생의 궁금증을 그대로 둬선 안 될 겁니다. 다른 이들이 전하는 이야기에 휘둘리게 돼서도 안 되고요."

박사가 이야기하는 사이 사방의 빛이 점차 사그라진다. 박사의 목소리가, 중얼거림이, 머뭇거림이 땅거미 속으로 깊이 배어든다. 그들이 앉아 있는 방의 바깥, 식솔들이 야간 일과를 계속하는 곳에서 마치 가대를 옮기기라도 하는 듯 탕탕거리고 긁는 소리가 난다. 희미한 환호와 함성도 들린다. 하지만 그는 모두 무시하고 앞의 사제에게 정신을 집중한다. 조앤은 고아였어요, 박사가 말한다. 내가 자주 방문하던 젠틀맨의 집에서 일하는 하녀였죠. 자기 사람도, 결혼지참금도 없었습니다. 나는 그녀가 가여웠어요. 벽판을 붙인 방에서 속삭이는 소리가 늪과 못의 영혼들을 깨운다, 망자들을 불러낸다. 케임브리지의 황혼, 습지가 축축한 기운을 내뿜고 등잔불이 타오르는 휑하고 썰렁한 방에서 사랑의 행위가 벌어진다. 나는 그녀와 결혼할 수밖에 없었습니다, 크랜머 박사가 말한다. 그리고 사실 어떤 남자가 결혼하지 않을 수 있겠습니까? 박사의 대학은 평의원직을 박탈했다. 당연하다. 결혼한 남자를 평의원으로 둘 순 없다. 그리고 조앤 역시 자연스레 젠틀맨의 집을 나오게 되었다. 그런 그녀를 어째야 할지 도무지 몰랐던 박사는 돌핀으로 데려갔다. 박사의 연줄 몇몇이, 몇몇─이번에는 박사도 시선을 떨구지 않고 솔직히 말한다─몇몇 친척이 관리하는 곳이었다. 그렇다, 사실이다. 크랜머 집안사람들이 돌핀을 운영했다.

"창피해할 거 없습니다. 돌핀은 괜찮은 곳이에요."

아, 당신도 알고 있단 말이군. 박사가 입술을 깨문다.

그는 크랜머 박사를 찬찬히 살핀다. 눈을 깜빡이는 방식, 턱에 조심스레 갖다대는 손가락, 감정을 숨기지 않는 눈, 기도하듯 맞잡은 핏기 없는 손. 그러니까 조앤은 아니었어요, 박사가 말한다. 아니었습니다. 선생도 들었듯, 술집 출신이 아니었어요. 사람들이 뭐라 하든 말이에요, 그들이 뭐라 떠들어대는지 나도 알거든." 조앤은 아기를 가진 아내였고, 가난한 학자는 그녀와 함께 청빈을 실천하며 살아갈 준비를 했다. 하지만 끝내 그런 일은 일어나지 않았다. 학자는 어느 젠틀맨의 비

서든, 개인교사든, 펜으로 생계를 유지할 수 있는 어떤 자리든 찾을 생
각이었는데, 그 모든 궁리가 아무 쓸모도 없게 되었다. 케임브리지를,
더 나아가 잉글랜드마저 떠날 수 있다고 생각했지만 결국 그럴 필요가
없었다. 학자는 아기가 태어나기 전에 자기 연줄들이 뭐라도 해줄 수
있지 않을까 희망을 품었다. 그러나 조앤이 출산중 죽었을 때는 그 누
구도 해줄 수 있는 게 없었다, 더는 필요가 없었다. "그 아이가 살았더
라면 내게도 지켜야 할 뭔가가 생겼겠지요. 당시에는 다들 내게 무슨
말을 해야 할지 몰랐습니다. 내가 아내를 잃었다는 사실에 조의를 표
해야 할지, 아님 지저스 칼리지에서 나를 다시 받아준 것을 축하해야
할지 몰랐어요. 나는 사제가 되었고요. 안 될 게 뭡니까? 그 모든 것,
결혼, 갖게 되리라 생각했던 아이. 동료들은 그걸 무슨 판단 착오쯤으
로 여기는 듯했습니다. 숲에서 길을 잃는 것처럼요. 집에 도착하고 나
면 다시는 떠올릴 일이 없는."

"이 세상엔 이상스레 차가운 사람들이 있어요. 외람된 말씀입니다
만, 나는 사제들이 그렇다고 생각합니다. 사제들은 자연스러운 감정을
배제하는 훈련을 하죠. 물론 다 선의에서 그러는 거겠지만."

"내 선택은 실수가 아니었습니다. 우리는 일 년을 함께했어요. 나는
매일 그녀를 생각합니다."

문이 열린다. 앨리스가 불을 가지고 들어온다. "따님입니까?"

그는 가족관계를 설명하는 대신 말한다. "내가 아끼는 앨리스입니
다. 이건 네 일이 아닐 텐데, 앨리스?"

아이가 무릎을 살짝 굽혀 인사한다. 성직자에게 하는 장궤*를 간소
화한 것이다. "아니죠. 그런데 두 분이 무슨 이야기를 이리도 오래 하

시는지 레이프랑 다른 사람들이 알고 싶어해서요. 오늘밤 추기경께 보낼 서신이 있는지 확인하려고 기다리는 중이거든요. 작은 조도 바늘이랑 실을 들고 대기중이고요."

"가서 전해라. 서신은 내가 직접 쓸 것이고, 보내는 건 내일 하겠다고. 조는 자러 가도 좋아."

"아, 우린 안 잘 거예요. 그레고리의 그레이하운드랑 복도를 마구 뛰어다니면서 망자들이 벌떡 일어나도록 시끄럽게 놀아보려고요."

"너희가 헤어지기 싫어하는 이유를 잘 알겠다."

"네, 너무 잘됐죠." 앨리스가 말한다. "하는 짓이 부엌데기랑 다를 바 없는 우리랑 결혼하고 싶은 사람은 세상에 없을 테니까요. 머시 할머니가 어릴 적에 우리처럼 굴었다면 귀에서 피가 나도록 꿀밤을 맞았을걸요."

"그렇다면 우리는 행복한 시대에 살고 있는 셈이네." 그가 말한다.

앨리스가 방을 나서고 아이의 뒤에서 문이 닫히자 크랜머가 말한다. "아이들을 회초리로 다스리지 않나보군요?"

"우린 모범을 보여 아이들을 가르치려 합니다. 에라스뮈스가 제안한 대로요. 그런데 개랑 뛰어다니며 떠드는 건 우리 모두 좋아하니, 훌륭한 모범을 보인다고는 할 수 없겠네요." 그는 미소를 지어도 되는 건지 잘 모르겠다. 그에게는 그레고리가 있다. 앨리스가 있고, 조핸과 작은 조가 있다. 그가 자꾸만 곁눈질하는, 그의 시야 한편에서 늘 아른거리며 불린가를 염탐하는 조그맣고 창백한 여자애도 있다. 마구간에는

---

* 존경을 표하기 위해 몸을 세우고 꿇어앉는 자세.

그의 목소리가 들리는 쪽을 향해 오는 매들도 있다. 눈앞의 이 남자에 겐 무엇이 있는가?

"국왕 폐하의 자문관들이 마음에 걸립니다." 크랜머 박사가 말한다. "지금 폐하 곁에 있는 자들 말입니다."

그리고 그에게는 울지 추기경이 있다. 그간의 일에도 불구하고 여전 히 그를 좋게 생각할지는 모르겠지만. 전하가 돌아가신다면 그는 그분 의 발치에 자기 아들의 흑담비색 사냥개를 둘 것이다.

"능력자들이지요." 크랜머가 말한다. "폐하가 원하는 무엇이든 하 겠지만, 내 눈에는—선생 눈에는 어찌 보이는지 모르겠지만—폐하의 상황을 전혀 이해 못하는 것 같습니다…… 거리낌도 인정도 없는 자 들이에요. 관용도 없고. 사랑도 없고."

"그래서 나는 폐하가 추기경 전하를 다시 불러들이리라 생각합니다."

크랜머가 그의 얼굴을 찬찬히 뜯어본다. "안타깝지만 그럴 일은 이 제 없을 듯한데요."

그의 마음 같아서는 그냥 말하고 싶다. 지금 느끼는 이 억눌린 분노 와 고통을 표현하고 싶다. 그가 말한다. "사람들은 전하와 나를 이간질 해왔습니다. 내가 전하의 이익이 아니라 나 자신만을 위해 일하고 있 다고 그분을 설득하려 하죠. 내가 결국 저쪽으로 넘어갔고, 앤을 매일 같이 만나면서—"

"그야 당연히 선생이 앤을 만나니까……"

"그러지 않으면 다음에 무슨 수를 둘지 어찌 알겠습니까? 추기경 전 하는 지금 여기가 어떤지 알 수도, 이해할 수도 없습니다."

크랜머가 온화하게 말한다. "추기경에게 가봐야 하지 않겠습니까?

직접 만나면 모든 의심을 불식시킬 수 있을 텐데요."

"시간이 없습니다. 전하를 옭아맬 덫이 놓였고, 나는 움직일 엄두가 나지 않아요."

공기 중에 싸늘한 기운이 감돈다. 여름 철새는 날아갔고, 검은 날개 같은 옷을 걸친 법률가들이 새 학기를 맞아 링컨스 인과 그레이스 인의 광장에 모여든다. 사냥철—아니 적어도 국왕이 매일같이 사냥을 나가는 철—은 곧 끝날 것이다. 다른 어디에서 무슨 일이 벌어지든, 어떤 기만이 판치고 좌절이 몰려오든, 들판에서는 다 잊을 수 있다. 사냥꾼은 가장 순진무구한 인간 부류에 속한다. 순간을 산다는 감각이 순수한 기분을 선사한다. 저녁에 돌아오면 온몸이 아프고, 머릿속은 풀잎과 하늘의 풍경으로 가득하다. 서류 같은 건 읽고 싶지 않다. 불행도 당혹감도 희미해진다. 그렇게 희미해진 채 물러나 있을 것이다—만찬과 와인, 웃음과 잡담을 즐긴 뒤—새벽에 일어나 사냥의 하루를 처음부터 다시 시작하기만 한다면.

하지만 겨울철의 국왕은 몰두할 거리가 적기에 양심에 대해 생각하기 시작할 것이다. 자존심에 대해 생각하기 시작할 것이다. 확실한 결과를 가져오는 자들에게 하사할 상을 준비하기 시작할 것이다.

가을날이다. 날로 낙엽이 지며 가물거리는 이파리들 뒤에서 희끄무레한 햇살이 명멸한다. 두 사람은 활터로 들어간다. 국왕은 한 번에 여러 가지를 하길 좋아한다. 말을 하며 과녁을 겨눈다. "여기엔 그대와 나뿐일 거네." 국왕이 말한다. "나는 그대에게 내 속내를 마음껏 열어 보일 테고."

실은 조그만 마을 하나—말하자면 애슬록턴 정도—의 인구쯤 되는 인원이 두 사람을 에워싸고 있다. 국왕은 '나뿐'이라는 개념을 모른다. 지금껏 혼자 있어본 적이 있기는 할까, 꿈속에서라도? 국왕의 '나뿐'은 덜거덕거리며 뒤따르는 노픽이 없다는 뜻이다. 국왕의 '나뿐'은 찰스 브랜던이 없다는 뜻이다. 어느 여름날 분노가 폭발한 왕에게 눈앞에 얼씬하지 말고, 왕궁 80킬로미터 이내로는 접근하지도 말라는 지시를 받은 터다. 국왕의 '나뿐'은 곁에 활 수발을 드는 수행원과 하인밖에 없다는 뜻이고, 국왕의 사실 소속으로 엄선한 사적으로 가까운 젠틀맨 친구들만 있다는 뜻이다. 이 젠틀맨 출신 시종 두 명은 국왕이 왕비와 함께가 아닌 한 왕의 침대 발치에서 잠을 잔다. 벌써 수년째 당직을 서고 있는 셈이다.

그는 헨리왕이 활시위를 당기는 모습을 보며 생각한다. 왕족은 왕족이로군. 국내에서든 국외에서든, 전시든 평시든, 행복하든 괴롭든 왕은 일주일에도 몇 번씩 활쏘기 연습을 즐긴다. 잉글랜드 남자라면 응당 그래야 하니까. 훤칠한 키, 아름답게 다져진 팔과 어깨와 가슴 근육을 써서 날려보낸 화살이 과녁 한가운데에 가서 박힌다. 그런 다음 왕이 팔을 내밀면 누군가가 나서서 왕가의 손목보호대를 풀었다 다시 채운다. 활을 바꾸는 임무를 맡은 누군가는 선택된 활을 들여온다. 몸을 한껏 움츠린 노예가 왕의 이마를 닦을 손수건을 건네고, 왕이 아무렇게나 떨어트린 자리에서 다시 주워든다. 이윽고 한두 발이 과녁의 중앙을 멀찍하니 벗어나 부아가 나면 잉글랜드 국왕은 손가락을 탁탁 튕긴다. 바람의 방향을 바꾸라고 하느님에게 신호하는 것이다.

왕이 소리친다. "각계에서 내게 권고하고 있네. 그리스도교 유럽의 눈으로 보더라도 지금의 혼인관계는 끝난 것으로 간주해 마땅하고, 내 마음이 내키는 대로 다시 결혼해도 좋다고 말이지. 그것도 빠른 시일 내에."

그는 대꾸하지 않는다.

"하지만 또다른 자들은 말하기를……" 바람이 불어와 왕의 말을 실어간다, 유럽 방향으로.

"저도 그 또다른 자들에 속합니다."

"이런 맙소사." 헨리왕이 말한다. "그러다 내 남자다운 자제력이 끝장나는 수가 있어. 그대는 내 인내심이 얼마나 오래갈 거라 생각하나?"

그는 말하기를 주저한다. 당신은 아직 당신의 아내와 살고 있다. 그녀와 같은 지붕을 이고 같은 왕궁에 살면서 함께 가는 곳이면 어디서든 그녀는 왕비의 자리에, 당신은 국왕의 자리에 선다. 캐서린은 형수이지 아내가 아니라고 울지 추기경에게 말했다지만, 오늘 화살이 잘 맞지 않으면, 바람이 마음에 안 들거나 갑작스러운 눈물에 눈앞이 뿌예지기라도 하면, 당신이 그 얘길 들려줄 수 있는 사람은 형수 캐서린 뿐이다. 앤 불린에게는 어떤 약점도 실패도 있는 그대로 털어놓지 못하니까.

그는 연습이 계속되는 동안 헨리왕을 찬찬히 살핀다. 왕의 권유로 그가 활을 들자, 뽕나무 열매가 떨어져 금색과 진자주색이 뒤섞인 실크 옷을 입고 풀밭 여기저기에 흩어져 나무에 몸을 기대고 있는 젠틀맨 무리가 다소 경악한다. 헨리왕의 활솜씨가 좋은 건 맞지만, 몸놀림으로 봐서 타고난 궁수라고는 할 수 없다. 타고난 궁수는 활에 온몸을 싣는다. 국왕을 리처드 윌리엄스, 이제 리처드 크롬웰이 된 녀석과 비교해보라. 에번의 아들 윌리엄으로 불렸던 리처드의 조부는 활솜씨가 예술이었다. 그는 윌리엄을 본 적은 없으나 섬세한 끈 같은 근육을 발뒤꿈치부터 하나하나 모두 동원했으리라 장담할 수 있다. 왕을 뜯어보면서 그는 왕의 증조부가 떠도는 소문대로 궁수 블레이본이 아니라 요크 공작 리처드였다고 확신한다. 왕의 조부는 왕족이었다. 모친도 왕족이었다. 국왕은 젠틀맨 출신 아마추어처럼 활을 쏘되 뼛속 깊이까지 고귀하다.

왕이 말한다. 그대는 좋은 팔과 좋은 눈을 가졌군. 그는 대수롭지 않다는 듯 대답한다. 아, 이 정도 거리에서는 그렇지요. 우리는 일요일마다 시합을 합니다, 제 식솔들끼리요. 바오로성당에 가서 예배를 드리고 무어필즈로 나갑니다. 길드 동료들을 만나 푸주한과 잡화상을 박살낸 뒤에 함께 저녁을 먹죠. 와인 상인과는 그야말로 숙명의 맞대결이라고……

헨리왕이 그를 돌아보며 즉흥적으로 말한다. 내가 언제 한번 그대와 같이 가면 어떻겠나? 변장을 하고서? 평민들은 그런 걸 좋아하겠지, 아닌가? 내가 그대의 편에서 활을 쏠 수도 있지. 국왕도 가끔은 얼굴을 비치고 그래야지, 그렇게 생각하지 않나? 무척 재미있을 거야, 그렇지?

아니 별로, 그는 생각한다. 단언할 순 없지만 왕의 눈에 눈물이 맺힌 것 같다. "분명 우리가 이길 겁니다." 그는 말한다. 어린애한테는 이렇게 말해야 하는 것이다. "와인 상인들은 곰처럼 으르렁거릴 테고요."

가랑비가 내리기 시작하고, 나무 밑 쉼터로 가는 동안 국왕의 얼굴에 나뭇잎 모양 그림자가 진다. 왕이 말한다. 난*이 날 떠나겠다고 협박하네. 다른 남자들도 있는데 나 때문에 청춘을 허비하고 있다는군.

노퍽 공작이 난리를 치고 있다. 1530년 10월 마지막 주의 일이다.
"들어보시오. 여기 이 친구가," 공작은 엄지를 휙 움직여 무례하게 브
랜던—어느새 왕궁에 돌아와 있다, 아무렴 그렇고말고—을 가리킨다.
"여기 이 친구가 몇 년 전 시합장에서 왕에게 달려들어 죽일 뻔했지.
헨리왕은 하필 얼굴 덮개를 내리지 않았는데, 왜인지는 하느님만 아실
거야. 하지만 그쯤이야 늘 있는 일이지. 여기 이 공작 저하가 긴 창으
로—챙!—왕의 투구를 찌르자 창이 박살이 났어—손가락 한 마디, 딱
한 마디만 더 갔으면 눈을 쑤셨을 거요."

노퍽은 당시를 재연하다 오른손을 세게 부딪힌다. 움찔하며 놀라지
만 분노의 힘과 결연한 의지로 밀고 나간다. "그로부터 일 년 뒤, 헨리
왕은 매를 따라가고 있소—복잡하게 구획된 땅이오. 평평하지만 속기
십상인, 무슨 말인지 알지요—도랑을 하나 만난 왕은 거길 건너가려
고 장대를 꽂아넣소. 그런데 그 지긋지긋한 놈의 것이 냅다 부러지면
서 이런 젠장할, 폐하가 그대로 엎어져 물과 진흙에 얼굴을 처박고 기
절해버린 거야. 하인이 달려들어 끌어올리지 않았다면 글쎄, 여러분,
생각만으로 몸서리가 쳐지는군."

그는 생각한다. 한 가지 의문에 대한 답은 나왔군. 위급 상황에서는
국왕을 일으켜세워도 된다. 혹은 건져내든가. 아무튼 그렇다.

"폐하가 돌아가신다면?" 노퍽이 따지고 든다. "열병에 걸리거나 낙

---

* 앤의 애칭.

마해 목이라도 부러지면? 그럼 어찌되는가? 폐하의 서자, 리치먼드? 나는 그에게 악감정은 조금도 없소, 괜찮은 사내지. 앤은 그를 내 딸 메리와 결혼시키라고 말한다오. 앤은 바보가 아니야. 사방을, 폐하의 눈길이 닿는 모든 곳을 하워드 성씨로 채우죠, 이런다니까. 나는 리치먼드한테 아무 불만이 없소, 혼외자라는 사실만 제외하면. 리치먼드가 왕국을 통치할 수 있을까? 여러분 스스로에게 물어보시오. 튜더 가문이 왕좌를 어찌 쟁취했소? 상속으로? 아니지. 무력으로? 그렇지. 하느님의 은총으로 전쟁에 이겨서. 선왕은 말이오, 수 킬로미터 근방에 하나 있을까 말까 한 주먹을 가졌고, 원한의 내역을 줄줄이 기록해둔 거대한 장부도 가지고 있었소. 그럼 용서는 언제 했느냐? 절대 안 했지! 통치란 원래 그렇게 하는 것이오, 여러분." 노퍽 공작은 몸을 돌려 청중을 본다. 잠자코 지켜보는 자문관들과, 왕궁과 침소 소속 시종들을. 해리 노리스와 그의 친구 윌리엄 브레러턴을, 가드너 내무장관을. 그리고 어쩌다보니 공교롭게도 그 자리에 있게 된 토머스 크롬웰을. 요사이 그는 자신이 있어선 안 될 곳에 자리하는 빈도가 늘었다. 공작이 말을 계속한다. "선왕은 자식을 낳았소. 하늘의 도움으로 아들들을 낳았지. 그러나 아서 왕자가 죽었을 때 유럽 여기저기서 칼을 갈기 시작했소. 이 왕국을 나눠 먹는 데 쓸 칼이었지. 지금의 헨리왕은 그때 어린애였소. 고작 아홉 살. 선왕이 비틀거리면서도 몇 년을 더 버텨주지 않았더라면 전쟁이 처음부터 다시 시작되었을 거요. 아이는 잉글랜드를 다스릴 수 없소. 게다가 서자라면? 주여, 제발 보살피소서! 그리고 이제 또다시 11월이란 말이오!"

노퍽 공작의 말이 딱히 틀린 것은 아니다. 그는 전부 이해한다. 심지어 가슴에서 쥐어짜낸 듯한 저 마지막 외침조차도. 11월이다. 노펙과 서펙이 요크궁에 들이닥쳐 추기경에게서 대법관 목걸이를 압수하고 쫓아낸 지 벌써 일 년이 지났다.

정적이 감돈다. 그러다 누군가가 헛기침을 하고 누군가는 한숨을 쉰다. 누군가—아마도 해리 노리스—는 웃는다. 말을 하는 건 확실히 그, 크롬웰이다. "폐하께는 본처와의 사이에서 태어난 자식이 있습니다."

노펙 공작이 그를 본다. 얼굴이 벌게지다못해 짙은 보라색으로 얼룩덜룩해진다. "메리 말인가? 일명 말하는 콩알?"

"앞으로 크겠지요."

"우리도 다들 기다리는 바요." 서펙이 말한다. "공주는 막 열네 살이 되었지, 아닌가?"

"하지만 공주의 얼굴은." 노펙이 말한다. "내 엄지손톱만하단 말이오." 공작은 청중에게 손가락을 들어 보인다. "여자가 잉글랜드의 왕좌에 앉다니, 자연의 섭리를 거스르는 일이야."

"공주의 외할머니는 카스티야의 여왕이었는데요."

"메리가 군을 이끌 순 없어."

"이사벨라여왕은 했지요."

공작이 말한다. "크롬웰, 자네가 왜 여기 있나? 젠틀맨들의 대화를 들으면서?"

"공작 저하, 저하께서 소리를 지르시면 길바닥 거지의 귀에도 들립니다. 저멀리 칼레에서도요."

가드너가 아까부터 그를 보고 있다. 마음이 동한 것이다. "그러니까 당신은 메리 공주가 왕이 될 수 있다고 봅니까?"

그는 어깨를 으쓱한다. "그분이 누구의 자문을 받느냐에 달렸지요. 결혼 상대에도 좌우될 테고."

노퍽이 말한다. "우리도 한시바삐 움직여야 하오. 유럽 법률가의 절반이 캐서린 왕비의 편에 서서 서류를 뒤져대고 있소. 이런 관면, 저런 관면. 말만 바꾼 그 망할 놈의 또다른 관면을 에스파냐에서 얻어냈고. 상관없소. 종잇장이나 뒤져서 될 단계는 이미 넘어섰으니."

"왜요?" 서픽이 묻는다. "조카분이 임신이라도 했소?"

"아니! 그래서 더 안타깝지. 차라리 임신을 했으면 폐하는 뭐라도 할 수밖에 없을 텐데."

"뭘 말이오?" 서픽이 말한다.

"나야 모르지. 이혼의 자체 승인?"

꼼지락거림과 끙끙거림과 한숨이 이어진다. 몇은 공작을 쳐다본다. 몇은 자기 신발을 내려다본다. 여기 모인 사람 중 헨리왕이 원하는 바를 이루길 원하지 않는 자는 없다. 그들의 목숨과 운명이 거기에 달려 있다. 그의 눈앞에 길이 보인다. 드넓게 펼쳐진 평지 사이로 난 구불구불한 길, 믿을 수 없이 선명한 지평선, 도랑이 서로 가로지르는 전원지대. 그리고 지금의 튜더왕. 몸과 얼굴에 진흙을 덕지덕지 묻힌 채 누군가의 손에 붙들려 올라오며 숨을 몰아쉰다. 그가 말한다. "장하게도 폐하를 도랑에서 건져낸 사람 말입니다, 이름이 뭡니까?"

노퍽이 건조하게 말한다. "마스터 크롬웰은 천것들의 장한 행동에 대한 이야기를 즐기나보군."

이름을 아는 이가 있으리라고는 그도 생각하지 않는다. 그러나 노리스가 말한다. "내가 압니다. 에드먼드 모디라는 자였어요."

모디가 아니라 머디*겠지, 서퍽이 말한다. 그러고는 요란하게 웃어 댄다. 나머지는 공작을 물끄러미 바라본다.

위령의 날이다. 노퍽의 말대로, 또다시 11월이다. 앨리스와 조가 그와 대화를 나누러 왔다. 분홍색 실크 목줄을 묶은 벨라―지금 벨라로 불리는 개―를 데리고. 그는 고개를 든다. 두 숙녀분을 제가 어찌 모시면 될까요?

앨리스가 말한다. "외숙부님, 숙부님의 아내 엘리자베스 외숙모가 돌아가신 지 이 년이 넘었어요. 울지 추기경님께 서신을 보내 부탁하실 거죠? 교황님께 청해 숙모를 연옥에서 꺼내달라고?"

그가 묻는다. "네 이모 캣은 어쩌고? 네 어린 사촌들, 그러니까 내 딸들은?"

아이들이 시선을 교환한다. "그애들은 좀더 오래 연옥에 있어도 될 것 같아요. 앤 크롬웰은 셈을 잘한다고 잘난 척하고 그리스어를 배운다고 으스댔거든요. 그레이스는 머리칼을 자랑하면서 자기한테는 날개가 있다고 말하곤 했는데, 물론 거짓말이었죠. 우리 생각에 둘은 연옥에서 좀더 고통받아야 할 것 같긴 해요. 하지만 추기경님이 힘을 써볼 순 있겠죠."

구해야만 얻는 법이니, 그는 생각한다.

앨리스가 격려하듯 말한다. "숙부님은 추기경님 일에 무척이나 열심이었으니 청을 거절당하진 않을 거예요. 그리고 폐하가 추기경님을

*'진흙투성이'라는 뜻.

더는 좋아하지 않는대도, 교황님은 추기경님을 아직 좋아하잖아요?"

"그리고 제 생각엔," 조가 말한다. "추기경님이 교황님한테 매일 서신을 쓸 것 같거든요. 그 서신을 누가 봉하는지는 몰라도. 그럼 우리 부탁을 들어주는 대가로 추기경님이 교황님한테 선물을 좀 보낼 수도 있을 거예요. 그러니까 돈 말이에요. 머시 할머니가 그러는데 교황님은 돈이 따라오지 않으면 아무것도 안 한대요."

"나랑 같이 가자." 그가 말한다. 아이들은 시선을 교환한다. 그는 아이들의 등을 부드럽게 밀어 앞세우고 걷는다. 벨라의 짧은 다리가 정신없이 움직인다. 조가 목줄을 놓쳤는데도 녀석은 여전히 뒤따라 달음질친다.

머시와 큰 조핸이 함께 앉아 있다. 둘 사이의 침묵이 어딘가 거북하다. 머시는 책을 읽으며 구절들을 홀로 중얼거린다. 조핸은 바느질감을 무릎에 놓고 벽을 바라보고 있다. 머시가 읽던 부분에 서표를 끼운다. "이게 뭐야, 무슨 사절단인가?"

"말씀드리렴." 그가 말한다. "조, 아까 내게 했던 부탁을 어머니께 말씀드려."

조가 울기 시작한다. 앨리스가 나서서 자기 뜻을 밝힌다. "우리는 리즈 외숙모가 연옥에서 나왔으면 좋겠어요."

"아이들한테 뭘 가르친 겁니까?" 그가 묻는다.

조핸이 어깨를 으쓱한다. "다 큰 아이들이 뭘 믿든지 자기 마음이죠."

"이런 맙소사, 이 집 지붕 밑에서 무슨 일이 벌어지는 겁니까? 이 아이들은 교황이 열쇠 뭉치를 챙겨 지하세계로 내려갈 수 있다고 믿어요. 리처드는 리처드대로 성체를 부정하고─"

"뭐라고요?" 조핸의 입이 떡 벌어진다. "리처드가 어째요?"

머시가 말한다. "리처드 말이 맞아. 주께서 이것이 내 몸이다, 라고 말씀하셨을 땐 내 몸을 상징한다는 뜻이었어. 사제들이 마술을 부리듯 만들어내도 좋다고 하신 게 아냐."

"하지만 내 몸이다, 라고 하셨잖아요. 내 몸과 같다고 하신 게 아니에요. 내 몸이다, 라고 하셨다고요. 하느님이 거짓말을 할까요? 아뇨. 하느님은 그럴 수 없어요."

"하느님은 뭐든 할 수 있는데요." 앨리스가 말한다.

조핸이 아이를 빤히 바라본다. "이런 당돌한 계집애가."

"우리 어머니가 여기 계셨으면 아줌마를 때려줬을 거예요."

"싸우지들 맙시다." 그가 말한다. "제발." 오스틴프라이어스는 세상의 축소판 같다. 요 몇 년 동안은 집이라기보다 전장에 가깝다. 생존자들이 너덜거리는 사지와 짓밟힌 기대를 절망적으로 마주하고 있는 야영지든가. 하지만 이들을, 마지막 남은 이 무감각한 부대원을 지휘하는 건 그의 몫이다. 이들이 다음번 돌격에서 쓰러지지 않으려면 그가 나서서 좌우를 모두 직시하는 방어의 기술을 가르치는 수밖에 없다. 믿음과 일, 교황과 새 교파, 캐서린과 앤을 두루 살필 수 있도록. 그는 머시를 본다. 빙그레 웃고 있다. 조핸을 본다. 잔뜩 상기되어 있다. 그는 조핸과 딱히 신학적이라고 할 수 없는 자신의 생각으로부터 눈을 돌린다. 아이들에게 말한다. "너희가 잘못한 건 없어." 하지만 아이들의 얼굴에는 괴로움이 가득하고, 그는 녀석들을 달랜다. "내가 선물을 줘야겠구나, 조. 추기경 전하의 서신을 봉해줬으니까. 그리고 네게도 선물을 줘야겠다, 앨리스. 거기에 이유 같은 건 필요 없지. 너희 둘에게 마모셋 원숭이를 선물해주마."

아이들이 마주본다. 조가 혹한다. "어디서 구할 수 있는지 아세요?"

"그럴 것 같구나. 대법관의 집에 갔는데, 그분 아내가 그런 비슷한 걸 데리고 있었거든. 부인의 무릎에 앉아서 부인이 말하는 모든 이야기를 열심히 듣던걸."

앨리스가 말한다. "원숭이도 이제는 한물갔는데요."

"그래도 감사합니다 해야지." 머시가 말한다.

"그래도 감사합니다." 앨리스가 따라 한다. "하지만 왕궁에 마모셋 원숭이는 더는 없어요, 레이디 앤이 등장한 뒤론. 유행을 따르려면 벨라의 새끼 같은 강아지를 좋아해야 해요."

"결국엔," 그가 말한다. "그래야 할지도." 방안에 정체 모를 기운이 가득한데, 그는 영문을 잘 모르겠다. 벨라를 안아올려 옆구리에 끼고 자리를 뜨면서 조지 불린에게 더 많은 돈을 쥐여줄 방법을 궁리한다. 벨라는 서류 틈에서 낮잠이나 자라고 책상에 내려놓는다. 녀석은 목줄 끝을 줄곧 빨아대며 목에 매인 매듭을 풀려는 교묘한 시도를 계속한다.

1530년 11월 1일, 노섬벌랜드의 젊은 백작 해리 퍼시에게 울지 추기경을 체포하라는 명령이 떨어진다. 백작은 캐우드에 도착해 추기경을 체포한다. 추대식을 위해 요크에 도착하기로 계획한 날까지 이틀이 남은 시점이다. 추기경은 감시하에 폰터프랙트성으로 호송되었다가 돈캐스터로, 거기서 다시 슈루즈베리 백작의 고향인 셰필드파크로 호송된다. 이곳에 있는 탤벗가의 저택에서 몸져눕는다. 11월 26일 추기경을 남부로 호송하기 위해 런던탑 무관장이 무장한 병사 스물넷을 데리고 도착한다. 거기서 레스터 수도원으로 옮겨지고 사흘 뒤, 추기경은 사망한다.

울지 추기경이 등장하기 전 잉글랜드는 어떤 곳이었나? 작고 외딴 섬, 가난하고 추운 땅일 뿐이었다.

오스틴프라이어스에 조지 캐번디시가 찾아온다. 울면서 말한다. 간간이 눈물을 닦고 설교를 늘어놓기도 한다. 그러나 대부분은 운다. "저녁식사도 다 마치지 못했을 때였어요. 전하께서 후식을 드시는데 해리 퍼시가 들이닥쳤습니다. 길에서 묻혀온 진흙을 사방에 튀기면서. 손에는 열쇠꾸러미를 들고요. 문지기한테서 그것부터 챙긴 거죠. 계단에는 보초병을 세워뒀고요. 전하는 자리에서 일어나 말씀하셨어요. 해리, 이리 온다는 걸 미리 알았더라면 기다렸다가 저녁을 함께했을 텐데. 안타깝게도 생선은 거의 바닥났구먼. 기적을 행해주시길 기도라도 해볼까?

나는 그분께 속삭였습니다. 전하, 신성모독은 삼가십시오. 이윽고 해리 퍼시가 나서더군요. 추기경 전하, 전하를 반역죄로 체포합니다."

캐번디시는 기다린다. 그가 분노로 폭발하기를 기다리는 건가? 그러나 그는 두 손을 모으고 기도하듯 깍지를 끼고 있다. 그리고 생각한다. 앤이 벌인 일이다. 강렬하고도 은밀한 통쾌함을 느꼈으리라. 자신을 위한, 옛 연인을 위한 뒤늦은 복수였으니까. 추기경에게 호되게 질책당하고 궁에서 쫓겨나야 했던 과거에 대한 복수. 그가 묻는다. "그자는 어때 보였습니까? 해리 퍼시는?"

"머리부터 발끝까지 벌벌 떨고 있었어요."

"전하는요?"

"영장을, 위임장을 요구하셨죠. 퍼시가 그러더군요. 제가 받은 명령 중에 전하가 보셔서는 안 될 내용이 있습니다. 전하는 말씀하셨어요. 음, 백작이 위임장을 보여주지 않으면 나는 순순히 따르지 않을 작정이야. 여기 상황이 참 곤란하게 돌아가는군그래. 자, 조지. 전하가 나를 부르셨어요. 우리는 내 방으로 가세. 회의를 좀 해야겠어. 그자들이, 백작의 수하들이 전하를 바짝 뒤따랐어요. 그래서 내가 문 앞에 서서 길을 막았죠. 전하는 방으로 들어가 스스로를 추스르고는 돌아서서 내게 말씀하셨습니다. 캐번디시, 내 얼굴을 보게. 나는 살아 있는 사람은 조금도 두렵지 않아."

그, 크롬웰은 앞에 앉은 남자의 괴로움을 보지 않으려고 자리에서 일어나 서성인다. 벽을, 벽널을, 새로 붙인 리넨폴드* 벽널을 들여다보며 거기 난 홈을 집게손가락으로 훑는다. "그자들이 전하를 밖으로 끌어낼 때 주민들이 모여 있었어요. 길바닥에 꿇어앉아 울었습니다. 해리 퍼시에게 복수해달라고 하느님께 빌었어요."

굳이 하느님께서 수고할 필요도 없다, 그는 생각한다. 내 손으로 직접 처리할 테니.

"우린 남쪽으로 말을 달렸습니다. 날씨가 점점 음산해졌어요. 돈캐스터에 도착했을 때는 늦은 시각이었죠. 길에 주민들이 빽빽했는데, 하나같이 초를 들고 어둠을 밝히며 서 있었어요. 해산하리라 생각했지만, 그들은 밤새도록 자리를 지켰습니다. 초가 다 타도록 그러고 있었

---

* 리넨의 주름을 닮은 무늬의 장식.

죠. 내내 대낮 같았습니다, 그랬어요."

"전하도 힘이 났겠군요. 군중을 보면서."

"네, 하지만 그때는 이미―당신에게 말하진 않았는데, 말했어야 했는데―전하가 음식을 입에 대지 않은 지 일주일째였어요."

"왜요? 왜 그러셨답니까?"

"전하가 자멸할 작정이었다는 소리가 있어요. 나는 못 믿겠습니다, 그리스도교도가 어찌…… 전하를 위해 향신료를 곁들여 구운 워든* 요리를 주문했는데―잘한 거였을까요?"

"그래서 전하가 드셨습니까?"

"조금요. 하지만 이내 가슴팍을 만지시며 그러셨어요. 여기 뭔가 차가운 게 들었네. 숫돌처럼 차갑고 딱딱한 게. 그때부터 시작된 거죠."

캐번디시가 자리에서 일어난다. 그와 마찬가지로 방안을 서성이기 시작한다. "나는 약제상을 불러들였습니다. 그가 가루약을 만들기에 잔 세 개에 나눠 붓도록 했어요. 내가 하나를 마셨죠. 그가, 약제상이 하나를 마셨고요. 마스터 크롬웰, 나는 아무도 믿지 않았습니다. 약을 드시고 얼마 지나지 않아 통증이 가라앉은 전하가 말씀했어요. 어라, 트림 한 번에 끝이네. 우린 같이 웃었고, 나는 생각했습니다. 내일이면 전하도 괜찮아지시리라고."

"그런데 킹스턴이 왔군요."

"네. 전하께 어찌 말씀드릴 수 있었겠습니까, 런던탑 무관장이 전하를 압송하러 와 있다고? 전하는 짐짝에 앉아 말씀하셨어요. 윌리엄 킹

---

* 겨울철에 수확하는 서양배.

스턴? 윌리엄 킹스턴? 그자의 이름을 계속 중얼거리셨죠."

그러는 내내 추기경의 가슴에는 무거운 추가, 뱃속에는 숫돌이, 쇠붙이가, 시시각각 뾰족해지는 칼이 들어 있었다.

"내가 그랬습니다. 좋게 생각하십시오, 전하. 이제 폐하 앞에 나가 오명을 씻게 될 겁니다. 킹스턴도 같은 말을 했으나 전하가 그러시더군요. 자네들은 나를 헛된 희망으로 인도하는군. 나도 알고 있네, 무엇이 나를 기다리는지, 어떤 죽음이 준비되었는지. 그날 밤 우리는 잠을 이루지 못했습니다. 전하가 시꺼먼 피를 토했어요. 다음날 아침엔 기력이 몹시 쇠해 제대로 서지도 못했으니 말에 오를 상황이 아니었죠. 그래도 끝내 말에 올랐습니다. 그렇게 레스터에 도착했어요.

낮은 몹시도 짧고 해도 거의 나지 않았습니다. 월요일 아침 여덟시에 전하가 일어나셨어요. 나는 조그만 양초를 가져다 찬장에 줄줄이 세우는 중이었고요. 전하가 말씀했습니다. 벽에서 튀어오르는 저 그림자는 누구의 것인고? 그러고는 당신 이름을 부르셨어요. 주여, 용서하소서, 당신이 오고 있다고 내가 말했거든요. 전하가 그러시더군요. 길이 험할 텐데. 내가 말했습니다. 크롬웰을 아시잖습니까. 악마도 그자를 방해하진 못해요—오고 있다고 했으면 반드시 올 겁니다."

"조지, 짧게 끝내요. 듣기 힘들군요."

그러나 조지에게도 꼭 해야 할 말은 있는 것이다. 다음날 새벽 네시, 닭고기 수프를 대령했지만 추기경은 먹지 않았다. 오늘은 금육의 날 아닌가? 추기경은 수프를 치워달라고 부탁했다. 앓기 시작한 지 벌써 여드레째, 속엣것을 계속 게우고 출혈과 통증으로 괴로워했다. 추기경은 말했다. 내 말 듣게, 이 끝은 죽음일 거야.

그의 주군을 궁지에 몰아보라. 그분은 방도를 찾을 것이다. 그분만의 수완과 계책으로 길을, 출구를 찾아낼 것이다. 독살? 그랬다면 그건 그분의 손으로 직접 하신 것이다.

다음날 아침 여덟시, 울지 추기경은 숨을 거둔다. 침대를 둘러싸고 묵주알들이 또각또각 소리를 냈다. 마구간에선 말들이 보채듯 발을 구르고, 가느다란 겨울달이 런던의 거리를 내리비췄다.

"주무시다 돌아가셨습니까?" 추기경이 고통 없이 갔다면 좋았을 것이다. 조지가 말한다. 아뇨, 마지막까지 말씀을 계속하셨습니다. "내 얘기를 다시 하시던가요?"

뭐라도? 한마디라도?

나는 전하의 몸을 씻겼습니다, 캐번디시가 말한다. 시신에 염을 했지요. "그러다가 삼베 셔츠 아래서 머리칼로 만든 끈을 발견했어요…… 당신에게 이런 말을 하게 되어 유감입니다. 당신이 이런 관행을 좋아하지 않는다는 걸 알아요. 하지만 사실이 그렇습니다. 전에는 결단코 없었던 일입니다, 전하가 리치먼드의 그 수도사들 틈에서 지내시기 전에는."

"어찌됐습니까? 그 머리칼 끈은?"

"레스터의 수도사들이 갖고 있지요."

"하느님 맙소사! 그걸로 돈벌이를 할 겁니다."

"그거 아십니까, 저들이 관이랍시고 내놓은 게 무늬도 없는 널빤지를 이어붙인 물건이었단 걸?" 이 말을 하면서 결국 조지 캐번디시는 무너진다. 이 대목만은 욕설을 섞어가며 말한다. 그리스도의 고난으로 빌어먹을, 그자들이 허접스러운 관을 만드는 소리가 내 귀에도 들렸다고요. 머릿속엔 피렌체 조각가와 전하의 무덤, 검은 대리석, 청동, 머리와 발치의 천사가 있는데…… 하지만 내 앞의 전하는 대주교의 성직복을 입은 채 누워 계셨고, 나는 그분의 손가락을 벌려 주교목장*을 쥐여드렸습니다. 요크의 추대식에서 들고 계시는 모습을 보리라 생각했던 그대로 말입니다. 추대식까지 겨우 이틀이었는데. 우린 짐을 모두 싸두고 길을 떠날 준비가 되어 있었어요. 그러다 해리 퍼시가 들이닥친 거죠.

"나는 말입니다, 조지." 그가 말한다. "그분께 간청했어요. 몰락에서 이만큼이라도 회복한 데 만족하시라고, 요크로 가시라고, 살아 있음을 기뻐하시라고…… 그리하셨다면 전하는 십 년은 더 사셨을 거예요, 그러고도 남았을 겁니다."

"우린 시장과 지역 관리를 죄다 불러왔어요. 관에 누워 계신 전하를 보여드렸죠. 그래야 그분이 살아남아 프랑스로 탈출했다는 뜬소문이 돌지 않을 테니. 전하의 천한 출생을 걸고넘어지는 자도 있더군요. 하느님께 맹세코 당신이 거기 있어야 했는데—"

"동의합니다."

"당신의 면전에서는, 마스터 크롬웰, 그치들도 그런 짓은 못했겠죠. 엄두도 못 냈을 겁니다. 날이 저물고 우린 밤새 전하를 지켰어요. 관을 빙 둘러 양초를 태웠죠. 새벽 네시, 아시다시피 정시과까지 계속. 그러고는 미사를 드렸고요. 여섯시에 전하를 지하실로 모셨어요. 거기 그분을 두고 나왔습니다."

---

* 상부가 낚시 모양으로 굽은 주교의 지팡이.

수요일 아침 여섯시, 성 안드레아 사도 축일이었다. 내가, 한낱 추기경이. 그리 말하던 울지를 거기 두고 캐번디시는 남쪽으로 말을 달려 햄프턴코트궁의 헨리왕을 찾았다. 왕이 말한다. "누가 2만 파운드를 준다 한들 나는 추기경의 생명과 맞바꾸지 않았을 걸세."

"저기, 캐번디시." 그가 말한다. "전하가 돌아가실 즈음 무슨 말씀을 했는지 누가 묻거든 아무 말도 하지 마세요."

캐번디시가 눈썹을 치켜올린다. "이미 그리했죠. 저들에게 아무 말도 안 했습니다. 폐하가 묻더군요. 노픽 공작도."

"당신이 노픽에게 무슨 말이든 한다면, 그자는 그걸 왜곡해 반역으로 엮을 겁니다."

"그렇긴 해도 노픽 공작이 재무경이다보니 내 밀린 임금을 그자한테 받아야 했어요. 삼분기 치 급여가 체불 상태였던 터라."

"얼마를 받았는데요, 조지?"

"일 년에 10파운드요."

"차라리 나한테 오지 그랬습니까."

이게 현실이다. 고작 그 정도다. 지하세계를 관할하는 장관이 내일 국왕의 사실에 나타나 망자를 무덤에서 갓 나온 상태로, 지하에서 갓 올라온 상태로 돌려주겠다면서 나사로 부활의 기적을 2만 파운드에 다시 보여주겠다고 제안한다면─헨리 튜더는 그 돈을 긁어모으느라 고생깨나 할 것이다. 재무경 노픽? 상관없다. 그 직함을 누가 가졌는지는, 어차피 든 것 없는 궤짝 열쇠를 누가 갖고 짤랑거리는지는 중요하지 않다.

"그거 아세요," 그가 말한다. "추기경 전하가 내게 늘 물으시던 걸 다시 물어주신다면, 토머스, 새해 선물로 뭐가 받고 싶은가, 하신다면 나는 말할 겁니다. 잉글랜드의 회계장부를 보게 해달라고."

캐번디시가 머뭇거린다. 입을 연다. 멈춘다. 다시 말한다. "폐하가 하신 말씀이 있습니다. 햄프턴코트궁에서요. '셋 사이의 비밀이 지켜지려면 그중 둘이 사라지는 수밖에 없다.'"

"격언인데요, 내가 알기로는."

"이렇게도 말씀했어요. '내 모자가 내 비밀을 안다 싶으면 불속에 던져버릴 걸세.'"

"그것도 격언 같은데."

"이제 일체의 조언자도 두지 않으리란 뜻이죠. 노퍽 공작 저하도, 스티븐 가드너도, 그 누구도, 그 어떤 사람도 곁에 가까이 두지는, 추기경 전하처럼 가까이 두지는 않으리라는 거예요."

그가 고개를 끄덕인다. 나름 합리적인 해석인 듯하다.

캐번디시는 아파 보인다. 여러 날 동안 밤늦도록 잠을 이루지 못하고, 밤샘하며 관을 지키느라 무리해서다. 전하가 여정 내내 지니고 있었으나 사망 당시에는 갖고 있지 않았던 이런저런 돈이 걱정스럽다. 요크셔에 있는 개인 물품을 집까지 가져오는 문제도 걱정스럽다. 보아하니 노퍽이 짐수레와 운반비를 약속한 모양이다. 그, 크롬웰은 이런 이야기를 하면서도 머릿속으로는 국왕을 생각한다. 캐번디시의 눈에 띄지 않게 손가락을 접는다. 하나씩하나씩 손바닥에 붙이고 불끈 주먹을 쥔다. 메리 불린이 그렸던 하트가 그의 손바닥에 있다. 그는 생각한다. 헨리, 내 손안에 당신 심장이 있습니다.

캐번디시가 돌아간 뒤 그는 비밀 서랍에서 울지 추기경이 북부로 떠나던 날 건넨 꾸러미를 꺼낸다. 입구를 봉한 끈을 푼다. 꼬이고 얽히지만 끈기 있게 풀어나간다. 내용물의 정체를 예상해보기도 전에 손바닥으로 터키석 반지가 굴러떨어진다. 무덤에서 나온 듯 차갑다. 그는 추기경의 손을 떠올린다. 하얗고 상처라곤 없는 기다란 손가락은 그토록 오랜 세월 잉글랜드라는 배의 타륜을 흔들림 없이 쥐고 있었다. 하지만 반지는 애초부터 그를 위해 만들어진 양 그에게 꼭 맞는다.

울지 추기경의 진홍색 의복들은 이제 곱게 접힌 채 허전히 남았다. 그것들이 낭비될 일은 없다. 모조리 잘려 다른 옷으로 둔갑할 터다. 흐르는 세월에 어디로 가닿을지 누가 알겠는가? 진홍색 쿠션, 혹은 깃발이나 상선기의 붉은색 조각에 유난히 눈길이 가는 일이 있을 것이다. 어느 남자의 안소매 혹은 매춘부가 슬쩍 내보이는 속치마에서 언뜻 볼 일이 있을 것이다.

다른 사람이었다면 레스터로 가서 추기경이 죽은 곳을 보고 수도원장과 이야기할 것이다. 다른 사람이었다면 그 마지막 순간을 상상하려 애쓸 것이다. 하지만 그에겐 문제되지 않는다. 어느 카펫의 붉은 바탕색, 울새의 가슴팍 혹은 되새의 붉은 기, 밀랍 봉인이나 장미 한가운데의 빨강. 그 같은 풍경에 이식되고, 그의 마음의 눈에 담기고, 루비의 반짝임 속에, 핏방울의 색깔 속에 어른거리는 추기경은 여전히 살아서 말한다. 내 얼굴을 보게. 나는 살아 있는 사람은 조금도 두렵지 않아.

햄프턴코트궁의 연회장에서 막간극이 공연된다. 제목은 '지옥으로 끌려가는 추기경'이다. 그걸 보고 있으니 작년의 그레이스 인이 떠오른다. 왕실 관리의 감독 아래 목수들은 맹렬히 일했고, 특별 수당을 받고 세운 뼈대에 걸어 길게 늘어트린 범포에는 고문 장면이 그려져 있다. 연회장 뒤쪽의 가림막에는 횃불을 빼곡히 내걸었다.

여흥거리의 내용은 이렇다. 반듯이 누운 채 울부짖는 거대한 진홍색 형상을 악마로 분장한 배우들이 질질 끌고 다닌다. 악마는 총 넷으로, 망자의 사지를 하나씩 붙들고 있다. 얼굴에는 가면을 썼다. 그들이 삼지창으로 쿡쿡 쑤셔, 추기경은 경련하고 몸부림치고 애원한다. 그는 추기경이 고통 없이 죽었기를 바랐지만 캐번디시 말로는 그렇지 않았다. 추기경은 의식이 있는 상태로 국왕 이야기를 하다 죽었다. 흠칫 놀라 잠에서 깨며 말했다. 벽의 저 그림자는 누구의 것인고?

노퍽 공작은 연회장을 돌아다니며 껄껄거린다. "아주 좋아, 그렇지 않소? 인쇄를 해줘야 할 정도로 좋아! 미사를 걸고, 딱 그렇게 해야겠어! 인쇄를 해야지, 집에 가져가게. 크리스마스에 한번 더 공연할 수 있게 말이야."

앤은 웃고, 손가락질하고, 손뼉을 친다. 그로서는 처음 보는 모습이다. 환하게 빛난다. 그녀 옆에 헨리왕이 바짝 얼어 앉아 있다. 이따금 웃기도 하지만, 가까이 가면 겁에 질린 두 눈을 마주하게 되리라 그는 생각한다. 추기경은 바닥을 구르며 악마들에게 발길질을 하지만, 검은색 털북숭이 의상을 입은 악마들은 추기경을 거듭 괴롭히며 외친다. "자, 울지, 우린 그대를 지옥으로 데려가야 하오. 우리의 주인이신 마왕께서 저녁식사를 위해 기다리고 계신다오."

진홍색 산이 고개를 쏙 내밀며 "마왕이 무슨 와인을 내놓을 건데?"라고 물을 때는 그도 자신을 잊고 웃을 뻔한다. "잉글랜드 와인은 안 마실 거야." 망자가 선언한다. "노퍽 공작 저하가 내놓는 그 고양이 오줌 같은 와인은 절대 안 돼."

앤이 까르르 웃는다. 손가락질한다. 자기 외숙부를 가리킨다. 소음이 벽난로에서 나는 연기와 함께 드높이 떠올라 지붕보까지 가닿는다. 테이블에서 웃고 연호하는 소리, 무대 위 비만한 성직자의 울부짖음도 함께. 걱정 마시오, 악마들이 추기경을 안심시킨다. 마왕은 프랑스 출신이거든. 그 말에 야유와 휘파람이 쏟아지고 노래가 터져나온다. 이제 악마들이 추기경의 목에 올가미를 건다. 낑낑거리며 일으켜세우려 하지만 추기경이 저항한다. 마구 휘두르는 주먹질이 죄다 연기는 아닌 탓에 헉 소리가 나도록 제대로 얻어맞은 악마들이 끙끙거린다. 그러나 교수형을 집행하는 자는 넷이고 무無가 든 거대한 진홍색 자루는 하나라 추기경은 끝내 목을 졸리며 할퀴어댄다. 왕궁의 관객들이 외친다. "놔버려라! 산 채로 놔버려!"

배우들이 두 손을 번쩍 든다. 깡충 뛰어 물러나며 추기경을 떨어트린다. 바닥을 구르며 숨을 몰아쉬는 추기경을 삼지창으로 쑤시자 진홍색 양모로 만든 창자가 줄줄 쏟아진다.

추기경이 불경스러운 말을 퍼붓는다. 입으로 방귀 소리를 내자 연회장의 각 모퉁이에서 불꽃이 터진다. 곁눈으로 슬쩍 보니 여자 하나가 손으로 입을 가리고 뛰어나간다. 그러나 노퍽 외숙부는 당당히 활보하며 가리킨다. "봐. 추기경의 창자가 쏟아져나왔어, 영락없이 악마가 뽑아낸 것 같잖아! 아니, 이런 건 돈 내고 보래도 보겠어!"

누군가가 외친다. "부끄러운 줄 아시오, 토머스 하워드. 당신은 울지의 몰락을 볼 수 있다면 영혼도 팔았을 거요." 여기저기서 고개가 돌아간다. 그의 고개도 돌아간다. 방금 말한 자가 누구인지 아무도 모른다.

그러나 그는 생각한다. 어쩌면, 혹시나, 톰 와이엇일 수도 있으려나? 그사이 악마 역의 젠틀맨들이 의상의 먼지를 떨고 숨을 고른다. "지금!"이라 외치며 덤벼든다. 추기경은 지옥으로 끌려간다. 보아하니 지옥은 연회장 뒤쪽 가림막 너머인 듯하다.

그는 그들을 따라 가림막 뒤로 간다. 시동들이 배우에게 건넬 리넨 수건을 들고 달려나온다. 그러다 우르르 들어오는 악마들에게 떠밀리고 만다. 그중 적어도 한 명이 악마의 팔꿈치에 눈을 맞고 김이 모락모락 나는 물그릇을 발치에 떨어트린다. 그는 악마들이 가면을 비틀어 벗어 욕설을 뱉으며 한쪽 구석으로 내던지는 모습을 지켜본다. 뜨개질해 만든 악마 의상을 벗어버리려 잡아뜯는 모습을 지켜본다. 그들은 서로서로 마주보며 웃음을 터트리고, 서로의 머리 위로 의상을 잡아당기기 시작한다. "네소스*의 윗옷이 따로 없네." 노리스가 옷을 비틀어 벗기는 사이 조지 불린이 말한다.

조지가 고개를 흔들어 머리칼을 넘기고 정돈한다. 흰 살갗이 거친 모직에 쓸려 벌겋게 일어났다. 조지 불린과 해리 노리스가 추기경의 두 팔을 붙잡았던 손 담당 악마다. 발 담당 악마 둘은 아직도 서로의 의상을 벗기려 씨름하고 있다. 한 명은 프랜시스 웨스턴이라는 청년이고 다른 한 명은 윌리엄 브레러턴으로―노리스와 마찬가지로―세상 물정을 이보다는 잘 알 만큼 나이를 먹은 자다. 그들은 스스로에게 몹시 몰두해서―욕하고 웃고 깨끗한 리넨을 주문하느라―누가 자기를 지켜보는지 눈치챌 겨를이 없고, 눈치챈다 해도 크게 신경쓰지 않는

---

* 그리스신화에 나오는 반인반마.

다. 자신에게, 서로에게 물을 끼얹었고 수건으로 땀을 닦아내고 시동의 손에서 셔츠를 낚아채 구멍에 머리를 넣는다. 악마의 갈라진 발굽을 그대로 신은 채 으스대며 청중의 환호에 인사하러 나간다.

그들이 떠난 공간 한가운데에 추기경이 움직임 없이 누워 있다. 가림막 때문에 연회장에서는 이쪽이 보이지 않는다. 추기경은 아마 자고 있는 모양이다.

그는 진홍색 더미 쪽으로 간다. 멈춰 선다. 내려다본다. 기다린다. 추기경 역의 배우가 한쪽 눈을 뜬다. "여긴 지옥이야." 배우가 말한다. "지옥이 분명해, 저 이탈리아인이 있는 걸 보면."

망자가 가면을 당겨 벗는다. 광대 섹스턴, 마스터 패치다. 일 년 전 자신의 주군과 강제로 이별하며 있는 대로 비명을 지르던 마스터 패치. 패치가 한 손을 내민다. 일어나게 도와달라는 뜻이다. 하지만 그는 손을 잡지 않는다. 패치는 욕을 뱉으며 힘겹게 몸을 일으킨다. 옷감을 당기고 찢어 진홍색 의상에서 빠져나온다. 그, 크롬웰은 팔짱을 끼고 서 있다. 팔에 가려져 보이지는 않으나 글 쓰는 손으로 주먹을 불끈 쥐고 있다. 광대가 옷 속에 대고 있던 두툼한 양모 베개를 저리 던진다. 뼈가 앙상한 몸은 비리비리하고 가슴에는 뻣뻣한 털이 무성하다. 패치가 말한다. "내 나라엔 왜 왔나, 이탈리아인? 네 나라에 그냥 있지 않고, 어?"

이자가 광대이긴 해도 머리가 모자란 건 아니다. 그가 이탈리아인이 아님을 패치도 잘 알고 있다.

"당신은 거기 있어야 했어." 패치가 런던 사람 어투가 느껴지는 원래 목소리로 말한다. "지금쯤 당신만의 음성도 갖고. 예배당도 갖고.

저녁식사 뒤엔 당신만의 마지팬 추기경도 먹고. 일이 년 왕창 누리지 그랬어. 더한 짐승이 와서 당신을 끝장내고 여물통을 빼앗을 때까지, 어?"

그는 패치가 벗어버린 의상을 집어든다. 브라질우드 염료를 써서 원색적이고 저렴하고 쉽게 변색하는 부류의 진홍색이다. 게다가 이국의 땀냄새 같은 향이 난다. "어떻게 자네가 이 배역을 맡을 수 있나?"

"나는 돈을 주면 무슨 역이든 맡지. 그러는 당신은?" 패치가 웃음을 터트린다. 미쳤다 해도 곧이들을 만큼 새된 빽빽거림이다. "요즘 당신의 우스갯소리가 그처럼 씁쓸한 것도 당연해. 아무도 당신한테 돈을 안 주잖아, 어? 므슈 크레뮈엘, 은퇴한 용병 나리."

"완전히 은퇴한 건 아니지. 자네를 손봐줄 순 있으니."

"한때 허리였던 곳에 차고 다니는 그 단검으로 말이지." 패치는 후다닥 몸을 빼서 깡충깡충 뛰어다닌다. 그, 크롬웰은 벽에 기댄다. 광대를 지켜본다. 어딘가 시선이 닿지 않는 곳에서 아이가 흐느끼는 소리가 들린다. 팔꿈치에 눈을 맞은 그 꼬마 녀석일지도 모른다. 물그릇을 떨어트렸다는 이유로, 어쩌면 단순히 울었다는 이유만으로 이번엔 따귀를 맞았을지도 모를 일이고. 유년 시절은 늘 그런 식이었다. 벌을 받고, 반항했다고 다시 벌을 받는다. 그렇게 불평하지 않는 법을 배운다. 힘들게 얻는 교훈이지만, 한번 익히면 절대로 잊어버리지 않는다.

패치는 다양한 자세와 외설스러운 몸짓을 취해본다. 앞으로 있을 어느 공연을 준비하는 양. 그러면서 말한다. "나는 당신이 어떤 시궁창에서 태어났는지 알아, 톰. 내가 태어난 시궁창에서 그리 멀지 않은 곳이지." 그러고는 연회장 쪽을 돌아본다. 저 가림막 너머, 여기선 보이지 않는 그곳에서 국왕은 짐작건대 유쾌한 하루를 계속 보내고 있을 것이다. 패치가 두 다리를 벌리고 서서 혓바닥을 쭉 내민다. "광대는 그의 마음에 이르기를 교황이 없다 하는도다."* 고개를 돌리고 싱긋 웃는다. "십 년 뒤에 다시 와, 마스터 크롬웰. 그때 와서 누가 진짜 광대인지 말해줘."

"그런 농담은 나한테 해봤자 낭비야, 패치. 장사 밑천을 써버리는 거라고."

"광대는 무슨 말이든 해도 되거든."

"내 구역에서는 어림없지."

"그래서 거기가 어딘데? 당신이 물웅덩이에서 세례를 받았던 뒷마당조차 당신 구역은 아니잖아. 오늘로부터 십 년 뒤 여기서 만나자고. 당신 목숨이 그때까지도 붙어 있다면."

"내가 죽으면 죽는 대로 자네는 겁먹을 텐데."

"그땐 가만히 서 있을 테니까 마음껏 때려눕혀봐."

"당장이라도 그 머리통을 벽에다 깨버릴 수 있어. 아무도 아쉬워하지 않겠지."

"맞아." 마스터 섹스턴이 말한다. "아침에 나를 데굴데굴 굴려서 똥더미에 눕혀놓겠지. 광대 하나 따위가 뭐? 잉글랜드에 차고 넘치는 게 광대인데."

그는 아직 햇빛이 난다는 사실에 놀란다. 깊은 밤이리라 생각했다.

---

* 시편 14장 1절 '어리석은 자는 그의 마음에 이르기를 하느님이 없다 하는도다'를 비튼 것이다.

이 궁에는 울지 추기경이 여운처럼 남아 있다. 그 손으로 세운 곳이니까. 어느 모퉁이든 돌아보라, 당장이라도 전하가 보일 것만 같을 것이다. 제도공이 그린 도면 두루마리를 들고 있거나, 튀르크산 카펫 예순 점에 신이 났거나, 베네치아에서 가장 뛰어나다는 유리공을 궁에 들여 대접할 희망에 찬 전하가. "자, 토머스. 자네의 서신에 베네치아식 호의 표현을 좀 더하게. 지역 사투리도 써서 최대한 은근하고 비밀스레 제안하는 구절을 넣어. 보수는 최고 수준으로 챙겨주겠다고."

그러면 그는 덧붙일 터다. 잉글랜드 사람들은 외국인을 환영하며 이곳은 기후도 온화하다고. 금빛 새들이 금빛 가지에서 노래하고 금빛 왕은 금화 더미에 앉아 직접 작곡한 노래를 부른다고.

오스틴프라이어스의 집에 도착한 그는 낯설고 횅하게 느껴지는 공간으로 걸어들어간다. 햄프턴코트궁에서 돌아오는 데 수 시간이 걸렸고, 이제 밤이 깊었다. 그는 추기경의 문장이 활활 타오르는 벽면을 바라본다. 그의 명에 따라 최근 진홍색 모자를 새로 칠한 자리다. "이제 덧칠해 지워도 좋네." 그가 말한다.

"그럼 뭘 그려넣을까요, 나리?"

"그냥 빈 채로 두게."

"어여쁜 상징 같은 걸 그려넣어볼 수도 있을 텐데요?"

"마음을 정했네." 그는 돌아서서 걷는다. "빈 공간으로 남겨둬."

III
자기 무덤을 불평하는 망자들
1530년 크리스마스 기간[*]

자정이 넘어 출입문을 두드리는 소리가 난다. 야경꾼이 집안사람들을 깨우고, 아래층으로 내려간 크롬웰―표정은 날것이나 그 외에는 모두 완벽히 차려입었다―은 잠옷가운 차림에 머리칼을 늘어트린 조핸을 발견한다. 그녀가 묻는다. "이게 다 무슨 일이에요?" 리처드와 레이프를 비롯한 집안의 남자들이 그녀를 옆으로 비켜 세운다. 오스틴프라이어스의 현관에 국왕 사실 소속인 윌리엄 브레러턴이 무장 병사 한 명을 대동하고 서 있다. 나를 체포하러 왔군, 그는 생각한다. 브레러턴에게 다가가 말한다. "크리스마스는 잘 보내고 있소, 윌리엄? 일찍 일어난 겁니까, 아직 안 잔 겁니까?"

---

[*] 12월 24일부터 1월 6일까지의 기간.

앨리스와 조가 나타난다. 그는 리즈가 죽은 밤을, 딸들이 영문도 모른 채 잠옷 차림으로 처량하게 서서 그가 집에 오기를 기다리던 밤을 떠올린다. 조가 울음을 터트린다. 머시가 나와 아이들을 쫓아버린다. 그레고리가 외출복을 챙겨 입고 내려온다. "원하시면 제가 같이 갈게요." 쭈뼛거리며 말한다.

"폐하께서 그리니치에 계십니다." 브레러턴이 말한다. "당신을 당장 보고자 하십니다." 이자는 초조함을 참으로 뻔한 방식으로 드러낸다. 장갑으로 손바닥을 철썩철썩 때리고 발을 탁탁거린다.

"다들 가서 자도록 해요." 그는 식구들에게 말한다. "폐하가 나를 체포할 생각이라면 그리니치로 부르지 않을 거예요. 일을 그런 식으로 처리하진 않아요." 물론 일을 어떤 식으로 처리하는지는 그도 잘 모른다. 그가 브레러턴에게 몸을 돌린다. "무슨 일로 보자십니까?"

브레러턴이 여기저기 훑어보며 이 집안의 살림살이를 살핀다.

"정말이지 나는 말씀드릴 수 없습니다."

그는 리처드를 본다. 녀석이 이 귀족 나부랭이의 입에 얼마나 간절히 한 방 날리고 싶어하는지 훤히 보인다. 내가 꼭 저랬지, 한때는. 그는 생각한다. 하지만 이제 나는 5월 아침처럼 상냥한 사람이다. 일행이 집을 나선다. 리처드와 레이프, 그 자신, 그의 아들은 어둠과 극한 추위 속으로 나아간다.

횃꾼 한 무리가 불을 들고 기다리고 있다. 가장 가까운 선착장 계단에서 바지선이 대기중이다. 플라센티아궁은 너무도 까마득하고 템스강은 너무도 검어서 스틱스강*을 따라 노를 젓는 것만 같다. 그의 맞은편에 아이들이 말없이 옹송그리고 앉아 있는데, 이래저래 피가 섞인 친척처럼 보인다. 레이프는 그의 핏줄도 아니건만. 내가 크랜머 박사처럼 되어가는구나, 그는 생각한다. 링컨셔의 탬워스 가문이 우리 친지죠. 클리프턴의 클리프턴 가문도요. 몰리뉴가도 친척인데, 거기는 선생도 앞으로 들을 일이 있을 겁니다. 아님 벌써 들어봤으려나? 그는 별을 올려다보지만 하나같이 흐릿하고 멀리 있는 것 같다. 아마, 그는 생각한다. 실제로도 그런 거겠지.

그래서 뭘 어째야 할까? 브레러턴과 무슨 대화라도 좀 해봐야 하나? 브레러턴 가문은 스태퍼드셔, 그리고 웨일스 접경 지역인 체셔에 영지가 있다. 랜들 경은 올해 사망했고, 그 아들이 두둑한 유산을 상속받았다. 국왕 하사금으로 일 년에 최소 1천 파운드를 받고, 지역 수도원에서 300파운드가량을 추가로 챙긴다…… 그는 머릿속으로 따져본다. 유산을 받기에 너무 이른 나이는 절대 아니다. 브레러턴은 그와 동년배거나 비슷한 또래일 것이다. 그의 아버지 월터라면 브레러턴 집안사람들과 잘 지냈겠지. 걸핏하면 싸우려 드는, 평화의 엄청난 걸림돌이니까. 그는 성실법정**에서 그들을 상대로 벌였던 소송을 떠올린다. 십오 년쯤 전의 일이었는데…… 딱히 적절한 대홧거리는 아닌 것 같다. 브레러턴도 굳이 대화할 마음이 없는 듯하고.

모든 여정에는 끝이 있다. 어느 부두에서, 안개 자욱한 선창에서, 횃불이 대기하고 있는 곳에서 끝을 맺는다. 그들은 곧장 국왕에게로 간다. 궁전 깊숙한 곳, 국왕의 사실로 향한다. 해리 노리스가 그들을 기다리고 있다. 그자가 아니면 또 누구겠는가? "폐하는 어떠신가?" 브레

---

* 그리스신화에서 저승을 흐르는 강으로, 망자의 영혼을 실어나른다.
** 웨스트민스터궁의 성실에서 열리던 특별 재판소.

러턴이 묻는다. 노리스가 눈을 흡뜬다.

"음, 마스터 크롬웰." 노리스가 말한다. "우린 매번 더없이 이상한 상황에서 마주하는군요. 아드님들입니까?" 미소를 지으며 아이들의 얼굴을 둘러본다. "아니, 아닌 것 같군요. 어머니가 서로 다르지 않은 이상."

그는 아이들의 이름을 밝힌다. 마스터 레이프 새들러, 마스터 리처드 크롬웰, 마스터 그레고리 크롬웰. 그러다 아들의 얼굴에 실망이 스치는 걸 보고 분명히 해둔다. "여기는 내 조카요. 여기가 내 아들이고."

"당신만 들어가면 됩니다." 노리스가 말한다. "자 어서요, 폐하가 기다리십니다." 어깨 너머로 말한다. "폐하께서 감기에 걸릴까 걱정하시네. 그 적갈색 잠옷가운 좀 찾아봐주겠나, 흑담비털이 달린 걸로?"

브레러턴이 끙 소리를 내며 뭐라 대답한다. 형편없는 일을 하는군, 흑담비털이나 털다니. 자기 땅 체스터 같았으면 성곽에서 북을 두들기며 백성을 깨우고 다녀도 문제없을 사람인데.

널찍한 방에 조각으로 장식한 높은 침대가 놓여 있다. 그가 그쪽을 보며 눈을 깜빡인다. 촛불에 비친 침대 커튼이 잉크처럼 새까맣다. 침대는 비어 있다. 헨리왕은 벨벳 스툴에 앉아 있다. 혼자인 것처럼 보이지만 방에서 쌉쌀한 향내가, 계피의 훈기가 느껴져 그는 저 그림자 속에 울지 추기경이 있는 게 틀림없다고 생각한다. 속을 파내고 온갖 향신료를 채워넣은 오렌지를 든 채로. 추기경은 혼잡한 인파에 둘러싸일 때면 늘 이 오렌지를 챙겼다. 망자는 필시 산 자의 체취를 피하고 싶어 할 테니까. 하지만 방의 저편에서 보이는 건 추기경의 어슴푸레하고 큼지막한 몸집이 아니라 서서히 움직이는 파리한 타원으로, 토머스 크랜머의 얼굴이다.

왕이 고개를 돌려 방으로 들어서는 그를 본다. "크롬웰, 죽은 형님이 꿈에 나왔네."

그는 대답하지 않는다. 이 말에 무슨 합리적인 대답을 할 수 있겠는가? 대신 왕을 가만히 살핀다. 웃길 속셈은 아닌 듯하다. 왕이 말한다. "크리스마스부터 주현절까지 열이틀 동안 하느님은 망자의 배회를 허락하시지. 다들 아는 얘기잖나."

그가 부드럽게 말한다. "어때 보였습니까, 형님께서는?"

"내가 기억하는 모습 그대로였네…… 하지만 창백하고 몹시 말랐어. 하얀 불길이, 빛이 형님을 에워싸고 있었지. 그런데 아서 형님은 지금 마흔다섯 살이 되었을 것이거든. 그대도 그 연배 아닌가, 마스터 크롬웰?"

"비슷합니다."

"나는 사람들의 나이를 곧잘 알아맞히지. 형님이 살아 있었다면 누굴 닮았을까 궁금하군. 우리 아버지겠지, 아마도. 지금 나는 우리 할아버지와 비슷하고."

그대는 누굴 닮았나? 그는 왕이 그리 물으리라 생각한다. 하지만 아니다. 그는 이미 조상이 없는 자로 자리매김한 터다.

"형님은 러들로에서 죽었지. 겨울이었어. 길을 뚫고 갈 방도가 없었지. 형님의 관을 소달구지에 싣는 수밖에 없었네. 명색이 잉글랜드의 왕자인데, 소달구지에. 잘한 짓이라고는 도저히 생각을 못하겠어."

이때 브레러턴이 흑담비털로 안감을 댄 적갈색 벨벳 가운을 가지고 들어온다. 왕은 자리에서 일어나 입고 있던 외겹 벨벳 가운을 벗고 더 호화롭고 조밀한 가운을 걸친다. 스르르 기어내려와 왕의 손을 덮는 흑담비털 안감이 꼭 괴물 왕의 몸에서 자라는 털 같다. "형님은 우스터에 묻혔어." 왕이 말한다. "그 사실이 날 괴롭혀. 나는 죽은 형님을 본 적이 없다네."

그림자 속에서 크랜머 박사가 말한다. "망자가 제 무덤을 불평하러 돌아오진 않습니다. 산 자가 하는 걱정일 뿐이죠."

국왕이 가운 자락을 여민다. "형님의 얼굴도 이번 꿈에서 처음 봤어. 몸도 그렇고. 하얗게 빛이 나더군."

"하지만 그건 그분의 몸이 아닙니다." 크랜머가 말한다. "폐하가 머릿속으로 그린 이미지예요. 그 같은 이미지들이 바로 유사 코퍼스입니다. 코퍼스는 신체를 의미하지요. 아우구스티누스를 읽어보십시오."

왕은 책을 대령하라고 시킬 생각은 없는 듯하다. "꿈속의 형님은 가만히 서서 나를 보고 있었네. 슬퍼 보였어, 몹시 슬퍼 보였지. 내가 자기 자리를 대신 차지했다고 말하는 것 같았어. 이렇게 말하는 듯했어. 너는 내 왕국을 앗아갔다. 내 아내를 이용했고. 형님은 내게 수치심을 주러 돌아온 거야."

크랜머가 살짝 인내심을 잃는다. "형님께서 즉위 전에 돌아가신 것도 다 하느님의 뜻이었습니다. 폐하의 이른바 혼인의 경우엔, 우리 모두가 알고 또 믿다시피 성서에 정면으로 반하는 일이었지요. 로마에 계시는 그분에게 하느님의 법으로부터 관면할 권한까지는 없잖습니까. 죄가 행해졌고, 우리는 그 사실을 인정합니다. 하지만 하느님은 충분히 자비로우시지요."

"내게는 아닐 거야." 왕이 말한다. "내가 심판받는 날 형님은 엄벌을 청할 거네. 내게 수치심을 줄 작정으로 돌아왔고, 나는 그걸 견뎌야 해." 이 생각에 왕은 격분한다. "내가, 나 혼자서."

크랜머가 입을 열려는 찰나, 그가 눈을 맞추며 티나지 않게 고개를 젓는다. "형님이 폐하께 무슨 말씀이라도 했습니까, 꿈속에서?"

"아니."

"무슨 신호라도 했습니까?"

"전혀."

"그런데 무슨 근거로 형님이 해코지할 심산이라 단정하십니까? 제가 보기에 폐하께서 형님의 얼굴에서 읽어내신 의미는 애초에 존재조차 않는 것입니다. 우리가 망자에 대해 늘 하는 실수지요. 제 말씀을 들어보십시오." 그는 이 고귀한 자에게, 적갈색 벨벳 소매에, 왕의 팔에 손을 얹고 자신의 존재가 충분히 느껴지게 힘주어 잡는다. "법률가들이 쓰는 '르 모 세지 르 비프'라는 말을 아시지요? 죽은 자가 산 자를 붙든다. 군주는 죽지만, 군주의 권력은 죽음과 동시에 승계됩니다. 그 과정에는 중단도, 공백도 없습니다. 형님이 폐하를 찾아온 건 수치심을 주려는 게 아닙니다. 폐하는 산 자와 죽은 자의 권력을 동시에 부여받았음을 상기시키려는 겁니다. 이는 폐하의 왕권을 음미하라는, 그리고 행사하라는 신호입니다."

왕이 고개를 들어 그를 본다. 곰곰이 생각한다. 흑담비털 소맷동을 쓰다듬는데, 얼굴에서 표정이 걷힌다. "가능한 이야긴가?"

크랜머가 다시 입을 연다. 그가 다시 말을 끊는다. "아서왕의 무덤에 적힌 글귀를 아시지요?"

"렉스 쿠온담 렉스퀘 푸투루스. 과거의 왕이 곧 미래의 왕이 되리라."

"폐하의 부친께서도 확실히 해두신 바입니다. 웨일스 계통의 군주로서 선왕은 선조들에게 약속된 내용을 훌륭히 이용하셨습니다. 평생에 걸친 망명생활에서 돌아와 아주 오랜 권리를 요구하셨지요. 하지만 나라는 권리를 요구하는 것만으로는 부족합니다. 장악해야 하죠. 장악하고 공고히 다져야 합니다, 대를 거듭하면서요. 폐하가 왕좌를 대신 차지했다고 형님이 말하는 듯하다면, 그건 곧 형님 자신이 되었을 법한 왕이 되어달라는 뜻이기도 합니다. 본인은 예언을 실현하지 못했으나, 폐하가 대신 해주길 바라는 것이지요. 본인이 선대로부터 받았던 약속을 이제 폐하가 이행하시는 겁니다."

왕의 시선이 크랜머 박사에게 옮겨가고, 박사가 완고하게 말한다. "문제될 부분은 전혀 없어 보입니다. 그래도 저는 꿈에 마음 쓰는 일은 삼가시기를 권합니다."

"아, 그렇지만," 그가 말한다. "왕의 꿈과 왕이 아닌 자의 꿈이 같을 순 없지요."

"그럴 수도 있겠습니다."

"하지만 왜 지금인가?" 헨리왕이 묻는데, 나름 타당한 의문이다. "형님이 하필 이때 나타난 이유가 뭘까? 내가 왕이 된 지 벌써 이십 년 인데."

그는 이렇게 말하고픈 욕구를 애써 삼킨다. 그야 당신은 이제 마흔 살이 되었고, 형님은 당신에게 제발 철 좀 들라고 말하는 거니까. 당신이 아서왕의 이야기를 상연토록 한 게 도대체 몇 번인가─얼마나 많은 가면극이, 얼마나 많은 야외극이 기획되었으며, 얼마나 많은 배우가 종이방패와 나무칼을 들고 동원되었던가? "그야 지금이 긴요한 시기니까요." 그가 말한다. "지금이야말로 폐하께서 진정한 통치자의 면모를 보일 때니까요. 폐하의 왕국에서 유일무이한 최고 지도자로 우뚝 설 때니까요. 레이디 앤에게 물어보십시오. 답을 들어보십시오. 그분도 같은 말을 할 겁니다."

"그렇겠지." 왕이 수긍한다. "앤은 우리가 로마에 더는 굽실거려선 안 된다고 말하네."

"또한 폐하의 꿈에 선왕이 나타나신다 해도 이와 똑같이 생각하십시오. 폐하께 힘을 실어주러 찾아오신 거라고요. 본인보다 나약한 아들의 모습을 보고픈 아비는 세상에 없습니다."

헨리왕의 얼굴에 서서히 미소가 퍼진다. 그 꿈으로부터, 밤으로부터, 한 치 앞도 보이지 않는 공포의 밤으로부터, 구더기와 버러지로부터 한껏 웅크렸던 몸을 펴고 기지개를 켜는 듯하다. 왕이 자리에서 일어난다. 얼굴이 환하다. 난롯불이 왕의 가운에 빛으로 줄무늬를 만들고, 깊은 고랑마다 황토색과 황갈색이, 토양의 색이, 점토의 색이 가물거린다. "아주 좋아." 왕이 말한다. "알겠네. 이제 다 이해했어. 내가 사람을 제대로 불러왔군. 나는 늘 그런다니까." 왕은 고개를 돌려 어둠에 대고 말한다. "해리 노리스? 지금 몇시인가? 네시가 되었나? 내 미사 예복을 준비하게."

"제가 미사를 집전해드릴 수 있습니다." 크랜머 박사가 제안하지만 헨리왕은 말한다. "아니, 그대도 피곤할 거야. 내가 그대, 젠틀맨들의 밤잠을 방해했잖나."

상황은 그렇게 쉽고 단호히 정리된다. 어느새 그들은 밖으로 나와 있다. 경비병들을 지나친다. 침묵 속에 걸음을 재촉해 자기 사람들에게 돌아간다. 브레러턴이 그림자처럼 뒤따른다. 마침내 크랜머 박사가 말한다. "깔끔한 처리였어요."

그가 고개를 돌린다. 소리 내어 웃고 싶은데 차마 그러지 못한다.

"아주 능숙했어요. '또한 폐하의 꿈에 선왕이 나타나신다 해도⋯⋯' 선생은 한밤중에 너무 자주 잠을 방해받기 싫은 모양이군요."

"내 식솔들이 크게 놀랐습니다."

그러자 박사가 자신이 너무 경솔했다는 양 미안한 기색을 보인다. "당연한 말씀입니다." 박사가 속삭인다. "나는 기혼자가 아니다보니 이런 문제에 무심해요."

"기혼자가 아니기는 나도 마찬가지입니다."

"그렇지요. 잊었군요."

"아까 내가 했던 말에 반대하십니까?"

"여러모로 완벽했어요. 미리 생각이라도 해둔 것처럼."

"그럴 리가요."

"사실이 그렇습니다. 선생은 독창력이 대단한 사람이에요. 그렇대도⋯⋯ 복음의 문제에서는, 그러니까⋯⋯"

"복음의 문제라면, 복음은 내게 잠자리 의식 같은 겁니다."

"하지만 궁금하군요." 크랜머가 혼잣말에 가깝게 말한다. "선생은 복음이 뭐라고 생각하는지 궁금합니다. 복음이 백지로 된 서책이고, 거기 토머스 크롬웰 본인의 욕망을 써넣으면 된다고 생각하는 건가요?"

그가 멈춰 선다. 박사의 팔에 한 손을 얹고 말한다. "크랜머 박사님, 나를 보세요. 나를 믿어주세요. 나는 진실합니다. 하느님이 내게 죄인의 면모를 내리셨다 해도 하는 수 없지요. 거기에도 분명 어떤 뜻이 있을 테니까."

"감히 말할 수 있는 건," 크랜머가 미소를 짓는다. "하느님은 우리의 적을 교란할 목적으로 선생의 얼굴을 빚으셨다는 겁니다. 그리고 그 손, 상황을 장악하는 손 말입니다—선생이 폐하의 팔을 움켜잡았을 때 내가 움찔하고 말았습니다. 폐하 역시 그걸 느꼈고요." 박사가 고개를 끄덕인다. "선생은 의지력이 대단한 사람이에요."

성직자들은 이런 게 가능하다. 당신의 기질에 대해 말하는 것. 평결을 내리는 것. 이번 평결은 긍정적인 듯 보인다. 물론 박사가 하는 이야기는 점쟁이들과 다를 바 없이 본인이 이미 알고 있는 것을 넘어서지 못하지만. "자," 크랜머가 말한다. "아드님들이 조바심치고 있겠어요. 선생이 무사한지 보고 싶어서."

레이프와 그레고리, 리처드가 그를 에워싼다. 무슨 일인데요? "폐하가 꿈을 꿨다는구나."

"꿈이요?" 레이프는 충격을 받는다. "그깟 꿈 때문에 자는 사람을 불러냈다고요?"

"웬걸." 브레러턴이 대꾸한다. "그보다 하잘것없는 일로도 불러내신다네."

"크랜머 박사님과 나는 왕의 꿈과 왕이 아닌 자의 꿈은 같지 않다는 데 의견을 같이한다."

그레고리가 묻는다. "악몽이었나요?"

"처음에는. 악몽이라고 생각하셨지. 지금은 아니고."

다들 영문을 몰라 그를 바라본다. 그러나 그레고리는 이해한다. "내가 어렸을 때 악마가 나오는 꿈을 꿨어요. 놈들이 내 침대 밑에 있다고 생각했지만 아버지가 그러셨어요. 그건 불가능하다, 템스강의 이쪽 편에는 악마가 있을 수 없다, 경비병들에게 막혀 런던교를 넘어오지 못하거든."

"그럼 너는 엄청 겁이 나겠네?" 리처드가 말한다. "강 건너편의 서더크에 가면?"

그레고리가 묻는다. "서더크? 서더크가 뭔데?"

"그게 말이다." 레이프가 학교 선생 같은 투로 말한다. "그레고리한 테서 뭔가 반짝이는 걸 발견하는 순간이 있거든. 번쩍까지는 아니고, 솔직히. 그냥 한번 반짝하고 끝이야."

"그렇게 놀린다 그거죠! 수염은 그 지경인 주제에."

"그게 수염이었어?" 리처드가 말한다. "벌겋고 듬성듬성한 그 빳빳한 털이? 난 이발사가 뭐 실수한 줄 알았지."

아이들은 안도감에 들떠 서로를 끌어안고 있다. 그레고리가 말한다. "우리는 폐하가 아버지를 지하감옥에 가둬버린 줄 알았어요."

크랜머가 너그러운 마음으로 함께 즐거워하며 고개를 끄덕인다. "선생의 아이들은 선생을 사랑하는군요."

리처드가 말한다. "대장님 없이 우린 아무것도 못하거든요."

동이 트려면 아직 멀었다. 울지 추기경이 세상을 떠났던, 그 빛 잃은 아침 같다. 공기 중에 눈냄새가 감돈다.

"아무래도 폐하가 우릴 다시 찾지 싶습니다." 크랜머가 말한다. "선생에게 들은 말을 곱씹어보고, 뭐랄까, 자신의 생각이 이끄는 대로 따라가본 뒤에 말입니다."

"그렇대도 나는 일단 오스틴프라이어스로 돌아가 얼굴을 비쳐야겠습니다." 옷을 갈아입어야지, 그는 생각한다. 그리고 다음 일을 기다리자. 브레러턴에게 말한다. "내가 어디에 있을지는 아시겠지요, 윌리엄."

한차례의 끄덕임, 그리고 그는 자리를 뜬다. "크랜머 박사님, 레이디 앤에게 전하세요. 당신의 잠자리 의식을 우리가 대신 해드렸다고." 그는 아들의 어깨에 팔을 두르고 속삭인다. "그레고리, 네가 읽은 그 마법사 멀린 이야기 말이다―우리가 좀더 써보도록 하자."

그레고리가 말한다. "아, 그 책 다 못 읽었어요. 날씨가 갰거든요."

그날 오후 그는 그리니치의 벽널로 장식한 방에 다시 들어선다. 1530년의 마지막날이다. 그는 호박향이 나는 염소 가죽 장갑을 벗는다. 오른 손가락으로 터키석 반지를 매만져 제자리에 오도록 고쳐 낀다.

"추밀원이 기다리고 있네." 국왕이 무슨 개인적인 승리라도 거둔 양 말하며 소리 내어 웃는다. "가서 합류하게. 저들이 선서를 하라고 할 거야."

크랜머 박사가 국왕 곁에 있다. 무척 파리하고 무척 조용하다. 박사가 고개를 끄덕여 그를 알은체한다. 다음 순간 놀랍게도 그 얼굴에 한 조각 미소가 떠올라 온 오후를 환히 밝힌다.

뒤이은 시간 내내 어수선한 분위기가 이어진다. 왕은 기다릴 생각이 없고, 이처럼 갑작스러운 통보에 자문관이 얼마나 모일지가 관건이다. 공작들은 자기 영지에 머물며 크리스마스를 기념하는 중이다. 캔터베리 대주교인 늙은 워럼이 와 있다. 벌써 십오 년 전 울지 추기경이 대법관 자리에서 쫓아낸 인물이다. 아니, 추기경이 입버릇처럼 하던 말대로, 세속적인 직무에서 해방시켜 말년에 기도하는 삶에 귀의할 기회를 주었던 자다. "이런, 크롬웰," 워럼이 말한다. "자네가 자문관이라니! 세상이 어찌 돌아가는지 원!" 워럼의 얼굴은 층층이 주름지고 눈은 죽은 생선의 눈알 같다. 성서를 내미는 대주교의 손이 살짝 떨린다.

윌트셔 백작이자 국새상서인 토머스 불린도 자리했다. 토머스 모어 대법관도 와 있다. 그는 짜증스레 생각한다. 왜 모어는 면도도 제대로 못할까? 제 몸에 채찍질하는 시간만 좀 줄여도 면도할 시간을 낼 수 있지 않나? 모어가 빛이 드는 쪽으로 이동하자 유난히 더 헙수룩해 보인다. 얼굴은 수척하고 눈 밑에 자주색 얼룩이 졌다. "무슨 일입니까?"

"못 들었나보군. 아버지가 돌아가셨소."

"좋은 분이셨는데요." 그가 말한다. "법과 관련해 그분이 해주시던 현명한 조언이 다들 그리울 겁니다."

그리고 그 따분한 이야기들. 그건 됐고.

"아버지는 내 품에서 숨을 거두셨소." 모어가 울기 시작한다. 아니, 그렇다기보다 모어라는 사람이 차츰 작아지며 온몸으로 눈물을 흘리는 듯하다. 아버지는 내 삶의 빛이나 다름없었소. 우리는 그처럼 위대한 사람이 아닙니다. 그런 존재의 한낱 그림자일 뿐. 오스틴프라이어스의 식구들에게 아버지를 위해 기도해달라고 청해주시오. 모어가 말한다. "이상한 일이오만, 토머스, 아버지가 떠나고부터 나는 내 나이를 실감해요. 고작 며칠 전까지 소년이었던 양. 그런데 하느님이 손가락을 딱 하고 튕기신 뒤에 보니 내 최고의 시절은 이미 끝나 있는 거요."

"그러니까 엘리자베스가, 내 아내가 죽고 나서 말입니다……" 그 뒤를 이어, 그는 말하고 싶다. 내 딸들이, 누나가, 식솔들이 참 많이도

420

세상을 떴고, 남은 자들은 암담한 심정에서 벗어나지 못하며, 이제는 추기경 전하마저 안 계십니다…… 그러나 그는 단 한순간이라도 인정할 생각이 없다. 그 슬픔이 의지를 무너트렸다고는. 아버지는 새로 구할 수 없다. 설령 그게 가능하대도 그는 원치 않을 터다. 하지만 아내로 말할 것 같으면, 토머스 모어에게는 지천에 널린 게 아냇감이다. "지금은 믿기지 않으시겠지만, 기운을 차리게 될 겁니다. 세상과 모두를 위해 이겨내셔야지요."

"당신도 당신 사람들을 잃었지요, 알고 있소. 이런, 이런." 대법관이 코를 훌쩍이고, 한숨을 쉬고, 고개를 젓는다. "할 일을 합시다."

모어가 그에게 선서문을 읽어주기 시작한다. 그는 충직하게 자문하고, 분명하고 공정하게 발언하며, 비밀을 엄수하고 진심으로 충성할 것을 맹세한다. 현명하고 신중한 자문을 다짐하는 부분에 접어드는데 문이 벌컥 열리고 가드너가 들이닥친다. 죽은 양을 호시탐탐 노리던 한 마리 까마귀처럼. "이런 일에 내무장관이 빠져서는 안 될 듯합니다만." 가드너가 말하자 워럼이 부드럽게 답한다. 복된 십자가의 이름으로, 저자의 맹세를 완전히 처음부터 다시 시켜야겠습니까?

토머스 불린이 수염을 쓸어내린다. 울지 추기경의 반지에 시선이 내려앉으면서 얼굴을 스쳤던 충격은 한낱 냉소로 바뀌어 있다. "설령 우리가 절차에 밝지 못하다 해도," 불린이 말한다. "토머스 크롬웰이 분명 줄줄 꿰고 있을 겁니다. 저자에게 한두 해만 시간을 줘보세요. 나머지 우린 군더더기 신세가 될지도 몰라요."

"내가 살아서 그 꼴을 보는 일은 없을 거요." 워럼이 말한다. "대법관님, 계속 진행할까요? 오, 이런 가여운 양반! 또 울고 있군요. 나 또한 정말 안타깝게 생각합니다. 하지만 우리 모두 언젠가는 죽어요."

맙소사, 그는 생각한다. 캔터베리 대주교가 기껏 한다는 위로가 저 모양이라니. 저런 대주교는 나도 하겠군.

그는 국왕의 권위를 수호하겠노라 맹세한다. 왕의 우월한 지위와 사법권을, 왕위계승자와 적법한 후계자를 수호하겠다고 맹세하면서 그는 서자 리치먼드와 '말하는 콩알' 메리를 떠올린다. 청중에게 엄지손톱을 내보이던 노퍽 공작을 떠올린다. "자, 됐습니다." 워럼 대주교가 말한다. "그리고 아멘이기는 한데, 동의 표시는 뭘로 합니까? 따뜻이 데운 와인이나 한잔 할까요? 추위에 뼈가 시리군요."

토머스 모어가 말한다. "이제 당신은 추밀원의 일원입니다. 나는 당신이 폐하께 그분의 권능만을 고할 게 아니라 책임도 함께 말하기를 바랍니다. 사자가 자기 힘을 알아버리면 다루기 힘들어질 테니까요."

밖에는 진눈깨비가 내리고 있다. 검은 눈송이가 템스 강물에 내려앉는다. 그의 앞으로 잉글랜드가 넓게 펼쳐지고, 눈 덮인 들판에 붉은 해가 낮게 걸려 있다.

그의 머릿속은 요크궁이 결딴나던 그날로 다시 돌아간다. 그와 조지 캐번디시는 궤짝을 열어젖히고 울지 추기경의 제의를 끄집어내는 동안 그 옆에 서 있었다. 금실과 은실로 바느질한 기다란 사제복에는 금빛 별 문양이, 새와 물고기와 수사슴과 사자와 천사와 꽃과 수레바퀴 문양이 수놓여 있었다. 그것을 다시 포장해 넣은 운반용 궤짝에 못을 박는 동안 국왕의 수하들은 일일이 전문가의 손길로 세심히 주름을 잡아 개어놓은 장백의와 중백의가 든 상자를 샅샅이 뒤졌다. 이 손에서 저 손으로, 안식중인 천사처럼 사뿐히 옮겨지던 제의가 빛을 받아 은

은하게 반짝였다. 하나 펼쳐보시오, 남자가 말했다. 품질이 어떤지 봅시다. 손가락이 리넨 끈을 잡아당겼다. 자, 내가 하지요, 조지 캐번디시가 나섰다. 풀려난 제의가 스르르 허공에 펼쳐졌다. 눈부시게 희고, 나방의 날개처럼 고왔다. 제의가 든 궤짝 뚜껑을 들어올리면 삼나무와 향신료 냄새가 풍겼다. 침울하고 아득하고 사막처럼 건조했다. 그러나 허공의 천사들은 소중히 보관되어 있었다. 런던의 빗줄기가 유리창을 씻어내리고, 여름의 향이 어둑한 오후로 밀려들었다.

(2권으로 이어집니다)

문학동네 세계문학전집 발간에 부쳐

세계문학은 국민문학 혹은 지역문학을 떠나 존재하는 문학이 아니지만 그것들의 총합도 아니다. 세계문학이라는 용어에는 그 나름의 언어와 전통을 갖고 있는 국민문학이나 지역문학의 존재를 인정하면서 그것을 넘어서는 문학의 보편적 질서에 대한 관념이 새겨져 있다. 그 용어를 처음 고안한 19세기 유럽인들은 유럽 문학을 중심으로 그 질서를 구축했지만 풍부한 국민문학의 전통을 가지고 있는 현대의 문학 강국들은 나름의 방식으로 세계문학을 이해하면서 정전(正典)의 목록을 작성하고 또 수정한다.

한국에서도 세계문학 관념은 우리 사회와 문화의 변화 속에서 거듭 수정돼왔다. 어느 시기에는 제국 일본의 교양주의를 반영한 세계문학 관념이, 어느 시기에는 제3세계 민족주의에 동조한 세계문학 관념이 출현했고, 그러한 관념을 실천한 전집물이 출판됐다. 21세기 한국에 새로운 세계문학전집이 필요하다는 것은 명백하다. 우리의 지성과 감성의 기준에 부합하는 세계문학을 다시 구상할 때가 되었다.

문학동네 세계문학전집은 범세계적으로 통용되는 고전에 대한 상식을 존중하면서도 지난 반세기 동안 해외 주요 언어권에서 창작과 연구의 진전에 따라 일어난 정전의 변동을 고려하여 편성되었다. 그래서 불멸의 명작은 물론 동시대 세계의 중요한 정치·문화적 실천에 영감을 준 새로운 작품들을 두루 포함시켰다.

창립 이후 지금까지 한국문학 및 번역문학 출판에서 가장 전문적이고 생산적인 그룹을 대표해온 문학동네가 그간 축적한 문학 출판 경험을 바탕으로 새로운 세계문학전집을 펴낸다. 인류가 무지와 몽매의 어둠 속을 방황하면서도 끝내 길을 잃지 않은 것은 세계문학사의 하늘에 떠 있는 빛나는 별들이 길잡이가 되어주었기 때문이다. 우리가 자부심과 사명감 속에서 그리게 될 이 새로운 별자리가 독자들의 관심과 애정에 힘입어 우리 모두의 뿌듯한 자산이 되기를 소망한다.

문학동네 세계문학전집 편집위원
민은경, 박유하, 변현태, 송병선, 이재룡, 홍길표, 남진우, 황종연

세계문학전집 251
울프 홀 1

초판 인쇄 2024년 10월 22일
초판 발행 2024년 11월 8일

지은이 힐러리 맨틀 | 옮긴이 강아름
책임편집 윤정민 | 편집 류현영 황문정
디자인 백주영 이원경 | 저작권 박지영 형소진 최은진 오서영
마케팅 정민호 서지화 한민아 이민경 왕지경 정경주 김수인 김혜원 김하연 김예진
브랜딩 함유지 함근아 박민재 김희숙 이송이 박다솔 조다현 정승민 배진성
제작 강신은 김동욱 이순호 | 제작처 영신사

펴낸곳 (주)문학동네 | 펴낸이 김소영
출판등록 1993년 10월 22일 제2003-000045호
주소 10881 경기도 파주시 회동길 210
전자우편 editor@munhak.com | 대표전화 031) 955-8888 | 팩스 031) 955-8855
문의전화 031) 955-1927(마케팅) 031) 955-2634(편집)
문학동네카페 http://cafe.naver.com/mhdn
인스타그램 @munhakdongne | 트위터 @munhakdongne
북클럽문학동네 http://bookclubmunhak.com

ISBN 979-11-416-0711-1 04840
      978-89-546-0901-2 (세트)

www.munhak.com

● 문학동네 세계문학전집은 계속 출간됩니다

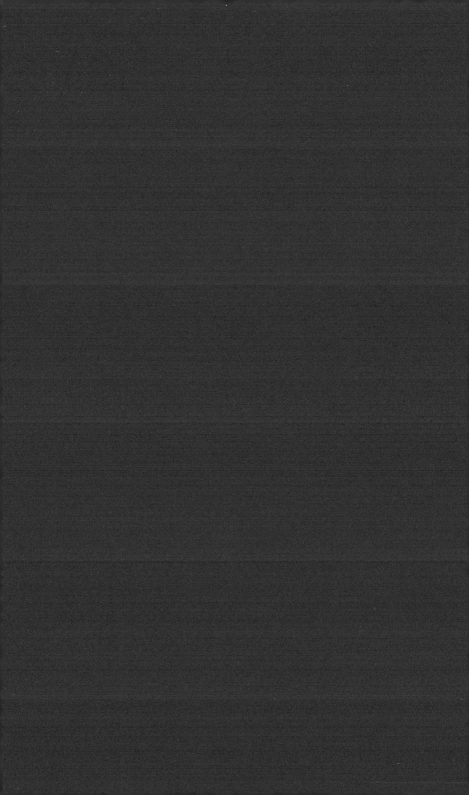